文春文庫

夕陽ヵ丘三号館

有吉佐和子

文藝春秋

目次

一九七五年六月　文春文庫刊

夕陽ヵ丘三号館

手紙

まだ塗料の匂《にお》いが残っていたが、壁も扉《とびら》もま新しくて、それが音子には何よりの喜びだった。大阪から着いた荷をほどくと、この間まで使っていた机や木箱が出てきて、それらは白い壁の前に並べるとまるで不似合いに古ぼけて見えた。しかし運のいいことに、この新居には納戸《なんど》のように窓のない一室が用意されてあり、そこは物入れになる。音子はせっせと荷をほどいては物入れの中に運びこんだ。居間にも寝室にもそれぞれ奥行きの浅い押入がついているので、そこは簞笥《たんす》代りに使えるのである。五年前に大阪へ行くとき東京の実家に残していった簞笥類は必要がない。

「なんて便利にできているのかしら」

音子は家の中を幾度も眺めてはつぶやいていた。見れば見るほど空間処理がよくできている。台所の機能的な設計はどうだろう。食器類を入れる棚、鍋類をしまう棚、その扉の裏側には庖丁《ほうちよう》差しまで備えつけてある。最新式のガスレンジ。電気冷蔵庫と電気洗濯機のためには、その据えつける場所がちゃんと用意されてある。

「まるでマンションだわ」

音子は胸がわくわくしていた。こんな豪華な住まいが、帰ってきた東京に用意されていようとは思わなかった。さすがに伊沢商事は違う。日本の経済成長をまるで具現しているような一流会社。音子は夫の勤務先を、この社宅によってあらためて評価していた。

今から考えれば、大阪の社宅などは一戸建てとはいえ古い古い木造家屋で、台所には ゴキブリがいくら薬をまいても物ともせずに這《は》いまわっていたし、梅雨には必ずなめくじが出た。音子はゴキブリはこわくないのだが、なめくじは大の苦手で、思い出しても気持が悪い。雨の日は家中がじめじめして嫌《いや》なものだった。あまり陽当りがよくないせいもあって、台所の隣の四畳半は、日中ひとりでテレビを眺めていても憂鬱《ゆううつ》なものだった。

そんなものとは、きっぱり縁が切れたのだ。この台所になめくじが這い出ることは考えられなかった。ステンレスの流しの前に立って、音子は蛇口《じゃぐち》を捻《ひね》ってみた。勢いよく水道の水がほとばしり、銀色のステンレスを叩いて、飛沫《ひまつ》は音子の胸のあたりまで飛んだ。

「お母さアん」

階上から息子の声がする。

「なあに？」

階段の下で、音子は明るい返事をした。

「ちょっと来てくれへんかあ？」

「はい、はい」

駆け上ってから音子はもう笑っていて、

「いやよ、悟《さとる》さん。もう東京へ帰ったのだから大阪弁はおやめなさいよ」

と言った。

悟は彼の部屋を彼なりに自分の気に入った形で整理することに夢中になっていた。

「あのなあ、これ、考えてみたらいらんわ。隆之君にあげて来たらよかった。お母さん、下へ持って行ってくれへんか」

一抱えもある漫画の古本を見て、音子は嬉しさが胸に突き上げてきた。

この子も新しい生活が始まるときに、これまで読み耽《ふけ》っていた愚劣なものは捨てようとしているのだ。

「いいわよ、いいわよ」

音子は自分の顔がまるで溶けてくるようなのを感じながら、息子が不要だという古本類を抱えておりながら、階段の途中で言った。

「悟さん」

「…………」

「悟」

「うん？」

「ここが三階と四階だなんて思えないわね。家の中に入ってしまえば一階と二階なのだわ。よく出来ているわねえ。便利な家じゃないこと？　お台所なんて本当に素晴らしいわよ」

悟は返事をしなかったが、音子はひとりで喋《しゃべ》り続けていて、満足していた。もうずっと前から、幼稚園ですでに悟は母親には入れない男の世界を作っていた。だから音子は馴れていたのである。音子は悟が父親よりも逞《たくま》しい肉体を持ち、父親よりも無口なところが大好きであった。幼稚園でも小学校でも、先生たちは口を揃えて悟を、いかにも子供らしい無邪気さと、おおらかさを持っていると褒《ほ》めてくれたものである。

中学進学を目前にして、東京へ帰ってこられたのは、悟のためにも何よりの幸運だったと音子は思っている。音子は東京生れの東京育ちで、夫は中国地方の生れ育ちだが大学から東京へ出て、東京に本社のある伊沢商事に就職した。音子は伊沢商事の創始者である財閥一家の遠縁に当って、そんなことから見合結婚をしたのであった。五年間の夫の大阪支店勤務に従って、大阪の社宅で暮した間、音子はずっと東京に帰りたくて帰りたくてたまらなかった。大阪弁というなまりにも遂に耳なれなかったし、その言いまわしの、ときに秀抜で固有のユーモアがあるのを遂に理解することができずじまいだった。音子の東京弁が、大阪の人々には切口上の喧嘩腰に聞えて、それから起った数々のトラブルとも、もはやおさらばできたのである。悟も間もなく本来の標準語に戻るだろう。正しい発音で日本語を読み、話すことこそ教育の根本ではないか。

音子は抱えていた漫画本を床におろし、辺《あた》りに散乱していた紐《ひも》を集めてぎりぎりと縛りあげた。この刺戟的で残忍な、およそ音子の常識からは漫画とは呼びがたい近ごろ流行の劇画類を、いつになったら悟は飽きてくれるかと、音子ははらはらしながら眺めていたのだった。ようやく息子は、この意味のない非教育的なものから卒業できたのだ。そう思うと胸が晴れた。小学校一年生のときから席次がずっと下降するばかりだった数年間の音子の悩みは、これで解消されるのに違いはない。

「悟さん、悟さん」

音子は階上へ駈け上った。

「新しい机を買ってあげるわね」

悟は音子の突然の思いつきに対して、喜ぶどころか、かえって迷惑そうだった。

「新しいのなんかいらないよ。僕はこの机でいいよ」

音子はしかし自分の喜びをそれでひっこませるわけにはいかなかった。

「だって悟、新しい部屋には新しい机の方が似合うわ。進学準備ですもの、遠慮しなくていいのよ。お母さんが奮発して買ってあげますよ」

音子はまるで自分の背中に天使のように大きな翼がはえているような気がした。躰《からだ》が軽い。ふわふわと浮いている。日に幾度階段を昇っても降りても足が疲れない。新しい建物というのは、なんて素敵なんだろう。二階には二つの個室があった。南側の部屋は悟の寝室兼勉強部屋にする。北側の一室は音子と夫のための寝室にしよう。悟の部屋は六畳の和室だったが、音子は何より悟には優先的に陽当りのいい部屋を選んだのである。

そのかわり、私たちの寝室にはトゥイン・ベッドを置こう。それは年来の夢であった。

音子は宙を歩くようにして荷ほどきを続け、汗を流して家の中を整えようとしたが、荷物は散らかるばかりで、いっこうに埒《らち》があかない。たとえば電気スタンド一つにしても荷物から取り出してみると、それをどこへ置くかについて音子は一人でああでもない、こうでもないと思い迷うのである。大阪の古い社宅で使いふるしたものは、いかにも手垢《あか》のついた感じであって、置く場所が変ってもうんざりするようなところがある。できればこの際、何もかも新しいものに買いかえたかったが、課長に栄転したといってもサラリーマンの月給では家一軒の道具類をすっかり新品で揃えるわけにはいかない。

一日中うろうろしていた音子は、ようやく窓の外の暮れかけているのに気がついて、また二階へ駈け上っていった。

「悟、悟さん」

「なんだよ」

「晩御飯は何がいい?」

「なんでもいいよ」

「おっしゃいよ。悟の食べたいものを作ってあげるから」

「なんでもええて」

「標準語で返事をして頂だいよ。東京へ帰ってきたんじゃないの」

開いていた西側の窓を閉めるつもりで歩いた音子は、急に叫び声をあげた。

「まあ悟、ちょっと見てごらん。ほら、まあ見事よ」

悟は顔をあげ、窓の外が茜色《あかねいろ》に染まっているのを見て、勢いよく立上った。

「す、ご、い」

「ね？」

夕陽が、まっ赤な太陽が、一点の曇りもなく空の端にかかっていた。

「富士山だろ、あれ」

「そうよ、富士山よ」

「まるで絵葉書みたいだね」

「がっかりさせないでよ、悟さん。いい景色の方を絵葉書に使ってるんじゃありませんか」

母と子は朗らかな笑い声をあげてから、しばらく黙って、沈む太陽を見守っていた。

そこは東京都をちょっと外《はず》れた高台で、近年になって団地として開発された町なのであった。伊沢商事の社宅は、その中でもひときわ白く瀟洒《しょうしゃ》に建ち並んでいる。

買物籠《かご》を提《さ》げると、音子はいそいそと外へ出た。地上へ降りるまでかなりの階段があるのだが、苦にもならなかった。エレベーターだのエスカレーターなどというものを夢想するような余裕は音子にはなかった。この社宅以上に近代的な建造物があろうとは思われなかった。

「あら、奥さまお出かけですか」

「はい。奥さまもお買物に？」

引越しの挨拶に社宅の三号館だけはまっ先にまわってあった。音子の夫とは課が違う人たちばかりなのと、課長にはまだなっていない連中が多いので音子は気が軽かった。それに「奥さま」と呼ばれたことにも気をよくしていた。大阪では敬称というものが実に雑で、音子は夫の部下やその妻たちから「奥さん」と呼ばれることに、いつも抵抗があった。音子自身は夫の上司の妻に対しては、それまで必ず「奥さま」と言っていたからである。

「大阪の社宅はひどうございましたのよ」

「そうなんでございますってね。宅では札幌におりましたんですけど、札幌もひどうございましたわ」

「同じ社宅でこうも違うのかと思いますわ。なんだか急におのぼりさんになったみたいで」

音子は笑いながら、三号館の階下三番の社宅に住んでいる藤野夫人と並んで歩いていた。駅前の商店街までだらだらと坂を降りれば、たいていの買物が間にあうことを音子はその途《みち》すがら藤野夫人から教えてもらった。

「私は東京生れの東京育ちだものでございますから、大阪は何かと戸惑うことが多くて……、だから生き返ったような気がいたしますわ」

「私も東京の人間でございますから、札幌はいい方たちばかりでしたけれど、あの寒さには閉口しましたわ」

「北海道はお寒いのでしょうね。私まだ参ったことがございませんけれど」

「一年の半分が冬なんですのよ。最初はどうなることかと思いましたわ」

「大阪は私、言葉がとうとう駄目で……」

「奥さまはお育ちがよろしいから」

「え？」

藤野夫人が、音子が伊沢商事の創立者の血筋であることを知っているのには、音子は本当に驚いてしまった。

「まあ、どうして御存知なんですの？」

「社宅ですもの、そういうことはすぐ分ってしまいますわ。この辺一帯がもとは伊沢家の土地だったのですってね」

「ええ、別邸が。でも小さなものでしたのよ、山小屋のようなものがあったところですわ。私は子供のときに一度だけ来たことがございます。なんですか足柄山みたいな深い山奥でしたわ。こんな団地ができるなんて思いもよりませんでしたわ」

「時枝さんは大変なエリートでいらっしゃるわけですのね」

「え？」

時枝というのは、音子の夫の姓である。

「いやですわ、奥さま。どうしてですの」

「だって時枝さんは伊沢家のお姫さまと結婚なさっているのですもの」

「とんでもない。私は伊沢一族でも一番何もない家の娘だったんですもの。お姫さまだなんて、そんな。第一、戦後の財閥解体では伊沢家が一番徹底的にやられてしまったんですのよ。主人は私と結婚しても一文の得にもなってませんわ」

それは本当だった。音子の両親は早く死んでいて、音子は伯父の家にひきとられて育ったのだが、伯父も伊沢本家から見れば遠い遠い分家で、戦後は家だけ辛うじて残っただけである。音子が結婚するときも、ろくな嫁入支度はしてもらえなかった。

それでも藤野夫人から、音子が伊沢一族の出身であることを言い当てられたのは悪い気のすることではなかった。大阪では、およそそんなことに関心を持つひとはなかったし、実力だけが勝負だと見る気風が強くて、ひとつには音子もそういうところが遂に好きになれなかった。音子は伊沢一族の中では最もみじめな貧乏人であったが、それでも大伯父たちの虎の威を借りたから時枝浩一郎という現在の夫と結婚することができた。彼はT大学の経済学部を卒業していて、エリートというなら夫の学歴こそ音子には頼みの綱だったのである。

「藤野さんでは、お子さまは何人いらっしゃいますの？」

「二人。女ばかりでございます。女子大の付属へ通わせるつもりで、その点ここは便利がよろしいんですのよ」

「お嬢さまなら御心配ありませんわね」

「ええ、こんな時代には男の子ですと大変でしょう？　奥さまはT大めざしていらっしゃるんじゃありません？」

「あら、どうしてですの？」

「だって時枝さんはT大でしょう？」

「うちの悟は、まだ小学生ですのよ、奥さま。大学まではまだまだ時間がありますわ」

「小学校はどうなさいますの？」

「主人は公立主義なんですの。私も私立の編入試験を受けるより、中学までは野放しに地域の学校でと思っておりますのよ」

「男のお子さんは、その方がよろしゅうございますわね。羨《うらや》ましいわ。宅では女ばっかりで、教育ママにもなりようがありませんでしたわ。それに会社は転任がございますでしょう？　一貫教育もできませんし」

「本当に子供に転校させるのは友だちと引離すようで可哀想ですわね」

「子供もそれを申しますの。ですから今度転勤になりましたら、私は主人だけ行かせて、こちらになんとか残ろうかしらと思ってますわ」

「あら、でも東京へお帰りになったばかりでしょう？」

「一年になります。三号館へ越したのは三カ月ばかり前ですけれど。時枝さんは出来たところへすんなりお入りになれて本当に御運がいいわ。私どもでは三号館の基礎工事が終ったばかりの頃に東京本社へ舞戻りましたから、本当に長い間待たされてしまって……」

その夜、時枝家の親子三人は、リビングルームの床に古いちゃぶ台を置き、座布団を敷いて坐り、スキヤキをつついた。浩一郎も悟も、よく食べ、音子ははしゃいで喋り続けていた。

「ねえ、あなた、私たち本当に運がいいのよ。東京へ戻るなりここの社宅へ入れたんですもの。他の人たちは三号館ができ上るまで随分待たされたんですって。それに鉄骨コンクリートだから出来た早々に入った人たちは壁が乾くまでいろいろつらいことが多かったんですってよ。寒い頃は本当に大変でしたって。下手に暖房をすると、湿気が天井に集まって雨漏りみたいになったんですって」

浩一郎はよく煮えたシラタキを吸いとってから、部屋の中を見まわして、

「しかし、ここは夏になると西陽がさすから暑いぞ、きっと。四号館が建つまで待った方がよかったんじゃないかな」

と言った。

伊沢商事は伊沢家の固有財産を買いとったあとで、その大部分を公営住宅の団地に開放し、そのかわり最も地の利のよいところを数千坪確保して、四階建てのアパートを十棟ばかり建てる長期計画を持っている。まだ一号館から三号館まで建ったばかりで、四号館は基礎工事どころか、やっと杭打《くいう》ちが終ったところである。音子は、たった今、藤野夫人が東京へ戻ってから三号館が出来上るまで待たされたという話をしたばかりであ

るのに、浩一郎がそんな暢気《のんき》なことを言うので本当にがっかりしてしまった。

「西陽だなんて問題じゃないわよ、あなた。ねえ悟さん、さっき見た夕陽の話をして頂だい」

「そうだ、お父さん。この窓から見ると、夕陽が素晴らしかったよ。富士山も見えるんだ。ちょうど、この方角。ほんまに綺麗やった、なあ、お母さん」

「東京弁になってよ、悟」

浩一郎は、

「ほう、富士が見えるのか。そりゃいいな」

と言って立上り、西の窓を開いたが、もう外はとっぷり暮れていて、空と山脈《やまなみ》の境もさだかではなかった。

「会社が終ってまっ直ぐ帰ってらっしゃればご覧になれたのよ、あなた」

「冗談じゃない、寄り道なんかしないよ、僕は」

「まあ、片道に一時間以上もかかるんですの」

「うん、新宿からは急行なら三十分くらいなのだがね。君は東京へ帰った帰ったというが、ここは神奈川県なんだぜ。おまけに駅には急行がとまらない。しかし新宿も五年前とは変ってしまったな。副都心というが、大都会だね、まるで。デパートが四つも出来てるんだから驚くよ。僕ら学生の頃は新宿なんて闇屋《やみや》とバラック建ての粗末な町だったんだ」

「私が子供の頃は、この辺まるで足柄山みたいだったのよ。さっきも藤野さんの奥さんに話していたんだけど」

「へえ、この辺には熊が出た？　まさか」

悟が言ったので、浩一郎も音子も笑い出した。

食後、

「夕刊はまだかかな。悟、見てきてくれ」

テレビを見ていた悟は、

「うん」

と素直に立って、階段を駈け降りて行った。

「あなた」

「なんだい？」

「テレビは私たちの寝室に置こうかしら」

「どうして？」

「悟の勉強に差しつかえるでしょう？　そろそろ進学のこと真剣に考えなければ」

「いいじゃないか、のんびりやらせろよ」

「そうはいきませんよ。この辺にはあまりいい高校がないらしいの。P高校は、とても程度が低いんですって、団地の子たちが多いから」

「学校の程度と団地は関係がないだろう」

「団地が出来て急に人口が殖《ふ》えたから、いい高校の入学率が上ったんですって。それでどこでも落っこちた子たちがP高校に入るんですってよ」

「誰に聞いたんだい、そんなこと」

「藤野さんの奥さん。藤野さんて人事部ですって？　そのせいか、あの奥さんはなんでも詳しいのよ、驚いちゃったわ」

音子は藤野夫人から自分が伊沢一族であることを言い当てられたことは言わなかった。浩一郎が、そういう種類の話題をことのほか嫌うのを知っていたからである。それでなくても浩一郎はちょっと不機嫌《ふきげん》になっていて、

「ここも社宅なんだからな、気をつけろよ。人間関係が面倒になったら、また泣かなきゃならないぞ」

「大丈夫よ、藤野さんの奥さんは悪いひとじゃないわ。それにあのお宅は女のお子さんばかりだから、何を話しても安心よ。悟の競争相手にはならないから。お嬢さんたちはずっと私立へ進ませるつもりですって。でも学費は大変でしょうねえ。制服のない学校ですって、大変だわねえ」

音子のお喋りを浩一郎は黙殺し、ぼんやりテレビを眺め出した。音子の方も馴れているから、そういう浩一郎に対して不満も感じない。ひとしきり藤野夫人から聞いた知識を開陳しているところへ、悟が戻ってきた。郵便受けが階下にあるのだけが、ちょっと不便といえば不便である。

「お母さんに手紙が来てたよ」

「え？　手紙？」

「うん。ほら」

白い封筒を差出されて、音子はしばらく眼を疑った。今日越してきた今日という日に、音子に宛《あ》てた手紙が配達されているというのは、にわかには信じがたい。

「誰からだい？」

浩一郎も驚いたらしい。音子は急いで封書の裏を返したが、悟の方が先に返事をしていた。

「隆之君のお母さんからだろ、ね？」

「そうだわ。山野さんの奥さんからよ、あなた」

「ふうん」

「唸《うな》っちゃうわね、いかにもあの奥さんらしいわ。さようならを言った日に書いてるのよ、きっと」


御無事に東京へお帰りになったことと存じます。新居はいかがですか。お引越しでお疲れの出ませんように。

こちらは奥さま御一家が行っておしまいになると、急に淋《さび》しくなってしまって、ああ悟ちゃんも東京の学校なんだなあと思うと、取り残されてしまったような気がします。こんなにすぐ奥さまが懐《なつ》かしくなるとは思いがけないことでした。主人も、時枝さんがおいでにならんと仕事にならんと言ってこぼしていますし、隆之も悟ちゃんはええなあ東京で、僕も東京へ行きたいと申しております。私もこうなってしまうと、急に東京は憧《あこが》れの都に見えてきて、そんなことはとうの昔に諦《あきら》めておりましたのに、なんとか東京本社へ主人が栄転できる機会はないものかとしきりと考えるようになりました。私などには高望みなのかもしれませんが、奥さまの御主人さまにおすがりしたい気持で一杯です。

こんな有様では、時枝さんの後任でおいでになる方の御一家とは、とてもうまくおつきあいできなくなるのではないかと心配しています。なんといっても社宅暮しは八方敵で囲まれているような工合ですから、そういう中で心を許してお話の出来た奥さまのような方とは、いつまためぐりあえるのか心細い限りです。

愚痴めいたことをいきなり書いてしまいまして申し訳ございません。奥さまの方では東京での希望にみちた新生活に浸って、もう大阪で付きあって頂いた私たちのことなど忘れておしまいかもしれませんのに。

でも、どうぞ、お忘れなく。ときには東京のことなど、この田舎者のために一筆でもおきかせ下さい。お願い致します。御主人さまと、悟ちゃんにくれぐれもよろしくお伝え下さいませ。隆之も近々お手紙を差上げることと存じます。こちらの明け暮れは相変らずで、ニュースといえば支店長のお宅で猫が、あの始終妊娠していた白猫です、あの猫が近いうちにまたお産があるらしくて、生れたら是非一匹と今からゴマすりに行ってる人があるという噂《うわさ》です。東京では、こんな阿呆《あほ》らしいことはないでしょうね。つくづく羨ましくてなりません。


山野幸江からの手紙を読んでしまってから、音子と浩一郎はこんな会話を交わした。

「ねえ、あなた。私は大阪じゃ嫌なことの方が多かったけれど、山野さんの奥さんには悪い思い出がないわ。随分よくしてもらったわ。山野さんが東京へ出られる可能性はないんですの？」

「そんなこともないだろうが、難かしいことは難かしいんだ」

「学歴が悪いから？」

「悪いということはないよ、T大万能という考え方は官庁以外はもう通用しない時代だからね。それに山野君は切れるし、実力があるから、ああいう人が本社勤務になるのは会社のためにはいいんだよ」

「じゃ、あなた呼んであげなさいよ。おすがりしますって書いてあるんだから」

「僕にそれだけの力があれば、だがね」


時枝夫人音子より山野夫人幸江へ。

お手紙有りがとうございました。何しろ新居に移って受取った第一号のお便りでしたから、驚いたり嬉しかったりで、幾度も幾度も読み返したことでございます。私も早くも大阪が懐かしい思い出の地になっているのを感じて、奥さまにお別れしたことが淋しくなっています。

ただし不人情なことを言うようですけれど、社宅の建物だけは本当に素晴らしくて、いかにも東京へ来たのだ、本社勤務に戻ったのだという気がします。メゾネット方式という最新の建築で、一号館と二号館は昔風のアパートで四階の住人は四階までトコトコ階段を上らなければならなくて大変なのですが、三号館は一階と二階、三階と四階がそれぞれ五軒に区切られています。私のところは一番西側の三、四階ですが、家の中に入ってしまうと二階家に住んでいるようです。何もかも新しくて、まるで贅沢《ぜいたく》なマンション住まいが始まるようです。家具を新しくしなければならないのだけが頭痛の種ですが、早速セールスマンがやってきましたので、月賦でダイニングキッチンのテーブル一式とベッドを買ってしまいました。何しろ大阪の社宅と違って洋式に出来ているので、買わないわけにはいかないのです。

古い言葉で言えば長屋住まいですけれど、ドア一つで完全にプライヴァシーが守られているので、庭先から家の中を覗《のぞ》きこまれるようなことがないので、社宅暮しといっても、大阪でのような面倒なおつきあいはなさそうなので安心しています。

越してきた日から、三号館の三にお住まいの藤野さんの奥さんとお話していますが

（御主人は人事部文書課次長、あんまりぱっとしないひと）、毒にも薬にもならないような人です。ただ学校のことや、買物のことなど、教えてもらえるので便利です。でもなにしろ、人事部ですから、いろいろなこと詳しくて、こちらはかなり防禦《ぼうぎょ》本能をとぎすましていなければならないので、それにつけてもあなたが懐かしくなるというわけ。何を書かなくても思いは同じでしょう？
また住居のことに話を戻しますが、私の家は西側にあります。三号館では一番最後に入居したからですが、窓の外の眺めは素晴らしくて、悟が絵葉書にして隆之君に送りたいと申しているほどです。西の空にくっきりと麗峰富士が浮んで見え、そこへ夕陽の落ちるところは文字では書きあらわせない素晴らしさです。スモッグを覚悟して帰ってきた東京で、こういう眺望を得るとは思いがけなかったのです。そこで私は、ひそかに私の住居を夕陽ヵ丘三号館と名付けることにしました。現実の住所と似た名前ですが、感じがまるで違うでしょう？　この景色だけでも、あなたに送って差上げる方法はないものかしらと思っています。話相手のいない日常ですから、家の中の整理がついたら、またちょくちょくお便りしますわ。御主人さま隆之君におよろしく。

音子より

山野夫人幸江より時枝夫人音子へ。

夕陽ヶ丘三号館よりのお便り、ありがとう存じました。奥さまの東京生活が目に見えるようです。主人に早速話しましたら、

「さすがに時枝さんの奥さんは違うたもんやな」

と言って感心していました。

大阪の夕陽ヶ丘といえば、大変に品のいい土地柄ですし、たとえば夕陽ヶ丘高校は名門で、私などは今でも指を銜《くわ》えて眺めているところです。メゾネット方式などとは聞いただけでも私たちには高嶺《たかね》の花ですわ。なんとか東京へ出たいという私の望みも分不相応なものだったのではないかと反省し、前にさしあげた手紙で、奥さまにおすがりしたのが恥ずかしくなります。

こちらは奥さま御存知の通りの生活が、相変らず続いています。隆之は相変らず漫画に熱中していて、勉強をしないんですよ。男の子というのは、母親の手には負えないものなのでしょうね。私はもうすっかり諦めています。社宅では、近々に支店長が代るという怪情報が入って大騒ぎをしていますが、毎度のことですから私は落着いています。奥さまは同じ棟《むね》に人事部の課長さんがいらっしゃるのですから、デマに惑わされることもないでしょうね。羨ましく思います。

ダイニングキッチンなんて雑誌で見るだけで、私などには縁の遠いものと思っていましたが、奥さまが早速椅子とテーブルをお買いになったというのは私にはショックでした。隆之も、しきりに、

「ええなあ、ええなあ」

と申しています。

東京で、すっかり文化的な生活に入っていらっしゃる御一家のことを思うと、こちらの古ぼけた社宅の暮しは溜息《ためいき》が出そうです。運の悪いことに、昨日から雨が続いていますので、畳までじめじめしています。

「一度でええからベッドに寝てみたいわ」

と言いましたら、うちの旦那はんはあくびをしながら、

「そうやなあ」

と申しました。なんという張りあいのない……。もっと颯爽《さっそう》とした男と結婚したかったのですが、うちの旦那はんにしてみれば、奥さまのような美人と結婚したかったのかもしれず、不満を口にするわけにもいきません。

支店長夫人の猫のことですが、支店長が代るとなると仔猫をもらうのも意味がないので、それに次に来る支店長夫人が前支店長夫人から拝領の猫を持っている奥さん連中をどう思うか問題なので、猫のお産が近づくのを、みんなハラハラしながら見守っています。お産の結果はどうなるのでしょうか、次号をどうぞ、おたのしみに。

私もお話相手がなくなったので、奥さまに手紙でも書くより仕方がありません。大阪の社宅は、もの言えば唇《くちびる》寒しで、奥さまをあんなに苛《いじ》めた大竹夫人が、近頃は私に狙《ねら》いをつけているようなのです。戦々兢々《きょうきょう》として暮しています。

大阪の幸江から手紙が届く度《たび》に、音子は心をはずませてそれを開き、ときどき声をあげて笑いながら読んだ。幸江の文章にはたくまずしてユーモアがあり、それは社宅で暮したことのある人間にはすぐに察しのつく可笑《おか》しさであった。その中でアップ、アップしていた頃には滑稽《こっけい》さにも気がつかなかったが、そこから抜け出してみると、自分に余裕があるせいか舞台の喜劇を眺めているような工合だった。

「ねえ、あなた。山野さんを東京へ呼んであげる方法はないものなの？　奥さんも坊やも、みんなで羨ましがっているわよ」

「君が羨ましがらせるようなことばかり書くからだろう」

「あら、私はありのまましか書いてないわ。でも悟が東京へ来てから自発的に漫画を読むのはやめたってことは知らせたのよ。隆之君も早く漫画を卒業すればいいと思って」

「よけいなお世話だよ」

「そんなことありませんよ。自分の子供のことだけ考えていたら、いい教育はできないわ。私も山野さんの奥さんも、いわゆる教育ママじゃないですからね」

「ふうん」

浩一郎はなま返事をして、ベッドの中で週刊誌を読み、やがて寝返りをうって眠ってしまった。セールスマンから買ったトゥイン・ベッドは、スプリングが強くて寝返りをうつ度に大きくきしんで動く。音子は念願のベッドで寝る生活に入った興奮もあって、ベッドに馴れるまでにはかなり時間がかかった。夜中に寝呆《ねぼ》けてベッドから落ちた事件などは、すぐに大阪の幸江にあてて報告をした。浩一郎が言うような羨ましがらせるつもりなど、あるわけがないと思っている。

夫が相手をしてくれないので、音子は同じ三号館の藤野夫人に会うと、幸江からの手紙を種にして話にふけった。もちろん同じ会社内のことだから幸江の夫の名前も、会社の所属部門も明かさない。それだけの配慮はあるが、話となるとどうしても誇張が多くなるから、面白い事件は、一層滑稽さを増す。藤野夫人は喉《のど》をならして笑い転げながら、

「札幌でもまるで同じでしたわ。支店長のお宅にお子さんがなくて、奥さまが犬をそれは可愛がっていらしてねえ。血統書のあるのが御自慢だったんですよ。やっぱり仔犬が生れると、これは五万円の犬だ、やがて十万円になるからって恩に着せて下さるんです」

「まあ、お宅でもお貰《もら》いになって?」

「いいえ、運のいいことに宅では娘が二人とも子供でしたでしょう? 小さな子供のいるところは犬を大切にしないからって、あちらで相手にして下さらないんですの」

「御運がよかったわねえ」

「でもその分、なんだか意地悪をされてるようでしたわ。仔犬を貰ったひとたちは、始終集まっては品評会をしたり、ドッグフードの研究会なんかしてね、私なんかのけものにされてました。札幌は寒いでしょう? 犬のある人たちは犬を抱いて暮すんです。家

の中でね、支店長夫人御下賜のお犬さまよ」

「まあ元禄時代みたい」

音子も笑い出した。

伊沢商事の社宅には僅《わず》かながら規則のようなものがあって、犬を飼うことが御法度《ごはっと》になっているのも、きっと日本中の各地にある社宅から幾つかの事例が報告されていたからに違いない。

家と家は密接しているが、手を抜いた簡易な建築ではないので壁が厚く、隣の物音は、よほど大きなものでないかぎり聞えない。入口のドアさえ閉めてしまえば、隣近所とは完全に遮断《しゃだん》されてしまう。札幌や、大阪の社宅生活の煩《わずら》わしさとは較《くら》べものにならない。

音子は家の中で掃除が終って一人になると、食堂のテーブルに便箋《びんせん》をひろげて、せっせと山野夫人の幸江に手紙を書いた。


お元気ですか。さんさんとふりそそぐ五月の太陽を部屋いっぱいに受けたところで、この手紙を書いています。メゾネット方式というのは、本当によくできた建築だと感心しています。先に入ったひとほど一、二階の部屋をとるのだそうですが、高ければ高いほど眺めもよくなるし、空気もよくなるのに、どうして皆さんは低い方を選ぶのか、私には気持が分りません。

札幌の社宅で犬に悩まされたという例の藤野夫人（あなたは藤野氏が人事部文書課

長と誤解なすっているようですが、本当は文書課の次長さんですから、念の為）が、今日話してくれたのですが、この社宅もそれなりにうるさいことはあるらしくて、三号館の人たちはすぐ後ろにある一号館の奥さんたちとは口をきかないようなのです。それというのが藤野夫人の言によれば、一号館と二号館の人たちは勝手にひがんでいるからだそうで、三号館がメゾネット方式であるのも、ガスレンジが最新式であるのも、すべて気に入らないんですって。

「そんなこと言われても困るじゃありませんか。私たちが選んだわけじゃないのですもの」

「ねえ、陽当りが悪くなったと言って怒っている方たちもあるんですのよ」

「随分間隔がありますのにねえ」

「お宅の一つお隣の八号室の井本さんね、御夫婦の寝室はダブルベッドなんですってよ」

「え？」

「大きいから運ぶときかなり目立ったらしいんです。私は二号館の人たちから冷笑されて、自分のことのように恥ずかしかったわ」

こんな話を聞いて、私はトゥイン・ベッドを買って本当によかったと思いました。東京も結構くちうるさいのね。桑原々々というところです。

私たちの三号館にも、やがて東隣に四号館が建ってから前に五号館が建つわけですが、三、四階にいる限り陽当りが悪くなる心配はありません。なるべく家の中にこもって、刺繍《ししゅう》でもして暮そうかと思っています。

それにここも丘陵一帯が団地になっている光景は、昼間眺めると壮観よ。この六、七年で駅前には住宅公団のアパートが一群いっせいに建ち並んだといいます。そしておいおい会社ごとに社宅が建ちはじめ、それは一目で分るほど一群ごとに特徴があります。壁の白いのや、黄色いの、窓の形、凸字《とつじ》型の建築と、それは多彩なのです。

山野夫人幸江より時枝夫人音子へ。

夕陽ヵ丘三号館は、その後いかがでいらっしゃいますか。すっかり御無沙汰《ごぶさた》いたしまして申し訳ございません。このところ支店長がお代りになり、お隣の太田さんが博多へ転勤で、奥さまたちのあとにいよいよ新任の方がいらっしゃり、私はとても新しい方々にすぐ尻尾《しっぽ》をふる気にはなれないのですが、それでも挨拶には行かねばならず、引越しの手伝いも、私だけ知らない顔もできないので、いやいやながら出かけてしまい、行けば私のことですからまめまめしく働いてしまって、早速あの意地悪な大竹夫人に、

「あんたみたいな重宝なひとはおらんわねえ。大阪はあなたのおかげでやりやすいって時枝さんの奥さんも言うてはった」

と皮肉を言われました。

奥さまの名を、わざわざ新しくおいでになった方の前で言われるのですから、その底意地の悪さは身震いするほどです。

おまけに大竹夫人は前の支店長夫人から貰った仔猫を、さっさと捨ててしまったのだそうで、やり方がいかにも大竹夫人らしいといって私たちは顔を見合せています。それにしても猫とはいえ生命のあるものですから、一日でも飼えば私たちなら情が移って捨てられはしないでしょうに。新支店長夫人の前に出ると、大竹夫人はまるで女官長か、大奥のお中臈《ちゆうろう》のようです。夕陽ヵ丘三号館の人事部文書課の藤野さんにお願いして、なんとか大竹さんをアラスカか、アフリカのようなところの支店へ追放してもらえないものかしらと思います。でも課長さんでもない方には、そんな力はありませんね。それに伊沢商事は、アフリカにはまだ支店がないのですしね。残念です。


時枝夫人音子より山野夫人幸江へ。

またまた御無沙汰でご免なさい。

悟が転校しましたら、教科書が前とすっかり違いますもので、悟もびっくりして、私もショックで、三、四年の頃の教科書を先生にお借りして一緒に読み通したりしていたのです。教育方法も、土地柄が反映しているのか違うので、悟もそれに馴れるまでが大変です。今までのんびりしすぎていたのかと私も反省しているところ。
今日は葉書ですから詳しく書けませんが、夕陽ヵ丘三号館もいろいろ癖のある人たちが住んでいるらしくて、大変ですって。私のようなぼんやりは、なるべく巻きこまれないようにするより方法がありません。大阪ならあなたが守って下さったけれど、藤野夫人はどうもそんな気はなさそうですし。あのひとも札幌ですっかりこりてしまったので、誰とも深入りはしない主義ですって仰言《おつしや》るの。私の家には来るくせに、自分のところには決して私を招かないのよ。随分徹底していると思うけど、そのくらいにしていて恰度《ちようど》いいのでしょうね。それにしても味気ないわ。また書きます。

山野夫人幸江より時枝夫人音子へ。

夕陽ヵ丘三号館も、なかなか大変なのですね。お察しはしていますものの、それでもこちらの社宅より随分いいように思われます。何しろこちらは支店長、副支店長、課長、係長とも一区劃《くかく》の中にびっしり家が建ち並んでいて、身分ごとに大きさも間数も違うのですものね。課長から上の家には掘炬燵《ほりごたつ》があって、係長の家にはないなんて、あんまりえげつないという気がします。独身寮の若い人たちなどは本当に気の毒です。なにしろこちらはほんまにえらいことです。新しい支店長夫人は猫はお嫌いで、そのかわり植木が御趣味なんですって。大竹夫人は早速バラの苗を持って行きましたって。支店長の奥さまは大変お喜びになって、すぐ庭土を掘り返し始めたので、大竹夫人も泥まみれになって手伝ったあげく、あんまり張りきりすぎて、翌日から腰が痛くって寝込んでしまったという滑稽譚《こっけいたん》。前の奥さまは庭をいじることなどなさらなかったので、木でも草でも植え込む場所に不自由はないものだから、人々は争って花だの種など届けたり、草むしりに出かけたり大変です。

奥さま御一家のあとにいらした方も、言いにくいことですが、奥さんが易に凝《こ》っていて、私も早速に五行陰陽説《おんみようせつ》というのを一席きかされました。私の家は、玄関がひっこんでいるので、そんなところに住んでいるかぎり主人のうだつは上らないのだと言われてしまいました。社宅の改築は手続きも面倒だし、勝手にいじるわけにもいかないし、玄関を直せば主人が出世するときけば、迷信でも実行したい気持が動きますし、奥さまならどうなさいますか？

この奥さんの説によれば、私は情の深いのが仇《あだ》になるという星の下に生れたのだそうで、親切はほどほどにした方がいいとのことです。

「山野さん、あなたは、時枝さんの奥さんと大変仲がおよろしかったんですって？」

「はい。でも誰がそんなことを」

「大竹さんよ。あの奥さんは聞かなくてもいろいろなことを言ってらしてね、あなたが時枝さんとせっせと文通してらっしゃるなんて告げ口に来たわ。私はそんなこと一向にかまわないと思うんですけどね。でも、ほら、あなたの星が星でしょ？　注意はなさった方がいいわ」
　五行陰陽説といえば尤《もっと》もらしく聞えますが、こう言われてみると易にかこつけて暗に奥さまとの交際に圧力をかけられているようで、首を捻りたくなってきます。それにしても大竹夫人というのは、なんというひとでしょう。私が奥さまと繁々《しげしげ》文通をしているなんて、何から気がついたのでしょう。怕《こわ》いので、この手紙は隆之に持たせて、梅田あたりで投函《とうかん》させます。かといって郵便配達が来る時間に、表で見張っているわけにもいきませんし。この社宅に、いったい私たちはいつまでいなければならないのでしょうか。

時枝夫人音子より山野夫人幸江へ。

　夕陽ヵ丘三号館よりお便りを差上げます。差出人の名が違うので、さだめしお驚きのことと思いますが、大竹夫人の話には私もぞっとしましたので、以後は偽名を使うことにいたします。所番地は私の実家のものですから、もしものことがあっても私の手許《てもと》に間違いなく戻りますから御安心なさって下さい。
　こちらの社宅は団地ですから、庭がないのでちょっと淋しいと思っておりましたが、庭があればあったでゴマすりのもとになるのだと思えば、いっそない方がさばさばします。けれども団地は団地なりに、これまで想像もしなかったような苦労の種があるものです。第一が子供の教育問題。悟が進学を目前にしていますので、これは頭痛の種です。

団地の出現で俄《にわ》かにふくれあがった人口をかかえて、昔でいえば田舎の小学校一つでは児童を収容しきれなくなったのです。そこでもう一つの小学校が出来ましたが、後から来たものはとかく嫉《そね》まれるので、こちらの小学校の方が程度が低いと言われているのです。私も下検分に行ってきましたが、新しい方が施設はいいので、これはやつかみだとすぐに分りました。

藤野さんの奥さんに、

「私はB小学校の方がいいように思いましたけど」

と言いましたら、

「あら、でも社宅では坊っちゃんのある方は皆さん寄留をしてA小学校へいらっしゃるんですよ。学校教育なんて、施設より伝統や教師の程度とか、集まっている子供の質がいい方がよろしいんじゃありません？」

「同じ公立なのに、AとBではそんなに格差があるんですの？」

「という話ですわね。でも私は娘がAにもBにも関係ありませんでしょ？　詳しいことは分りませんのよ。でも、お宅は伊沢さんの御一門だから、私立の坊っちゃん学校へいらっしゃるものとばかり思っていましたわ」

よけいなことを仰言るじゃありませんか。私は主人が地域の学校へ行かせる主義ですし、男の子は雑草のように強く育ってほしいと願っていますので、公立へ行かせるつもりなのだとはっきり言っておきました。すると藤野夫人は唇をすぼめて、「こんな時代が来ると男の子を持ってらっしゃるのは大変ですわねえ。女の子は最初に無理をしても私立へ入れておけば、エレベーター式に大学まで行けますけどねえ」と、さもさも得意そうに仰言るのです。この奥さんは御自分が女子大出身なのが御自慢で、つまり母校の伝統というものに大変な誇りを持っていらっしゃるので、とてもお話にはなりません。

主人の意見もありましたし、調べてみると寄留というのは言うは易く、行うは難しなので、悟はB小学校へ転校させています。同じ社宅の坊っちゃんたちがいないだけでも気が楽だと思いましたが、藤野夫人の言ったのとは大分違っていて、お隣の井本さんでも坊っちゃんはB小学校を卒業された様子です。あの、ダブルベッドの井本さんです。

子供の進学で音子は藤野夫人とはちょっと気まずくなったかわりに、一軒おいて隣の八号室である井本一家と親しくなっていった。井本家にも一人息子があって、今は中学一年生になったところだ。悟はB小学校へ入ったので、彼の後輩になった。

「うちの息子は本当に困ったものですわ。まあ勉強が好きで好きで、テレビも見ませんのよ。学校から帰ってくると机にしがみついて御飯のときでも呼んでもなかなか来ないんですのよ」

「まあ羨ましい。そんな優秀な坊っちゃんなら御安心ですわね」

「ちっとも優秀じゃありませんわ。今度やっと首席になれたくらいですもの」

「まあ、一番ならそれ以上優秀ってことございませんでしょう？」

「でもこの辺《あた》りの中学の一番でしょう？　なって当り前で、それもあれだけ勉強した末の一番じゃ、よっぽど土台が悪いんじゃないかって心配ですわ」

「そんなこと。お宅にひきかえて、うちの悟は関西でのんびりしすぎていたものですから大変ですわ」

「男の子はそれでよろしいんですよ、奥さま。お宅は御主人さまも悠々《ゆうゆう》としていらっしゃるし、結構だわ。宅じゃ主人も息子も細かいことに気がつきすぎて、神経質でねえ。ちょっとでも部屋が片付いていないと機嫌が悪いんですの。男はもっと大まかでなきゃいけないと思うんですけど、子供まで主人に似て、洗面所の石鹼の置き方まで、きちっと縦になってないと気に入らないんです。男の子がねえ、そんなことに気がつくなんて、どうかと思いませんか？」

音子は返事のしようがなくて、あらためて井本家のリビングルームを眺めまわした。井本夫人は小肥《こぶと》りの中年女だが、子供にまったく手がかからないというのに、着ているものはどことなくしどけなくて、部屋の中も少しも片付いていない。これでは神経質な男でなくても手を出したくなるに違いないと思えるほど雑然としている。

「でも安心しましたわ、お宅の坊っちゃんがB小学校にいらしたと伺って。藤野さんの奥さんがA小学校とBとでは格差があって話にならないって仰言ったものだから、私は迷っていたのですけれど」

「藤野さんって、階下《した》の？」

「ええ」

「奥さま、あのひとは気をつけた方がいいわよ」

井本夫人は急に声を落した。

「どうしてですか？」

「まあ、口うるさいったらないのよ。ちょっとこの部屋で物音をたてると、電話がかかってくるんだから」

「まあ」

「何かあったんじゃございませんかって。親切そうに嫌みを言うの。とても私なんかにはつきあいきれないわ。うちでも越してきた当座は学校のことで、BよりAがいいから寄留した方がいいって、さんざん。あの家は女の子ばかりで、どこかの付属でしょう？AもBも何も分らないくせにねえ。迷惑したわ」

戦後の東京都の人口増加と教育の民主化に伴って、都心から郊外へかけての鉄道沿線に数々の私立大学が設立された。伊沢商事の社宅から東京まで電車にのってみれば、急行も鈍行も乗客の半数は学生である。洋裁学校や花嫁学校も短期大学になったし、制服を着ない学生が殖えている中で、学習院の制服を真似たものをきちんと一着している色白な男の子たちがいたりする。音子は幾度か新宿や東京駅まで買いものに出かけた行き帰りに、そういう若ものたちを眺めわたして、やはり悟は夫が言うように地域の学校で逞しく育ててから、将来は本人の進みたい方向へ、できれば国立の大学へやりたいものだと思っていた。

「あら、奥さま」

改札口から出ようとしたとき、後ろから声をかけられて振向くと、藤野夫人だった。

「あら、同じ電車だったのですかしら」

「お隣の輛《はこ》でしたの。奥さまがキョロキョロしてらしたから、私、一生懸命手を振ってましたのよ。お分りにならなくて悲観したわ」

「まあ、ご免なさい。あんまりいろいろな学校の生徒が乗ってくるでしょう？　この学校はどういう学校かしらって、その度に考えてましたの。それがキョロキョロしてるように見えたのでしょうね、恥ずかしいわ」

「ろくな学校がないんですよ、この沿線は」

「…………」

「私は娘の大学が都心にありますでしょう？　今から心配ですのよ、途中で不良学生に難癖でもつけられたらどうしようかと思って。この頃の男の子は怕《こわ》いですからねえ」

音子は藤野夫人の無神経な話しぶりに、ちょっと呆気《あつけ》にとられた。音子の息子は進学を前にしているのだし、やがて「この頃の男の子」に育つかもしれないのだ。

音子の名付けた夕陽ヵ丘は文字通りの丘陵地帯だから、坂が多い。団地によっては見上げるだけで目をまわしそうな急傾斜の階段を持っている。音子は恰度着物を着ていたので、階を上るごとに裾のまくれるのが気にかかった。ハイヒールでは、なおのこと疲れる道なのだが、やはり洋式の生活に切りかわったのを機会に、着るものも洋装だけに統一して合理化をしなければなるまいかと思った。

音子はまだ不馴れで階段を上っている間は息も切れるし、両手にデパートの袋を提げている上に着物の裾も気になるしで黙っていたが、藤野夫人はやはり買物袋をぶらさげながら囀《さえず》り続けていた。

「世が世ならこうして奥さまと御一緒に道を歩くことなどなかったでしょうにねえ、光栄ですわ」

「どうしてですの」

「伊沢家のお姫さまですもの、奥さまは」

「とんでもありませんわ。伊沢一族は江戸時代からの商家ですから伊沢八家といってね、八軒だけに特権がありましたのよ。私は伊沢は伊沢でも八家に入ってない小さな分家ですから、どうぞもうそんなこと、仰言らないで下さい」

音子はこう言っただけで息苦しかった。階段が、かなり急だったからである。

「本家だって分家だって大伊沢の御血筋ですもの。私はこの間、井本さんの奥さんに注意してあげたんですのよ。失礼のないようにって」

「まあ、困りますわ。私、ほんとに伊沢とは名のみにて、なんですから」

「井本さんというのは常識のないひとですからね。私は奥さまがあんな方とおつきあいなすってるかと思うと、はらはらしてしまいますのよ」

「そんなこと。井本さんはざっくばらんな方なんですわ。私はあちらの坊っちゃんがB小学校をお出になったので、それでなんとなく親しくさせて頂いてるんですのよ。井本さんの坊っちゃんは一番で中学へお入りになったんですって」

藤野夫人は洋装のせいもあって身軽く階段を上っていたが、びっくりした顔で足を止め、音子を振返った。

「嘘《うそ》よ、嘘だわ。奥さまも人がいいのね。井本さんの子供が一番だなんて、ビリからの勘定じゃないの？」

「まさか嘘ってことはないでしょう？　とても優秀で勉強が大好きなんですって」

「まあ、すぐ底の割れるような嘘をよく仰言れるわね。でも井本さんらしいわ。奥さまもお気をつけた方がよろしくてよ。津田さんじゃ、本当に参っておしまいになったんですのよ」

「津田さんって、私のお隣の？」

「ええ、奥さまのところと井本さんの間にはさまっているところ。井本さんでは津田さんに当てつけるために、お宅と親しくしてらっしゃるんですよ」

「そんなことは、ないでしょう？」

「本当なのですよ。奥さまのところが越していらっしゃるまでは、津田さんと井本さんは喧嘩ばかりしてらしたんですから」

「喧嘩って、どんな？」

「井本さんのところは騒々しくってねえ、あちらの夫婦喧嘩ときたら凄《すご》いんですのよ。いつだったか、植木鉢が降ってきて、もし私が窓から顔でも出してたら大怪我をしてましたわ。何しろ真下ですものね、私のところは」

「そんなに御夫婦仲が悪いんですの？」

「ええ、そりゃもう、大変」

「そういえば御主人さまが神経質だって仰言ってらしたけど」

「あんな奥さんでは井本さんがお気の毒よ。この三号館じゃ、あの家だけよ、セールスマンが上りこむの。入ったら三時間も出て来ないんですって。一号館のひとたちが笑ってるわ」

「どうして一号館の方たちに分るんでしょうね」

「だってどこの窓も南が開いているでしょう？　どの家も入口は北側だから、こちらの動静は一号館からは手にとるように分るんですよ」

音子は足が重くなってきて、藤野夫人の話に合ノ手を打つのも面倒になってきた。

三号館の三の藤野夫人と、三号館の八の井本夫人が大層仲が悪いということは分ったが、音子には井本夫人が藤野夫人の言うように柄の悪い女だとは思えなかった。少なくとも藤野夫人のようにはこちらの神経をいらいらさせるような話し方をしない。一人息子の自慢だけは音子にはちょっとしんどかったが、それを藤野夫人が言下に嘘だと言ってのけてくれたので、気が楽になったせいもある。

親しくなると井本夫人も遠慮なく藤野夫人の悪口を言い始めた。

「都会的なセンスがあるっていうのでしょうけどね、あのひと。あの家柄自慢だけはたまらないわねえ」

「え？　あの藤野さんが家柄自慢をなさるんですか？」

「奥さまはまだ聞かされていない？　そのうち始まりますよ。仲良くなれば耳にタコが出来るくらいよ」

藤野夫人が音子の実家のことをよく口に出すのは、藤野氏が人事部文書課に勤務しているからだとばかり思っていた音子は、ようやく謎《なぞ》がとけたような気がした。あれは音子の方からも藤野夫人に自慢話をさせるための遠まわしの催促だったのだ。音子は自分の迂闊《うかつ》さに、今頃気がついて、これはしまったことをしたと思った。

「お家柄って、どういうお家なんですの？」

「南北朝の頃から続いているんですって」

「藤野さんが？」

「いいえ、奥さんの実家よ。曾祖母さんが女官をつとめたとか、大伯母さんが華族さんへお嫁に行ったとか、私は聞いても端から忘れてしまったわ。だってあなた去年の暦みたいな話でしょう？　華族といっても武家華族と公家華族って違うんですって。そういう意味では藤野さんのところは生粋《きっすい》の士族なんだそうよ。いくら聞いても私なんか関係がないから感心するわけにもいかないわ。いまどき士族なんて言ったって、伊沢商事に勤めてれば士農工商ときたら一番身分が低いじゃないの、ねえ」

「去年の暦はよかったわね」

音子はとうとう笑い出してしまった。

「お隣は明治の元勲の曾孫なんですってよ」

「津田さんですか？」

「そうなの。だから子供は学習院に通わせているでしょう？」

「明治の元勲に津田ってひと、いたかしら」

「どうもお妾《めかけ》さんの血筋じゃないかと思うのよ」

「…………」

「それでも奥さんは自慢にするんだから。私はその話を聞いてからというもの、津田さんの御主人に会う度に俯向《うつむ》いてしまうのよ。困るわ、血統書つきの馬に見えてしようがないのよ。私は競馬が好きだもんだから、ダービーには夢中なんだけど、津田さんの顔を思い出すとカンが狂ってね、このところ損ばかりしているわ」

井本夫人はこう言ってから、それこそ馬のように大きな口を開けて笑った。

音子はその頃になってようやく、藤野夫人が音子が伊沢一族だということを井本夫人に知らせたという話を思い出した。が、まさかこんな最中《さなか》に、自分からそれを言い出すわけにはいかない。

「おかしいのは、どちらも家柄自慢の津田さんと藤野さんが、両方でぶつかるとどういうことになるかってこと。分る?」

「お二人とも仲良しさんなんでしょう?」

「表向きは、ね。表向きは相手の家柄を褒《ほ》めあって、そりゃ馬鹿々々しいみたいだけど、藤野さんに言わせれば明治の元勲はみんな成上りだってことになるし、津田さんは南北朝以来の系図というのは眉唾《まゆつば》ものだって仰言るわ。この蔭口を取次いだら、一騒動になるわね。私は知らんふりをしているけど。社宅ってところじゃ、聞いた話をふり撒《ま》くのは災いのもとですものね」

「ええ、本当に……」

「そこへいくと私のところは主人も私も雑種ですから気が楽よ。子供が津田さんの自慢話を聞いていたらしくて、主人が帰ってきましたら、お父さん僕のうちの祖先はどういうのかって訊きましたらね、主人が、うん、人間の先祖は猿なんだよって返事をしましたわ。傑作でしょう?」

音子は井本夫人と笑い声をあわせたが、あんまり気持の方はすっきりとしていなかった。藤野夫人が音子が伊沢一族だということを告げたので、当てつけにこんなことを言われているのだろうかという疑いが芽生えていたからである。

「雑種の方が強いんですのよ。うちの子供なんか、放りっぱなしにしときましたけど、勝手に育っていますもの。津田さんの坊っちゃんなんて過保護もいいところね。雨が降ると駅まで傘を持って迎えにいらっしゃるんだから。私は驚いちゃった。男の子ですよ、雨にちょっと濡れたって、とけるわけじゃあるまいし、ねえ」

「私のところも一人っ子ですから、過保護にならないようにって、それに一番気を使ってますわ」

「そうですよ、男の子は突き放して育てなきゃ。藤野さんとこはお嬢さんばかりだから大変ねえ。南北朝以来というのを嫁入道具のかわりになさるんだろうけど、これから十年先にそんなことを有難がる男がいるのかしら。男女共学の時代に、女の子ばかり集めたところで勉強させたら、それだけ男の子を見る眼を育てる機会がなくなるから、つまり免疫性がなくなりますよ。いくら家柄や血筋がよくても、つまらない男にひっかかったら、それまでじゃありませんか、ねえ」

井本夫人のとめどもないお喋りに、ようやく音子は辟易《へきえき》してきて、腰をうかしかけたところへ表のブザーが鳴った。

「どなた」

「田村です」

「あら、あなた、恰度いいところへ現われたわ」

若い男が、紺の背広を着て立っていたのを、井本夫人は賑やかに招じ入れた。

「私、失礼しますわ」

と音子が言うのに、

「まあお待ちになってよ。社宅じゃ口がうるさいから、訪問客を中に入れると何を言われるか分らないのよ。お願いですから奥さまいらして頂だい。こちら田村さん。田村さん、時枝さんの奥さまよ。うちの一軒おいてお隣なの。大阪支店からいらしたのよ」

「Q証券の田村でございます。こちらの奥さんには大層お取立てを頂いております。これを御縁によろしく」

青年は名刺を出して、丁寧に挨拶をした。

音子は少々うろたえたが、

「こちらこそ」

と挨拶を返して、さてどうしようかと考えたが、社宅は口がうるさいからという井本夫人の引止めの口実は確かにその通りと思えたので、しばらく様子を見ることにした。名刺を見るとたしかにQ証券と印刷してある。

「奥さん××が十二円も上りましたよ。そろそろ買い替えませんか。○○が有望です。どうですか」

「いやよ田村さん、あなたはちょっと上ると売れ売れといって、▽▽なんか見てごらんなさい、八百円になってるわ。あのまま持ってれば百万円も儲《もう》けたのよ、私」

「しかし▽▽は一時暴落しましたからね」

「本当、あのときは手放してよかったと思ったわ。ひやっとしたもの」

「でしょう？　とても奥さんには今日まで持ちきれませんよ。僕は少なくとも御損はさせてない筈《はず》です」

「なんでも値上りしてるんですからね。株だって、減るのはよっぽど馬鹿なことをしないかぎり大丈夫なのよ。田村さんの手柄じゃありませんよ」

井本夫人と証券マンは、いきなり軽口を叩きあって、音子を驚かせた。話の内容が何なのか分るまでかなりの時間がかかった。

音子には番茶と駄菓子しか出さなかった井本夫人が、喋りながら紅茶を三人前調《ととの》えて、田村青年のために用意してあったのかショートケーキをすすめ、舶来ウイスキーを戸棚から出してきて、

「奥さま、スコッチはいかが？」

と訊く。

「いえ、私、アルコールは駄目なんです」

「そう？　でもこうすると匂いがいいのよ。ねえ、田村さん」

「はあ、頂きます。でも僕は紅茶を混ぜない方がいいな」

「またまた。このひと、若いのに呑んべえなのよ、奥さま。昼日中から飲ませるわけに

はいかないわ」

「罪だなあ」

井本夫人は自分と田村の茶碗に、二、三滴ウイスキーを注《つ》いでから、

「さあどうぞ、召上れ」

音子に向って、華やかに笑いながらすすめた。音子はこのとき突然、井本家の寝室には大きなダブルベッドがあるということを思い出し、またしてもうろたえた。

「奥さま株をやっていらっしゃるんですの？」

音子は紅茶を一口飲んでから、おそるおそる訊いた。

井本夫人はそばかすの多い顔を無邪気にひらいて、

「ええ、主人の安月給じゃ、とても将来自分の家は建ちませんものねえ。私がやりくりして少しでも殖やすことを考えなければ」

「こちらの奥さんは」

証券マンは端麗な顔で大真面目に音子に説明した。

「実に勘がすばらしいんです。僕はときどき舌を巻いてるんですよ」

「そりゃそうよ。こう見えても私はあなたなんかの生れる前から株をやってるんですからね」

「まさか。僕は奥さんとそんなに違いませんよ」

「そうオ、有りがとう」

井本夫人は上機嫌で、必要以上にはしゃいでいるように見えた。音子はなんとなく居辛くなっていたが、座を立つきっかけがない。

「ねえ、時枝さんの奥さまも少しおやりにならない？　十万円ぐらいからお始めになるといいわ」

「十万円だなんて、私とても」

「三年間で三倍にしてさしあげますよ、奥さん」

証券マンがきっぱりと言って、鋭い眼で熱っぽく音子を見詰めた。

「そんなこと、株だなんて大それたこと私にはできませんわ」

「そんなことないですよ。株というのは昔は株屋ばかりが集まって大きな相場をはったものですがね、近頃は家庭の奥さまたちが気軽におやりになるものに変ってきているのです。いわゆるへそくりをですね、利廻りよく回転させるだけのことですよ。保険とか定期預金というものは、こんなにインフレの続く世の中では馬鹿がやることです。私どもの会社では、特に奥さま方を対象にですね、株というものを分りやすく説明し、身近なものにして頂くというモットーで確実な業績をあげています。事実ですね、化粧品会社の株とか、軽電機の株などは、奥さま方にも分りやすいでしょう？　テレビが普及すれば、それだけテレビ製造の会社の株は上るんです。簡単なんですよ、株価の変動は。つまりですね……」

証券マンはまことに雄弁であった。立板に水を流すように滔々《とうとう》とまくしたて、音子はただ当惑して息苦しくなっていた。玄関の扉が開いた。

「あら、お帰りなさい」

井本家の一人息子が帰ってきたのだった。が、彼は客の方は一顧もせず、すぐ階段を上って行ってしまった。

ようやく音子は立上っていた。

「私、失礼いたしますわ」

「あら、よろしいじゃありませんか。このひとは信用できますよ」

「でも、宅でも子供が帰る頃ですから」

「男の子なんか突き放して育てなきゃ駄目ですよ」

しかし音子は断乎《だんこ》として帰ろうと思った。

Q証券の田村は、自分はひきとめもせずに井本夫人と音子のやりとりを眺めていて、やがてキリのいいところで口を挟んだ。

「奥さん、一度ゆっくりお訪ねさせて頂きます」

井本夫人は笑いながら、

「このひとマダムキラーなのよ。それだけは用心なすってね」

「冗談じゃありませんよ、奥さん。僕は仕事に生きるモーレツ人間です」

「それは結構ね」

音子が廊下へ出るときに、井本夫人は急いで耳打ちをした。

「私が株をやってること、社宅では誰にも仰言らないで下さいね。そのかわり絶対儲かるときはお誘いしますから」

「でも私、株は。主人に相談してみませんと……」

「まあ奥さま、へそくりは内緒にしている限り妻の財産なんですよ。夫婦の仲なんて何が起るか分らないんですから、お金は持っているに越したことはありませんわ」

「そうですわねえ」

「でも、私が株をやってること、誰にも言わないで下さいね」

「はい、申しません」

「藤野さんなんかに知られたら、一号館二号館まで噂がひろがってしまいますものね。そんなことになったら、私、奥さまを怨《うら》みますよ」

「大丈夫です。私は口が堅いんですから」

くどいほど念を押した口止めをされて、音子はすっかり不愉快になってしまった。廊下へ出て、自分の家へ向って歩き出して、ふと気がつくと、一号館の窓のあちこちから、女の顔が出ていて、揃って音子を注目しているのに気がついた。三号館は一号館の南に建っているので、天気のいい日の一号館の居間は、窓が開け放たれていて、そこで閑《ひま》を持て余している主婦たちの眼は、どうしても三号館の人の出入りを眺めて暮すことになるのだろう。音子は自分がまるで監視されているような嫌な気がした。藤野夫人が一号館の主婦たちにいろいろ言われないようにしたいと言っていた意味がよく分るような気がした。音子は急いで西の端にある我が家に着くと、鍵《かぎ》をさして扉を押した。

「あら悟さん、帰っていたの？」

悟はリビングに座布団を敷き並べ、寝そべってテレビを見ながら、クッキーを食べていた。

「うん」

匂いがするので見ると、台所では鍋から湯気がもうもうと上っている。蓋《ふた》をあけてみるとインスタントラーメンを勝手に作っているところだった。悟は育ちざかりだから、小学校から帰ってくると、まず一食分の食事をして、夕食はまた夕食で一人前に食べる。一日四食で、間食もするから、家にいるときは、むやみと口を動かしていることになる。音子は急いで冷蔵庫から鶏卵を出し、ラーメンに落して、丼に移した。

「悟さん、食べるのはいくら食べてもいいけれど、テレビはほどほどになさいよ。井本さんの坊っちゃんは、テレビは見ないで、勉強ばかりしているそうよ。親から勉強しなさいって言われたことがないらしいわ」

悟は勢いよくラーメンを啜《すす》っていて、音子の意見などは耳を素通りしているのか返事もしない。

「井本さんの坊っちゃんは、B中学校へ一番で入ったっていうけど、本当かしら」

「…………」

「ねえ、悟」

悟はラーメンを吸いこんで口の中が一杯だという顔を向けて、またテレビの方を見ている。

「テレビはやめなさいって言っているでしょう？　聞えないの？」

「そやかてこのテレビ、帰ったらつけっぱなしになってあったんやで。お母さんは前の番組見てたんやろ？」

「大阪弁は、おやめなさい」

悟は叱られても、けろけろした顔で、いかにも旨《うま》そうにラーメンの汁を啜った。

「なあ、お母さん」

「なんですよ」

「チンタイって何か知ってるか？」

「なんですって？」

空《から》になった丼をとって立上ってから、音子がびっくりして振向くと、

「この辺りは団地が多いけど、団地にもいろいろあって、チンタイと買取りがあるんだってさ」

「ああ賃貸ね、お家賃を払うのでしょう？」

「うん。賃貸団地の子はねえ、いじめっ子にチンタイ、チンタイってからかわれるんだ」

「まあ」

「ちょっと気の毒だよ。それでもB小学校はチンタイの子が多いので大した騒ぎにならんのだけど、A小学校はチンタイ団地の子が少ないんで、それがあんまりいじめられるんで団結していじめっ子を襲撃したことがあるんだって。みんなで撲《なぐ》りつけて半殺しにしたって」

「まあ怕《こわ》い」

「大阪にはそんなことなかったなあ、お母さん。こっちの学校は、なんやトゲトゲしていて、変やでえ。大阪の方がよかったわ」

「大阪弁はやめて頂だいよ。学校でも笑われるでしょう？」

「いや、僕が大阪弁使うと、みんな喜ぶわ。真似しよるのもいてるでえ」

「まあ」

「優等生でね、みんなからあんまり好かれてへん奴がいよるんや。先生は猫みたいに可愛がってる。僕がメンタみたいな奴やなと言ったら、みんなが喜んでね、そいつの渾名《あだな》はメンタになってしもうた」

「女っていう意味でしょう？」

「うん」

「いやだわ、いい言葉じゃないのよ、それ。先生に嫌われたらどうするの？」

「あんまり好かれてへん先生やで」

「大阪弁はおよしなさいったら」

音子は叱りつけたが、悟は悠然としてテレビの方に向き直った。

団地に移ってしばらくの間は、ひっきりなしにセールスマンがやってくる。その応対で音子はかなりの神経を使い果した。化粧品会社のセールスマン、家具のセールス、電化製品、銀行預金の勧誘、新聞の売子は各社が揃ってしまった。一番しつこいのは投資信託なる会社で、音子は井本夫人のところでQ証券の田村という男に出会っていたから、なんとか身をかわせたものの、調節が壊れたラジオのように喋りっぱなしでいる相手を、鉄の扉の向う側に追い出してしまうまでには一汗を掻《か》いた。

「ご免下さいませ。時枝さんの奥さまでいらっしゃいますね？　私、児童教育××審議会の山川と申します者でございます。会長はT大教授の後藤先生で、奥さまに特に先生からの御紹介状を頂いてまいりました」

高名な教育者の名刺を渡されて、音子が応対に窮していると、スーツを着た山川なる女性は、さっさと靴を脱いでリビングへ通ってしまった。

「まあ陽当りのよろしいこと。新しいお住居は結構ですわねえ。坊っちゃまも心機一転というところでございましょう？　転校なさると随分環境が違いますものねえ」

「はあ」

「進学前でいらっしゃると、お母さまも大変でございますよね。女の子はともかく坊っちゃんは、こういう時代にはなんといっても熾烈《しれつ》な競争に勝ち残らなければなりませんもの。教育熱が一般にこれだけ高まっているときには、お母さまの責任も重大でございますわ」

「ええ、まあ」

「そこで私どもでは有名高校やＴ大教授の先生方にお集まり頂いて、本当に真剣に子供を学ばせるために最も必要なもの、具体的に言えば最も効果的な勉強方法というものについて審議いたしました結果、従来の学習書にはあまりにも弊害が多いから、審議会という高度の教育者の集まりで、ただ今まであるものを推薦するだけでは物足りないし、あまりにも無責任だからというので、新しく指導書と学習書を編集出版することになったんでございます」

「あのオ失礼ですけど」

音子はようやく口を挟んだ。

「私のところに後藤先生のような方がどうして御紹介状を下さったのでしょうか」

「それはでございます。こちらの御主人さまがＴ大経済学部御出身でいらっしゃいますから、後藤先生の教育理念などにも御関心がおありに違いないと先生がお考えになったのでございますよ。だって奥さま、子供の教育は結局のところ親次第でございますよ。教育を受けていない親は、折角いい子供が生れても、どう教育していいか分らないのでございますものね。こちらのお宅のように御両親が知的で揃っていらっしゃるところでなくては、審議会の先生方が知恵をしぼった成果も無駄になってしまいます。本当にお訪ねしても、ああここでは豚に真珠だと思って、すぐ失礼してしまうお宅もありますんですよ」

山川女史なる人物は提げていたスーツケースをパチンと開いて、小学校高学年向きの学習用教材を次々と取出して、薬の効能書きよろしく滔々《とうとう》と喋りたてた。

「奥さま、坊っちゃんの社会科の教科書を御存知ですか。御存知でしたらこちらと較べてごらん下さいまし。工業と商業の基本を把握させるために、これは一目瞭然《いちもくりょうぜん》でしょう？　しかも工業都市と都市を結ぶ幹線の説明にすぐ移りますから、男のお子さんなら汽車や自動車がもともと得手でございますものね。ここまで読めば苦労せずに地理まで頭に入ってしまいます。工業、商業、交通、地理と科学の発達というものが互いに関連を持って、いちどきに分ってしまうのですから、下手な教師などはいらないようなものですよ。学校教育もこの節は先生まかせにはしていられません。いい先生が担任になってくれればよろしいんですけれど、変な先生が担任になったら、それも高学年でそんなことになったら、すぐ進学にひびきますし、ひいては男の一生を左右する大問題でございますからね」

「本当ですわ」

「私も審議会のメンバーでございますが、教育というのは由々しい問題だとつくづく思いますんですよ。学校だけにはまかしておけないという気がします。年中デモに出かけている先生が、子供のことを考えているなんて信じられませんもの」

「はあ」

「これが奥さま、英語の学習書です。今は英語塾が繁昌していますけれど、小さな子供の語学教育というのは意外に成果のないもので、まあ一口に言えば無駄でございます。ただし中学へ進む直前に、ちょっと英語をやっておきますと、中学へ入ってからが楽なんでございますよ。つまり坊っちゃんに優越感を植えつける準備でございますね」

「でも主人には閑がありませんし、私も教えられる自信が……」

「御心配はいりません。この頃のお子さんはもともと英語が耳なれていらっしゃるんですからね。ほら、ミキサー、トランシーバー、セントラルヒーティング、ルームランプ、ジュークボックス、サイドテーブル、ナイフにフォークと身近なものがみんな英語で、日本語に考え直す方が時間がかかるような工合でございましょう？」

「そうですわね」

「この頁をごらん下さいまし、奥さま。おそらく坊っちゃんがすでに御存知の英語ばかりを使って文章を組みたててあるんでございます。綴りというものを自然に覚えてしまうわけでございましてね、まあ私も小さいときにこういう本があったら、今頃は英語がペラペラだったろうと思うんでございますよ。教育方法もどんどん進歩しておりますんですわ」

山川女史が帰ると間もなく、井本夫人がやってきたが、音子は居間で小学校高学年用の教材を山と買込んで、茫然《ぼうぜん》としているところだった。

「まあまあまあ、奥さま、セールスマンの言いなりになって全部買込んでしまったなんて、どうでしょう。ひとがよすぎるにも程があるわ。高かったでしょう？　もったいない」

井本夫人は一目で事態を見てとったらしく、こう言った。

「女のひとだったものだから、ちょっと気をゆるしたら勝手に上りこんでしまったんですよ」

音子はまるで催眠術からさめた後のようにぐったりしていた。どういうわけで、こんなに夥《おびただ》しい書物を買ってしまったのか、今となってみると分らない。

「セールスマンの心得第一条に、まず靴を脱げというのがあるんですよ」

「まあ、本当ですか」

「私は閑なときにセールスマンが来ると、逆に彼らの手口を聞いてやるのよ。それを覚えてしまえば、その手を封じればいいのですもの、簡単。攻撃は最大の防禦っていうでしょう？」

「私は気が弱いから、とても奥さまのようにはいきませんわ」

「手におえないときは誰かに助けてもらうのよ。私に電話でも下されば追い払ってさしあげたのに」

「そうでしたわね。どうして気がつかなかったのかしら。なにしろ凄い迫力で私は息もできませんでしたわ」

「セールスマンも仕事だから知恵の限りをつくすのですもの、そういうときにはこちらも団結して戦わなきゃ」

「そうですわね。次からは是非お願いしますわ」

「私は買物から帰ってきて、下で女のセールスマンとすれちがったから、もしやと思って奥さまのとこを覗いたんだけど、勘が当ったわ。教育ナントカ審議会っていうのじゃなあい？」

「ええ、名刺を置いていきました」

「一号館も二号館も荒されてるのよ。御主人がT大卒業というのを狙って入りこむんですって」

「いろいろなこと知っているので気持が悪かったわ」

「ちゃんと調査して来るんですもの。お越しになってすぐ、教育ナントカ調査研究会っていうのが来たでしょう？」

「さあ」

「教育についてのアンケートをお願いしますっていうの」

「ああ、私ども夫婦の最終学歴とか学生時代の専攻とか、子供の生年月日などを書きこんで帰りましたけど、あれは文部省の何かでしょう？」

「インチキですよ、私もやらされたけど」

「まあ」

「それとナントカ審議会は一つ穴のムジナね、私に言わせれば。絶対にそうよ、失礼しちゃうわ、本当に」

井本夫人があまり憤慨しているので、ようやく音子が気がついたのは、井本氏がT大出身ではないということだった。主人がT大を卒業している家庭ばかり狙った販売戦法が、井本夫人のプライドをいたく傷つけたのに違いない。

セールスマンの口車にのせられて、うかうかと教材を買込んでしまったことは後悔したけれども、買った以上は全く無駄にするのが惜しかったので、音子は悟に経緯を正直に話してから出して見せた。

「読んでみて勉強に使って頂だいよ、悟さん。でないと無駄使いをしたことになって、私がお父さんから叱られてしまうもの」

「ほなら僕、お母さんを救済するために勉強したげよう」

「そうしてくれる？　助かるわ」

「では早速、ラーメンに厚切りのハムを入れてくれるかい？」

「はいはい」

音子はいそいそとキッチンに立って、飛切り上等のラーメンを作り出した。厚切りのハムと鶏卵ともやしの炒《いた》めたのをのせて、手作りの五目中華を即席に作りあげると、テレビのボリュームをいっぱい上げた前で、悟は音子の買込んだ学習図書を読んでいた。顔を上げて、

「案外面白いよ、お母さん」

「そう？　無理なく頭に入るんだって言ってたけど」

「肩がこらないね、書き方が。あんまり程度が高いとは思えないけど」

「まあ、そうなの？」

「だって学校じゃもう六年生の教科書使ってるんだよ」

「本当？」

悟は、あぐらをかいてちゃぶ台の上においた中華丼に顔をつっこむようにしてラーメンを啜り始めた。

「英語の方は役にたつかと思うんだけど、どうかしら？」

「塾で英会話習ってる子が何人かいるんだ」

「やっぱり」

「得意そうに鼻をうごめかしてやってるよ。だけどボーカルの上手な子には発音が足許にも及ばないよ」

「ボーカルって、なあに？」

「アメリカの流行歌やなんかさ。ギターの上手な奴がいるんだ。深夜放送で聞きなれているからね、塾で習ってる連中のようにたどたどしくないのさ」

「悟、テレビはもう少し小さくならない？」

音子はちょっと顔をしかめた。何もテレビを見るのに、こんな大音響は必要ない筈だ。

しかし悟は母親の哀願を黙殺して、ラーメンを啜っている。この子供の食慾を見ていると、しみじみと自分は男の子を持っているのだという実感が迫ってくる。

電話が鳴った。

—モシモシ時枝さんでいらっしゃいますか？

「はい、さようでございます」

—お宅のテレビですが、大変音が大きくていらっしゃいますね。私どもにもテレビはございますので、御心配なくお宅さまだけで聴いていらして下さいまし。

電話はそのままぷつりと切れた。音子は受話器をおくと反射的にテレビに飛びかかってスイッチを切った。

「どうしたん、お母さん」

悟が丼から顔を出して、訊いた。

「ほらごらんなさい。テレビの音が大きすぎるから、御近所から迷惑だって電話がかかったじゃないの」

「そんな電話やったんか。ふうん」

汁一滴あまさずに啜ってしまってから、悟も驚いていて、しばらく言葉がなかった。

「誰からかかったん？」

「分りませんよ、言わないんですもの」

音子は邪慳《じゃけん》に悟の箸《はし》と丼をとって立上り、流しの前で勢いよく水を出した。悟もさすがに音を小さくしてまでテレビを見る気にはなれなかったらしく、階段を上って行ってしまった。

誰からの電話だったのだろう。水音で少し落着きを取戻してから音子も考えた。声の調子からいって、井本夫人でないことだけは確かである。窓は開け放してあったのだから、三号館の窓が開いている家はみんな迷惑したのではないか。自分がうるさいと思ったときに、もっと毅然《きぜん》として悟を叱るべきだったと反省しながら、しかし音子は誰からの電話だったか、知りたくて我慢がならなかった。テレビがうるさいなら、音を小さくしてくれと、もっと率直に苦情を言ってもらった方が、どのくらい気が楽か分らない。

「悟、お母さんは買物に出かけますからね」

「うん」

「ここにある本は、悟の部屋へ持って行って頂だい。悟さん、悟」

「分ったよ」

音子は買物籠を提げて外へ出た。ドアは自動式に内から鍵がかかる仕掛になっている。あまりセールスマンが来るものだから、最近取りかえたのである。そのかわり鍵というものを肌身離さず持っていなければならない。

外の階段をおりかけたところで、背後から声がふってきた。

「時枝さんの奥さま」

井本夫人であった。衿《えり》を抜いた和服姿で、音子と同じように買物籠を提げている。変っているのは、紫の紐《ひも》をつけた柄ものの前掛という現代離れのしたものを身につけているところだったが、外出の目的は明らかである。音子は狭い階段の片側に寄って井本夫人の降りて来るのを待ちながら、もう挨拶の言葉を用意していた。

「さっきはすみませんでした、奥さま」

「あら、なんのこと？」

「悟がテレビのボリュームをいっぱいにして歌謡番組を見てたんですよ。私もねえ、早く気がついて注意すればよかったんですけれど」

「どうかしたんですか」

「お電話がかかってきて、宅では宅のテレビを見ますからって」

「まあ、私の名を使って？」

「いいえ、お名前は仰言いませんの。でもお宅さまでもさぞおうるさかっただろうと思いましてね、恥ずかしくて外へ出るのも工合が悪くて」

「津田さんか藤野さんだわね、そんな電話をかけるのは」

「津田さんがどうしてうちの電話をご存知なんでしょうかしら」

「その気になれば、すぐに分りますよ。蚊が鳴くような声じゃなかった？」

「ええ、そう言えば」

「じゃ津田さんだわ。宅もさんざんやられたんですよ。うちの夫婦喧嘩は派手ですからね、主人も私も思いきり大きな声を出しますから」

「…………」

「一度なんか階下の藤野さんからかかって、それが切れると津田さんからかかって、おかげで喧嘩の方は腰が折られてしまってね、うやむやになってしまったことがありますのよ。社宅だ団地だメゾネットだといったって、昔風に言えば長屋でしょう？　大きな声を出したぐらいで一々文句を言われたんじゃたまりませんわ。それが嫌なら出て行けばいいじゃないの、ねえ。明治の元勲が自慢なら先祖にふさわしい大邸宅をかまえていればいいんですよ」

「でも私も悪かったんです。傍にいる私も頭にくるほど大きな音だったんですから、悟によく注意すればよかったんですわ」

「奥さんは気が弱いわね。一々反省なんかしていたら長屋住居はできませんよ。私なんか八っつぁん熊さんの心境でいるの。何もこういうところで気取って暮すことはないじゃありませんか。御主人の月給だって、会社での働きだって手にとるように分ってる間柄なんですもの。そこで先祖が誰だって振廻すことはないのよ」

「津田さんは明治の元勲じゃなくて、東京の市長さんのお孫さんだって話ですよ」

「あら、それ、本当？」

「ええ、主人が言ってました。明治の元勲というのは何かの間違いじゃないかって。でもこれ私の主人が言ったなんて、仰言らないで下さいね」

「ええ、私は口が堅いから大丈夫ですよ。私も変だと思ってたんですよ。明治の元勲ならあなた千円札や五百円札あたりに顔が出てなきゃならないものねえ」

井本夫人は朗らかに笑いとばしてから、

「こうなると藤野さんの南北朝以来の家柄もあやしいものだわね」

と言った。

「そうでしょうか」

「そうよ、そうにきまっているわ。藤野さんとこの女の子ふたりを見てごらんなさい。バレエだピアノだ日本舞踊だ体操学校だって、まあサーカスにでも売るつもりかと思うほど仕込まれているんですよ。お家柄なら、もっとおっとりした躾《しつけ》をするものじゃないのかしら」

「よくそれだけの月謝が続きますね。学校も私立だから大変でしょうに」

「そうよ、だから家の中のやりくりは大変なのよ。マーケットの肉屋で訊いてごらんなさい。あのうちじゃ挽肉《ひきにく》しか買ったことがないそうよ」

音子は夜の献立にハンバーグステーキを考えていたのだけれども、井本夫人の毒舌が身にこたえて、心ならずも豚カツ用の肉を三枚買うことになってしまった。井本夫人はスキヤキ用の上肉をどっさり買いこみ、さらにバラ肉を難かしい注文をつけて切らせた。

悟はだんだん友だちが殖えているらしく、学校から帰る時間が遅くなったり、おやつを食べてからまた飛び出して行くようなことが多くなった。夫の浩一郎も帰りが晩《おそ》く、夕食は大がい外ですまして帰ってくる。伊沢商事が今をはやりのモーレツ社風で鳴らしているので、夕陽ヵ丘の社宅は軒なみ主人の帰りが晩い。会社から社宅へ帰るのに急行のなくなった時間には、二時間近くもかかるのだから、帰る方も億劫《おっくう》で、いざ帰り道についても駅前の屋台で一杯ということも起るのである。音子はあまり自覚していなかったが、浩一郎が課長にすすみ、東京へ栄転してからというもの、時枝家では全家族三人が顔を揃えて食事をとるという機会がまるでなくなってしまった。日曜日になると浩一郎は早起きして、ゴルフバッグを担《かつ》いで出かけてしまう。ゴルフ場は近いのだが、部長などのお伴だから、楽しみは半分にもならないというのが浩一郎の口癖だが、結構いそいそと出かけて行ってしまう。

新しい団地が出来て半年というものは、あらゆる業種のセールスマンたちの狙いをつけるところとなるので、音子は夫や子供に手がかからなくなった時間は、もっぱらそのしつこい来客との応対でつぶしていた。「まず靴を脱げ」というセールスマンの攻撃をいきなり防ぐには、音子はどうも気弱すぎた。男のセールスマンはまだ断わりやすいのだが、女となるとどんな嫌みを言っても柳に風で、

「でも奥さま、うちの社長が是非とも奥さまにと申しましたので伺ったんですよ」

「私、知りませんよ、お宅の社長さんなんて」

「社長の方ではよく存じ上げておりますのです。こちらの社宅では、お隣と、奥さまのところだけに伺えと申しましてね」

「お隣って、津田さん？」

「はい」

「津田さんではお買いになったの？」

「はい、お買上げ頂きました」

「井本さんは？」

「は？」

「津田さんのお隣」

「ああ、あちらの奥さまは手遅れでございますよ。ああ荒れた生活をなさいましては、私どもでも商品のイメージがこわれますもの。お頼まれしても売るわけにはいきません」

この手口は、高級化粧品のセールスなのである。音子はナイトクリームが恰度きれているところだったので、少し高いが買ってもいいという気になっていた。セールスウーマンは音子の様子で、さっと靴を脱いでしまい、成功のチャンスを摑《つか》んでしまった。彼女はペラペラと喋りたてながら、いろいろな機械をとり出して、音子の頰の上でカチン、パシャンと鳴らし、音子の肌の乾燥度と、荒れ工合と、その会社特有のBF方式なるものを算出して、

「奥さまのお肌には、こちらの栄養クリームがピッタリでございますね。こちらでは強すぎますですよ、はい」

などと言って二番目に高いクリームを示した。

「津田さんの奥さんは、どのクリーム？」

「それは申上げられません」

「あら、どうして？」

「口が堅くなくては私どもの商売はなりたちませんもの」

「だってクリームが何かってことぐらい、大した秘密じゃないでしょう？」

「でもお隣の奥さまは、こちらよりずっとお齢《とし》が上ですし、ああ厚化粧をなさっていては、こちらさまのように簡単にはいきませんもの」

「………」

「それに手が荒れていらっしゃいますでしょう？」

「手が？」

「ええ、手がもう赤ギレだらけのようで。こんなにお暖かですのにねえ。もうすぐ夏だというのに、真冬の水仕事の後のように荒れていらっしゃるんです。お顔のことではありませんから、私も申し上げますけれど」

「どうして手がそんなに荒れるのかしら」

「私も分りませんが、とりあえず私どものハンドクリームをおいてまいりました。匂いがとてもよろしいんですよ。ああ、それから奥さま、お化粧は薄くなさらないと若さが保てません。それにはこのパンケーキが、これから夏に向って一番お手軽で、いや味がありません。BF方式で、奥さまにぴったり……」

クリーム一つのつもりが、たちまち口車にのせられて固形白粉と頰紅と口紅まで買わされてしまったが、音子としては前から気がかりだった隣の津田夫人の秘密を覗いたのが収穫のような気がした。井本夫人や藤野夫人と違って、外ですれ違っても軽く会釈をするだけで決して話しかけてこない津田夫人に対しては、音子も例の電話以来あまり好意を持っていない。音子より年上だとは思っていたが、ひょっとすると津田夫人は津田氏よりも年が上なのではないだろうか。それにしてもハンドクリームでは足りないほど手が荒れているというのはどういうわけだろう。あの家には電気洗濯機がないのだろうか。

外へ買物に出るとき井本家のブザーを押してみたが、応答がなかった。断わりきれないセールスマンが来たときには、電話連絡をとりあおうと約束してあっても、留守では間にあわないではないかと音子は思った。

小人数の家内で、おまけに浩一郎は家では朝食しか食べないのだから、電気冷蔵庫のある暮しなら一週間分ぐらいの食物の買いおきは、生活の合理化には必要なことなのだが、主婦にとって夕食前の買出しは貴重なレクリエーションなのである。階段の上り下りは楽ではなかったが運動不足こそ中年の主婦の美容の大敵である。

階段を降りて地上に着くと、

「あら」

藤野家一家四人がドアを出て鍵をかけているところであった。藤野氏が丁寧に頭を下げた。

「お出かけですの、お揃いで」

「はあ、娘の先生がコー演なさいますのでね」

「講演会ですの?」

「いえ、バレエの公演です」

藤野夫人は得意そうに高名なバレリーナの名をあげて、それが令嬢たちの師匠なのだと言った。

「お嬢さん方は、お出になりませんの?」

「付属はそういうこと、やかましくて入場料をとる公演には出せないんですのよ」

「まあ、そうですか」

「助かってますよ、おかげで」

藤野氏が正直なことを言って、笑った。どうやらこの家の夫婦関係は、夫人の虚栄心にひきずりまわされているらしい。二人の娘は小学校の高学年にいる年子たちで、親たちの前になり後になりしながら二人で追いかけっこをしている。いかにも一家揃って出かけるのが嬉しくてたまらないという様子が見えた。井本夫人はサーカスにでも売る気かと悪口を言っていたが、こう見たところ二人の子供はさすがに身軽そうで、お揃いのワンピースを着せ、長い髪を同じ色のリボンで飾っているのも可愛かった。

駅もマーケットも方角が同じなので、音子は藤野一家と話しながらコンクリートの階段を降りた。

「お嬢さんはよろしいわね、可愛いわ、お楽しみですわね」

「ええ、本当に、男の子でなくてよかったと思ってますのよ。坊っちゃんは大変でしょう？　学校もテスト、テスト、テストで目の色を変えているようですし」

「私の家じゃ主人も私も放任主義ですから」

「あら、あんなこと仰言って、セールスマンの売込みでも学習図書なら何でも端から買っていらっしゃるんでしょう？　井本さんの奥さまが言ってらしたわ」

「まあ」

「本当に男の子だったら私も今頃は目が吊上ってるんじゃないかしら。ねえ、あなた」

「君の性格で男が生れていたら災難だったろうと思うよ」

「まあ、なんですって」

藤野氏と夫人の間にちょっと険悪な空気が流れたが、夫人はすぐ音子を振返って作り笑いをした。

「主人の言うとおりかもしれませんわ。私は男の子だったら、こんなにのんびりしていられないと思いますの。たとえばP高校なんかへ入るようなことがあったらと思うだけでぞっとしますものね。女の子ですから迷いもせず私立へ入れて一貫教育で学校まかせにきめてしまいましたけど、男の子だったら私立にするか公立から国立主義でいくか、私だったら千々に心が乱れると思いますわ。奥さまはお偉いわねえ、悠然としていらっしゃって」

「だって生れてきたのが男の子ですもの仕方がありませんわ」

音子がそう言ったのは本音だったのだが、藤野夫人は朗らかに笑い出して、

「奥さまはいいわね、きおい立っていらっしゃらなくて。井本さんは大変よ」

と、また気になることを言った。

藤野夫人がそれからマーケットへ行く道すがら話した内容は、音子にとって驚くべきものであった。社宅への引越し順は室番順なので、井本家は八番目に入居し、当然藤野家の方が先住者だったのだが、

「ピアノのお稽古《けいこ》をしていると電話がかかってきて、子供の勉強に邪魔だから遠慮してくれと仰言るんですの」

「まあ、本当ですか」

「一度なんか私の留守に電話がかかってきて、下の娘が出ましたら、いきなり雷を落したんですよ。うちの子供はあんたたちと違うんだから下手なピアノはやめて頂だいって」

「ま」

「それから二人とも怯《おび》えてしまってピアノをひきませんわ。三号館にはピアノのある家が四軒あるんですけど、スーとも音が聞えないでしょう？　端からあの奥さまに叩き伏

せられたんですよ。うちの娘は下手なピアノと言われて劣等感ね、だって稽古から上手に弾けるわけがないでしょう、それきり上達しなくなってますのよ」

「……知りませんでしたわ」

「気の強い方が一人でもいらっしゃると、その方に押えつけられてしまうんですわ。奥さまはお上手に家来になっていらっしゃるけど、私はとてもそんな真似はできませんし。津田さんの奥さまは泣いていらしたことがあってよ、あんまり井本さんが干渉なさるので。すっかりノイローゼになって、滅多に外へお出にならないでしょう？」

さんざん喋ってから藤野夫人は夫と娘たちの後を追って駅の方へ行ってしまった。音子の頭の中には「奥さまは上手に家来になっていらっしゃるから」と言った藤野夫人の言葉だけが残っていた。家来とは何事だろう、家来とは。音子はすっかり憂鬱になってしまった。

宅は娘ばかりだから私も気楽ですけれど、と藤野夫人が繰返し繰返し言ったのも音子に頭痛の種を植えつけたようである。男の子は大変だ。P高校へ行くようなことがあったら……。男の子だったらテスト、テストで、とても女の子のようにのんびりしてはいられない……。音子は自分の子供が男であることを押しつけられて、それにしてもまったく本当だ、大変なのだとあらためて思わないわけにはいかない。

豆類には頭のよくなるビタミンKが含まれているとかいう記事が記憶から甦《よみがえ》ってきて、音子はその日マーケットで蚕豆《そらまめ》と豆腐とハルサメなどをどっさり買込んでいた。悟の間食にはクッキーなどよりナントカビーンズなどという豆入りの菓子類を常備しておこう。いや、もっとストレートに南京豆も買っておこう。野菜はもやしがいい。これももとが豆だから。音子は自分の買物の滑稽さには少しも気のつく余裕がなかった。

右にも左にも手に一杯の買物をして、帰り道は階段がずっと上り一方だから、音子は途中で息が切れた。買物籠や袋を下において一息入れていると、

「時枝さアん」

と下から呼ぶ声がする。

音子はそれが誰か認めるのに、しばらく時間がかかった。ゴルフバッグを背負い、洒《し》落《や》れた帽子をかぶって、颯爽と上ってくるのが、いつも和服に不思議な前掛姿でいる井本夫人そのひとだとは思えなかったからである。

「まあ奥さま、ゴルフをおやりになるんですの？」

「ええ、始めましたのよ。だって主人ばかりの遊びにしておくことはありませんものね。でも、そりゃ楽しいわ。奥さまもお始めにならない？」

「だって随分費用がかかりますでしょう？」

「平気よ、パブリックへ行けば。力一杯ボールをかっ飛ばすの。爽快だわ。主人はお前のプレイは乱暴だって言うんですけどね、私は接待ゴルフなんかに出ないですむんですもの、やりたいようにやるわって」

「おひとりで？」

「ゴルフ場へ行けば自然と仲間ができるわ」

井本夫人の道具はハーフセットらしかったが、それでも肩にかけて一息に階段を駆け上ったせいで息が弾んでいる。音子にはそれがいかにも楽しくて浮きうきしているように見える。

音子はそっと溜息をついた。パブリックへ行けばお金はかからないと井本夫人は言ったけれど、ゴルフ道具が日本製でも随分高価なものだということは音子は夫が買ったときに骨身にしみて覚えていたし、身なりを揃えるのだって決して安くはない。スパイクのついたゴルフシューズは、普通のハイヒールの倍の値段はすることも知っていた。井本夫人がゴルフに手を出せるのは、彼女が株の売り買いをして利潤をあげているからに違いなかった。音子の身分ではやれることではない。

「ねえ奥さま、お始めにならない？　練習場でボールを一箱打つだけでもそりゃ胸がすくのよ。私のウッドを貸してあげるわ。練習場なら歩いて行けるんですもの」

藤野夫人が「家来」と言ったのが、さっと音子の耳に甦った。

「結構ですわ」

音子は井本夫人の誘《いざな》いにはっきりと拒否の意を示して、買物籠を持ち上げ、歩きだした。

「どうかなさったの？　顔色がよくないわ」

「ええ」

「どうなすったの？」

「出かけるとき藤野さんの御一家と一緒になってしまったんですよ。それでさんざん女の子は楽だけど、男の子は勉強が大変だ、大変だって言われてしまって、暗示にかけられたのね、妙な気持なんですよ」

「よけいなお世話だわね」

「私が学習図書なら端から買込んでいるって奥さまが仰言ったたって……」

「誰が？　誰に？」

「奥さまが、藤野さんに」

「なんですって、まあ冗談じゃないわ。あの学習図書を買込んだのは時枝さんと津田さんだけだと言って笑っていたのは藤野さんなのよ。私から藤野さんに言ったんじゃないわ」

セールスマンの襲来に明け暮れていた頃のことだから音子もあまりよく覚えていないのだけれど、たしかあのときは魔術にかかったように本という本を買いこんでしまったところへ井本夫人は自分からやってきて事の経緯を知ったのではなかっただろうか。藤野夫人に聞かされなくても井本夫人は知っていた筈だ。井本夫人の記憶ちがいを訂正しようかと音子は思ったのだが、

「藤野さんって陰険なことをやるじゃないの。奥さまと私の仲を裂こうという気なんだわ。まあ、失礼な」

井本夫人は黒い顔を赤くして、音子が戸惑うほど怒り出した。

「でも本を買ったのは本当なんですし、子供にもこんな本、知ってることしか書いてないって笑われたくらいなんですから、私はよろしいんですよ」

「いいえ奥さまがよくたって私はよくありませんよ。これまで何度そういう調子で私はやられてるか分らないんです。津田さんだって越してらしてすぐ私とそれはお親しくしていたんですよ。それが藤野さんが間に入って滅茶々々なことにしてしまったんです。ごらんなさいよ、津田さんはまるで悪いことでもしたように外へ出るときはコソコソと出かけて、大急ぎで殻に閉じこもるように家に入ってしまうでしょう？　藤野さんがいろいろなことを吹きこんでノイローゼにしてしまったんですよ」

「あら藤野さんじゃ、津田さんをノイローゼにしたのは奥さまだって言ってらしたわ」

「誰が？　私が？」

「ええ」

音子が肯《うなず》いた拍子に、井本夫人の赤黒い顔が歪《ゆが》んで憤怒の形相というものになってしまった。

「私、言ってやるわ！　今度こそ言ってやるわ！　今まで我慢に我慢をしていたけれど、ものには限界ってことがあるわよ。奥さま、証人になって頂だいね、私は藤野さんと対決するわ。私には言いたいことが一杯あるんだから」

ゴルフバッグを肩で一ゆすりすると、井本夫人は猛然と階段を上り始めた。音子はここに至ってようやく自分が告げ口をしたという事実に気がついて慌《あわ》てた。

「奥さま、お待ちになって、奥さま！」

追って行ったが井本夫人の健脚に音子の方は及びもつかない。ようやく三号館に音子が辿《たど》りついたときには、井本夫人は地団太を踏むようにして藤野家のブザーを押し続けていた。

「お留守なんですよ、藤野さんは」

「まあ、そうなの。出てくるまで押してやろうと思ったんだけど」

「私そう言いましたでしょう？　藤野さんでは一家揃ってお出かけなのよ。バレエですって」

「才能もないものは仕込んだってしようがないのに馬鹿な親ねえ」

「あのお嬢さんたち才能がないんですか？」

「あるわけないわ。この頃は弾かなくなったけど、ひどかったのよ、あの子たちのピアノ。聞いてられなかったわ、下手で、下手で」


時枝夫人音子より山野夫人幸江へ。

どこにいても社宅は社宅です。夕陽ヵ丘三号館も滅多なことは何一つ口に出して言えないということが分りました。詳しく書いても同じことですし、くだらないことなので申しませんが、皆さん蔭ではそれはそれはひどいことを仰言るのに、面と向ったときには人が変ったように調子がよくなるらしいのね。井本さんの奥さまと藤野さんの奥さまと仲が悪かったのは前から書きましたような工合だったのですが、ある日私がふと口をすべらしたのがもとで、この二人があわや決闘にもなるかと手に汗をにぎりましたのに、どうしたわけか大変に仲良くおなりになってしまい、なんだか私だけが取り残されてしまったようです。この頃は井本夫人と藤野夫人が揃ってゴルフに出かけています。私には何がなんだかよく分らなくなりました。藤野夫人は私に会うと井本夫人に強引につれて行かれて、お金がかかって困るとこぼすのですが、うっかり相槌《あいづち》もうてません。

井本夫人は井本夫人で、

「藤野さんの奥さまはタチがいいのよ。いかが？　あなたもお始めにならない？」

とすすめて下さいますが、私は今更井本夫人をコーチに仰ぐ気もないし、御辞退しています。それにしても、あんなに悪《あ》しざまに言いあっていた二人が、連れ立ってゴルフに出かけるときの楽しそうな様子は、私には異様なものに思えます。正直者の私などにはとてもできる芸当ではありません。

ここまで書いてから、音子は幸江からずっと前に来ていた手紙を取出して読み返し、自分の便箋はズタズタに破ってしまった。幸江の文面も俄かに様子が変っていて、こんなことを書いてきてあったからである。

長らく御無沙汰で申しわけございません。実は私、丈夫で長持ちが自慢の体でしたのに、鬼のカクランとでも言うのでしょうか風邪をこじらせて寝ついてしまい、手洗いに立つのも大儀なことになっていたのです。隆之が学校へ行ってしまうと一人ぼっちで本当に心細かったのですが、こういうときには社宅というのは本当に有りがたいもので、誰からとなし集まってきて下さり、看病だけでなく、お掃除から洗濯、食事の支度までテキパキとやって下さったのです。支店長の奥さまは、毎日のように花を摘んで持って来て下さるし、私どもではとても頂けないような上等のお肉をさし入れて下さるし、そうなると大竹夫人まで野菜の煮つけなどを丼に入れて持ってきてくれるのです。主人も隆之も舌鼓を打って、

「お前の病気も悪くないな。珍しいものが喰えるぞ。しばらく癒《なお》らんでくれ」

などと冗談を申します。

遠くの親類より近くの他人だと、つくづく思いました。あんまり有りがたいので、まだ寝たままですが奥さまにペンを走らせています。

鍵のかかる机

去る者は日々にうとしという諺《ことわざ》のとおり、山野夫人からの便りは次第に間隔がおかれ、音子も滅多には手紙を書かなくなってしまったが、その頃には音子の夕陽ヵ丘における生活もようやく定着してきていた。東隣の四号館が、あっという間に鉄骨が組み立てられ、ほんの一カ月ほどで外観はあらまし形がついてしまったのである。

「近代建築っていうんでしょうか、随分簡単にできるものなんですね。まるでプラモデルの組立てのようだわ」

「うん、技術がどんどん進んでいるからね。本社の建材部も張りきっているらしい。社宅もこういうビルになると、次々新しい建材が使えるし自社製品のテストにもなるしね」

「あら私たちモルモットみたいにテストされてるんですか」

「違うよ、伊沢商事が開発した最新の技術は、まず社宅の連中が享受できるという仕組さ。人間をモルモット扱いするほど自信のない建材は使っていないよ」

「だからですのね」

「何が？」

「一号館の人たちは二号館のガスレンジが便利だといってブーブー言ってるし、三号館がメゾネット方式の建築になったのが羨《うらや》ましくてしようがないらしいんですよ」

「電化製品と同じでね、後になるほど便利でいいものが出来るんだよ。つまり技術の発達は日進月歩だからね」

「どうして伊沢商事が社宅を建てるのに一度に十棟同時に建ててしまわないのかと思ってましたけど、テストの必要があるからなんですのね」

「逆だよ、次々と建てている間に、技術の方がどんどん進歩しているから、社宅がそれを追いかけてるんだ。何もわざわざ古い部品を使うことはないからね。それに本社の人事は五カ年計画で再編成するらしいんだ。地方に散っている人材を東京に集めるために、この社宅もその計画の一環なんだ」

「本社勤務が殖《ふ》えるわけですの」

「そういうこと」

その朝、時枝浩一郎はばかに機嫌がよく、珍しくいろいろと喋《しゃべ》ってから出かけて行った。悟は父親と前後して、黙って登校してしまう。

朝の片付けものを終ってから、音子は四号館の建築現場をちょっと覗《のぞ》いてみようという気を起した。毎日の買物に出かける度《たび》に見ているところなのだが、それでもなお気がかりなのである。

同じような主婦たちが、やはり他にも多勢いた。

「お早うございます」

「あら、お早うございます」

夫や子供たちを送り出したあとで、一号館からも、主婦たちが出かけてきていた。二号館からは窓からぼんやり顔を出して眺めている主婦たちが多い。彼女たちは南向きの窓の前で始まっている工事だから、わざわざ家を出る必要はないのだった。

「時枝さん」

肩を叩かれて振返ると井本夫人が立っていた。ゴルフバッグを背負っている。

「まあ、お早うございます。もうお出かけですの？」

「ええ、藤野さんがめきめき上達するものだから私は大変なことになっているの。ここんところチョコレートは巻き上げられっぱなしよ」

「チョコレートを？」

「ええ、ゴルフはチョコレートを賭けてやるものなのよ」

音子は自分の夫がゴルフのあとでチョコレートを持って帰ってきたことなどなかったから、そういうものだということを知らなかった。

「四号館もメゾネット方式らしいですね」

「ええ、あとはずっとメゾネット式だって聞いていますもの」

「でも建材がどんどん開発されてますから、先へ行けば設計の方も変るんじゃないかしら。三号館と同じってわけにはいかなくなるでしょう?」

「あら」

井本夫人は眼を瞠《みは》って音子を見た。

「奥さま、株をお始めになったの?」

「いいえ」

「嘘《うそ》おっしゃっても駄目よ、建材の開発なんて玄人も顔負けだわ。私もそろそろ買換えようと思ってたところですもの。私が御紹介した彼、うかがってるんじゃありませんか?」

「いいえ、違いますわ。だって科学技術がどんどん進んでますんですもの、建築の材料だって……」

「駄目、駄目。本当に奥さまは水臭くって付きあいにくいわ」

そのとき藤野夫人がゴルフの身支度で出てきたので、井本夫人は誤解したまんまで音子を残して行ってしまった。早速に藤野夫人に事の次第を喋るに違いないので、音子は追いすがって訂正したいと思ったが、二人が仲よくゴルフバッグを担《かつ》いで行くのを見送ると、そうしてはいよいよ事がややこしくなるという気がしてきたので思い止まった。

もう顔みしりになった一号館の夫人連が、やはり井本夫人たちを見送っていて、音子に言った。

「三号館の奥さま方は、お派手ですわねえ」

その口調には嫉《ねた》みというより揶揄《やゆ》の方が強く、その中には音子は含まれていないらしいことが分った。

「あの方たちだけですのよ。私も誘って頂くんですけど、とてもねえ」

「宅の主人は、あの真似だけはやめてくれって申しますのよ」

「ゴルフなんてねえ、自家用車や別荘のあるような方たちがなさるものでしょう？　バッグを担いで、この坂道を降りたり上ったりじゃ、コースへ出るまでに疲れてしまうんじゃありません」

「わざわざゴルフなんかしなくたって、この階段の多い町にいたら運動は充分ですのにねえ」


早いもので悟は小学校の最上学年に進級していた。大阪にいた頃とは違って、顔つきまで凛々《りり》しくなったように音子には見える。親の慾目かもしれないのだが、漫画とテレビから離れて久しいのである。そして音子とは滅多に喋ることがなく、学校から帰ってくると自分の部屋にひきこもってしまう。音子はたっぷり一食分ある間食を作って、それを運んで行くときだけ、やっと一人息子と口がきけた。

「悟さん」

「うん？」

「焼いたおにぎりよ、どう？」

「うん」

醬油をつけて握ったものを、遠火でこんがり焼き上げたものは悟の大好物であったのだが、悟はこのところ馬鹿に落着きはらっていて、子供のように大喜びをしてみせるということがない。

「勉強をしているの？　なんの勉強？」

「うるさいな、何もしていないよ」

「だって本を読んでたでしょう？　まさか小説なんかじゃないでしょう？」

「違うよ」

「それならいいのよ」

音子は近頃この息子の前へ出ると、まるで新婚当時、浩一郎に対していたときのように胸がどきどきしてしまうのだった。無口な悟がひどく頼もしくも思えると同時に、何も喋ってくれない不安と、しかしすでに男の世界を作りあげている息子に満足もしている。

「あんまり勉強ばかりしていると運動不足になるといけないから、これを食べたあとは少し散歩でもしてみたら？」

「うん」

「うんって、どうなの？」

「うるさいな、散歩なんて年寄りのすることだよ、お母さん。邪魔だからもう階下《した》へ行ってよ」

「はい、はい」

音子は追い払われるようにして居間へ降りたが、なんだか落着かなかった。掃除は終っているし、ここは地上から高いので滅多に埃《ほこり》がたたない。洗濯は午前中にすましてしまった。アイロンかけも今日はない。買物もたった三人の小家内ではそんなに度々出かけることもない。

要するに音子は閑《ひま》なのであった。メゾネット方式の新しい住居も一年近く住みなれてみれば廊下を拭く手間もなく、便利なだけに片付けも早くすんでしまう。音子は閑を持て余していた。しかし小人閑居して不善をなす、などという言葉を、この明るい白い壁の部屋の中で思い出すのは無理というものである。

大阪の社宅では夫人連との交際で、それこそ音子は精根を使い果した。ここではその前例にこりて、あまり誰とも深入りしないようにしていたし、井本夫人と藤野夫人が仲良くなってしまうと音子は完全に孤立して、家の中にこもっているより仕方がない。音子は本当に閑であった。

外へ出ることがなくなれば、音子の持つエネルギーは必然的に内へ向って行く。音子は夫の着替えたものは一つ一つ念入りに点検するようになった。ポケットの中から出てきたマッチや書きつけは、必ず部屋の一隅の抽出《ひきだし》の中にしまった。これは音子が浩一郎の私行に対して疑いを抱いているからではない。音子は自分の夫に女ができるなどということは、それこそ一度でも想像してみたこともなかった。週刊誌などにはスタアたちの私生活に関する暴露記事が満載され、目につけば音子は熱心な読者になったが、それが自分の身にも及ぶことだとは考えたこともなかった。何も根拠のあることではないのだが、音子は浩一郎を信じていた。彼が音子以外の女性と交渉を持つことなど心配したこともなかった。それでもなおかつ音子が浩一郎の身辺を点検するのは、要するに妻として閑があるばかりの過剰な勤めなのである。

八号室の井本家があまりに雑然としているのを見るにつけても、音子は自分の家の中をきちんと整理せずにはいられなかった。トゥイン・ベッドと食卓用の椅子テーブルの月賦が終ると、音子は早速にリビングセットを買込んでいた。テーブルはベニヤ板を貼《は》りあわせた安物だが、モダンデザインのソファは音子の好きな紺色で、デパートで買ってきた絨毯《じゅうたん》を敷くと、居間の様子は一変してしまった。座布団を使って床に坐るということがなくなると、立つのが億劫《おっくう》でそのまま不精をきめこむこともなくなって、音子は立ったり坐ったり動きまわることが楽しくてならなくなっていた。それが実は暮しの落着きをなくしたのであり、赤い靴をはいた踊子のように踊り続けねばならなくなる生活の始まりであることには気がつかなかった。

片付けものがすみ、全自動電気洗濯機にスイッチを入れると、音子は居間のソファに腰をかけ、朝からかけっぱなしになっているテレビの画面を見やり、そこに興味が起らなければ、浩一郎がひろげて行ったテーブルの上の新聞に手を伸ばす。この家では二種類の新聞をとっていて、浩一郎は食事の間に一つに目を通してから経済新聞の方を片手に摑《つか》んで出勤するのである。大阪にいた頃は一種類だけだったのだが、課長になれば経済新聞はとらなければならないものだという常識が社宅に住んだおかげで音子にも植えつけられていた。

しかし残された新聞を、音子は丹念に読むわけではなかった。一面の大見出しを拾い読みして、それから頁を繰って家庭欄を眺め、連載小説は最初を読みそびれると途中からではどうしても情が移らない。要するに音子は夫の展《ひろ》げた新聞をきちんと折り畳んで、片隅の小簞笥《こだんす》の上に重ねることで、新聞は読み終ったと思いこんだ。

電気洗濯機はまだ唸《うな》っていたが、これは放っておいてもいい。濯《すす》ぎが終れば自動的に脱水する仕掛で、水を使いすぎる心配がない。家の中は何もかも便利になっていて、いわば音子が長い間夢みていた理想のマイホームが出現しているのである。

夫は課長になった。一流会社の伊沢商事におけるエリート社員である。息子は小学校高学年でもうまったく手がかからない。学校給食は中学三年まであるし、夫は社員食堂に飽きれば街に出て食べたいものが食べられる。一昔前には主婦の大きな仕事であった弁当つくりからも彼女たちは解放されている。朝食はパンと牛乳と紅茶だから、夫を起すときにはもうきちんとした身じまいを整えていられるし、掃除にハタキや箒《ほうき》は使わないから姉さんかぶりも必要がない。誰がいきなり訪ねてきても、音子は慌《あわ》てる必要がない。リビングセットは揃ったし、紅茶とクッキーはいつでも用意が出来ている。

しかし音子は三食昼寝つきの境涯に甘んじていられる女ではなかった。彼女はだらしのない生活に対しては吾《われ》ながら厳しいところがある。戦争中に物資欠乏の中で耐えた記憶があるものだから、日本中が謳歌《おうか》している経済成長と繁栄の中でぬくぬくとしてはいられない。悟の生れた十年前を思い出しても、今の生活はもったいないことばかりだ。靴下が丈夫になると、それにつれてもう誰も継ぎの当ったものは着なくなってしまった。主婦の仕事の中から繕《つくろ》いものというものも姿を消して久しいのである。せいぜい音子は自分のスカートの裾を毎年三センチずつ上げているぐらいである。

大阪の社宅にいた頃には、小さくてもやはり一軒の家に住めば、家のまわりはいつも掃いていなければならなかったし、猫の額でも放っておけば雑草が生《は》える。風のある日は水も撒《ま》かなければならなかった。が、夕陽ヵ丘三号館の中にいる限り、土からはすっかり離れていて、雑草の心配も水を撒く必要もない。居間に座っている限り、誰からも家の中を覗かれる心配がない。

四号館はすでに入居者を迎えて、その中から音子の家まで挨拶に来る者もあったし、その頃はしばらく賑やかだったが、音子の方からは好奇心で出かけて行くこともなかったので交際圏は別にふくらんでいない。居間のソファに腰をおろして窓の外を眺めると、晩春のうららかな陽射しが丘陵一帯をひろやかに見せている。青空と、その下に萌《も》え出た緑を基調にして、花が、あちこちで咲き始めている。背の低い椿《つばき》や連翹《れんぎょう》などは近年切り拓《ひら》かれたこの町に四角い団地と共に植えこまれたものばかりだが、春を喜んで一斉に花をつけていたのだった。桜の眺めがないのがこの丘の特徴かもしれない。植木に大きなものがないのが、生れて間もない町である証拠かもしれない。

音子は窓外の景色を見ながら洗濯機の音が止むと同時に悟の部屋の掃除を思いついた。音子が悟の部屋を整理整頓すると、きまって悟はあとが不機嫌になる。

「掃除は僕がするよ。僕の部屋はいじらないでくれよ、お母さん」

かといって、いつもいつも治外法権においておくわけにはいかないのだった。

電気掃除機を抱えて階段を上り、悟の部屋を開けると、鋭い臭気が音子の鼻をついた。慌てて窓を開け放って、音子は思わず深呼吸をした。三階から四階に上っただけなのに視界が急にひろがって見えた。音子は眼がまわり、しばらく眼を瞑《つむ》っていた。息子の部屋の中に男の匂いが充満しているとは思いたくなかった。やはり毎日掃除をしないから空気がこもって饐《す》えてしまったのだ、そう思った。悟はこの春で六年生になっていた。まだまだ子供なのだ、そう思っていたから、音子はすぐ気をとり直して南側の窓の次には西側の窓を開き、それから一間の押入をあけて布団をひっぱり出した。今日は天気がいいから敷布団も掛布団も全部日光に当てることにしよう。

南の窓に布団を掛けて、さて部屋の中を振返って音子は茫然《ぼうぜん》とした。音子たちの寝室や居間のたたずまいと違って、そこはあまりにも汚れていたからである。たった一年しかたっていないのにと音子は思った。ここへ住みついて一年の間に悟はまあ一人でよくこれだけ一部屋を台なしにしてしまったものだと思った。

机を新しくしようといっても「いらない」と答え、ベッドにしないかと誘いかけても、「僕は畳で布団が好きだ」と言いはって、悟だけはこの新しいメゾネット方式の団地の中で生活様式を前と少しも変えずに暮しているのだった。音子は息子が主体性を確立していることを頼もしく思い、毅然《きぜん》として拒否されると却《かえ》って惚《ほ》れぼれとして、結局は悟の意志を尊重して暮してきていたが、今日という今日はそういう自分のあり方に対しても急に批判的になってきていた。壁にはいつの間にかいろいろな高校のペナントが貼りつけてあり、色刷りのカレンダーも四種類まじっていた。六畳しかない狭い部屋なのに、ボールを投げて遊んだのか黒いシミが壁という壁にしみついている。

布団を取り出すとき、押入の中がひどく匂ったのを思い出して、気を鎮《しず》めて中を覗いてみると片隅にボロをつくねたように白地や縞《しま》の下着がかためてあった。それを摑んでひろげてみて、音子は心臓が止るかと思った。部屋の臭気の元凶がそれであったからだ。音子は気が狂ったように階段を駈けおりると、もう動きの止っている洗濯機から中身をとり出し、代りに悟の下着のかたまりを投げこみ、洗剤と水を注ぎこんで再びスイッチを入れた。唸り始めた洗濯機を突っ立ってしばらく眺めていたが、気をとり直すとバケツに水をはり、片方の手に雑巾を持って、再び階上へ駈け上った。

それからの音子は髪を振り乱して悟の部屋の掃除に熱中した。そうしている間ずっと首から上がかあっと熱く、耳鳴りがし続けていた。疑いもなく息子は男性として孵化《ふか》しているのである。母親にとって、こんな恥ずかしい思いはあるものではなかった。ダンボールの箱も古雑誌も、野球の古いボールもミットも、何もかもひきずり出し、音子は押入の中に四つン這《ば》いになって雑巾で床をこすった。

　悟が独立した自分の部屋を持ったのは夕陽ヵ丘三号館に移って来て以来である。悟は自覚して自分の城を築き、音子はそれは教育上いいことに違いないと信じて敢《あ》えて息子の思うにまかせていた。夫の背広は毎日点検したのに、悟の部屋には心して触れなかったのである。悟が極度にそれを嫌がったし、音子は浩一郎に叱られるよりも息子の機嫌を損じることの方が怖ろしかったから、滅多なことでは顔を出さなかったのだ。

　悟が着替えを出さないと何度も口うるさく言い、すると悟は風呂に入ったとき自分で洗濯をしてしまう。音子はそれを自分が口やかましいので、当てつけに悟がそうするのだとばかり思っていたのだが、悟が素直に言うことをきかなかったのにはそれだけの理由があったのだ。音子は自分に男の兄弟がなかったところから、こういう場合の狼狽《ろうばい》には救いがなかった。

　脱臭剤を買って来なくてはいけない。それから悟の肌着類は一切新しいものに買い替えよう。そんな具体的なことだけを懸命になって考えていた。

　しかし押入の中を拭いてしまってから、音子はもっと狼狽することになった。悟が帰ってきて、母親が彼の「秘密」に気がついたと知ったらどんな衝撃を受けるだろうか。音子の方でもまた、下着を汚すようになった息子をどんな顔をして出迎えられるだろう。

　入っていたときの記憶を辿《たど》って、音子は箱も野球の道具も元の通りに置き直そうとしたが、あせればあせるほど思い出せない。箱の中にも何が入っているのか気になるし、つい蓋を外してあらためてみると三つ四つの頃に熱中していたミニカーが一杯つまっていたり、プラモデル各種が一箱に投げこまれてあったり、こわごわのぞいていた音子も少しずつ安心してきた。

下着は洗っているのだから、箱の置き方を元通りにしたところで悟は母親のしたことには気がつく筈《はず》であった。押入の中を音子はようやく落着いて整理し始めた。どの箱にも息子の幼い日の思い出がぎっしり詰っているのだ。音子でさえ見れば懐かしいものばかりなのだから、ましてそれを手にとって遊んだ悟にしてみれば、車輪の外れた自動車の玩具《がんぐ》でも大切な宝物である筈だった。汚れた下着を発見したときは動転したけれども、音子はだんだん自分を取戻してきた。小さなスポーツカーを手で摑んで、床を這いまわっていた幼い子供が、もう六年生にまで成長しているのだ。麻疹《はしか》も水疱瘡《みずぼうそう》も飛火《とびひ》も、子供のかかる流行性のある病気はもう一渡りかかって、免疫もついた。この頃はお腹もこわさないし、風邪で寝こむこともなくなっている。丈夫で健康な子供に育っているのだ。

壁が汚ないのも、畳がささくれているのも、男の子の部屋と思えば叱るほどのことではなかった。音子は電気掃除機にスイッチを入れ、吸口のブラシを畳に当てると元気よく部屋の掃除にかかった。

その日、甲子園で高校野球が始まっていたので、悟は帰ってくると鞄《かばん》を抱えたままリビングルームでテレビの前に坐って動かなかった。

「お母さん、腹減ったア」

「分ってますよ」

音子は悟が自分の部屋へ行かなかったので半分ほっとしながら、昨日から残っていて、音子も昼食では手をつけなかった御飯を炒《いた》め、卵と鶏の挽肉《ひきにく》をまぜて炒飯《チャーハン》を作った。

悟はテレビから目を放さずにいきなりスプーンで一口ほおばってから、

「お母さん、味がついていないよ」

と叫んだ。

「あら本当？　そうだわ、お塩入れるのすっかり忘れていたわ。やり直すから、ちょっと待ってね」

「いいよ、醬油かけてくれよ」

「それでいい？」

「うん」

音子は台所に戻ってフライパンを洗いながら、やっぱり悟が帰ってきたので上《うわ》の空になっていたのだと思った。塩の入っていない料理などは、音子は結婚して以来一度も作ったことがない。

野球が終っても、悟はソファに行儀悪く寝そべって漫画番組を眺めていたが、いつもならテレビを切ってしまう音子が、それが出来なくて、かといって居間で一緒にそんなものを見るわけにもいかず、うろうろした揚句に、

「悟さん」

「うん？」

「夜は何が食べたい？」

「なんでもいいよ」

「そう？　ちょっと買物があるから出るけど、何か買ってきてほしいもの、ある？」

「別に」

とうとう買物籠《かご》を手にして外へ出てしまった。家に帰ったばかりの息子に買ってきてほしいものはないかと訊いたのも、考えてみればおかしなものである。

坂道の途中で買物帰りの井本夫人に会った。

「あらア今頃からお買物なの？」

単調な毎日の家事の繰返しでも、おのずから各自に習慣というものが出来上り、主婦が買物に出かける時間というものは意外にどの家庭でも似かよってくるものなのである。

「ええ、今日はちょっと手順が狂ってしまったもので」

音子は正直に答えてしまい、今日の午前中の出来事を思い出して顔を赧《あか》らめた。

「何かいいことがあったみたいね」

「いいえ、とんでもない」

音子は逃げるようにして井本夫人の傍を離れようとしたが、井本夫人の方が追いかけてくる。

「御相談があるのよ、奥さま」

「はあ」

「四号館が出来て世帯数も殖えたでしょう、この団地。いろいろ問題もあるのでね、自治会みたいなもの作ったらどうかって」

駅前へ出ると、この一年の間にも店舗は急増していた。都心のデパートの子会社がスーパーマーケットを開いたのがつい一週間前である。主婦の買物ラッシュが終っていたので、音子は店内をゆっくり歩きまわって、最新式の脱臭剤を買い、ついでに自分の生理日のためのナプキンも買っておいた。こういうものは連れのあるときには音子などは買いにくいものなのである。いつだったか井本夫人が薬局で彼女の買った生理帯が大層不都合だったと文句を言いだしたことがあったのを音子は思い出した。

自治会などを、社宅団地に……。

音子は溜息《ためいき》をついた。井本夫人は立話で、いかにそれが必要とされているか細々と語ったけれども、それを聞きながら音子が考えていたのは井本家にも一人息子があって、その子は悟より二歳も年上だということであった。井本夫人の場合は、息子が男になるときをどんな工合に見守ったのであろうか。音子はそれが訊きたくて、しかし訊こうものならたちまち後悔することは分りきっていたから黙っていた。

悟の下着類を買いたかったが、それは都心へ出た折に買うつもりだった。鶏卵とか、野菜などを買ってから、思いついて蟹《かに》の鑵詰《かんづめ》を二つ買った。蟹サラダが悟の大好物だったからである。

もうそれで買物は終ったようなものだが、習慣的に魚屋の前まで来て、音子はまた溜息が出た。生鮮食品というものは客の混みあうとき、店が活気にあふれているときに買うものだということが、こういう時間外《はず》れに来てみれば痛いほどよく分る。板の上に並べたアラや、ブツ切りの魚は、悽惨《せいさん》な眺めでとても手を出す気になれない。

悟がどうしているか、それが気にかかって落着かないので、音子は夜の献立をはっきり決めぬうちに帰途についた。悟が二階に上って、母親が彼の部屋を隈《くま》なく掃除しているのに気がついたら、どういう態度に出るだろうか。そう思うと音子の胸はどきどきする。

三号館の階段を上ったところで、お隣の津田夫人が買物籠を提げて出てくるのと行きあった。互いに軽く会釈して、言葉は交わさない。こんな時間から買物に出るなんて、随分夜の食事時間が晩《おそ》い家だと思う。越してきて一年の間に、音子は津田夫人とは面と向って口をきいたことは一度か二度しかなかった。電話でテレビの音が大きいのを注意してきたのが津田夫人とすれば、二度か三度口をきいたことになる。

帰ってみると、悟は呆《あき》れたことに、まだテレビの前にいて、音子を安心させた。普通なら、いつまでテレビを見ているのかと叱りつけるところなのだが、今日はそれができない。

「お母さん、夜はスパゲッティ食べたいなあ」

悟がふり返って言う。

「あら挽肉買ってこなかったわ。蟹サラダを作るつもりだったのよ。ああ、でもハムを刻んでナポリタンにしてあげるわね。いいでしょう？」

音子はたちまちうわずった返事をしていた。

食事のあと悟はやっと自分の部屋へ鞄を抱えて上り、それきり物音もたてなくなってしまった。音子は居間にいて、ときどき階段の下に立って様子をうかがったが、悟は便所にも降りてくる気配がない。

音子はうろうろして、夕刊をひろげてみたが読む気も起らず、テレビを消してみると淋しくてたまらず、かといって階段を上っていく勇気もなくて、夫の帰りをこんなにも待ち望んでいたことは久しくなかった。アイロンを持ち出して、昼に生乾《なまがわ》きのまとりこんだ洗濯ものにアイロンをかけながら、思うのはやはり悟のことばかりだった。よその家では男の子に、いつ頃からああいうことが起るのだろうか。婦人雑誌のどのページにもそういうことは書かれていなかったように思い、音子は不安だった。悟は普通の子より早すぎるのではないだろうか。小学生で、あんなことが起るなんて……！　しかも、あれの実態が何であるのか、音子には根本のところがよく分っていないのである。

夫の浩一郎はこの夜、彼にしては比較的早い時間に帰ってきた。同僚たちと東京で軽く一杯やって、帰りには酔いが電車の中ですっかりさめてしまうという寸法である。この社宅に来てから、音子は泥酔した夫の介抱役はあまりしたことがなかった。

「お帰りなさい」

音子は思い詰めた顔をして出迎えたが、浩一郎は、

「腹が減ったなあ、お茶漬《ちゃづけ》喰わしてくれよ」

と靴を脱ぎながら言った。

「あら御飯ないんですよ。スパゲッティじゃいけません？」

「スパゲッティ？」

浩一郎は眉《まゆ》をひそめて訊き直した。

「ええ、悟の注文で晩はスパゲッティだったんですよ。でも、お嫌なら、ちょっと待って、御飯炊《た》きますから」

「今から炊くのなら、もういいよ」

「すぐできますよ。大切なお話もあるんですもの」

「話？　なんだい」

浩一郎はネクタイをゆるめながらテレビのスポーツニュースの前に腰をおろした。戸棚からウイスキーの壜《びん》とグラスを取出している。

音子は手早く電気釜《がま》に米を洗って仕込み、スイッチを入れると手を拭きながら居間に戻った。

「ねえ、あなた」

「うん？」

「あなた、オナニーって幾つぐらいのときに覚えた？」

浩一郎はぎょっとして、この突然の、しかもこの上なく優雅な質問が、他《ほか》ならぬ彼の妻の口から出たのを確かめると、飲みさしのウイスキーを卓においた。息をととのえてから、彼は訊き直した。

「なんの話だい、それは」

音子は今日息子の部屋で発見したもののことを前後不揃いのままで喋り出した。

「なんだ、そんなことか」

聞き終ると浩一郎は、ウイスキーグラスを片手に持ち上げて、深々とソファに躰《からだ》をうずめた。

「そんなことかって、あなた、私はびっくりしてしまって、今日はもう無我夢中でしたわ。気が狂ったように、そこら中お掃除してしまったんだけど、知らん顔しておけばよかったのかしら。悟は部屋に入ったきり、降りて来ないんですよ」

「まあ放っておけよ」

「でも早すぎるんじゃありません？」

「早すぎるというより、君の思い過しだよ。それほどのことではないのだろう。ただの汚れた下着だったんだよ」

「いいえ、異常な臭気だったわ。間違いないわ。悟は異常じゃないかしら。あなたはどうでしたの？　でも、あれはオナニーじゃなくって夢精かしら」

音子は帰ってきた夫の前で、日中の乱れた思いを洗いざらい口にしようとしたが、浩一郎は途中で顔をしかめ、遮《さえぎ》って言った。

「君、そんなことを口走る君の方がよっぽど異常だよ。つまらないものを読みすぎてるな。まあ女には分らない世界のことなんだから、僕にまかしとけ」

「あなたが悟に話して下さるんですか？」

「何を話すんだ。馬鹿だな」

「だって降りて来ないんですよ」

「もう寝たんだろう。この時間なら、いつでも寝てるじゃないか」

「でも」

浩一郎は黙ってウイスキーをグラスに注《つ》ぎ足して、二口ほどに分けて生のまま飲み下すと、立上った。

「僕も、もう寝る」

「あら、お茶漬は？」

「いらない」

階段を上って行く浩一郎の足音は不機嫌そのものだったが、音子はその方はそれほど気にならなかった。

わざわざ御飯を炊いたのに……と音子の方も夫に対して腹を立てていた。すると不思議なもので、たった今までの悟に集中していた気がかりの方が、すうっと薄れてしまい、荷が軽くなっていた。夫が、別段悟のことを驚きも慌てもしなかったのが、音子に安心を与えていた。

　音子はテーブルの上に明日の朝食の支度をした。モーニングカップを三つ伏せ、食パンを入れたプラスティックの箱とトースターを並べてテーブルの端に置いた。紅茶の鑵とポット。バターナイフとジャムの瓶詰《びんづめ》。

台所に行って、やかんに水を入れ、ガス台の上にのせた。朝の水はカルキの臭気が強いので、夜のうちにこうしておく。

　小さな電気炊飯器は自動式のスイッチがもう切れていて、充分に蒸しあがっていた。わざわざ炊いたのに、もったいないわねえ……。

　蓋《ふた》をとって、ぽつぽつと表面に穴のあいているのを眺めていると、急に空腹を覚えた。悟との食事のときは、スパゲッティが喉《のど》を通らなくて、ろくに食べていなかったのである。音子は自分の茶碗と箸《はし》を取出し、佃煮《つくだに》とふりかけで、この真夜中に悠々《ゆうゆう》と食事をとり始めた。

　翌朝、音子は起きて手洗へ降りようとして気がついたのだが、悟の部屋の戸に一枚の紙が貼り出してあり、マジックインキで大きく「入室お断わり」と書いてあった。昨夜、寝るときには目につかなかったから、明らかに悟は音子が寝室に入るまで起きていて、両親の眠ったのを見すましてから外に貼り出したのに違いない。

　音子は自分の胸がドキドキと鳴るのを覚えた。息子から母親に対する宣戦布告のように思ったからである。よく眠った後だったので、昨日一日狼狽《うろた》えていたことはすっかり忘れていた。音子は洗顔して、ガスに火を点じて湯を沸かす用意が終ると、寝室に駈け上って鏡台の前に坐り、いつもより念入りに化粧を始めた。ファウンデーションを濃く塗り、粉をはたき、眼のふちを拭いて、うすくアイシャドウを入れた。各社の化粧品セールスマンの襲来についに抗しきれなくなった結果、夜の職業を持った女でもこんなに数は揃っていないだろうと思われるほど、音子は各種の化粧品を備えるに至っている。

「悟さん、起きなさい。あなた、時間ですよ」

音子は濃い化粧の顔をあげると、まるで進軍ラッパでも吹きならすように叫び始めた。

「悟、起きてますか」

「起きてるよ」

部屋に入られるのを怖れてか、悟がすぐ返事をしたが、不機嫌そうな声であった。

浩一郎は起きるとすぐ新聞を持って便所に入る。この時間がかなりあるので、それが悟の洗面の時間になる。

ぎりぎりの時間まで寝ている結果として、朝の食卓は三人が揃って和気あいあいというような悠長なものではなくなる。悟が先に卓について、まず牛乳を一息で飲み干し、食パン三枚にバターやジャムを塗って、紅茶と交互に口へ押しこみ、押し流す。定量というものがあって、音子も口やかましく言ってきたし、当人もそれだけ食べておかないと給食の時間までもたないものだから、黙々として詰めこみ、途中はもう中腰になっている。テレビはつけてあって、そちらをちらちら見ながら食べるのは、テレビドラマに興味があるからではなくて、そこに一分きざみで時間が出るから、それを睨《にら》んで食べられるだけ食べようという構えなのである。

音子も黙っていた。いつもは忘れものはないかとか、もっと落着いて食べなさいとか、一切れでいいからチーズもおあがりなさいよなどと喋りたてるところなのだが、今日は黙っていた。しかし一晩眠っただけで音子は昨日の食事のときのように悟の顔色をうかがうような弱気な態度ではなかった。

洗面所で電気カミソリの音がやむと、浩一郎が読みさしの新聞を脇《わき》にはさんで食堂に現われ、椅子につくと右手で新聞を背後のソファに投げ落した。

「悟さん、お父さんにお早うございます、は？」

音子は、柔らかな言葉で注意をうながした。

ずっと黙り続けていた悟が、このとき初めて反抗的態度を示した。悟は、母親の注意をまったく黙殺し、父親に朝の挨拶をするどころか反対に頤《あご》もしゃくらずに床においてあった鞄を取上げると、行ってまいりますも言わずに外へ飛出して行ってしまったのだ。

「なんて子かしら、まあ」

濃厚な化粧をした音子は、表情もその分大形《おおぎよう》になっている。

「一切お断わり、なんだな」

浩一郎も貼紙を見ていたらしく、苦笑いをしながら言った。

「ねえあなた」

「うん？」

「もうじき担任の先生の家庭訪問があるんですけど、私、思いきって性教育のこと訊いてみようかしら」

「まだそんなこと言ってるのか、馬鹿だな。教師に嗤《わら》われるぞ」

「だって不安ですもの。私にはどうしたらいいのか分らないんですもの」

「悟は男だぞ、教育なんかされなくたって、その齢《とし》がくれば自然に分るものだよ。自然にまかしておくのが一番いいんだ。不具でなければ、心配する必要はない」

「でも、不具かどうか、どうやって見分けられるんです？　早すぎるのだって異常性慾かもしれないでしょう？」

「よさないか、朝っぱらから」

浩一郎は不機嫌になったが、音子の方も夫より以上に機嫌を損《そこ》ねていた。今朝は念入りに化粧をし、ピンクのセーターなどを一着に及んでいるのだ。それが夫からも息子からもまったく無視されている。

インスタントコーヒーを二杯と一切れのトーストが、浩一郎の朝食のすべてであった。それからネクタイをしめて、急いで靴をはいて出かける背中に、

「行ってらっしゃい」

音子は習慣的に、だが無愛想な声をかけ、浩一郎の方もそれを背中で聞き流して行っ

てしまった。

音子は一人になると、ようやく自分の朝食にかかるのだが、今朝は食慾がなかった。しかし昨夜の飯が胃にもたれているからだとは音子は考えなかった。すべてが悟の反抗的態度と、何事にも真剣に相手をしてくれない夫に対する不満のせいだと思っていた。悟の皿に残っているパンの耳を、音子は前歯で齧《かじ》りながら、砂糖をたっぷり入れた紅茶を飲んだ。コーヒーと酒と煙草は人間にとって百害あって一利なしという知識を得てからこっち、音子は浩一郎のコーヒーと酒と煙草をやめさせようという野望を持ち、何かと努力したあげく夫からまったくうるさがられ、そこで三つの中の一つでもと野心を縮小したが遂にそれもかなわなかった。そこで音子は、悟にはコーヒーの味は覚えさせないように、自分も飲まずに過してきているのである。その甲斐《かい》あって、悟は父親のコーヒーに手を出そうとしない。単なる嗜好《しこう》の問題であるにもかかわらず、音子はそれを自分の教育の成果と信じていた。

電気掃除機を使うようになってから、家の中には箒で掃いていた頃よりもずっと埃《ほこり》がたたなくなった。まして伊沢商事の社宅で三、四階に住んでみると、風のない日は二日や三日は雑巾がけの必要もない。朝食は簡易化され、洗濯も電気と機械がやってくれるとなれば、主婦には昔の奥さんには想像もつかないほど自分の時間が与えられることになる。しかし、この文化的な生活は、日本の急激な経済成長に従って、突然という形で与えられたものなので、主婦の中にはこの恩恵の前で右往左往している者が案外多いのである。

夫や子供に遅れまいという志を立てて、大学へ入り直す勉強家の主婦や、お料理やお菓子の講習へ通う主婦や、お茶やお花のお稽古《けいこ》を始める主婦が殖え、そういう女たちを対象にした講習会や学校や、文化運動は春の花々が咲き群れるように盛んなものになる一方である。デパートは顧客サービスにあの手この手で、観劇から一泊旅行など企画をたてて勧誘にくるので、閑になった主婦たちは浮かれ歩いている。

時枝夫人の音子は、そういう時代の風潮の中では、まず良妻賢母と呼ばれていい方であろう。志の高い女は、必ずしもよき妻やよき母ではない場合が多いから、夫や子供にとって勉強好きの女というのは、有りがたいかどうかそれは分らない。お稽古ごとに身をやつすには、よろず華美に傾いている時代には経済的な困難というものがある。音子はあまり社交的な性格ではないし、社宅生活で多少あった社交性もすっかり萎縮《いしゆく》してしまった。彼女は外へ出かけて気楽に遊べる女ではなかった。悟をカギッ子にすることなど、音子は想像するだけで身震いがする。子供が帰るとき、母は常に家にいて温かく出迎えてやらねばならないと音子は思いこんでいた。

講習会などに出かけなくても、毎月とっている一種類の婦人雑誌には、一カ月の献立から作り方まで書いてくれてあるのだ。台所仕事は日常の生活で、夫にも子供にも好みというものはあるから、あんまり奇抜な料理は作っても歓迎されないことを音子は知っていた。葛《くず》あんかけとか、酒蒸しなどというものより、塩鮭の焼いたのの方が浩一郎も悟も喜ぶのである。平目のムニエールよりも、カレーライスが、ハンガリー風焼肉より、ハンバーグステーキの方が、この家の男たちには評判がいい。

朝食の後片付けがすんでから、音子が自問自答し、ひたすら考えていたことといえば、だから家の中のことであった。具体的にいえば悟の部屋に貼り出してある「入室お断わり」について、母親として音子は如何《いか》に対処すべきかということであった。

黙れといわれれば喋りたくなり、見るなといわれれば一層好奇心がかきたてられるように、「入室お断わり」の貼紙は、音子の闘志を却ってあおりたてるようなところがあった。悟の部屋を無断で掃除したあとの罪の意識も戦《おのの》きも、もう一片も残っていないのだった。

誰も見ている者はいないのに、音子は悟の部屋の前に立つと「入室お断わり」の紙が貼ってある方の襖《ふすま》を、泥棒のように注意して音を忍んで開けた。音子夫婦の寝室は洋間で、ドアには内側から鍵がかかるようになっているのだが、悟の部屋は日本間なので、襖二枚がたてられ、鍵も錠もかけようがない。悟としてはかかるものなら鍵をかけたいところだったのだろうが、それが出来ないばかりに彼の気持を紙に書いて貼り出すことにしたのであろう。

部屋の中は、昨日音子が掃除をしたあとだから、あまり臭くもなかったし、散らかってもいなかった。音子は部屋の中に滑りこむようにして、しばらく立って辺《あた》りを見廻し、昨日と毛ほどでも違っている物はないかと検分した。そうしている間も、ぞくぞくするような、喜びとも感激ともつかない、奇妙な気分に襲われていた。多分それは禁忌を犯しているというスリルであったろう。音子は自覚していないけれども、それは彼女が結婚して最初に夫のポケットを探ったときの甘美な、しかし怖れを内蔵した戦《おのの》きに似ていた。明らかに音子は悟に対して、恋情に等しいものを抱きつつある。それが母親として自然のものか、それとも女として危険をはらんだものであるのか、音子はもちろん考えてもいない。

音子は、そっと押入を開けてみた。布団は案外きちんと畳んでしまってあった。ひろげてまた窓に干したい誘惑にかられたが一応我慢をして、音子は窓を開けた。南向きの窓の向うには遠く田畑が望める。

音子は窓に背を向けて、もう一度部屋の中を見廻した。部屋の中の気懸《きがか》りはただ一つ、それは悟の机である。

大阪支店に移って間もなく、同じ社宅に住む山野家にも、悟と同い年の隆之という一人息子がいて、その子と悟が小学校へ入学するとき、山野夫人の幸江と二人でデパートへ出かけて行って買った机であった。両家の経済状態は、何しろ夫の月給袋の中身も会社における地位も才能も互いによく分っている間柄だったから、音子は幸江と腹を割って話しあうことができ、子供の机を買うについても、よけいな見栄をはる必要がなかった。

「安くて、丈夫で、長持ちするのを買いましょう」

「それが理想ですわ」

その結果、脚がスティール製で、高低自由に調節のきく机と椅子を選びあげた。子供の成長は早いから、その都度大きいものに買いかえていくのでは親の財布がもたない。調節がきくというのは最大の利点で、音子も幸江もこの買物には大いに満足した。子供たちも仲がよく、互いの家を出入りして、持ちものが同じなのも無駄な羨望《せんぼう》やひがみから解放されると、二人の母親はその効果にも満足したものであった。

音子はそっと机の前に立って抽出に手をかけた。六年も使っているので、ちょっとやそっとの力では動かなかった。まさか鍵をかけているわけではあるまいと、音子は疑ったくらいである。

かつて音子は一度でも息子の机の抽出を盗み見ようという気を起したことはなかった。悟が小学校の一年生の頃は音子が最高に教育ママだった時代で、時間表を見て忘れ物がないかどうか一々点検したし、その頃には抽出の中も三日に一度は掃除をしてやり、鉛筆も一本一本丁寧に削ってやっていた。しかし、そんなことにはいかに崇高な母性の持主もいつかは飽きてしまうものであり、悟が男の子らしく独立自尊を主張してくるのと音子が面倒になったのとが期を一にしていたのは二人ともに幸運というものであった。

今、何年ぶりかで音子は悟の机の抽出に手をかけたのだが、枠《わく》が金属製なので銹《さ》びたのかどうか、抽出がすんなり出て来なかったものだから、最初はおそるおそるひっぱったのだが、急に強い疑惑が頭を持ちあげてきたので、音子は畳に膝をつき、両手で把手《とって》を摑んで力一杯手前に引いた。ガガッと抵抗する音がしたが、次の瞬間抽出はスルスルッと飛出して、音子の胸にぶつかった。あっと思う間もなく、抽出の中身は畳の上に散乱した。

インクが入っていなかったのが、ともかく運がよかった。音子はちょっと情けない気持になりながら、ひっくり返った抽出の中へ、鉛筆だのマジックペンだの消ゴム、ノート類、三角定規、カチカチになったチューブ入りの糊《のり》などを入れようとして、溜息が出た。元の様子が分らないのだから、どう中へ納めたところで悟が開けてみれば母親がいじったことは一目瞭然《りょうぜん》で分ってしまう。

今になって音子は「入室お断わり」の貼紙が恨めしかった。あの紙を見なければ、音子はこんなにまでして悟の机の中を点検する気にはならなかったに違いないからだ。が、そう思うのはもはや愚痴で、音子は事態を収拾するのにどうすればいいのか気が遠くなるような思いであった。

何の粉が入っていたのか、鉛筆も消ゴムもまっ白い粉にまみれている。音子は思い直して階下に降り、古いタオルをちょっと水に湿して戻ってきた。音子は整理好きで、こういうものは見たらもう放っておけない。古びた鋲《びょう》。キャップのない万年筆。折れた櫛《くし》。使い古しのメンソレータム。バンドエイドの空罐《あきかん》。音子は丹念に一つ一つを拭《ぬぐ》って、抽出の中を整理にかかった。どうせ分ってしまうのだから、ここまで来れば仕方がない。行きがかりというものであった。

ノートは三冊入っていたが、ぱらぱらめくってみたが不穏と認められるようなものではなかったので音子は安心して抽出にしまいこんだ。紙片は無数に入っていて、ノートの切れ端や、学習書の頁をさいたものなどがある。

「日本の復興と発展」という見出しのものもあって、音子はしばらくそれを眺めていた。

……敗戦の後、しばらくのあいだは、食料をはじめ生活に必要な品物が不足して、物価がたいへんあがり、国民は、不自由で苦しい生活をつづけました。しかし、その後、産業もしだいに復興し、……工業生産の面でも進歩がいちじるしく、国民の生活もゆたかになりました……。

その日、悟は学校から帰って来ると、「ただいま」も言わずに階段を上って行ってしまった。音子は、

「悟さん、お帰りなさい」

と息子の背を見上げて声をかけたが、悟は振返らず、自分の部屋に入ると襖を音たてて閉めてしまった。

間食用に菓子パンを皿にのせて食堂に用意がしてあるのだけれども、悟はいつまでたっても降りてこない。音子は居間でしばらく立ったり坐ったりしながら、どうにも落着かなかった。

「悟さん、おやつはどうするの？」

下から声をかけてみたが返事がない。

いつもは空腹に耐えかねて帰ってくるようなところがあって、「ただいまア」の後には「お母さん、なんかない？」と続くのが習慣だったのだから、音子もある程度には想像しないでもないことだったのだけれど、勝手が違ってしまって手も足も出ない。

紅茶を淹《い》れてみたが、待っているうちに冷《さ》めてしまった。音子は砂糖をむやみと入れて茶碗をかきまぜ、一人で二杯も三杯も飲んでしまったが、まだ悟は降りてこない。沈思黙考の末に、音子は一大決意をして、盆の上に菓子パンと紅茶をのせて、階段を上っていった。

「まあ」

襖の外には貼紙が外されて、その代りに赤いマジックで「入室厳禁」と大書してあった。

「悟さん、悟」

「…………」

「おやつよ。持ってきたから開けて頂だい」

「…………」

「悟、聞えないの？」

「いらないよ」

「持ってきてあげたのよ。おなかが空いてるでしょう？」

「いらないったら、いらない」

「悟さん」

「………………」

「返事をなさいよ、悟」

「いらないよ、うるさいな」

「親に向ってなんですか」

「………………」

「じゃ、ここへ置いときますからね、メロンパンとジャムパンですよ」

「………………」

「紅茶はお替りがほしかったら、声をかければ持ってきてあげますからね」

「………………」

襖の向うへ、音子は気弱なお喋りを続けてから、到頭自分で言った通りに廊下におやつを置いてひきさがる羽目になってしまった。和式の戸なのだから、錠のかけようがないのだから、音子がその気になれば襖を開けて悟の顔を見ることができるのだが、それが、できない。しおしおと居間まで敗退してしまってから音子はむしょうに腹が立ってきた。

私が何をしたというのだ。ただ部屋の掃除をしただけではないか。これまでだってやっていたことで、それに対して俄《にわ》かに悟が母親に対して拒否の態度を示すのはおかしい。ちょっと念入りに押入まで整理をしただけではないか。

抽出の一件は、悟はきっとそれに気がついて逆上し、あんな大きな字を赤いマジックで書きなぐったのに違いないが、しかし音子は最初から悟の秘密を探ろうとして抽出を盗み見たわけではない。音子は「入室お断わり」という貼紙に刺戟されたのだ。もとはといえば、原因はそれなのだ。

音子は米を研《と》ぐ間も、大根おろしをこしらえる間も、肉団子をこねている間も、そのことばかり思いをこらした。抽出が、すらりと出てこなかったばかりに事が面倒になってしまったので、それは音子の責任ではない。晩御飯の献立には、悟の好きな肉料理と、消化をよくし、頭をよくするために、大根おろしと豆を材料にしたものを揃えている。手間がかかっても、一日一度きりの手間だから大したことではないのだが、音子は熱心に火加減を見たり味をつけたりしながらも、この自分の気持が息子には少しも伝わらないのかといらいらした。

「悟さん、御飯よ」

食事の用意が出来あがると、音子は急に晴れやかな声になって息子を呼んだが、返事がない。

「悟さん、悟」

階段を上って行くと、やにわに襖が開いて、悟は音子の横をすりぬけて階段をかけ降りた。

「まあ、返事ぐらいしたらどうなの」

廊下には、さっきおいた盆が同じ位置にあり、そのかわり皿も茶碗も空《から》になっていた。音子はほっとしながら、盆を拾い、自分が思っていたほど悟が硬化しているわけではないのだと気軽く階下に降りた。するとまた入れちがいに、便所を出た悟が階段を駈け上ってしまった。

「悟、御飯ですよ」

「…………」

「聞えないの、御飯よ」

「いらないよッ」

「なんですか、おやつは食べたくせに」

「…………」

「悟さん、いつまですねているんです。御飯が冷めてしまうでしょう？」

「いらないんだ。ほうっといてくれ」

「何を言ってるの」

音子は階段を駈け上り、その勢いで襖をがらりと開けた。

「入るなッ」

部屋の中に悟が仁王立ちになって叫んだ。あまり大きな声だったので、音子も棒立ちになった。

「この部屋には入るなって、書いてある字が読めないのかい？」

「何を言ってるんですよ、悟さん。親が子供の部屋に入ってどうしていけないの。第一、お掃除をしなければ不潔じゃありませんか」

「押入や抽出まで、掃除って口実で調べるのかい？　自由の侵害だよ」

「なんですって？」

「お母さんは個人の尊厳を傷つけているんだ。法律違反だよ」

音子は耳を疑った。ジユーのシンガイ。コジンのソンゲン。ホーリツイハン。子供とばかり思っていた悟が、いったいいつからこんな難かしい言葉を口にするようになっていたのだろう。音子は迂闊《うかつ》にも息子の知識の前で圧倒されそうになり、だが次の瞬間全身が総毛《そうけ》だった。この子は遠からぬ将来、ゼンガクレンに入って暴《あば》れまわるのではあるまいか！

子供がまだ小学生だから、世の中の騒然たる動きにも、学生運動に対しても、音子は遠い出来事としてテレビを眺めて呆気《あっけ》にとられているだけですんでいたのだが、悟は早くも自由だ、個人だ、法律だという主張を始めているではないか。音子は愕然《がくぜん》とした。

「法律違反だなんて、大げさなことを言うものじゃありませんよ、悟。なんですか」

「大げさじゃないよ、お母さんのは明らかに憲法違反だよ。教育基本法の違反だよ」

「そんな法律を、悟はいつ読んだの？」

「とっくだよ、社会の時間に習うもの。お母さんは知らないのかい？」

「知らなかったわ」

「憲法も教育基本法も読んでないのか。話にならないな」

悟は横柄な口調で言い、つかつかと進んで来て、音子の鼻先でピッシャリと襖を閉じた。「入室厳禁」の赤い文字が、音子の目の前で踊った。

音子はすごすごと階段を降りにかかったが、足許が心もとないので、手すりに必死で摑まっていた。憲法違反。教育基本法。自由の侵害。個人の尊厳。まだ幼い声をしている悟の口から噴射された言葉の数々が、耳鳴りのようになっている。悟が今すぐにも暴徒と非難されるような学生になってしまうのだろうかと、音子の胸からは黒雲のような絶望感がわき出ていた。音子は日本の憲法というものに目を通したことはこれまで一度もなかったし、教育基本法などという法律があるということも知らなかった。胸から頭の中へたちのぼっていく黒雲の中で、しかし音子は息子の頼もしさというものに息詰るような興奮を覚えていた。学校の成績なんていうものは、本当に当てにならない。大阪にいた頃は、山野家の隆之君と似たりよったりの成績で、一年生からずっと共に下降線を辿っていたのが、東京へ舞戻ってきてから、すっかり上昇機運にのっていたのだ、と音子は思った。心配は心配だけれども、男の子だもの、心配なくらいでなくては産んだ甲斐もないというものだ。

音子は台所でスープを温め直し、盆の上に夕食をのせて再び悟の部屋の前に上って行った。それから猫撫で声を出した。

「悟さん、御飯はここへおいておきますからね」

その晩、浩一郎が帰って来ると、音子は待ちかまえていて一部始終を物語った。夫が帰ってくるまでの間に、音子の妄想《もうそう》はひろがっていたから、それが加味された当然の結果として、報告は大層大げさなものになっていたが、浩一郎はすでに妻の話は割引いて聞くという習慣を持っていたから、

「ふうん？　へえ、もうそんなことを言うようになったのか、悟は」

「ねえ、少し早すぎませんか」

「ちょっと早いかな。本当に法律用語がそんなにぺらぺら口をついて出たのかい？」

「ええ、私は半分も分りませんでしたよ」

「風呂は、あるかい」

「ええ」

浩一郎は寝室へ上り、背広を脱いで降りてきて、

「なるほど激しいね、全学連なみだ。大きな字だな」

声をひそめて、しかし笑っている。

「部屋に入ったきり出てこないんですよ」

「ハンストに入って籠城《ろうじょう》か。しかし、何がそんなに気にさわったのだろう」

音子は抽出をひっくり返した一件は言っていないので、浩一郎は昨日から今日になって悟の態度が更に硬化した原因が分っていない。嘘をつくつもりではなかったが、音子は話の行きがかりで、悟が水も飲まず、飯も食べずに頑張っているような表現をしてし

まっていた。

風呂から上った浩一郎は、ビールの栓《せん》をぬき、

「しかしあいつ腹がすいてるだろうな」

と言った。

「そっと差入れはしてあるんですけど」

音子も言い足さないわけにはいかない。

「なんだ、そうか。それなら心配ない。まあしばらく様子を見よう。しかし出したいものもあるだろうに、その方はどうしているんだろうな。窓から悠々とやっているかな」

「そんなことされたら、下の家からどんな苦情を言ってこられるか分りませんよ」

「いいじゃないか、ここんとこ雨が足りないのだから。しかし固形物の方はどうするのかな」

「あなたは暢気《のんき》なことばかり仰言って。少しは私の気持にもなって下さいよ。あなた、心配じゃないんですか」

「一日や二日反抗したって、どうということはないだろう」

「でもね、悟は万事が早熟なんじゃありませんか。小学校六年ですよ。躰《からだ》も随分大きくなっているし、どこか異常なんじゃないかしら」

「またその話か。そこまで思いまわすのは君の方が異常だと言っただろう？」

「でも、無口だとばかり思っていた悟が馬鹿に喋りたてたんですよ。私はびっくりして

……。あなた教育基本法って御存知ですか」

「あることは知ってたが、読んでなかったなあ。小六法がどこかにある筈《はず》だ」

「ショーロッポーって、なんですか」

「六法全書だよ」

音子は悲しくても嬉しくても眠るときは感情と関係なくぐっすり眠れるたちなのだが、浩一郎の方は妻のバラバラな心配には取りあわない風を粧《よそお》っていたものの、翌朝はいつもより早く起きて、手順よく用をすませ、悟が階段を降りて食堂にいる両親を無視し、そのまま靴をはきにかかったのに、背後から声をかけた。

「おい、悟。お父さんは平和憲法に基づいて君と話しあいたいが、どうだい？」

悟はようやく顔をあげ、にやりと笑った。

「いいよ、僕も話があるんだ」

父と子は合意に達して、朝食をぬいたままで扉《とびら》の外に出た。

「行ってらっしゃい」

音子は閉じたドアの中で、おくればせに言葉をかけたが、夫と息子の靴音はすぐ遠くなって聞えなくなった。

何を話しあおうというのだろう……。音子は急に家の中が冷えびえしてきたような気がした。

食堂に戻って、音子は浩一郎が口もつけずに残してあるコーヒーを見ると、やにわにそれを飲み下した。久しぶりの香りと、苦い味に、音子はほうっと溜息をつき、夫の専用にしてあるインスタントコーヒーの瓶を抱えこんで、二杯も三杯も作っては飲み、飲んでは作った。音子は思案に余ったことのあるときには、胃の方が鈍感になるらしくて、食物でも飲物でもいくらでも入ってしまうのである。

牛乳ぐらい飲んでいけばいいのに……。

音子は未練がましくそう思ったが、さすがに夫と子供が手をつけなかった牛乳まで飲む気はおこらなかった。

あのひとも、あれで無関心というわけではなかったのだという安心感もあるにはあるのだが、「僕も話がある」と言った悟の言葉が妙に気懸りである。夫と息子の二人が、音子をのけものにして、さて何の話をするというのか。大体が悟は音子に立腹しているのであって、浩一郎は関係がないのに、父親が平和的に交渉を持ちかけたとき、悟の方にも話があるといったのは可笑《おか》しいではないか。ずっと不機嫌だった悟が、父親に対して不敵な微笑を示したのは、同性の意識というものだったろうか。音子は落着かなかった。会社へ電話をして、どんなことを話しあったのか訊きたいと思うくらいだったが、そんなことをすれば今度は浩一郎が烈火のごとく怒り出すにきまっていた。彼は、伊沢商事の社員の妻は〃私用で会社へ電話してはならない〃という鉄則を信奉していたからだ。

いったい悟は「社会」の時間に、どんなことを習っているのだろう。音子は思いを無理に他の方へねじ曲げようとして、悟の知識のもとを探りたくなった。そうなれば必然的に「入室厳禁」と書かれた部屋に入っていくことになる。

かまわない、と音子は思った。夫と息子は男同士の連繫《れんけい》意識で肯《うなず》きあって外へ出た。そうなれば私だって、と音子は猛《たけ》りたった。


主婦の買出しの時間に、外へ出ると井本夫人もドアを開けたところだった。

「お買物？　御一緒しません？　お久しぶりですね」

井本夫人はにこにこして話しかけてきた。肩を並べて歩き出しながら、つい音子はこの日頃の屈託を口に出した。

「男の子って、育てるのも楽じゃありませんのね」

「あら、どうかなさったの」

「なんですか難かしい理窟をこねますのよ。平和憲法だとか教育基本法だとか」

「まあ、お宅の坊っちゃんまだ小学校でしょう？」

「六年生ですけどね、社会の教科書でちゃんと習うんですのね。主人も六法全書をときどきひろげて勉強しなくちゃって笑ってますのよ。うっかりしてるうちに追い越されてしまいますわ」

音子は愚痴をこぼしているつもりだったが、井本夫人が驚いているので、やはり悟は優秀な方なのだと得意な気分になっていた。井本家でも同じ経験があるものなら、男の子なんてそんなものよと軽くいなされる筈だからである。

「奥さま、それは先生の影響じゃないかしら。きっとそうよ」

「え？」

「教師が吹きこむのよ、でなくて小学生がそんな文句を振廻すものですか。いえ、宅でも似たような経験がありますの。こちらへ転勤になる前で、うちの子供はお宅の坊っちゃんよりもっと小さい頃でしたけどね。親と子は対等だとか、親には子供を養う義務があるの、子供にも生きる権利があるのって、帰ってくると演説してきかせてくれましたわ。それというのが受持の先生が日教組のカリカリでねえ。何しろ革新系の強いところでしたでしょう？　ＰＴＡも革新的で、教科書不買運動だとか、なんだとか、私も慣れないうちはうろうろしましたよ。先生はその分教育熱心ないい先生で、うちの子は大変学力がついたので感謝しましたけれどねえ、一時は家の中にも革命が起るのかと思って私も仰天しましたよ」

「私のところも、それかしら。個人の尊厳を犯すななんて言い出してます」

「間違いないわ、先生の影響よ」

井本夫人はさも可笑しそうに、きゃらきゃらと笑い出したが、音子の方にしてみれば笑いごとではなかった。井本夫人にすがって彼女の経験談を聞かせてもらおうと思い、その熱心さのあまり自分が悟に対して機微にふれることをしたそもそもの事柄はさらっと忘れてしまった。

「どうしたらよろしいんでしょうね、奥さま」

「放っとけば、そのうちに教師が変ると教育方針も変るから大丈夫ですよ、うちじゃその次の学年では反日教組のバリバリが受持になって百八十度の転換よ。親も一緒になって、日教組はけしからんなんて調子を合わせてね」

「でも、子供はどうなるのですかしら」

「子供の方が順応性がありますよ。世の中にはいろんな考え方があるものだって思うんじゃないかしら。うちの子は頼んだって演説なんかしてくれなくなりましたよ」

「そうですか……」

「でもね、日教組でも反日教組でも、熱心な先生というのはそれだけ自分の教育にも理想があるわけだから、結局はいい先生ですよね。困るのは、ふらりふらりと生徒に教えているだけの先生。そういうのに担任になられたらテキメンに学力が落ちますものね。だから私は日教組でも反日教組でもそのときどきで仰せごもっともでやってきましたわ」

「私はぼんやりですから、これまでそういう先生には出会ったことが、あまり……」

「それじゃ当分は悩みの種だわね。奥さまは教育ママさんだから、きっと大変でしょうよ」

井本夫人は高みの見物という顔で、馬のように歯をむいて笑った。

音子は憂鬱《ゆううつ》という奈落の淵《ふち》に、自分がまっさかさまに落ちて行くのを感じた。先生の教育、教師の影響。今日まで思ってもいなかったことを井本夫人に指摘されて、音子は自分を見失っていた。

「奥さま」

「なんですの？」

「高木先生って方なんですけどね、どんな先生かご存じですか。悟の担任なんですの」

「高木先生？　さあ、聞かないわねえ。うちの子がB小学校にいた頃は、高木って先生はいなかったみたい。若いひと？　年寄りですか？」

「お若い方です」

「じゃあ最近いらした方でしょう。存じませんわ」

「誰方《どなた》に伺えばよろしいんでしょうね？」

「先生の思想調査ですか、奥さまは教育ママねえ」

井本夫人はまた笑ったが、音子には井本夫人の方が遥《はる》かなる教育ママの先輩として見えていた。日教組、反日教組などという言葉がすらすらと口をついて出るところは音子の到底及ぶところでない。

それにしても「教育ママ」という言葉に、いつから罪悪的な意味がこめられるようになったのであろう。つい数年前までは、学校教育には父母の協力は不可欠のものという考え方が新しいものとされ、文部省も、新聞も、婦人雑誌もそう書きたてていたのである。ＰＴＡなどという戦前にはなかった機関が作られたのも、いわば今日の教育ママの温床だった筈である。教育を戦前のように学校まかせにしてはいけない。教師と父兄が緊密に連絡をとりあって子供の指導に当らなければいけない。斯界《しかい》の権威といわれる教育者たちは口々にそう言い、放任主義は親の怠慢として非難されていたのである。その頃は「教育ママ」は母親の亀鑑《きかん》であった。

いつから「教育ママ」は栄光の座を追われ、非難攻撃を浴びせられるようになったのであろうか。それはおそらく「過保護」という言葉が頻繁《ひんぱん》に使われるようになったのと期を一にしているのではあるまいか。そして子供が過保護になり、母親がママゴンなどと怪獣なみに呼ばれるようになった最大の原因は、家庭用品の電化に伴う主婦の家事労働からの解放ではなかっただろうか。日本の経済成長による文化生活は、家庭の主婦たちを、彼女たちばかりを潤した。家庭を持つ夫たちは朝夕の通勤ラッシュに揉《も》まれ、厳しいビジネスの世界で複雑な人間関係と、コンピューター導入という技術革新の事態の前で、猛烈に生きぬくために心身をすり減らしている時代に、妻たちは電化され清潔になったすがすがしい家庭でマイホームを謳歌しているのである。

埃は掃き散らさずに吸いとるという掃除の方法の変化は、家庭を守る主婦の生活にとってまさに革命であった。小さな子供のいる家でさえなければ、掃除は二日に一度か三日に一度でかまわなくなった。ああ、昔は朝の掃除をして、夫の帰る前にもう一度家の中は掃ききよめたものであるのに。洗濯も三日に一度か四日に一度でよくなった。ああ、昔は毎日盥《たらい》の前にかがみこんで洗濯板相手に小半日も格闘していたものであるのに、今は洗剤なるものを投げこんで水道の蛇口《じやぐち》をひねり、スイッチを入れれば、主婦は手をぬらさぬうちに下着もシャツもハンカチもまっ白に洗い上ってしまうのである。

もし人間に歯というものがなく、食べなくても死ぬ心配がないのであったなら、家庭の主婦の大半は余った時間を持て余して発狂してしまうに違いない。主婦の間にレジャーというものが忍びこんできたのも、ここ十年にならない。この歴史の浅さが、つまり主婦たちに新しい時代を迎えていることを自覚させず、また余った時間を有効に使う手段についても深く思いを致させることをしていない。

時枝音子の場合もそれであった。人間の頭脳には何十億という細胞が詰っているというのに、音子は一つの衝撃を受けると、何十億の細胞が一致して一つことに没頭してしまうので、結果は単細胞的な考え方しかできなくなる。

朝、夫と息子を家から送り出したときには、二人が音子を疎外したことに半ば逆上していて、二人が何を話したのか、あれかこれか妄想が働いて、どちらも学校や会社があるから話し合うのだって充分な時間などある筈がないのに、夫は夫なりに性教育についてもそれとなく配慮したかもしれない、とすればいったいどういう工合に話したのだろうか。いや、二人は一致して音子が女であることを嘲笑《ちようしよう》したのではあるまいか。そんな口惜《くや》しいことがあっていいものだろうか。女でなければ妻にも母にもなれないのに、——などなど、あちこち飛躍していたのが、井本夫人の一言で、一転して悟の小学校教師のことが気になり出すと、音子はもうそのことで頭がいっぱいになってしまった。

明日にでも悟の学校に出かけて行って、担任教師に面会を求めてみようかと思う。六年の学期初めに懇談会があって、子供の母親たちが雑然と集まって、教師と話しあったことがあった。色の白い、温和な、頼りないほど若い男だったが、集まった母親たちは互いに牽制《けんせい》しあう結果になって、何一つ実のある話がなくて詰らなく散会してしまった。あれきり担任に挨拶にも行ってないのでは、母親として怠慢だった、と音子は思った。悟が小学校の一年生に上ったばかりの頃の自分を思い出してみれば、子供の成長をいい潮に、随分子供の教育について手を抜いている。音子はそんな反省をしていた。

買物に出たとき本屋に寄って、六法全書には載っていない児童憲章や、誰か偉い先生の書いた現代の教育などに関するカタイ本を買いたいと思っていたのだが、井本夫人は必ずつきまとうにきまっていたし、そうなれば何を買ったかはその日のうちに放送されるにきまっていたので、音子は晩御飯の材料だけを買うにとどめたのである。

帰ってから、油揚げを甘辛く煮て稲荷《いなり》ずしを作り、それは悟の間食用であったのだが、二つ三つ味ききをして音子は満腹してしまった。

おかげで頭がいっぱいになっていた悟の教師についての心配も少しうすれたので、音子はテレビの前にゆったりと坐って、毒にも薬にもならないメロドラマを見物することができた。ドラマの途中で幾度か「カラー」という文字が画面の端に出たので、それがカラー番組だということが分る。四号館に入居した人々の大半がカラーテレビを持ちこんだというのが、一、二、三号館の主婦たちの話題になっている昨今である。あんなもの、と音子は思っていた。白黒の方が、はっきり分るし、これをわざわざ色つきで見る必要はない。あんなものを買うのは、ただの虚栄だ。

それにしても、カラーテレビのアンテナはなんてケバケバしく塗りたてたものだろう。四角い建築物の上に無数の蚊トンボがとまったように各戸のアンテナが飾られているのは、もう珍しい光景ではないけれども、カラーテレビのアンテナは、トンボにたとえるなら赤トンボのように目立った。四号館の屋上には、赤トンボが誇らしげに止っているのである。

メロドラマが終ると、皮肉にもコマーシャルは某大手メーカーのカラーテレビの広告になった。

「御家庭に是非一台、カラーテレビは○○の××カラーを。奥さま、本当によくうつりますのよ。ね？」

平凡な顔だちをしたコマーシャル・ガールが小首をかしげて、にっこりと笑った。音子は音たててチャンネルを切りかえ、しばらく四号館の屋上の赤トンボたちを思い、憤《ふん》懣《まん》やる方なかった。

今日はどうしてこう気が立つのだろう。

テレビは子どもの時間帯になっていて、どこのチャンネルも漫画や十代歌手の祭典などというものばかりで、中に「小学生の歯」という教育番組があったのを音子は熱心に見ることになった。高名な歯科医が画面に登場し、歯というものが人間が生きていく上でいかに大切なものであるかということを事例をひいて説明していた。子供の頃によく手入れをする習慣をつけておかねば、大人になってから苦しむという順序を、丁寧に歯と歯神経の断面図などを見せながら説得している。音子は自分の奥歯に穴があいているのを思い出し、悟の乳歯から永久歯にはえ変る頃のことも思い出し、歯の磨き方を、あの子は正しくやっているかどうかと気懸りになった。

手洗に立ったついでに洗面所を覗き、一家三人の歯ブラシを点検すると、どれも一様に毛先が磨滅してしまっている。早速これは買いかえねばいけないと音子は気がついた。教育番組というのは、なるほど教育的だ。メロドラマや歌謡曲ばかりでは本当に白痴化されてしまう。これからはこういうものもよく見ておかなければいけない。

そんなことを考えて外を見ると、高台は日の暮れるのがおそいところだが、それでもそろそろ夕方である。悟の帰りがいつもより晩《おそ》いということに、音子はようやく気がついた。どうしたのだろう。

小学校低学年の頃にあったホームルームが、高学年になるとクラブ活動という名目で、課外に子どもたちばかり集まって自主的に行われるようになっている。音子は悟が近頃サッカーという球技に熱中し始めていることを知っていた。こんな時間まで校庭で遊んでいるのだろうか。お腹もすいているだろうに、先生は放任しているのだろうか。スポーツも悪くはないが、勉強の方はどうなっているのだろう。これはどうしても会いに行って、受持教師の教育方針について質《ただ》さねばならない。

音子は猛々しく立上り、夕食の準備にかかった。

いまにも、

「ただいま。ああ、腹ぺコだ」

と言って悟が帰って来るかと思ったのに、オムライスと中華風スープという栄養満点の料理が出来上っても、ドアが勢いよく開かれる気配がない。

音子は心配になった。

これまでに一度もこういうことがなかったというわけではない。学校の帰り道に友だちの家に寄って、そこで遊びすぎて、揚句におやつも食事も食べて帰ってきたことが、これまでも一再ならずあった。しかし、このところ悟は、「入室厳禁」などと襖に書きなぐったりして異常な状態にある。朝は浩一郎と「対話」が行われるかに見えたのが、それが決裂したのかもしれない。あれはどういう結果になったのか、音子は急に朝の心配が突きあげてきた。

外に出た。道まで降りてみた。夕刊をとって、階段を上り、家に戻ったが、落着かない。

テレビが市井《しせい》に起る犯罪を主題にしたアクションドラマを映し出していた。外はもうとっぷりと暮れている。悟はまだ帰って来ない。いくら学校帰りに遊び呆《ほう》けているにしても、これはあまりに晩すぎる。

まさかとは思ったが、音子はB小学校に電話をかけてみた。やはり思ったとおり、学校にはもう子供は一人も残っていないという返事である。音子は電話帳を繰って、悟が帰りに寄り道したことのある級友の家に電話をした。

「モシモシ時枝でございます。いつもお邪魔を致しまして申し訳ございません。まあ奥さまでいらっしゃいますか、いつも子どもがお世話さまでございます。あの……」

どの家にも悟は寄っていなかった。

悟が日頃親しくしている子どものところに電話をかけ、悟が今日はどんなことを言っていたか直接その級友と話をしているうちに、音子の胸は次第に波立ち騒いできた。どの子供もはっきりしたことは言ってくれなかったが、音子は次から次へ思い出せるだけの友だちの家に電話をした。

「うちの悟、まだ帰って来ないんですよ。どこへ行ったか心当りはありません？　何か言ってませんでした？」

さあ、知らないなあと答える子どもたちに、音子の声は取り乱してきて、悟がこの日は誰と遊んでいたか藁《わら》にもすがるようにして訊き、その友だちの名を聞くと、またそこへ電話をした。

もう寝《やす》みましたと答える母親に、音子は自分の置かれている状況をくどくどと喋りたて、「それは御心配ですわねえ」相手も同じ母親の身で同情したのか、やがて男の子の眠そうな声が、

—時枝クンは授業が終るとすっ飛んで帰ったよ。東京へ行くんだって言ってた。

「えッ、東京へ？」

—うん。なんだか楽しそうだった。

「東京へ何をしに行ったんでしょう」

—僕も訊いたけど、時枝クンはニヤニヤしてたな。

「他《ほか》には何か言ってませんでした？」

—それだけです。でも心配することないと思うよ、おばさん。

受話器をおいてから、テレビを見ると画面では恰度《ちょうど》非行少年が若い女に暴行を加えているシーンだった。音子はとびかかってスイッチを切り、夕刊をひろげると社会面はまたしても誘拐《ゆうかい》事件だ。ぞうっとして眼をつぶり、払っても払っても不吉な予感や妄想がわきあがってくる。

浩一郎は何をしているのだろう。まさか悟が誘拐されたとは思わないけれど、こういうときには第一に相談をしたい夫が、もう会社は出ている筈で、それから今まで何をしているのか、音子は、いらいらした。それにしても悟は東京へ、何をしに出かけたのだろう。

そうだ、こういうときこそ担任の教師に相談して先生の判断をきかせてもらうべきだ。

音子は電撃的にそう思いついた。

「モシモシ夜分におそれ入ります。B小学校の高木先生のお宅でいらっしゃいましょうか？」

――ハイ、そうです。

「あ、晩くにご免遊ばせ、私、時枝悟の母でございますが、いつもお世話さまでございます。ちっとも御挨拶に出ませんで、こんなときに突然お電話して申し訳ございません。お寝みでいらっしゃいませんでした？」

――いや、御用は何ですか。

「実は悟が、まだ帰らないんでございます」

――時枝クンがですか？

教師の声がちょっと緊張した。そこで音子は、この二、三日前から悟の態度に俄かに反抗的なものが見えてきたこと、部屋の入口に貼紙をして何事も拒否すること、級友には東京へ行くと洩《も》らしているが、行先は分らないし、今もって何の連絡もないことを前後不揃いに訴え続けた。教師は落着いた態度で話を聞いていたが、やがて結論を出すような口調になった。

――時枝クンには心配しなければならないような点はありませんから、大丈夫だと思いますが、帰ったら家に連絡せずに東京へ行くのはよくないと言って下さい。僕も注意しておきます。

「警察へ捜索を頼まなくてもよろしいでしょうか」

――そんな必要はないと思いますよ。時枝クンは所謂《いわゆる》問題児ではありませんからね。考え方でも何でも正常ですから。

では、あの反抗的な言動は、この先生の指導によるものなんだわ、と音子は咄嗟《とつさ》に判断をしてしまった。

「では、あの、もう少し様子を見てみることに致します」

—そうして下さい。そして、もし変ったことがあったら、すぐまた知らせて下さい。

「有りがとうございます」

深々と頭をさげて電話を切ってから、もし変ったことがあったらというのは、どういう意味なのかと、音子は再び胸さわぎがしてきた。

こういうとき、親や兄弟があったら、どんなに心強いだろう。音子は井本夫人にも電話したくなって、そんな衝動を抑《おさ》えるのに苦しんだ。こんな時間まで子供が帰らなかったということを知らせたら、あの派手なひとは何と尾鰭《おひれ》をつけて社宅中に吹聴するか分らない。

心配が妄想を生み、テレビや週刊誌で得た知識がそれを更に押しひろげて、音子の相好が歪《ゆが》んでしまった頃になって、悟は浩一郎と共に、

「ただいまア」

いとも気楽な顔をして帰ってきた。

「まあ、あなた方は一緒だったんですかッ」

「ああ、そうだよ」

「今頃まで何をしていたんですッ」

「買物をして、飯を喰って、それから映画を一緒に見てきたんだ」

浩一郎がのんびりとネクタイをゆるめながら説明し、悟が満足そうに肯《うなず》いているのを見ているうちに、音子の精神についていた総《すべ》ての蝶番《ちようつがい》が怒りによって一斉にふっ飛んでしまった。

「どうしたんだ」

浩一郎が、ようやく妻の様子の唯《ただ》ならないのに気がついて問いかけたが、間に合わなかった。

「あ、あ、あなた達は……！」

音子の喉の奥で、ヒイッと笛が鳴り、テーブルの上の水さしが床に飛び、激しい音をたてて硝子《ガラス》と水が散った。

「どうしたんだ、音子」

「こんな、こ、こんな時間まで、私だけに心配させて。いいわよ、いいわよ」

音子は自分がなぜそんなことをしているのか、頭の中では茫然としながら、手の届くものは床に叩きつけて暴れていた。

「音子、やめろ、やめないか」

「いいわよ、いいわよ、いいわよ！」

「よせ、やめろ」

浩一郎が音子を羽がいじめにしてとり押えると、悟はぷいっと階段を上って行ってしまった。音子は声をあげて泣き出していた。

「どうしたんだ、しっかりしないか」

「いいわよ、あなた達は、私のことなんか思い出しもしないんでしょ。私がどんなに、どんなに心配してたか、分りもしないんでしょう」

「何を心配していたんだ」

「悟が誘拐されたかと思って……」

「馬鹿な。悟が誘拐なんかされる訳がないじゃないか」

「じゃあ、こんな時間まで帰らなければ、他に何を考えていたらいいんです。東京へ行くなら行くで、なぜ一言でも言ってくれないんですか。悟も、あなたも、何ひとつ連絡なしで、この家の中で私ひとりでどうしたらいいんです。よっぽど警察へ電話して捜索願を出そうかと思っていたところですよ」

「テレビドラマの見すぎだよ、それは」

「悟が殺されでもしたらどうしようかって、そればかり考えていて、あなたには連絡のとりようもないし、本当に心細かったんですよ。あっちこっちへ電話をかけて……」

「どこへ電話をしたんだ？」

「悟の友だちの所へ片っぱしから電話をかけたわ。そしたら、東京へ行くと言ってたって教えてくれた子がいて、東京へ何をしに行ったかと心配で、心配で」

「そうか、悪かったな、そんなことになっていようとは思わなかったよ。今朝、家を出てから悟と平和交渉を始めただろう？　君がそれを知ってるものと思っていたから、連絡するのは思いつかなかったんだ」

音子はさめざめと思いきり泣いたあとで言った。

「悟の受持の先生にも電話したんですよ。もうしばらくしたら、あなたが持って帰ったバーのマッチを頼りにして、あなたを捜すつもりだったわ」

「バーのマッチ？」

「ええ、こんなこともあろうかと思って、あなたのポケットに入ってたマッチはいつも一カ所に集めてあるんです」

浩一郎は嫌な顔をしたが、音子は気がつかなかった。

割った器物の始末をして、床も拭いてから、ようやく自分の取り乱し方を反省していた。考えてみれば、もう随分大きくなった悟が、何かの犯罪に巻きこまれるようなことなど滅多にあることではないのに、一途《いちず》に思い詰めて血迷っていたのは、なんという醜態だったろう。

ともかくも担任の教師のところには報告しておかなければならない。先生も心配なさっているに違いないからだ。

ダイヤルをまわすと、呼出し音が十回も鳴ってから、ようやく相手が出た。

「モシモシ高木先生でいらっしゃいますか、時枝でございます。先程は本当に失礼をいたしました」

——はあ。

「本人が帰ってまいりましたんですよ。御心配おかけいたしまして申し訳ございませんでした。あのう主人と朝、約束をしておりまして買物をしたり食事をしたりで、私には何も申しませんでしたので、すっかり取り乱してしまいまして、お恥ずかしゅうございますわ」

——いや、それなら、よかったです。

「相すみませんでございました。あらためましてお詫びにうかがいます」

——いや、それはいいですから。

「お騒がせいたしました。おゆるし下さいませ」

深々と頭を下げて電話を切ってから、音子は教師がどうも不機嫌だったような気がして不安になった。あのひと眠っていたのだわ、きっと。担任の子供が行方不明だというのに、あの先生はぐっすり眠っていて、それを叩き起されたものだから不愉快だったのだわ、きっと。

「ねえ、あなた。私は先生のところへ何か持って行かなきゃならないけど、何がいいかしら」

「知らないよ、僕は。勝手に取り乱してやったことじゃないか」

「あなたが連絡してくれないからそうなったんですよ、まだ分らないんですか」

「いや、それは分った。もう平和にやってくれよ、頼むよ」

「悟との平和交渉はどうなったんですか。あの子、私のことなんと言ってました？」

「君のことは一言も何も言わない」

「だって僕の方にも話があるって言ってたじゃありませんか」

「ああ、あれは机を買ってくれろということだった」

「机を？」

「うん、だから家具屋へ行って一緒に品定めをしてきたんだよ。もう晩いから、寝かしてくれ」

夕陽ヵ丘三号館へ移ったばかりの頃、音子は新しい生活の始まりに心が浮かれていて、家具はあれもこれも新しいものを買いかえたいと思ったものだった。越してきた当座は壁も生々しいほどだったので、今まで使っていたものは手垢《てあか》がしみついて汚れたものに見えた。それは悟の机や椅子も例外ではなかった。漫画を読まないという悟の決意の前で、音子はその褒美《ほうび》に机を新しくしようと申し出たのだ。それを音子は思い出した。そして悟は半ば迷惑そうに「僕は古い机の方がいいのだ」と言い張って、いわば音子の提案を拒否した形だったのである。

それを今になって……、音子は面白くなかった。まったく面白くなかった。音子にはなんの断わりもなく、悟は父親に新しい机をねだり、父親も妻に相談せずに、二人だけで買物に行っていたのだ。私の立場がどこにあるのだと音子は思った。二人とも私を無視して行動し、音子が最悪の事態まで想像して恐怖に戦いていたことさえ音子の勝手だと呆れているらしい。浩一郎はいかにも面倒げに「悪かったな」といい、さして悪そうな顔もしないで眠ってしまった。悟は音子の怒りの前で鼻白み、お休みなさいも言わないで、ぷいと自分の部屋に入ってしまったまま、コトリとも音をたてないで、これも眠ってしまったらしい。音子は面白くなかった。本当に面白くなかった。

それでも健康な音子は、かつて不眠という悩みを持ったことがなく、怒りの渦の中でも健康な寝息をたてて眠り、翌朝は、三人とも少し寝過して慌《あわた》だしく、浩一郎も悟も飛出してしまった後になって、ようやく我に返った。夜というものが一日の終りに訪れるのはなんといいことだろう。昨夜の自分の狂態を、音子はケロリと忘れてしまっていた。神経も、よく寝たあとですっかり鎮まっていた。どうして紙芝居のように、悟のコメカミにピストルの銃口が当てられていたり、高手小手に縛られている図などが思い浮んだのか、今日になっては不思議なくらいだ。

勉強机が新しくなるのも、悪くない。今日はもう音子もそう思えて、自分をさしおいて二人が買物に行ったことも不愉快ではなくなっていた。悟が成長して、あの高さを調節できる机も、悟の大きさには間にあわなくなってきていたのだ。よかった、と音子は思った。たとえば中学の入学祝とか、そういう時期にしたかった買物だったけれど、男の子はことごとしく祝ったり贈られたりすることは好まないから、悟の気が変ったところで机が大きくなるのは、よかったのだ。

午後になって買物籠を提げて外へ出ると、藤野夫人がすぐ後から追いかけてきた。

「奥さまンとこ昨夜はお派手だったんですってね」

眼を輝かして笑っている。

「あら、なんのことでしょうか」

音子は平然として訊き返したが、胸の奥では動揺していた。

「別に。ただ噂《うわさ》だけ、ここも社宅ですものね」

「でもどんな噂なんですかしら。昨夜は主人と息子が二人で買物をして帰ってきただけですのよ。何が派手だったんでしょう。誰方がそんなこと仰言ったんですの？」

「誰がって、そんな告げ口は私はしない方針ですのよ。じゃ私の間違いだったんですわ、ご免遊ばせ。それよりも四号館で自家用車をお買いになった方がいらっしゃるの、ご存じ？」

藤野夫人は巧みに音子の追及を逃れて、するりと話題を変えてしまった。音子の方でも昨夜は夫婦喧嘩とまではいかなかったが音子が怒り狂って器物を床に落して割ったのは事実だし、夜も静まってからのことだから真下の五号室の寺尾家には感づかれたかもしれないというキズ持つスネがあった。音子も何喰わぬ顔をして藤野夫人のリードに従った。

「まあ、自家用車ですって？」

「二号館の方が教えて下さったんですよ。四号館の出来事は二号館には手にとるように分るんですのね」

同じように三号館の出来事も、一号館には分るのだろうが、しかし昨夜の事件が一号館からは見えた筈はない、と音子は思った。

「私は気がつかなかったわ。どなたのところですの？」

「八号室の増田さんって、機械第一の」

「ああ」

「八号室はどこでも派手な方の入るところなのかしらね」

三号館八号室には井本夫人がいるのである。ゴルフで随分親密な間柄になっていたようなのに、藤野夫人はこんなことを言うのだ。

「御主人さまが自動車で通勤なすっていらっしゃるの？」

「らしいわよ、昼間は見たことないでしょう？　駐車してあれば嫌でも目につきますものね」

「夜はどこへ駐車してらっしゃるの？」

「二号館と四号館の間ですって。増田さんじゃ家の裏に止めたおつもりなんでしょうけど、二号館じゃ家の前に置かれたってぷんぷんなの」

「どんな車？」

「それが、奥さま、私も自家用車っていうからどんな車かと思ってたら、国産の小型も小型よ。まるで御用聞きが使ってるような小型車なんですの。あんな車でも乗りたいかしらねえ」

自家用車を持って派手だといってみたり、その車はといえば粗末この上ないように悪口を言う。藤野夫人は要するに、自分の持たないものを持った四号館の住人に対してむやみと腹を立てているのであった。音子も聞いているうちに妙な気分になり、ともかく早くその小型の自家用車なるものを見てみたいと思ってそわそわと買物をしたが、帰ってみるとそれどころではない事件が彼女を待ち受けていた。

悟が帰ってきていた。この家では家族三人がそれぞれ一つずつ玄関の鍵を持っている。

「あら悟さん、今日は早かったのね」

悟はソファのアームに腰をかけ、片手をポケットに突っこみ、入ってきた母親を黙って睨《にら》みつけていた。

「おなか空いたでしょ。今すぐラーメンを作ってあげるわね」

「いらないよ」

「どうかしたの？」

音子は正面きって悟を見た。居間や台所は音子の縄張りであって、悟が自分の部屋にたてこもってしまうより音子には余裕が持てた。明らかに悟は音子に対して抑えがたい不満があるらしく、その様子は見てとれた。話しあうにはいい機会だ、と音子も判断をした。しかし上機嫌で帰ってきた昨日の今日で、悟がどうしてこんな怕《こわ》い顔をしているのか理由が音子には分らない。

「お母さんこそ昨夜、何をしたんだ。僕に言えるかい？」

「昨夜？　私は気が狂うかと思うほど心配していたわ。あなたが何も言わずに帰って来ないんですもの。誘拐されたか、どうかなったかって、本当にあんな思いは二度とさせないで頂だい、もう一度っていったら私は気違いになっちゃうわ」

「もうなってるじゃないか。お母さんは変だよ、立派な気違いだよ」

「なんですって？」

「僕はもう今日かぎりB小学校にはいかない。退学するからね、お母さんのせいだよ」

「どうしてよ、悟さん、説明して頂だい」

「自分で考えてみれば分るだろ。馬鹿、お母さんなんて大馬鹿だ」

「大きな声をたてないで頂だい。昨夜から三号館の人たちは聞き耳をたてているんだから、ね、悟さん」

「昨夜のお母さんとは違うよ、お母さんは気違いだけど、僕は気が狂ってないからね」

「お母さんが、どうして気違いなんです。ただただ心配していただけなのに」

「僕の友だちという友だちに電話をかけただろう。寝ているのまで叩き起して、僕が何をしていたかって訊いただろう。先生にまでかけてるじゃないか。みんな君のおふくろはヒステリーだねって笑ってるんだ。友だちだけじゃない、友だちの家中全部の笑いものになってるんだぞ。高木先生だって、にやにや、にやにや、一日中僕を眺めてたんだ。もう僕は学校へは行かない。みっともなくて、恥ずかしくて、とても顔なんか出せないんだ。気違い、ヒステリー、馬鹿ア」

音子は悟こそ気が違ったのではないかと怖れ、口がきけなかった。日頃は無口な悟が、憤懣やる方なく堰《せき》を切ったように怒鳴り、眼からは涙がふき出ている。流暢《りゅうちょう》な口ぶりではなく、興奮して幾度も絶句しながら、同じ言葉を繰返し、躰を震わせ、自分が泣いているのに気がつくと階段を駈け上って行ってしまった。

音子は今になって自分の狂態が招いた結果に驚き、夫の帰るのを待ちわびたが、浩一郎は妻の訴えを聞くと、

「そりゃ当然だな。男なら恥ずかしいよ。僕にしても君が会社の連中にむやみと電話して僕の居どころを捜したりしたら、もう出世の望みはなくなるからね」

「本当ですか」

「あたり前だよ、あいつの女房は嫉妬《しっと》深いといって笑いものにされてみろ、男は顔を上げて歩けないよ。行きつけのバーへ電話をかける女房ときたら、それこそ最低だ」

このときとばかりに浩一郎は釘を刺した。

「悟は学校へ行かないと言ってるんですよ。今日は本当に御飯を食べないんです。どうしたらいいでしょう」

「そういう気持になるのが当り前なんだから、どうにもしようがないじゃないか」

「だって学校へ行かないって、部屋にこもって口もきかないし、食べないんですよ。ほうっておくわけにはいかないじゃありませんか」

「また取り乱すのか。悟はますますやりきれなくなるだろう。だいたい君は干渉しすぎ

るんだ。男だぞ、悟は。自由にさせてやれよ」

「私は干渉なんかしていませんわ。ただ心配していただけですわ」

「なんだその声は。落着け」

「………」

「君は原因はなんであれ悟の友だちや先生に電話をしたのは事実なんだから、今は悟の気持になって謙虚に反省しろよ」

「反省は、してますよ。私は後悔のかたまりだわ」

音子はぽろぽろと涙をこぼした。叱られても夫が傍にいるというのは一人であるより幸福であった。男なら恥ずかしいと浩一郎が悟と同じ立場にたってものを言うのが、悲しく、しかしその一方で悟が男かと嬉しさもこみあげてくるのが不思議だった。

「机は一週間すれば届くからね」

浩一郎の口調もなだめるように変った。

「そうすれば悟も気が変るさ」

「どんなのを買ったんですの」

「抽出に鍵のかかる机がほしいと言ったんだよ」

「鍵のかかる机ですって？」

「そうなんだ。思い詰めたような顔をしてそう言ったから僕も理由は訊かなかった」

「あの子の抽出には鍵をかける必要のあるものは何もはいっていないのに、どうしてそんなことを考えたんでしょう」

「やっぱりそうか、君は調べたんだな」

「…………」

「隠すものがなくても、一々調べられたのではたまらないよ。君だって他人に家捜しされるのは嫌だろう」

「私は他人じゃありません、母親です」

「母親なら尚更《なおさら》だよ。何が心配で抽出の中まで調べるんだ」

「掃除をしただけですわ」

「それは、もう、やめるのだな」

浩一郎は断を下すように、きっぱりと言った。

とりあえずの事後処理として、音子のなすべきことは夜中に二度も電話をかけたB小学校の担任教師に挨拶に行くことであった。あれだけ心配したのに、悟は朝は声をかけると、黙って起きて、学校へ行ってしまった。朝食にも手をつけなかったが、小遣いは月ぎめで渡してあるので、登校の途中でパンぐらい買って食べるだろうと音子は安心していた。ともかく朝も籠城して出てこないようなことがあったらと心配していたのは杞《き》憂《ゆう》だったのである。浩一郎も昨夜の話は忘れたように、あわただしくトーストを口に押しこんで出かけてしまった。

教師を訪ねるのに、学校へ出かけて行くのは、この場合でなくてもいかにもまずいということは音子も心得ていた。何も知らないひとから見たら父兄が呼び出されたように見えるだろうし、第一品物は持って行けない。万一、悟の級友たちの目にでも止るようなことがあったら、悟の立場はなくなるし、悟の心は壊れてしまうだろう。

教師の自宅へ、何時《いつ》訪ねて行くべきか。次には、何を持って行くべきか。この二つは難問であった。訪問しても留守では何にもならない。ただの礼や詫びではなく、自分があちこちへ電話をかけたために心なくも子供をすっかり傷つけてしまったという顚末《てんまつ》を報告しておかなければならないのである。学校と家庭は常に緊密に連絡しあってこそ健《すこ》やかな子供は育つ。音子は悟が小学校一年生に入学したときの校長とＰＴＡ会長の訓話を忘れてはいなかった。

夜中に電話をかけて、二度目は眠っているところを起したのであるから、詫びを言うのも簡単にはいかない。音子の耳の底には、高木教師の明らかに眠たげな不愉快そうな声音《こわね》がこびりついていた。教師には子供は好意を持たれていたい、これは親ならば誰しも同じ願いを持っている筈である。子供に好意を持ってもらうためにも、親も好感を持たれなければならない。そのためには手ぶらで訪問も出来ないし、その持って行くものにも気をつかう。あまり大げさな物では相手のプライドをそこねることもあろうし、あんまりケチな品では、やはり失礼だ。夫は天下の伊沢商事のエリート課長なのだから。

大阪にいた頃なら、山野夫人の幸江がなんでも相談にのってくれて、実際的な知恵の持主だから随分助かったものだったのだが、このところずっと、あちらからも手紙は来なくなっていたし、こちらからも書かなくなっている。要領のいい人だから今頃は新任の課長代理夫人と調子をあわせて支店長の家の庭掃除にでも出かけているのだろう。あのひとたちが東京へ転勤になる可能性はまずないのだから、あのひとはあのひとの世界で小さな幸《しあわ》せを確保しているのだろう。

悟は今日も、放課後は友だちと遊ばずにまっすぐ帰ってきたものか、早かった。

「お帰りなさい。お母さんちょっと用事で出かけるけど、おやつはテーブルの上よ」

悟は黙って背を向けたが、音子は顔を見れば安心で、地味なスーツに着かえてから外に出た。

駅前の酒屋でウイスキーの角瓶を一本買い、音子は電話帳で確かめてあった高木教師の自宅の番地をその店で訊いてみると、

「二駅先だねえ、たしかに線路のあっちの方角になる筈ですよ」

と店員が言った。

切符を買い、久しぶりで電車に乗り、窓外の景色を見渡せば、陽光がまぶしくて夏が近いのが分る。昔はうだつの上らないローカル線であった鉄道は、両側にいわゆる東京のベッドタウンなる団地群が密生していて、景色が昔とまるで違っている。まあ、こんなところにも、あんなところまで、団地が……と音子はそれを認める度に驚いていた。どれもこれも四角くて、昔懐かしい瓦屋根などは見られないのである。音子が考えているよりも遥かに多勢の人々が、団地で暮しているのではないだろうか。

酒屋で教えられた駅で降りると、向う側のプラットホームには若者が盛り上ったように集まっていた。黒いズボンに思い思いのシャツを着て、腕まくりしている者もあれば、脱いだセーターをだてに肩にかけている者もある。改札所は一つしかないので、音子は階段を上って降りて、彼らの群れの傍を通りぬけなければならなかったのだが、

「そいでよオ、俺《おれ》がよオ、一発ぶん撲《なぐ》ってやったらよオ、あいつ女みてえに泣きゃあがってよオ」

「馬鹿野郎、てめえでかいこと言うな」

「本当だよオ、なあおめエ」

「ふざけんな、おめえの話なんかオーバーなんだから」

「よせよオ。それともやる気かよオ」

「よし、いっちょ、やるべえか」

「よせよせ」

「ええじゃんか、やろうぜ」

ぐらりぐらりと躰を動かし続けながら、遊んでいるのかふざけているのか、大声で喧嘩のような口をきき、それが運悪く音子の方へ雪崩《なだ》れかかってきた。

「おやめになってッ」

音子は悲鳴をあげた。若者たちは一斉に音子の顔を見てから、うつろな笑い声をあげた。

「おやめになって、ときたぜ、おい」

「あらまあ、おやめになって、あなた」

「何をおやめになるの？」

黄色い口真似をして冷やかしてくるのを背に、音子は改札口へ逃げ、切符を渡してから駅員に訊《たず》ねた。

「なんでしょう、あのひとたち」

「P高ですよ」

「まあ、あれがP高校の生徒ですか？」

立止って振返ろうとして、音子は後ろから急ぎ足できた人々に突き飛ばされ、あやうくウイスキーを取落すところだった。

音子はしかし気になるので、改札口から身をかわして、今度はゆっくりと振返って見た。プラットホームにいるP高生の中に、それに気がついた者がいて、

「おばさーん、おやめになってエ」

「あら、いやン、お続けになってエ」

彼らは卑猥《ひわい》な声をあげて囃《はや》したて、音子はいたたまれなかった。

噂にだけ聞いていたP高校というのは、あれか、と音子は半ば茫然としていた。一応その辺りでは古い歴史があるらしいのだが、交通の発達と戦後の熱心な教育の風潮からとり残されて、今ではどこを受験しても落ちた連中が、ともかく高校は出た方がいいと

いうので集まってくるところだと言われている。酒屋で駅名を聞いたときはぼんやり聞いたことのある名だと思っていたが、そうだった、P高校のあるところだったのだ。悟が将来あんな仲間になるようなことがあったらと、想像するだけで音子はぞっとした。そんなとんでもないことにならないためにも、先生にはしっかりと頼んでおかなければならない。

駅前の店でまた見当を訊いてから、二十分ほどかかって音子は悟の担任教師の家を捜し当てた。もとは半農半商のような家だったのではあるまいかと思える古びた家で、暗い玄関先で声をかけ、出てきた家人に来意を告げると、

「まだ戻っておりませんが、入って待ってやって下さい」

と気さくに言い、様子から音子は相手が教師の母親であろうと察して、丁寧に挨拶をし直した。やはり持ってくるのは菓子折の方がよかったろうかと半分後悔していた。

通されたのは奥の深い庭に新築された離れで、それがなかなか立派な建物だったから音子は驚いていた。二階建てで階下が洋風の広い応接間で、二階がどうやら先生の寝室になっているらしい。いかにも若い男が自分の夢を実現させたようにスタンドの傘も、モダンな応接セットも洒落《しゃ》れていた。どれも安いものではない。国産のウイスキーでは、ちょっと粗末すぎたかと、また音子は心配になってきた。

「もう帰って来るだろうと思うんですがね、もうちょっと待ってやって下さい」

番茶と、中華饅頭《まんじゅう》が出たのも、音子を驚かせた。あの古い家と、この新しい離れとは、

どういう家系を物語るものなのであろうか。

「先生のお宅は、ずっとこちらでいらっしゃいますのですか」

「はあ、手前どもは地つきの百姓だったのでございますよ。団地があちこちにたつまでは本当に田舎で、小麦も小豆《あずき》も家で蒔《ま》いて刈っていましたんですがね、当節は便利になりまして、なんでも買えますですから」

「こちらはこの頃お建てになりまして？」

「はい、長男が先生になりましてから、電話がよくかかりますので、お父さんがやかましがりましてね、なんしろ昔の人間ですから。若いものには若いもの向きの家がよかろうということになりまして、はい」

「よろしゅうございますこと」

「御時世ですねえ、何の役にもたたないと思っていた山まで買い手がついたですからねえ。もうちょっと早ければ、小学校の先生にはならずにすんだかって冗談ばなしをしてるんですよ」

丘陵地帯が団地用地にどんどん買い上げられるために、土地の百姓たちが俄かに潤っていることは知っていたけれども、悟の担任教師の家がそういう幸運をしょっていたとは意外だった。音子は高木先生の帰って来るのを待っている間、ずっと、彼がどういうひとであろうかと想像し続けていた。

Ｂ小学校へ転校したときは悟は五年生で、そのときの担任教師は運悪くあまり教育に熱心な男ではなかった。生徒からも嫌われていたし、えこひいきが強く、音楽の時間にはピアノを習っている子にピアノをひかせ、声楽を習っている子に歌唱指導をさせ、そういう意味では子供の自主性を助長する怪我の功名があった。

悟は滅多に学校の話をしないのでよく分らないが、六年になってからは先生の悪口も言わないし、勉強もよくやっている。机を新しくしようというのも、鍵がかかるというのは音子には気に入らないが、ともかく勉強というものに前よりやる気が出ている一つの現われと思えば思えないこともなかった。

音子はお茶はすぐ飲んでしまったが、中華饅頭には手を出せなかった。それがあまりにも大きなものだったからである。どういうわけで、この家にこんなものがあったのかと音子は不思議に思い、まじまじと眺めたりした。なんでも売っていて便利な時代になったと家人は言っていたから、これもマーケットで買ってきたものなのかもしれない。それともどこかの父兄が届けものをしたのであろうか。よく電話がかかると言っていたところを見ると、「緊密に」連絡をとりあっている家庭があるのだろう。この機会に先生と親しくなっておけば、何かといい。先生の家の状態も分っていれば、分らないより何かとやりやすい。

テーブルの上に置かれた中華饅頭が、どんどん大きく見えてきた。もう夕食の時間が来ているのであった。音子も空腹を感じている。思いきって食べてしまおうかという欲求しきりである。しかし音子は手を出さなかった。客に茶をすすめるとき、いくら手頃な菓子がないからといって、いきなり中華饅頭を出すのは音子の常識にはないことだったからである。初対面の客に大きな蒸饅頭を出すのは、いかにもこの間まで百姓をしていたという生活がにじみ出ていて面白かったが、音子の方ではそのペースにのって饅頭にかぶりつくのは、慎みのないことに思えた。悟はどうしているだろうか、と音子は饅頭を横目で睨みながら考えていた。彼も腹を空かしているに違いない。勝手にラーメンでも作っていればいいけれど……。

急ぎ足の靴音がして、勢いよくドアが開いた。

「やあ、お待たせしたそうで失礼しました」

「こちらこそ勝手に上らせて頂きまして、まあ先夜は本当にお恥ずかしゅう存じます。お詫びにうかがいましたんですよ」

「そんなことに気をつかわないで下さい。よくあることなんですから。それより今日は時枝君、どうしたんです？」

「は？」

朝はいつもの時間に家を出て、午後帰ってきた悟が、今日は学校へ行っていなかったということを知ると、音子は腰をぬかした。

「まあ先生、本当でございますか？」

「まさか冗談は言いませんよ」

「家は出たんでございますよ、それで帰ってまいりましたので、私は入れ替りにこちらへ伺ったんでございます」

「学校は欠席でした。どうしたんだろう？」

「先生ッ」

　音子は両手で顔を掩《おお》った。涙がふきこぼれた。

「私がいけないんですわ、私が悪かったんです。悟はもう決して学校へ行かないと、昨日私に宣言したんです」

「どうしてですか？」

「私が、私が、あちこちに電話をして、あの子が帰らないもので急に心配になったものですから、あの子の友だちという友だちに電話をして、あげくには先生にまでお電話して、それで、それで、それで……」

「それで？」

「昨日は学校でみんなから笑われて、恥をかいたといって、大変に怒りまして、主人もそれは怒る方がもっともだ、僕も帰りの晩いくらいで会社に電話されたら迷惑だと申しまして、男はそういうこと恥ずかしいんだそうでございますね？　どういたしましょう、あの子はもうみっともないから学校へ行かないと申しましたんです。私も途方に暮れましたけれど、今朝は黙って家を出ましたから、私相手に怒鳴って、それで気がすんだものと思っておりましたんですが。学校を休んで、まあどこへ行っていたんでしょう。お昼はどういたしましたんでしょう。先生、どうしたらよろしいんでしょう」

おろおろしている音子の前で、少年のようにあどけない顔をしている高木先生は、落着きはらって坐っていたが、

「そう、かなり友だちがニヤニヤしていたのは事実ですし、時枝君がそれで面目を失ったのは僕もよく分りますよ。だから欠席した理由は分るし、時枝君のことだから、その間どこへ行ったかということは心配しない方がよろしいでしょう」

「そうでございましょうか、でも……」

音子は駅で出会ったP高校の生徒たちのことが頭をよぎった。こんなことから悟がぐれて、あんな子たちの仲間入りをするようなことがあっては大変だ。

「大丈夫ですよ。もう一日、二日、様子を見てみましょう。それでも学校に来ないようなら、友だちに行かせるなり、僕が話しに行くなり、やってみます」

「有りがとう存じます」

「お母さんは何も言わない方がいいですね」

「そうでしょうか」

「今日、僕のところへ来ることは?」

「申しておりません」

「では、知らない顔をしていて下さい。心配することは、ありませんよ。明日は案外、けろけろして出てくるんじゃないですか」

折角の機会だから、先生の教育方針というものを聞かせてもらい、こちらも親として

の希望を縷々《るる》と述べたてるつもりがあったのだが、意外な事態に、加えて音子の腹の虫が、精神はそれどころではないのにグーッ、グーッと空腹の度合のサインをしてきたので、音子はまったく慌ててしまった。

「よろしくお願い致します。よろしくお願い致します」

腹の虫も叩き込むように、何度も深々と頭を下げて、音子は教師の家を匆々《そうそう》に辞した。外は暮れていて、空腹と驚きと心配で、音子の足はふらついていた。ハイヒールをはいていたので、補修されていない田舎の道は歩きにくいせいもあった。駅まで歩いて二十分もある。そのあたりは平坦《へいたん》な道であったが、音子の心は坂道を上ったり下ったりしていた。

悟が学校に行っていない……！

先生は悟に何も言うなと注意したし、ただささえ母親としての信望を失っている音子が口を出せば、悟の心は確かによりねじけてもつれてしまうに違いなかった。

夫にこのことを告げたものか、どうか。音子は迷った。言えば音子が、また同じ調子で叱られるに決っていた。夫には黙っていよう。高木先生の言われた通り、しばらく様子を見ることにしよう。

それにしても、あの若さで、高木先生はなんという頼もしい先生だろう、と音子はただ一つだけ心の慰めとしてそのことを思っていた。余計なことを言わず、悟の心がどう傷ついたかを音子の乱れた説明でも充分しっかりと把握《はあく》し、結論だけをはっきりと言った。

「しばらく様子を見てみましょう。案外けろけろして明日は出てくるんじゃないですか」

そうあってほしいと音子は必死で願った。東京行きの電車はがらがらに空いていて、音子は客席に坐ったが、膝頭《ひざがしら》が震えて仕方がなかった。こんな心細さはもう今日一日で沢山だ。

二駅目で電車を降り、改札は目の前だったが、東京方面からの鈍行がついたところで、出口がこみあっていた。

「あら奥さま、珍しいわねえ、こんな時間にお会いするなんて」

井本夫人であった。和服姿で、指輪を目立たせるつもりか右手をむやみに動かしながら、音子に近づいてきた。

「同じ電車だったのかしら」

「そうかもしれませんわね」

行先を訊かれてもこまるので音子は口を合わせた。

「ねえ奥さま、いつか自治会って私申しましたでしょう？　少しは考えて下さいました？」

「私はどうもそういうことは不得手で」

「いいえ、不得手でなくても実際上は自治会って社員団地では作れないわね。だって一号館と二号館はせいぜい係長クラスの方々でしょう？　一緒に何かやるったって無理なんですよ。一つの建物に向うは二十世帯詰めこまれていて、こちらは十世帯がゆっくり入ってるんですものね」

音子は胸に屈託が詰っているから、ろくに相手が出来ないのだが、井本夫人は音子の様子など意に介さずに喋り続けている。

「折角社員団地をたてるのなら、差別はすべきじゃなかったと私は思うのよ。だって、気の毒じゃありませんか。目の前に課長や課長代理の家族がゆったり暮しているのを眺めていたら、一号館も二号館も精神衛生によくはないと思うわ。いくらこちらが気にしないと言ったって、むこうにしてみれば煙ったいでしょうしねえ。だから私、自治会は諦《あきら》めたのよ」

「そうですねえ」

「でもね、四角い家の中で、主人も子供も出かけてしまったあとで、妻が一人取り残されるっていうのは、こっちの精神衛生も考えなきゃ大変なことになるんじゃないかしら。家一軒持ってれば何かと面倒なことが多くて、樋《とい》が詰ったり、下水掃除だとか、忙しいには忙しいし、留守にして出歩きにくい不便もあったけど、一人で壁に取り囲まれているって孤独感はなかったような気がするの」

ようやく音子に井本夫人の声が聞えてきた。音子は急いで肯いて、言った。

「本当に、その通りですわね」

「でしょう？ 私は奥さまが越していらっしゃる前のことでしたけど、主人の帰りが晩いと、いらいらしてまるでヒステリーみたいになったことがあるんですよ。一人であの四角い部屋の中にいると、いいことは何も考えないんですものね。悪い方へ悪い方へ気が走ってしまって、どうしても自分が抑えきれなくなってしまうのよ。ことに夜なんか、どうしようもない。西洋建築の壁っていうの、私にはどうも苦手だわ」

「私も。最初は清潔で、なかなかいいと思ってましたけど」

「私はこれじゃいけないと思って、株をやってみたり、ゴルフに出かけてみたり、いろいろしてみたんだけれど、それだけでもまだ足りないわ」

「…………」

「自治会は無理でも、三号館は三号館だけで結束したらどうかしらと思うのよ。一つの棟割《むねわり》長屋の住人でしょう？ みんなの壁を取り外してしまうの」

「壁を？」

「それは譬《たと》えよ。住宅公団の団地では小さなプレハブでも自治会の建物を作っているようだけど、溜り場というのは本当に必要よ。井戸端会議って悪口言われるけど、みんながなんとなく集まって、罪のないお喋りをしている場所は、なければいけないと思うの。一つ一つの城の中にたてこもっていたら、女はみんなヒステリーになるわ」

「本当にそうですわね。私もそう思いますわ」

音子の相槌《あいづち》に真実のひびきがあったのを認めて井本夫人は、にっこり笑った。

「ね？　私は私の家をそのために開放しようと決心したのよ」

夕陽ヵ丘三号館に帰ってみると夫の浩一郎がもう帰っていて、悟と二人で台所で料理を作るのにてんやわんやの大騒ぎをしているところだった。

「あらまあご免なさい、おそくなって」

「なんだ、たまに早く帰れば何も用意がないじゃないか」

「何を作ってるんです、凄《すご》い匂いね」

「カレーライスだよ、ねえお父さん」

「そのつもりだがカレー粉が足りないんだ」

「カレーなら一瓶あったでしょう？」

「全部使ったんだが、どうも辛みが足りないんだ」

「まあ、あなた何人前作ってらっしゃるの？」

「ちょっと多すぎたかな」

一番大きな鍋一杯に、カレールウが煮えたぎっていた。悟がにんにくをすりおろしていて、それをえいっと混ぜたから、出来上ったところの臭気は猛烈だった。それを鍋のままテーブルの中央へおいて、勝手に皿へ汲みわけることにした。

「どうだ悟、うまいだろう」

「お父さんを見直したよ。こんなことどこで覚えたの？」

「昔は下宿していたからね。戦後のもののない頃は、貧乏な学生が集まると物を持ち寄って何かこしらえて喰ったものだ。あの頃に較べると、ちょっと腕は落ちたかな。どうだ、悟、うまいか？」

「うん、うまい」

「お母さんのカレーライスと較べて、味はどうだ？」

「そりゃ無理だよ味を較べるのは」

「どうして」

「お母さんの方が上手だよ、当然だろ」

「こいつ」

「だけどお父さんのは、そうだ珍味っていうやつだな。悪くないよ」

「こいつ、言うじゃないか」

父と子は賑《にぎ》やかにたわむれあいながら、水っぽいカレールウを何度もおかわりしてよく食べた。音子も空腹だったし、浩一郎のカレーライスなどは新婚時代に一度作ってもらって以来だったから、ほのぼのとした思いもあって、ともかく一人前は食べた。こうして団欒《だんらん》のときを持てるのが、しかし不思議な気がする。悟が今日は学校をさぼったというのが信じられない気がする。

「お母さん、明日は弁当作ってくれないか」

悟が話しかけてきて、音子はうろたえた。

「お弁当を？　いいわよ」

反射的に答えてから、音子はどきっとして、おそるおそる訊き直した。

「給食を食べないの？」

「給食だけじゃ足りないんだよ。弁当持ってくるの、ちょっとした流行なんだ」

「おにぎりにしましょうか？」

「うん、なんでもいい」

明日もまた悟は学校へ行かないつもりなのだ！　音子は全身の血がひく思いだったが、事情を知らない浩一郎は、

「ふうん、弁当持つのがカッコいいのか近頃は」

と暢気なことを言って感心している。

その夜、音子は懊悩《おうのう》した。悟が、明日は弁当を作れと言う。それは明日も学校を休む決意に他ならなかった。そのためには音子は早起きをしなければならない。そんなことは毛頭かまわないけれども、この新たなる事態を高木先生に伝えるべきだと思うのだが、家の中からかければ悟にさとられてしまうし、公衆電話のある場所ははるか隣の団地の中で、この夜中に出かけるのは空怖《おそ》ろしい。

「どうしたんだ？」

音子が落着かないのに浩一郎が気がついて、訊いた。

「どうもしませんわ」

「さっきは何処《どこ》に行ってたんだ」

「ちょっと、井本さんの奥さまと出かけていたんです」

「あんなに悪口を言っていたのに、また風の吹きまわしが変ったのかい？」

「私、井本さんの奥さまの悪口なんか言ったことないでしょう。ずけずけ物を仰言るけど、その分正直ない い方よ」

「ふうん、その奥さんとどこへ行ってたんだ？」

音子はどぎまぎして、

「訊かないで下さい」

訊かれれば一つついた嘘がどんどんふくれ上るばかりになるのだ。

「へえ、珍しいね。訊かなくても喋る君がそんなことを言うのは、異変だね」

浩一郎は悟とカレーライスを作ったのですっかり楽しくなっていたらしく、食後はウイスキーを飲みながら妻をひやかしにかかっている。

「異変でもなんでもよろしいけど、このカレーは、まあ当分私ひとりで食べることになるんですよ」

音子は鍋を持上げて、そんな憎まれ口をきき、本当にこんなに沢山つくってしまって、男のひとは経済観念がゼロなんだからと呆れていた。むやみとにんにく臭いスープの中に人参もキャベツも芋も鶏も、ひき肉も何も、冷蔵庫の中にあったものは滅茶々々に投げこまれてあるのだ。

浩一郎も悟も寝室に上ったのを見すまして、電話の前に立ってから音子は溜息をついた。もし悟にきかれたら大変だ。ここからかけることはできない。先刻の井本夫人の話を思い出したが、まさか夜中に井本家で電話をかりるわけにはいかなかった。どんな用事か、横で聞いていれば分ってしまうし、それで「時枝さんの坊っちゃんは学校へ行ってないらしい」などと三号館全体に放送されてはたまらない。かといって、夜中に一人で隣の団地へ出かけて行くところを一号館の誰かが見つけたら、またどんな蔭口をきかれるか分らない。

壁だわ、この壁だわ。井本夫人がいっていた壁がこれだわ。音子は電話機の向うにある白い壁に掌《て》を当てた。それは白く、ひいやりと冷たかった。

翌朝、浩一郎と悟を送り出すと、音子はすぐB小学校へ電話をして高木教師を呼び出した。

—高木先生はまだ来ていません。

その返事をきいて切ってから、時計と睨めっこで、三分おきに電話をかけた。五回目に、ようやく教師が出た。

「時枝でございます。昨日は失礼申し上げました」

—はあ。

「実は先生、悟がお弁当を作れと申しまして、給食だけでは足りないので、近頃は皆さんがそうなさるとか……」

—そんなことはない筈です。カレーライスの場合などは勝手にお替りをさせていますしね。

「はあ、カレーライスを……。モシモシ」

―はい。

「それでお弁当は作って持たせてしまったんですけれど、もしや今日も欠席するつもりでは……」

―分りました。もう一日二日様子を見ましょう。案外出席するんじゃないですか。弁当の方は大目に見ておきます。

「有りがとうございます。先生……」

―なんですか。

「もし学校へ行っておりませんでしたら、どう致しましょう」

―心配ないと思いますがね、もう一日二日様子を見てから、手段は考えましょう。

「はい、そうお願い致します。先生……」

―なんですか。

「欠席しているかどうか、もう一度お電話してよろしゅうございます？」

―そうですね、昼休みに僕の方から連絡しますよ。

「お願い致します」

正午までの時間が、こんなに長く感じられたことはなかった。音子は掃除も手につかず、浩一郎がひろげていった朝刊の字面だけをうろうろと目でなでていた。投書欄に

「性教育」という文字が光った。音子は眉をひそめ、そこだけ熱心に読んだ。性教育の必要を説くひとと、それに反対するものと、両論が並んでいて、その中で「少年少女の不良化を防ぐためにも是非正しい性教育を」という文句が音子には他人事《ひとごと》でなく受けとれた。何が正しい性教育なのかよく分らないし、具体的にどういうことをするのが性教育なのか、ちっとも誰も言わないし書かないのに、近頃はこういう種類の議論が盛んなのである。

十一時過ぎに電話が鳴り、

―奥さまア？　私。昨日の話の続きをしにいらっしゃらない？

井本夫人からであった。

「はい、後ほど伺います。今ちょっと手の離せないことがあって。ええ、伺いますわ」

井本夫人からは何度も催促の電話がかかってきたが、音子にしてみればそれどころではなかった。おにぎりなど作ってやるのではなかった、という後悔がしきりなのである。今頃、悟はいったいどこであの弁当を食べているのだろう、母親の作ったおにぎりを……。

ブザーが鳴って、ガスの集金人の後から井本夫人が顔を出した。

「どうなさったの？　何がそんなに忙しいの？　あら、顔色が悪いみたいね」

「頭痛が止らないんです」

「団地病よ、きっと」

「団地病？」

「ええ、土から離れた文化生活になかなか適応できないときに起るのよ。ビル病とか都会病とかいう種類のものね。一種の自律神経失調症よ」

「そんな病気があるんですの？」

「ええ、ええ。私は敏感体質だからここへくるとすぐやられちゃったのよ。一人でいると被害妄想でろくなことを考えないのよ。気違いみたいだって主人に言われて、こりゃいけないと思ったわ。子供にもすっかり馬鹿にされちゃうし」

「お子さんの方は、なんともありませんでした？」

「子供は環境に順応しやすいし、主人は鉄砲玉みたいに飛出して行って日曜はゴルフだから、団地に住んでいる感覚がないんだわね」

「ここも団地でしょうかしら」

「もう六十世帯になれば、社員住宅ともいってられないでしょう。五号館、六号館が次々に建てば、百世帯なんかすぐ越してしまうわよ」

「そうですわねえ」

「本当に奥さま、顔色が悪いわ。生理？」

ずばずば訊かれて毎度のことながら音子はうろたえてしまう。

「そうじゃないんですけど、私はこの季節には弱いんですよ」

「そう、木の芽狂いってよく言うわね。女の神経はやられ易い季節よ。私はゴルフをやりだしてから、随分救われたわ。藤野さんの奥さんも同じことを言ってらっしゃるわ。どう？　あなたもお始めにならない？」

「今からじゃとても奥さまたちについて行かれませんでしょう？　却ってお邪魔になりません？」

「そんなことないわよ、ハンディってものがそのためにあるんですもの。初心者も長いキャリアのある人も一緒にプレイできるのがゴルフの有りがたいところだわ」

「そうですか」

「変ねえ、元気がなくって。何かあったの、奥さま」

何があったか知られては一大事だと思うから、音子は咄嗟に、

「血圧が低いんですよ、私」

と思いつきを言った。

「ああ、やっぱり、そう。私も低血圧なの。ユーウツな体質よね」

井本夫人のお喋りに適当に調子をあわせているつもりでも音子の心は上の空で、それはいよいよ井本夫人の不審をつのらせる結果になった。

「本当に変だわ、奥さま。何かおありになったんじゃないの？」

「いいえ、ただ工合が悪いだけですわ」

「奥さまは秘密主義ね」

「そんなことありませんよ、私の家には秘密なんてありませんもの」

「あら秘密のない家なんてあるかしら。人間なら誰でも秘密の一つや二つはあるものでしょう。そこまで探りあうことはないのよ」

さすがの井本夫人もだんだん不愉快になってきたらしく、やがてぷいっと帰って行ってしまった。

いつもの音子ならかなり慌てる事件だったのだが、今日はそれどころでなく、ただもう気の遠くなるような思い、祈るような思いで高木先生からの電話を待った。まったくすることがないので時計ばかり見詰めていた。長針の動きがあまりにも遅く、この時計は止ったのではないかと幾度も思い、そして耳を澄まして音を聞いた。秒針の音につれて、音子の心臓も揃って鳴るようになり、音子は息苦しかった。

十二時十分すぎたところで、待っていた電話がかかり、

—高木です。時枝君はやはり欠席しています。僕は六時まで学校にいますから、時枝君が家に帰ったらすぐ連絡して下さい。

「先生、どこへ行ったんでございましょう」

音子はすがりつかんばかりの声を出したが、その質問に教師が答えられる筈がない。

—ともかく、もう一日様子を見ましょう。お母さんは平静にしていて下さい。しつこく問い糺《ただ》したり、叱ったりすることは決してしないように。

「はい、分りました」

—帰ってきたら電話で時枝君の様子を聞かせて下さい。その上で判断しましょう。

「先生、警察へ頼まなくてもよろしいでしょうか」

―昨日も家に帰ってるんですから、大丈夫でしょう。大人が騒いでこじれても困りますから、充分気をつけて下さい。よくあることなのですから、あまり心配しすぎないように、こじれさせないようにそれを一番よく考えましょう。

「はい、分りました」

やはり悟は学校を休んだ。音子は頭がくらくらした。どうしよう、どうしよう。悟は学校を休んで、どこへ行って何をしているのだろう。方角が違うから、よもやとは思うけれど、P高校の生徒たちに誘惑され、不良への坂道をまっしぐらに駈け降りているのではないだろうか。昨日は悟が学校へ行ったものと思っていたので、音子は日中平気だった。が、今日は違う。教師は平静にしていろと言ったが、それは音子にとって無理というものであった。

じっとしていると叢雲《むらくも》のように暗い妄想が湧き起り、テレビドラマによって養われた音子の想像力をいやが上にも掻きたてる。ひとりでいるとろくなことを考えない、と井本夫人の言ったことが思い出される。これもまた団地病といわれるものの一つであろうか。しかしこんな心配は、主婦の親睦会などを作ったところで解決できるとは思われなかった。子供が弁当をたずさえて家を出て、学校へは行っていないなどと、いったい誰に言えるだろう。

だが音子はこの秘密を、たった一人で抱きかかえていられるほど強い女ではなかった。

時計の短針が一時にかかる手前で、音子は受話器を取上げ、０３……と東京の都心にある伊沢商事の本社にダイヤルを廻した。

「穀物油脂部原料課の時枝をお願いします」

―コクモツユシゲンリョウの時枝課長でございますね。どちらさまでいらっしゃいましょう？

「宅の者でございます」

―少々お待ち下さいませ。

やがて交換手は滑《なめ》らかな口調で、音子の夫は席を離れているが、戻ったら連絡しようかと訊いてきた。

「はあ、急用でございますので、お願い致します」

―かしこまりました。

音子は腋《わき》の下にぐっしょり汗をかいていた。めまいがする。夫がいなかったので不安が一層重く、頭からのしかかってくるようであった。ともかく片付けものでもしよう。テーブルの上には夫が手をつけなかったパンや牛乳があった。朝も昼も音子は何も口に入れていない。食慾がなかった。が、まず液体から片付けておこうと思い、牛乳を半分飲み、そんなものでも胃におさまるまでに三カ所ほどの難所があるのを知った。

夫の専用にしているコーヒーを作ってみた。砂糖を入れずに飲んでみた。苦い。砂糖を入れようとしたが、匙《さじ》からテーブルに白い粉は散った。落着きを失っている、と音子は気がついて反省した。

夫が慌しく展《ひろ》げた朝刊に目が行き、テーブルより先にそれを片付けようと考えを変えた。新聞は大きく、手に持つと大きな音をたてる。その音とともに「都会の犯罪」「非行少年と環境」といった見出しが音子の眼の中に飛込んできた。二十歳未満のものには少年法が適用されるので、かなり兇悪な犯罪でも犯人の実名や顔写真が出ることは稀《まれ》である。そのためA少年やB少年として、新聞記事には登場するわけだが、少年という文字には近頃の四肢の発達した大きな十七歳、十八歳のイメージはなくて、せいぜい小学校高学年から中学生までを連想する。音子も悟が児童というより少年であると思っているし、殊にこの不安の極みにいて、こうした見出しを見逃してしまうわけにはいかなかった。記事は東京という大都会が繁栄の蔭に夥《おびただ》しい悪の巣窟《そうくつ》を宿していることを実例を豊富に盛込んで書き並べてあった。音子は読むほどに総毛だった。

新聞から顔を上げると、夫から電話がかかってこないことも心配で、音子はいよいよ血の気がひいてきた。このまま悟が帰るまでじっとしているということに自分が耐えられるとは思えなかった。「急用ですから」と頼んでおいたのに交換手は何をしているのだろう。音子は我慢ができなくて、再び受話器を取上げ、ダイヤルをまわした。社会面にのっていた最近の少年犯罪に関する記事を読んだあとでは、もう血相が変っている。

「モシモシ伊沢商事ですか。あのオ、コク、コク、コク……」

——コクモツユシ部でございますか。

「はい、原料課の時枝をお願い致します。家内でございます」

―お待ち下さいませ。

内線ベルが鳴る音が聞え、「課長、お宅からお電話です」と取次ぐものの声がした。

浩一郎はすぐには出ず、大分たってから不機嫌な声が、

―はい。

と言った。明らかに会社へ電話してきたことを面白く思っていない。

「すみません、私です、お仕事中ごめんなさい。さっき電話で交換手さんに頼んどいたのですけれど」

―なんだい。

「悟が、昨日も今日も学校へ行ってないんです」

―悟が?

「ええ、私もうどうしたらいいか分らなくなってしまって」

―昨日もか? 弁当を作ってくれと言ってたじゃないか。

「そうなんです。持たせてやったら、やっぱり学校へ行ってないんですって」

―誰が知らせてきたんだ。

「担任の先生です。ねえ、あなた、どうしたらいいでしょう」

―会社が終ったらすぐ帰る。それまでに帰ってきたら電話しろ。

「はい」

—帰ってきても何も言うなよ。

「はい」

浩一郎の方が先に電話を切った。音子は切れた電話をしばらく耳に押しあてたままぼんやりしていた。夫の態度がテキパキしていて言葉に無駄がなかったのが、ひどく頼もしく思える一方で、こんなに心配している妻に一言の励ましも言わずに電話を切ったのが恨めしい。

しかしともかく昨日からずっと夫にもひた隠しにしていた事実を、夫に告げたことによって、音子は多少のゆとりを持った。このまま死んでしまうかといった息苦しさからは解放された。少し歩きまわってみたくなった。が、何分にも家はメゾネット方式といえども広くはない。音子は階段を上った。「入室厳禁」の緋文字《ひもじ》が立ちはだかっている。

「うッ……」

音子はこみあげてくるものが抑えきれずに、子供の部屋の前で泣き出していた。あふれる涙をそのままにして、音子はおそるおそる襖を開けた。が、入ることができない。「入室厳禁」の緋文字の威力というものがようやく効果を現わしたのかもしれなかった。音子は一歩でも悟の部屋に入れば、どこかにいる悟が必ず危険という断崖《だんがい》から飛降りるに違いないという懼《おそ》れを持った。

思えば悟が産声《うぶごえ》をあげてこの世に生れてきてから、音子がこんな種類の不安に襲われたのは何度目になるだろう。悟が初めて高熱を出したとき。悟が初めて下痢《げり》をしたとき。

悟が初めて麻疹にかかったとき。小学校の教室の窓から友だちに突き落されて怪我をしたとき。野球のボールが足首に当って腫《は》れ上ったとき。……音子はいつもいつもその度に子供の症状から最悪の事態を結びつけて怯《おび》えてきた。新生児の発熱が脳を犯すのではないか。軟便を見ればすぐ赤痢に連想が走った。子供の怪我は、わけても傷口から流れる赤い血の色は、何年たって思い出しても音子を立ちすくませてしまう。ボールが足首に当ったあとは、悟が一生跛《びっこ》になってしまうのではないかと、レントゲンも一人の医者では心配で、二回も三回も違う病院へ連れて行った。

幸いにして今日まで不具にもならず育ってきたが、ボールを投げつけられる幼な子の側から、ボールも投げるしバットも振りまわす側にまわって、誰かに怪我をさせるようなことはないかと、音子はそちらをはらはらして気づかっていたのだ。

よもや悟が、親にも言わずに学校をさぼってしまうようなことがあろうとは、音子は想像もしたことがなかった。だから、この事態に当って、音子はどう対処していいのかまったく分らないのであった。悟が怪我をしたとき、音子は何も食べられなくなって、一週間で五キロも体重が減ったことがあったが、今度は昨日の夕刻から午後にかけて一昼夜たたないうちに躰中の血が乾いてしまうような激しい疲労があった。夫に電話をかけただけが本当に救いで、音子は自分に親も兄弟もないことの淋しさを痛感していた。こんな心配を打明けられるのは、やはり身内でなくては駄目だ。

掃除も何も手につかず、明るい昼がまっ暗に思われ、音子は船腹に閉じこめられたように妄想の波のうねりを聞きながら次第々々に疲れていった。涙はもう涸《か》れていて、悟が不良になろうと悪の道に走っていようと、ともかく生きてさえいてくれればいいと、そこまでようやく望むことも小さくなり、ただ禱《いの》りだけが残っていた。

玄関で乱暴に鍵の鳴る音がして、思いがけず早く悟が帰ってきた。

「お帰りなさい」

自分でも驚くほど明るい言葉が口から飛出していたが、音子は居間のソファから立上れなかった。半ば腰が抜けている。

「うん」

悟は母親に顔を見せずに階段を登りかけた。

「悟さん、お弁当はどうだった？」

音子は声だけ追いすがって、訊いた。

階段の遠くから、

「うん、うまかったよ」

という返事が来たとき、音子は蘇生《そせい》して、やっと立上ることができた。自分でも驚くほど躰が柔らかくなっていて、階段の下に立つと、音子の声もなまめかしくなっていた。

「そう、じゃあ明日も作ってほしい？」

「そうだなあ」

しばらく悟は考えていたらしく、

「明日はいらないよ、やっぱり工合が悪いんだ」

音子の返事はゴムまりのように弾んだ。

「これからお買物に行ってくるけど、お弁当の用意はしなくていいのね？」

「うん」

音子は冷蔵庫をあけて、冷やしてあった水をコップに注いで飲みほした。冷たい水が喉から胃へ走るのが、自分の生きている証拠だという気がした。

小銭入れを買物籠に投げこんで、音子は急いで外へ走り出した。一刻も早く、悟が帰ってきたことを夫に告げねばならない。教師に報告しなければならない。

音子は隣にある住宅公団の団地の一角にある公衆電話のボックスに飛込むと、夢中でダイヤルをまわした。最初に夫へかけた。

「あなた、悟が帰りました」

—そうか、よかったな。

「明日はお弁当いらないって言ってます。学校へ行くつもりじゃないかしら」

—そんなところだろう、君は何も言わない方がいいぞ。

「あなた、早く帰って下さいますね？」

—いや、悟が帰ったのなら安心だから、残業をしていくよ。

「まあ、帰って来て下さいよ、今日みたいな日ぐらいは」

—心配だったから無理をして帰ろうと思っていただけのことだ。心配がなくなれば予定通りにするさ。

　音子は途中から嬉し泣きをしていたのに、浩一郎は終始冷静だった。音子はそれがひどく不満で、高木教師も男だから、こんなことだろうかと学校へかけたときには何事も期待していなかった。

「モシモシ高木先生でいらっしゃいますか。時枝でございます。御心配おかけいたしまして、本当に」

—帰りましたか？

「はい、今の先、帰りまして」

—そうですか、それはよかった。様子はどうですか。

「はい、有りがとうございます。明日はお弁当はいらないと申しております」

—それじゃ明日は学校へ出てくるつもりですね、きっと。

「そうでしょうか」

—そうですよ。よかったですねえ、お母さん、僕も安心しましたよ。明日の朝は僕が迎えに行くか、友だちを送りこむか、どうしようと考えこんでいたところなんです。

　やっぱり教育者は違う。何度も頭を下げて電話を切ってから音子はしばらく感動していた。高木先生は、音子からの連絡を今や遅しと待ちかねていたのだ。自分の教え子の中から間違いを出してはいけないと先生もまた祈っていてくれたのだ。よかったですねえ、お母さん。明るく弾んだ教師の声が、音子の耳の中で谺《こだま》する。よかったですねえ、お母さん。音子は涙ぐんでいた。

電話ボックスから外へ出ると、俄かに世の中が明るく感じられ、音子は眩《まぶ》しさに足もとがよろめくようだった。朝から何も食べていなかったのだ。悟にも間食の用意をしてやらずに外へ飛出してしまったことに気がついた。

晩御飯は浩一郎がいないけれど、悟と二人で楽しく食べられるような献立を工夫しなければならない。そう思いながら延々と続く坂の段々を降りかけて、ふと音子は視線を感じて顔を上げた。

九号室の津田夫人と、三号室の藤野夫人が並んでこちらを向いている。音子は驚いて頭を下げたが、二人とも平然と会釈を返してから、悠々と別の坂道を上って行ってしまった。どうやら彼女たちは音子が公衆電話のボックスから出てきたところを見ていた様子である。そして、それを、見てはいけないものを見たと見てとった様子であった。夕陽ヵ丘三号館ではどの家にも電話があるのだから、隣の団地の公衆電話を使うのは、それだけの仔細があってのことだと誰でもそう思うのは当然だ。音子は狼狽した。

音子が公衆電話から出てきたところを目撃したのが、もし井本夫人であったなら、彼女はためらいもせずに近寄ってきて「どうなさったの？」と訊いただろう。その場合、音子はやはり狼狽して真実を告げる勇気はなく、ますます怪しまれたに違いない。同じこの日の午前中に井本夫人は音子を訪ねてきて異変を嗅ぎつけていたのであったから、何を言われたか分らないのだ。

しかし目撃者が井本夫人でなく、普段はコトリとも音をたてない隣家の津田夫人と、三号室の藤野夫人という珍しい組合せで、しかも二人は明らかに見て見ぬふりをして行ってしまった。音子はそうなってみると、却って井本夫人に見られた方が話がややこしくならないだけでもいいという気がした。

が、しかしともかく最大の難問は解決したのである。悟は帰ってきた。明日の弁当はいらないという。教師もきっと明日は登校すると言った。よかったですねえ、お母さん。よかったですねえ、お母さん。

本当によかった、と音子は思った。子供の安否に較べれば、三号館の夫人連が何をどう蔭で言おうと怖るるに足りない。今はただ悟に彼の気に入る食事を調え、彼が学校を休んだことを音子が知っていることを彼に悟られないようにすることが、母親としての音子の急務であった。

それにしても教師に較べて、父親はなんという頼りにならない存在だろう。いったい浩一郎は息子の教育について、どれほどの関心をはらっているのだろう。

悟が食事を機嫌よく食べ、母と子の間の深刻な冷戦が氷解した後で、風呂に入り、二階へ上ってしまうと、夜が来ていた。浩一郎はこのところずっと帰りが晩い。

伊沢商事の社員団地では、一号館と二号館に住みついた社員たちに較べて、三号館と四号館の住人たちはおしなべて帰りが晩い。それは一号館、二号館には平社員が多いのに対して、三号館と四号館には課長と課長代理が入居しているからである。軒なみに帰りの晩い夫が揃っているので、その点では夫たちには工合のいいことになった。が、帰りを待つ妻たちは、夫の存在を軽視することによって待つという苛立《いらだ》ちから自分が解放されることを望むようになる。音子の場合も同じことが起っていた。

彼女の小宇宙には、夫よりも息子の方が大きな存在になっていて、もはや子供が総《すべ》てだといっても間違いではない。帰ってきた悟を見て、夫に電話するときは喜びにむせんでいたが、さて夜が来てひとりになってみると、先生はああいってくれたけれど、果して悟が明日学校へ行くかどうか、まだ安心はできないのである。宗教というものについて、音子はこれまであまり深い関心を払ったことはなかったのだが、子供のことで心配事のできたときには本当にすがるものがあったらと思う。どんな経文でも暗誦《あんしょう》していれば効験があるというなら、音子は今ならすぐ飛びついてしまうだろう。

十二時すぎて浩一郎はかなり酒気を帯びて帰ってきたが、

「悟は寝たかい？」

と小さな声で訊いた。

「寝てますよ、こんな時間ですもの」

音子はかなり反感を持って応じた。こういうときに親が酒を飲んで晩く帰ったりする神経が彼女の方には分らない。こんな夫で、一人息子の教育ができるものかどうかと音子は憤懣やる方なかった。

「あなた、お風呂は？」

「やめておく」

音子がガスの栓を止めて寝室へ入って行くと、浩一郎はもう高いびきであった。パジャマの前のボタンはしていない。脱いだ背広もシャツも床に散乱している。音子はそれを片付け、シャツや靴下を丸めながら、夫のだらしない寝顔を眺めて溜息をついた。

伊沢商事の課長といえば、ちっとは世間的に押しのきく地位である。今の言葉でいえばエリートだろう。が、あいにくなことに音子に限らず妻である女たちの多くは、夫の社会的な顔というものを知らなすぎる。大会社の組織の中で生き抜くことは、どれだけ心身を消耗させるものか、夫が喋らなければ分る妻はいないし、夫は滅多に喋らない。男は妻といる時間より、仕事と共に過す時間の方が長いのである。

東京のデパートから悟の机が届いたとき、恰度音子は学校へ電話をかけて高木教師を呼び出していたところだった。表のブザーは鳴っていたけれど、電話は耳から離すことができず、電話を持っていれば玄関のドアを開けることができない。配送係はいらいらしてブザーを押し続け、音子は受話器の口を押えて、

「はアい、ちょっと待って下さい」

と金切り声をあげたが、このプライヴァシーを確立した近代建築では中の声は玄関の外に届かないのである。

「モシモシ高木先生でいらっしゃいますか。時枝でございます。度々申し訳ございませ

ん」

——安心して下さい。時枝君は来てますよ。

「有りがとうございます。お騒がせ致しまして」

——どうして休んだんだと訊いたら、腹工合が悪かったんだと言ってました。

「まあ」

——欠席届はどうしたと言ったら、俯《うつむ》いて黙ってました。それ以上、嘘をつかないのは見所がありますよ。

「そうでしょうか」

——悪く追い詰めてもいけませんから、僕の方は欠席届の方はそのままにしておきます。

「お願い致します」

——ずっと先に行って機会があったら話してみますから、お宅で詰問したりしないようにして下さい。

「先生、悟は昨日も一昨日も何処へ行っていたんでございましょうか」

——さあ、どこへ行っても間がもてないので学校へ出てきたのでしょうから、その点も詮索《せんさく》しない方がいいのじゃないですか。

「はい、分りました。いろいろ有りがとうございました」

しばらく鳴りやんでいたブザーが再び喧《やかま》しく鳴り始めたので、電話を切ると音子は慌ててドアを開けた。

「やっぱり、いらしたのよ」

井本夫人と津田夫人が立っていて、音子を認めると二人は顔を見合って肯きあった。

「〇〇デパートです。お届けものですが」

配送係が、ぶっきら棒に言い捨てて駈け降りて行った。

「あら、すみません、電話がかかっていたものですから」

音子は配送係に声をかけてから、井本夫人と津田夫人にとりあえず笑顔を向けると、

「お宅で返事がないものだから、あのひと津田さんのブザーを押したのよ、津田さんじゃお宅が留守かどうか分らないから、今度は私のところのブザーを押して下さったの」

井本夫人が経緯を説明したので、ようやく様子が分った。

「まあお騒がせしてしまって、ご免遊ばせ」

「お中元にしては早すぎるわね」

三人で地上に止めてあるデパートの中型トラックを見下ろしていると、配送係と運転手の二人が大きな机をおろしにかかっていた。

「まあ、随分大きな机ねえ。どうなさったの？」

井本夫人が驚いて訊いた。

机の大きさは、まったく音子も驚くほどだったので、咄嗟に、

「いえ、あの、主人が」

とまで言いかけると、

「まあ御主人さまのお机？　お偉いわねえ、主人が時枝さんは勉強家だって申しておりましたけど、さすがねえ」

　津田夫人が細い声で感嘆した。

「うちの主人なんて帰ってきたら寝るだけですわ。新聞以外には読んでるの見たこともないわ。閑さえあればゴルフとテレビよ。まあ、これじゃ水をあけられてしまうわねえ」

　二人の夫人が完全に誤解してしまったのに音子が敢えて釈明しなかったのは、これが悟の机だといえばどちらも男の子のある井本夫人も津田夫人もどんな警戒心を持つかしれないと、それを懼《おそ》れたからである。それでなくても音子は三号室の藤野夫人の口から、井本夫人が音子が教育ママだと悪口を言っているというのを聞いている。

　狭い階段と、狭い廊下を、一杯になって大きな机は二人の男に担《かつ》がれて六号室の前を通り、七、八、九と通りすぎて十号室の音子の家に辿《たど》りついた。井本夫人は津田夫人に何事かささやくと、津田夫人は肯いて八号室の井本家に吸いこまれるように入ってしまった。音子には気になる二人の様子だったけれども、更に気がついて慄然としたのは一号館の二十の窓から一斉にこちらを見ている主婦たちの視線であった。デパートの配送車は一号館と三号館の中間の空地に止められてあり、一号館の居間にいる主婦たちの眼にはいやでもさらされるという結果になっていた。ましてそこから運び出されたものが中身の分らない四角な包みなどではなくて、大きなスティール製の事務机だったのだから、それがどの家に運びこまれるのかは重大な関心になっただろう。

机が中に運びこまれると、手伝ったわけではないのに、音子はびっしょりと汗をかいていた。

「どうも御苦労さま」

「判コをお願いします」

「はい、はい」

「ここでいいですか」

「そうね、二階まで上げて下さる？」

「いいですよ」

入室厳禁の緋文字を見られるのは恥ずかしかったが、こんな重いものは悟と二人でも担《かつ》げる自信がなかったのでそうしてもらった。

男たちが帰ったあとで、音子は少しほっとし、あらためて悟の部屋に入ってつくづくと新しい机を眺めた。それは本当に大きな机であった。子供の勉強机というより、弁護士の事務所にでもおいた方がふさわしいような大きさと頑丈さと機能性を持っているようであった。おまけに椅子も大きくて、ぐるぐるまわる。

その日も悟はかなり早く帰ってきたが、机が届いているのを知ると、幾日ぶりかで晴れ上った顔つきになった。それを見て、音子も胸が高鳴り、大きすぎる机に対する不満もすうと消えてしまった。

「ほどくの手伝ったげましょうか、悟さん」

「いいよ、自分でやるよ」

そう言うだろうと思ったから、音子はわざとデパートの包装を解かずにそのままにしておいたのだ。

音子はこの日は婦人雑誌を見て、特製のケーキを自分で焼いて悟のおやつをこしらえてあったのだが、それを食べさせることよりも、自分の部屋でボール紙や包装紙をとって机の姿を徐々に現わしている悟のことを考えている方がわくわくした。

「悟さん」

「うん？」

「お母さんにも見せて頂だいよ」

「うん、いいよ」

悟の許可を得ると音子は天にも昇るような気持で階段を駈け上った。

「立派な机ねえ。お母さん驚いちゃったわよ、悟さん」

「うん、売場で見たときはこんなに大きいと思わなかったんだけど、この部屋に入れてみるとでかいなあ」

「大学生になっても使えそうね」

「そうさ、これなら一生持てるってお父さんも言ってたよ」

「沢山抽出があるじゃないの」

「うん、全部鍵がかかるんだ」

音子は畳に坐って散らばっているボール紙や紐やテープ類をまとめて折ったり縛ったりしてから、訊いた。

「この机は、お父さんが選んだの、悟が選んだの？」

「どっちとも言えないなあ。二人であれにするか、これにしようかって言っているうちに、なんとなく決ってしまったんだから」

「高かったでしょう？」

「高いさア。お父さんはボーナスから借金したって言ってたよ」

悟が折角機嫌を直しているのに、ここで音子が値段をきくことはできなかったけれども、こんな大きな買物をするのに音子には一言の断わりもなかったのかと思うと、またしても音子は男二人に疎外されたような淋しさを感じた。

「おやつにしなさい、悟さん。ケーキを焼いたのよ」

「うん」

食堂で、音子の手製の菓子を頬ばりながら、急に悟がくすっと笑って言った。

「お父さんって、おかしいよ。あの机、お父さんにも使わしてくれないかって言うんだ。羨ましいんだってさ」

「使わしてあげるの？」

「うん、まあときどきならいいよって言っといたんだ。抽出も今の僕は全部いらないからね」

悟はそう言ってから、自分のキーホルダーに二種類の新たな鍵をしまいこんだ。机には二種類の鍵があるのだった。

家庭訪問

遅くなりましたが、来る六月一日より八日まで、日曜を除く午後を家庭訪問に当てたいと思います。半日で七家庭を訪問しますから、一家庭当り二十分でお話させて頂きます。ついては茶菓一切のおもてなしは御無用に願います。各家庭の訪問日時は左記の通りですが、多少時間のずれが出来ることはお含み下さい。

六年五組担任　高木

こういう通知が来て、各地区ごとにかためて教師が家庭訪問を始めたとき、音子もこの習慣にはもうすっかり馴れてはいたものの、悟に関しては例の一件があるものだから、その日が近づくとそわそわして落着かなかった。
親なら例外はないと思うが、自分の子供が教師から好意を持ってみられたいとは誰でも願うことである。学校によって、また教師によって、こうした親の願望にブレーキをかける操作を怠ると、親が教師に贈物をする習慣が公然化される。教師は薄給であるという一般の通念が、金品を贈っても受けても罪悪感を伴わせないという弊害もあって、遂には公務員の収賄として検察庁がのり出してくるような事件にまで発展することがある。教師が担任の子供の家庭訪問をするという習慣は戦後のもので、当初はいろいろな親も出たし、教師もそれに惑わされもしたようだが、きまりごとになってしまうと両者が心得て、家庭訪問の際に金品の授受はもちろん茶菓の接待まで前もって断わってくるようになった。これはまあ物理的に言っても、その日の七軒の家で一々茶菓を食べていては教師の胃がおかしくなってしまうということもある。音子は悟が一年生の頃から年に一度のこういう機会に、できれば教師の気に入りそうなものを手渡してみようと思ったことがあったのだが、これまでそういう隙《すき》を見せた教師はなかった。こんな場合は本当に難かしいもので、無理やり持たせても相手の感情を害してしまう懼《おそ》れもあるので、隙がなければ手控えることになるのである。

しかし、今度は違う、と音子は思った。

今度は違う。何しろああいう事件があった後で、あのときは教師も実に親身になって心配してくれたという強い感謝の念が音子の方にはあった。教師の方にだって、母親の取乱したところも聞いているし、自宅まで挨拶に行っているし、その後、何度も何度も電話で連絡をとりあった仲なのだから、音子に対しても格別の親しさがある筈《はず》だった。

新しい学年に入って、変ったばかりの担任教師の家庭訪問を受けるときは、まだ子供も教師には馴れていないし、教師の方でも子供を熟知してはいない時期で、いざ子供の家の中で親と向きあってもこれといった話がなくて困ることもあるのである。教師によっては上にも上らずほんの五分ばかり玄関での立話で「家庭訪問」という定められた事務をすましてしまう者もあるほどだ。

高木先生の家庭訪問を受けた場合、音子のするべきことは沢山あるように思われた。まず居間に通ってもらう。ここは応接間兼用の四点セットがおいてあるから、紅茶とケーキを出すのに少しも手間がかからない。できれば悟の部屋も眺めてもらって、「入室厳禁」の緋文字《ひもじ》や、あの大きな机も見せてしまおう。悟は二日だけ学校をさぼって、後は平常通りに登校している。それについて、まだ教師も親も咎《とが》めだてはしていない。悟も発覚してはいないと思っているのだろう。新しい机がきてから、すこぶる機嫌がよくて、勉強もよくしている様子であった。あのとき、ともかく新しい机を買ったことは本当によかった、と今になって音子は思っていた。

教師の訪問日が近づいてから、悟もそわそわし始めて、

「母さん」

ある日珍しく彼の方から音子に話しかけてきた。

「なあに？」

「僕、白状しておくけどさ、先月二日ばかり学校を休んだんだよ」

「まあ、いつ？」

音子は白ばっくれて訊き返したが、突然の息子の告白に驚いていたのは事実なので、

この芝居はうまくいった。

「机が届く前だったかな」

「どうして休んだの？」

「お母さんがさあ、あっちこっちに電話して大騒ぎしたろう？　僕は嫌になっちゃってさ、友だちにも恥ずかしいし、先生も笑うしね、学校まで嫌になったんだ」

「あの時は本当にご免なさい。お母さんもどうしてあんなに取り乱したんだろうかって思うのよ。お父さんにもさんざん叱られたわ。悪かったわねえ。でも心配で、心配で、たまらなかったのよ」

「うん、でも僕もそんなに心配な男じゃないんだからね」

この頼もしい言葉は音子を喜ばせずにはおかなかった。何より素直に打明けてくれたことで、音子は本当にほっとしていた。

「だけど学校休んで、どこへ行ってたの？」

「それなんだよ、時間つぶすのに苦労したんだ、まったく」

「お弁当作ったげた日がそうだったの？」

「うん。新宿へ行ったりね、最初の日は映画館へ入って三本立てを二回も見て、暗い中でパン買って食べて、何していいか分らないんだ」

「まあまあ」

「二日目なんかデパートをうろついてさあ、金は使ってしまうし、弁当は喰う場所が見つからないし、へとへとになったよ。ヒッピーみたいの見たけど傍へ寄るのも気味が悪いしさア」

悟は過ぎた冒険譚《たん》でも話す気で喋《しゃべ》っているらしく面白そうに笑っている。しかし音子は、ほっとしたとはいっても危険の淵《ふち》を悟が覗《のぞ》いて歩いたことにはぞっとして、話を聞いた。

欠席届

五月十八、十九日の両日は家庭の都合で欠席いたさせました。右、お届け申し上げます。

時枝悟　保護者　　　　時枝浩一郎　印

こういうものを書いておいて、音子は高木教師の訪問を受けると早速にひろげて見せた。

「へえ、時枝君から言い出したんですか」

「そうなんでございますよ。先生がおいでになるので、そこでバレたら大変だと思ったんでございましょう。私もいつまで嘘《うそ》がおいておけるものかと心配でしたから、本当にほっと致しました」

「よかったですねえ、お母さん。これで最高にいい形で解決したわけですよ。時枝君はナイーヴなんですねえ」

「新宿で時間をつぶすのに苦労したようでございます。不良になるのは楽じゃないように申しておりました」

教師も明るい声をたてて笑った。音子はこの日のためにわざわざ新宿の菓子屋で買ってきたババロワを冷蔵庫から出してすすめ、教師もその口ざわりのよさを喜びながら食べた。

「なんと申しますか、髪の毛の長いひとたちなんかも見かけたらしいんですけど」

「ヒッピーでしょう」

「はあ、怕《こわ》かったらしゅうございます」

「子供は健康なんですよ。いろいろマスコミは書きたてますが、あんなところへ走るのは特殊な連中ですしね、小学校ではまだまだ大丈夫ですよ」

「高校までは安心していてよろしいんでございましょうか」

「まあ六年生ですからね、B小学校も例がないわけじゃないんですが、私の学年は心配がないと思っています」

「B小学校で何かあったことがあるんでございますか？」

「一昨年は大問題がありましたよ。あのときは校長も担任も泡を喰いました」

「一昨年の六年生ですか？」

「そうです」

一昨年の六年生なら井本家の息子の学年だと音子は考えた。それでなくても何があったか、好奇心は猛然と起ってきて抑《おさ》えきれるものではない。高木教師の方も口がほぐれているから、音子がきけば笑いながら喋ってしまった。

「ちょっと知能の低い女生徒が一人いたんですが、これが十円ずつ金をとって男の子たちに見せていたんです」

「えッ」

「どうもひどい話なんですが、優等生の女生徒が知って家に帰って話したものですから問題になりました。学校としてもほうっておくわけにはいきません。早速当の女生徒に訊いてみますと、罪の意識もなく白状しましたからねえ、校長は頭をかかえてしまったんですよ」

「まあ、何処《どこ》でそんなことができたんでしょう」

「体育館の隅の馬跳びなどの道具を積んだものかげで、男の子は列になって、並んだそうです」

「まあ、怕い。六年生ですか？」

「そうなんです」

「六年でもうそんなことに興味を持つものなんでしょうか、まあ」

「全般的に早熟になっています。女子はもう早い子は小学校で生理も始まりますし」

音子は喉《のど》もとまで悟の部屋で汚れた下着を発見したといいかけたが、恥ずかしくて口に出来なかった。そんなことを話して、以来教師が特殊な眼で悟を見るようなことがあっても困るという考えもブレーキになった。それに、あれが果して悟の男性の不始末であったかどうか、いきなり洗濯機に投げこんでしまったので、音子にもよく分っていないのである。

「こちらのお宅では婦人雑誌をおとりですか?」

「はあ、一種類とっておりますが」

「婦人雑誌の特集というのは凄《すご》いですからね、男の子はあれに一番興味を持つようです。実例もあることとですので、婦人雑誌は目だたないところへしまっておいた方がいいかもしれません」

「私、もうとるのをやめますわ、先生」

「いやあ、神経質になることはありませんよ。自然に分ってくることとなんですからね。親までのり出して性教育なんて、必要のないことだと僕は思ってますから」

「本当ですわねえ、私もあんなことを仰言《おつしや》る親御さんの気がしれませんわ」

「いろいろ大変な御父兄がありますからねえ」

「そうでございましょうね。先生のお立場でいらしたら、お困りになることも多くていらっしゃいましょう?」

「今年の担任は楽ですが、低学年を受持つと教育ママの猛烈なのに出会うことがあります。授業参観に毎日のように押しかけてきて、教科指導に一々口出ししましてね。僕らそういう親との戦いも教師の仕事の一つですよ、子供がかわいそうですからねえ」

高木先生の方も、やはり例の経緯があった後だから、初訪問でも緊張せず、気楽にいろいろなことを話している。

「大阪でのんびり育てましたものですから、私の方は教育不熱心で、却《かえ》ってじれったくお思いなんじゃございません？」

音子は自分がいわゆる教育ママではないことに充分満足しながら、こんなことを言った。

「家庭は家庭での躾《しつけ》というものがあると思うんですよ、僕は。学校のことは教師にまかせて、親は家の中で秩序とか作法をきちんとやっていてほしいと思いますね。やはり親の投影がありますからね、子供には。親の欲求不満を子供に捌口《はけぐち》を求めるようなのは困りものです、一番」

教師の家庭訪問を受けるとき、母親が気をつけなければならないのは興奮して喋りすぎることである。洗いざらい家の中のことを喋ってしまって後で悔んでも無駄というものだし、自分の教育方針をとうとうと述べたててそれが教師の方針と違っていたりすると困ったことになる。音子もこれまでに何度か小さな失敗をしてきているので、専《もっぱ》ら聞役の方にまわることにした。親としては先生の好感を得るようにすることが何より大切なことなのであるから、まず先生の意見を傾聴し、次にはその高邁《こうまい》なる卓見を口を極めて称揚しなければいけない。

「先生の仰言る通りでございますわ、本当に。この間も主人と二人で、本当に有りがたいことだったって話しあったんでございますよ。先生が様子を黙って見るようにと仰言いましたので、私も主人も何も申しませんで、気のつかないふりを致しておりました。もしかっとなって、どうして休んだとか、何処へ行っていたとか闇雲《やみくも》に申していましたら、悟は反抗して何をしていたか分りませんものね。自分からサボった話なんかしてこなかったと思いますわ。本当に主人ともども感謝しておりますんですよ、先生」

「いやいや。しかし大事に到らなくて本当によかったですよ。僕も内心ではあらゆる事態を考えてみて、やはり下手に騒がない方がいいと思ったものですから」

「入室厳禁なんて部屋の入口に書きましてねえ。一時はどうなることかと思いましたけれど、机が新しくなりましてから気分も変ったらしくて、私が掃除に入りましても怒らなくなりました」

「男の子には独立自尊の気分があるものなんですよ。僕も覚えがあります」

「でも男の子って難かしいものですのね」

「ええ」

教師は肯《うなず》いて、言った。

「これからどんどん難かしくなります。一番難かしいのは中学から高校にかけてというところじゃないですか。小学生は、どんなにませていたところで子供ですからね」

「先生、悟の部屋をご覧下さいます？」

「そうですね」

若い教師は少し考えていたが、

「やめておきましょう。時枝君に無断では悪いですから」

と言ってから、煙草をくわえた。急いで音子はマッチをすった。こんなことは夫にもしたことがない。

「結構です」

先生はポケットから金色のライターを取出し、それで火を点《つ》けた。どうやらかなり上等のライターであるらしい。音子はそれが父兄からの贈りものであるのかどうかと、しばらく眺めていた。

「この辺《あた》りが団地になる前のことは、先生はよく御存知ですか？」

「ええ、子供の頃は弁当を作ってもらって遊びに来ました。薪《たきぎ》を拾って帰ったり、どんぐりを集めたり、僕らは山の子で育ったんですよ」

予定時間をとっくにオーバーしていたが、音子は自分の社交性に満足しながら教師の若い回顧談を聞いていた。それは充分面白かった。

昔、といってもほんの十年ばかり前までは、この辺りは山と田畑ばかりだった。小さな小学校に、みんなが藁草履《わらぞうり》をつっかけて歩いて通った。東京というのは遥《はる》かに遠いところで、将来そこへ通うようになるのは本当に特殊な人々だけだと思われていた。文明とは遠かったけれど、平和で、静かで、豊かな自然に包まれて暮していた。戦争中もそんなところへ空襲の弾は落ちなかったし、買出しに来る人々を迎えて物々交換で芋類が衣類に変った頃には、思ってもない贅沢《ぜいたく》ができるようになったと百姓たちは喜んだ。

「農村の都市化というのが突然起ったんですね、ほんの四、五年前からですよ」

「住宅公団が土地を買い上げてからでしょうかしら」

「ええ、それです。その前から田畑を耕すより川崎の工場地帯へ働きに出てしまう若者が多くて、農村人口はどんどん減っている傾向があったんですが、そこへ突然どかどかっと東京人口が雪崩《なだ》れこんできたわけですよ」

「異変ですわね」

「大異変です。小学校だってこの辺り一帯でA小学校が一つあったのですが、A小学校だって小さな分校だったんですよ。それがたちまち五倍十倍の児童が集まり、収容しきれなくなってB小学校が創立されたわけですから」

「子供たちも違いますでしょうね」

「違います。まるきり違います」

高木先生は煙草を深く吸い、白い煙を吹き上げて、今昔の感にたえないという調子で続けた。

「そもそも僕が教師になろうと志したというのも、決して東京から距離的には遠くないこの地方が、あまりにも文化的教育的に僻地《へきち》であることに不満を持っていて、子供たちの志をひきあげようと思ったからなんです。僕が大学で教職課程をとっていたときは、ごく素朴で純情に故郷のためというつもりがあったんですよ。ところが……」

「分りますわ、ねえ」

音子も教師の話半ばで深く肯いていた。高木教師の初志は、彼がこの地方の小学校に赴任する頃から事態の急変に出会《でくわ》していたのだ。彼の目の前には草深い田舎で育った子供ではなく、都会生活を経験したすばしっこい子供たちが集団となって登場していた。彼らは農村の子供たちではなかった。親は百姓であるどころか、高木教師が子供の頃に憧《あこが》れたことのあるサラリーマンがほとんどだった。しかも彼らの方でもいきなり大自然の中に放り出されたわけではなかった。住居は団地だった。道路はたちまち舗装された。マーケットができた。田畑はどんどん遠のき、団地のまわりに小住宅が建ち並んだ。ここは、もはや村ではなく、町であった。

事、志と違って、高木教師は地方文化のために教育にたずさわるよりも、雲霞《うんか》のごとき町の子供たちを相手に奮闘することに結果としてはなってしまったのであった。

「子供も違いますが、親が違います」

「そうでしょうねえ」

「A小学校のPTAなどは後から入ってきた団地の子供たちの父兄に牛耳られて、地元の子供も親も呆気《あっけ》にとられているような工合なんです。気がついてみると地元の人間ははみ出ていたんですよ。B小学校でも、僕らは親の意識を向上させるより、教育ママに待ったをかけることが仕事の大部分になってしまいましたよ」

「まあ、たとえばどんなことでしょう?」

「宿題に手を出すお母さんが多いんです。いくら注意をしても、親がやってしまう。低学年のうちにそんな癖をつけると大変ですよ。中学高校へ進んでも子供は親を当てにするようになりますし、親だって学校の勉強に追いつくのにふうふう言わなきゃならないです。子供のためには百害あって一利なしなんですよ」

「私は放任主義で、そんなことしたこともございませんけれど。それに子供も嫌がりますし」

事実は、音子も手出しをしたことがあったのだが、高学年になるにつれて早くも音子の手には余る課目がふえていた。小学校でさえ音子には分らないことがあるのに、いわゆる教育ママは中学どころか高校まで学校教育についていけるものなのかと、音子は本心では自分の学力が心配になってきた。

「そうです、僕に言わせれば子供もだらしがなさすぎますよ。いつまでも親を頼るというのは、子供も情けないですよ」

「悟は断然独立自尊なんですよ。入室厳禁などと書きましてね」

「面白いですね」

「学校では、どうでございましょうか」

「あまり目立たないですよ」

「はあ」

「特に問題はないです。こないだのようなことは起ったのが不思議なくらいです」

「私も気が転倒してしまいまして、何度もお電話をしたりして、すみませんでした。私はおよそ教育ママとは縁遠い親なんでございますよ。今からどこの大学へ入れたいなどとは考えたこともございませんし。子供の自由に任せたいと思っております」

音子はせいぜい神妙なところを見せて、高木教師から点を稼《かせ》いでおくつもりだった。

「まあP高校にさえ行かなければいいとしてますの。ホホホ、志が低すぎますかしら」

教師の顔が白っぽくなった。彼はそれまでの気楽な姿勢から、ちょっと緊張して、それから訊き直した。

「どうしてP高校がいけないのですか」

「だって先生、この辺りじゃ最低の高校でございましょう？　この前、先生のお宅をお訪ねするときに私、出会いましたの。嫌でしたわ」

教師はぐいと左手をあげて腕時計を覗き、長居をしたことに気がついたように不意に立上った。

「失礼しました」

「まあ先生、もっとごゆっくりなさって下さいましよ」

「いや、帰ります」

玄関で靴をはくのに、高木教師はひどくいら立っていて、音子のさし出した靴べらを見向きもせず、とうとう靴紐《くつひも》をほどいて結び直した。

音子は教師の背中に向って百万遍のお世辞をあらためて振りかけていた。

「先生の御指導で大事にならずにすみましたので本当に感謝しているんでございますのよ。先生に黙って様子を見るようにと言われていなかったら、私は帰ってきた悟に詰問していましたもの。新宿でどうしようもなく手持無沙汰だったあの子が、それで一層反《はん》撥《ぱつ》して飛出してしまうことだって有りうることだったんですから、黙っていて本当にようございました。なんとお礼を申し上げてよいやら分りませんわ。私はP高校の生徒などに誘惑されたらどうしようなんて、そんなことばかり心配していましたんですのよ。でも先生のおかげさまで……」

感謝と感激を雨アラレのように降り注いでいるとき、靴の紐を結び終った教師はドアの把《とっ》手《て》をまわしてから、きっぱりと音子を振り返った。

「僕はP高校を卒業しました」

のけぞるほど驚いて、声も出ずにいる音子の目の前で、高木教師の姿は消え、ドアは音たてて閉っていた。音子は世界が一瞬まっ暗になった気がした。

「…………」

音子は素足で狭い玄関に飛降り、ドアを開けて外へ身をのり出したが、教師の後ろ姿は六号室の先の階段を降りて行くところだった。そのまま追いかけて、

「先生……」

呼んでみたが大きな声は出ず、音子はなす術《すべ》を知らなかった。廊下の手《て》摺《すり》にしがみつ

いて呆然《ぼうぜん》と見送っていると、高木教師は振返りもせずに四号館の方へ足早に行ってしまった。四号館三号室に移ってきた伊沢商事の社員の子供が、悟と同級のB小学校に転校していた。もっともその子供は女の子だったけれども。音子は教師がゆっくりしていたので今日の家庭訪問は自分の家が最後だと思っていたから、自分の家の次に教師が四号館へ入ってしまったのもショックだった。

とんでもないことを言ってしまった。あの先生がよもやP高校の出身だったなんて……、なんという不運だろう。私は志の低い親だからP高校にさえ入るようなことがなければいいと思っている。だって先生、この辺りじゃ最低の高校でございましょう？　私は悟があの連中に誘惑されやしないかと……。ああ！　なんということを言ってしまったのだろう。なんということを！

時枝夫人音子より山野夫人幸江へ。

長い御無沙汰おゆるし下さいませ。大変なことが起ってしまいました。夕陽ヵ丘三号館でそれなりに一応安定した暮しを続けておりますうちに、大変なことが起ってしまったのです。主人にも言えませんし、誰にも相談もできず、滅多な相手にこぼせる愚痴でもないので、奥さまを思い出すと矢も楯《たて》もたまらぬ気持で筆をとってしまいました。

悟のことなんでございます。悟が、こちらへ転校いたしましてから、つまらない漫画も読むのをやめましたし、机も自分から大きなものを買ってほしいなどと申しまして、すっかり勉強好きになり、いい傾向だと思っておりましたところ、つい先日、小学校担任の先生の家庭訪問がありました。そこで私はとんでもない失言をしてしまったのです。

ここから二駅ばかり下ったところに市立のP高校という粗末な学校があります。大阪にだってありますでしょう、評判の悪い、程度の低い、親ならばあんな高校にだけは子供を入れたくないと思うような――P高校がちょうどそういう高校なのです。担任の先生が、この辺りが団地になってから教育ママが激増し、それに手をやいているとこぼされたものですから、私も大変同情して、私のところでは悟がP高校にさえ入らなければいいと思っていますと申したのです。まさか主人と同じT大をめざしていますとは言えない場合でしたし、本当に私は悟の自由にさせてやりたいと思っていたからですし、それに、よもやそのP高校が、当の先生の母校だとは思いもよりませんでしたから。あっという間に先生の顔色が変り、

「僕はP高校を卒業しました」

言い捨てるなり飛出して行かれました。

私は唖然《あぜん》呆然で、まったくどうしていいか分りません。気がついて後を追って行き

ましたら、どうでしょう。先生は四号館の三号室へ入って行くではありませんか。そこは悟と同級になったお嬢さんの家で、御主人は人事部給与課の課長さんです。私は目がくらみました。

私の失言で先生が傷つかれたことは分りますし、私も迂闊《うかつ》を悔み、申し訳なさで心は一杯なのですが、何もいくら腹が立ったからといって私に当てつけがましく四号館に飛込まれることはないのに、と私は悲しくなってしまいました。私のところでは本当にゆっくりなさっていて予定時間を遥かにオーバーしていて、先生はその日最後の訪問家庭にしていたのは間違いありません。四号館はきっと次の日あたりが予定されていた筈ですのに、わざと行ってしまわれたのです。奥さまも大方お察しがついているると思いますが、牛尾さんというその給与課長さんのお宅では、社員の月給もボーナスも手にとるように分っているところで、しかも牛尾夫人は三号館でいえば井本夫人クラスのお喋りなのです。

私はその日、何度も何度もドアをあけて四号館の方を眺めましたが、先生はいつまでたっても三号室のドアから出てきません。いったい何をこんなにゆっくり話しているのかと胸騒ぎがしましたが、まさか四号館まで先生を追いかけて行って私の失言問題がこじれたり、牛尾夫人の口から夕陽ヵ丘全体にひろまるようになっては大変だと思ってじっと三号館の中で我慢をしていました。

そのうちに悟も帰り、主人も帰宅しましたから、四号館の方をちょくちょく覗くわけにもいきませんし、電話をかけて訊くこともできません。買物にも出かけずじまいで、その夜の食事は有りあわせばかりで、気もそぞろでしたからろくなお料理が揃いませんでした。家庭訪問のことは、主人も忘れていたのか何も申しませんでしたし、悟は無口な子でこれも何も言いませんから助かりました。

翌日になって早速四号館へ出向き、牛尾夫人を訪ねて、

「昨日、家庭訪問でしたでしょう？」

と探りを入れました。

「あら、よく御存知ですのね」

「宅の次にそちらへいらっしゃいましたから。いかがでした？」

「どうってことはございませんわね、二十分ほどで帰られたんですもの、ろくにお話することもなくて。妙な習慣ですわね、こちらはお茶をすすめたり、お菓子をすすめたり、それで時間がたってしまうでしょう？　あんなことが教育にどう役立つんでしょうかしら」

抽象的なことを仰言るばかりなので、却って私は気をまわしてしまいました。

「私どものこと何か仰言ってませんでした？」

「いいえ、別に」

「私、なんだか失礼があったんじゃないかと心配してますのよ。それでお伺いしたんですけど」

「お若い先生ですもの、そんなに気を遣わなくてよろしいんじゃありません？　さっぱりした方だってお見受けしましたわ」

「本当に何も仰言いませんでした？」

「いいえ。どうしてですの？　私は宅の前がお宅さまだってことも存じませんでしたわ」

どこまで白っぱくれていらっしゃるのか分りませんが、私は引揚げざるを得ませんでした。私は始終ドアを開けて見張っていましたのに、二十分ほどで先生が帰られたというのも、ちょっと眉唾《まゆつば》に思いましたが、私こそ長居をして怪しまれてはいけないと退却してしまいました。

あとで知ったことなのですが、P高校というのは悟の担任の先生が卒業する頃まではこの地方でも一応の名門校だったのだそうです。ここ数年間で団地族が押し寄せると人口が急激に膨脹《ぼうちょう》して土地の気風も俄《にわ》かに変質した中で、P高校も巻きこまれ、名門から脱落してしまったらしいのです。

大阪の山野幸江に手紙を速達で出してから、音子は毎日毎日幸江からの返事を待ったが、いつ覗いてみても郵便受には駅前の商店街の大売出しのチラシなどが詰っているばかりで山野夫人からの便りはなかった。別れて一年以上になるのだ、と音子はあらためてそれを思う。去る者は日々にうとし、だ。大阪ではまるで姉妹のように親密にして、社宅の中で身を寄せあって共同の敵と闘っていたのだけれども、夫が転勤して大阪と東京に別れてしまえば、もう再び山野夫妻と出会う機会もなくなるのだろう。こちらへ越してきた当座は女学生のようにせっせと手紙のやりとりをしていたが、そんなこともどちらからとなく次第に遠のいて半年以上にもなる。それを今更大事件だといって音子が訴えて行っても、山野夫人としては挨拶のしようもないところだろう。

音子は大きく溜息《ためいき》をついた。

高木教師の家に再三足を運んで詫びを入れに行ったのだが、その都度すげなく追い返されていたのである。届けた品物は持って帰れと言われてしまった。教師としてはもう音子の顔を見るのも不愉快という態度を露骨に示している。

音子が一番懼《おそ》れているのは、自分の失策に対して、いわば人質にも等しい悟が、どんな復讐《ふくしゅう》を受けるかということであったが、学校から帰ってくる悟には別段これといった変化はない。音子は悟の部屋に掃除に入る度に、新しい机を未練げに撫でてみたり、抽《ひき》出《だし》にさわってみたりしたが、どの抽出も鍵《かぎ》がかかっていて、決して開けることができなかった。

「悟さん、高木先生はどう?」

ある日、お八つのラーメンを啜《すす》っている悟に、音子はたまりかねて訊いてみた。

「どうって、何がさ」

「変ったことない?」

「別に」

「どうってことないけど、何か喋ったの、お母さん」

「私は何も言わないわよ」

「ああそうだ、変なこと言われたよ」

「え、どんなこと？」

「欠席届を持っていったとき、君はいいお母さんを持ってるねって、皮肉たっぷりな言い方だったな、うん」

音子は躰《からだ》が冷たくなった。

「何か言ったんだろう、お母さん」

「何も言わなかったわよ、本当よ。ただあなたがお父さんと机を買いに行った日は、心細いし心配で、あっちこっちへ電話をかけたものだから、悟にも随分叱られましたって言ったのよ。先生にもよくお詫びをしておいたわ」

「それなら心配することないじゃないか」

「何も心配なんかしてやしないわよ」

「家庭訪問がどうのこうのって言うからさ。一日に何軒もまわるんだもの、どこで何を話したか分りゃしないよ、先生も」

夫にも息子にも言えない不始末に、音子はひとりで悩み苦しんで、毎日を鬱々《うつうつ》として暮していた。そんなある日、晩《おそ》く帰ってきた浩一郎が、いきなり訊いた。

「音子、君また何か喋ったろう」

「何をですか」

「僕が帰ってから猛勉をしているとかなんとか出鱈目《でたらめ》を言ったんじゃないのか。僕は会社のあちこちで皮肉を言われて参ってるんだ」

「そんなこと言いませんよ。言うわけがないでしょう。あなたは毎晩おそく帰ってきて、帰れば眠るだけですもの、どうして私がそれを猛勉だなんて言いかえるの？」

「本当に言ってないのか？」

「ええ、本当よ」

「しかし僕はこのところ三人ほどに言われたんだ」

「まあ誰に？」

「それを言うと君の口から社宅へ流れて、また騒ぎになるからな」

「上役ですか、下のひと？」

「まあ上役と御同役だ」

「どうしたんでしょうね」

「時枝君は近頃よく勉強しているそうだとか、時枝君を見習って僕も早く帰って勉強をしようとか、そんな工合なんだよ」

「あ」

音子は、ちょっと思い当った。

「ひょっとすると、あのことかしら」

「やっぱり何かあるんだろう」

「机がね、机が届いたとき大騒ぎだったんですよ」

「どうして」

「デパートの配送車が来ると奥さんたちは色めきたつのよ。どこに何が運びこまれるかって」

「女というのはよほど閑《ひま》なんだな」

「あなたが選んだ机、大きくて立派で、私でもびっくりしたくらいですもの。誰も、よもや子供の机だとは思わなかったんじゃないのかしら」

井本夫人に訊かれたとき、音子は自分の口から主人の机だと返事したのだが、それを浩一郎には言わなかった。言えばきっと叱られるにきまっているからだ。夫たちは妻の報告を額面通りに信じる癖があるから、浩一郎もこの場合、こう言って慨嘆した。

「社宅というのは、まったくたまらないな」

「本当ねえ。これで子供の机ですと言おうものなら私は教育ママだって言うんで、蔭口のタネになるのよ。子供の出来不出来もみんな面と向って言わないけど、大変な競争心なんですもの」

「亭主の能力はもう互いに分りきっているから、あとは子供で競う気だな。浅ましいね。

第一、子供が可哀想じゃないか」
「ええ、いい学校へ行ってればそれで悪口を言われるし、そこらの学校へ行ってればまるで低能のように言われるし」
「もっとも男も口に出さないだけのことで、思いは同じなんだがね」

昔は屑屋《くずや》がリヤカーをひいて家々をまわり歩き、不用の品はなんでもひきとって行ったものだが、近頃は清掃局などというのが週に一度だけトラックでまわってきて、台所から出たものを回収する。団地の一隅には焼却炉があって、罐類《かんるい》、壜類《びんるい》の捨場所もきめられてある。が、たとえば悟の使っていた古いスティール製の勉強机などは、焼却炉には突っこめないし、新聞雑誌類のようにチリ紙と交換してもらうわけにもいかない。

やむなく音子は納戸《なんど》のような物入の中に押し込んで、例の出し入れの厄介な抽出には使わない小物類を整理してしまっていた。しかし大きな机を運びこんだあと、小さな机を運び出すのが井本夫人などの目に止ったら、又なにを言われるか分らない。

それにしても井本夫人は、なんというお喋りだろうと音子は思った。いくらデパートの配送車が来たからといって、何を運びこんだか好奇心が動いたからといって、用途まで音子に訊くというのは非常識ではないか。しかもどぎまぎした音子の口からの出まかせを、吹聴したというのもゆるせない気がする。あのひとには、まったく迂闊《うかつ》なことは言えないのだ、と音子は肝《きも》に銘じた。

しかし肝に銘じていても同じ棟割《むねわり》長屋に住んでいれば、顔をあわせる機会は多いし、そのときツンツンしてはいられない。向うも機嫌のいいときは例の調子で話しかけてくる。

「奥さま、私ねえ、一大決心をしてカラーテレビを買うことにしたのよ」

「まあ景気のいい話ですわね」

「だって四号館に負けてはいられないでしょう？　三号館だって赤トンボを止らせたいじゃないの」

赤トンボというのはカラーテレビ用のアンテナのことである。なにもアンテナまで色を塗らなければカラーがうつらないということはあるまいのに、カラーテレビのアンテナはそれを誇示するように色濃く塗ってある。カラーテレビの有る無しは、屋上を眺めれば一目瞭然《りょうぜん》なのであった。井本夫人は勝気な性格だから四号館に対抗して三号館にもカラーテレビを備えつけようとしたのであろう。音子は白黒のテレビで充分満足しているので、今更カラーがほしいとも思わなかったし、ひとりで四号館に対抗するだけの闘志も持たなかったが、このところ担任教師の家庭訪問以来ずっと気が重くて、警戒しながらも井本夫人のお喋りで慰められるのを感じたから、

「ちょっとお入りになりません？　いろいろ御相談もあるのよ」

と誘われると、まだ食事の支度にも間があるので、井本夫人の家に辷《すべ》りこんだ。あいかわらず居間は雑然としているが、テーブルの上に、紙製の美しい造花の芥子《けし》の花が盛

ってあるのが目を惹《ひ》いた。

「まあ、綺麗」

「綺麗でしょう？　津田さんの奥さまが作って下さったのよ」

「まあ津田さんが？」

あんなに仲が悪かったのに、いつからこの二人は仲よくなったのだろう。

「あの方、ちっとも外へ出ていらっしゃらないと思っていたら、こういうものを一生懸命やってらしたのよ。とても凝《こ》り性なんだって御自分で言ってらっしゃるわ」

「まあ、ねえ。素人の手造りとは思えないですわね」

「沢山作ったら私が売って上げますよって言ったのよ。あちらは勉強中だから材料費だけでいいですって。これが七百円よ」

「まあ」

「デパートじゃ三千円するわ。奥さまもお頼みにならない？」

「是非お願いしたいわ」

「生花でもこのくらいで七百円はしますよ。それも三日か四日しかもたないでしょう？　経済じゃない？」

「ええ、家の中も楽しくなりますわね」

井本夫人は何事にも積極的だから、ただちに電話のダイヤルをまわして隣家の津田夫人を呼び出した。

「時枝さんの奥さまが見えてますのよ、いらっしゃいません？ 芥子の花が見事でとても素人とは思えませんって。時枝さんでも作ってほしいって仰言ってますわ。見本を持っていらっしゃいよ。注文とりの、ホホホホ」

津田夫人は言われた通りに、三色すみれやアマリリス、薔薇《ばら》、椿《つばき》などの見本を抱えて八号室に間もなく現われた。

「いい御趣味ですわね」

「ええ、でも糊《のり》を使いますでしょう？ 大作になると手が荒れて困りますのよ」

音子はずっと前に化粧品のセールスウーマンが津田夫人の手が大層荒れていると言っていたのを思い出した。

「糊で、手が荒れますの？」

「ええ、入っている防腐剤がいけないんですのね」

音子は薔薇を盛花にしてもらうように頼み、材料費としては千円の出費だけみておけばいいだろうと心づもりをした。

「毎度ありがとうございます」

井本夫人が津田夫人に代って頭を下げたので、三人の女は賑やかに笑い出した。

「これ寺尾さんに頂いたケーキなのよ、お一ついかが？」

「まあ、五号室の寺尾さん？」

「ええ、お菓子の講習に行ってらっしゃるのよ。やっと人さまに差上げられるようになりましたからって。どうぞ召上って、なかなか結構な出来なのよ。授業料と材料費と交通費を入れると、売ってるのを買う方が安いんですって。でも楽しんだだけ得よねえ。私たちまでおこぼれにあずかれるんですし」

「本当に」

三人で舌鼓を打って、

「皆さんお稽古《けいこ》なさっていらっしゃるんですねえ」

音子はつくづく自分だけ取り残されているようで、正直に羨《うらや》ましくなっていた。

女三人よれば姦《かしま》しいと文字にも書くが、津田夫人もこのときは口がほぐれていて、

「子供が育ってしまうと淋しいですものねえ。私も造花を始めるまでは家の中でいらいらするばかりで……。造花を始めてから、お仲間同士でお友だちも出来ますし、お付合いも出来ますし、これで発表会みたいなものだって有りますのよ。私も自分なりの工夫をしてみますでしょう？　あっという間に時間がたちますの。そのかわり部屋という部屋に二種類も三種類も花が咲いてしまって、子供はもう見るのも嫌だって申しますわ」

「まあ、お花畠《はなばたけ》の中にいるようでしょうに」

「男の子ですからねえ、難かしいんですのよ」

期せずして津田夫人の口から同じ吐息が出たのを聞いて、音子は思わず身をのり出した。

「まあ奥さまもそうお思いになって？　私も本当にそう思ってますのよ。何を考えてい

るのか言ってくれませんものねえ」

「私は、はらはらするばっかり」

「お宅もですか？」

この二人に較《くら》べれば井本夫人は割切っている。

「女は謎《なぞ》だって男は言うらしいけど、男の子って母親には謎よねえ。私はもう考えないことにしているの。男と女は所詮《しょせん》、男と女よ。お互いに分るわけないわ」

「でも三年ほど前にB小学校で、変なことがあったそうじゃありません？　奥さまはご存知かしら」

「そうなのよ、そうなのよ。あら、誰からお聞きになったの？」

井本夫人に訊き返されて、嘘を言うつもりはなかったけれど後の面倒のないようにと音子は、

「PTAででしたかしら、ちょっと耳にしたんですの。うちも来年は卒業ですから」

と言いかけると、津田夫人が、

「何がありましたの？」

と訊いたから、音子は言い出したのを後悔したのだが、井本夫人はかまわず喋り出した。

「男の子から十円ずつとって見せてた女の子がいたんですのよ」

「何をですの？」

訊き返して津田夫人は顔を赧《あか》らめた。

「何からそれが発覚したのか時枝さんはご存知？」

「いいえ、私が聞いたのはそこまでですわ」

「それからの方がびっくりする話なのよ。見せてた子は、ちょっと知恵の足りない女の子だったんだけど、女の子の優等生がそれを知って不潔だわって男の子たちを叱りつけて、あんなものはお金を出して見るものじゃありません、不潔ですっ、こっちへいらっしゃいって、自分のをただで見せたんですってよ」

「本当ですか」

「本当なのよ。男の子たちが度胆を抜かれちゃって、それから親の方に知れわたって大騒ぎになったんですよ。先生は男の子の親たちを集めて注意したけど、私に言わせれば問題は女の子の方じゃないの。片手落だわ」

井本夫人の口吻《くちぶり》から察するに、井本家の一人息子もどうやら十円払って眺めた口らしいのだが、音子にはそこを訊《き》き糺《ただ》す度胸はなかった。

「やっぱり本当だったんですのね、私は半信半疑でいたんですけど」

「怕いこと」

津田夫人も眉《まゆ》をひそめ、造花作りの楽しさから遠い表情になっている。思春期に向う男の子を持っている母親としては決して聞捨てにできることではないのだ。

「怕いわよ、うちの子なんかごく正常な発育だけど級には特別その方だけ発達している子がいるでしょう？　そういう子にそそのかされてやるんですからね。かといって、あの子と交際《つきあ》ってはいけませんなんて母親が言ったって聞き入れるわけじゃないし」

「こんな時代に親の言いなりになるような弱い子じゃ困りますしね」

「そうですよ。まあ子供は信じて放っておくより仕方がないわね。信じる根拠なんか何もないわけだけど、その点じゃ夫婦だって親子だって同じでしょう？　私はもうあまり拘泥しないことにしているのよ」

井本夫人の調子には、割切るというよりちょっと自棄《やけ》ぎみなところがあって、ひとには言わないけれど、この家でも男の子ひとりを持て余しているのだろうということが手にとるように分る。

「私のところは最近、反抗期に入ったらしくって妙な工合なんですの」

音子はついつられて愚痴をこぼした。

「お察ししてましたわ」

津田夫人が同情してくれたので、音子はびっくりして顔を上げた。そしていつだったか隣の団地の公衆電話を使って学校や会社へ連絡をとって出てきたとき、津田夫人と藤野夫人がそれを見ていたらしかったのを思い出した。音子は慌《あわ》てて先手を打ったつもりで、

「公衆電話のことですの？」

と訊いた。

「ええ。藤野さんが何でしょう何でしょうって仰言るので困ってしまいましたわ。女のお子さんしかない方には説明しても分りませんものね。それに私も具体的に分りませんでしたし」

「あら、大したことじゃなかったんですのよ。外へ出てから思い出した用があって、階段を上るのが億劫《おっくう》だったものですから公衆電話を使っただけなんですの」

机でさえ噂《うわさ》が広まるのだから、公衆電話のボックスから音子が出て来た一件などはどんなに尾鰭《おひれ》がついているか分らない。井本夫人はもう聞いていたのだろうか、津田夫人と音子のやりとりには黙っていたが、自分の子供については、やはりこぼしたい愚痴があるようだった。

「反抗期なんて、私のとこじゃ生れたときからずうっと続いてるわ。男の子なんてそんなものじゃないのかしら。うちじゃ高校はどこを受けるか僕がきめて僕が受験するんだから、お母さんは黙っていろなんて今から釘をさされているんですよ。まあP高校さえ行かなきゃどこでもいいわって言ってるんですけどね」

山野夫人幸江より時枝夫人音子への手紙。

御心痛のお手紙頂きましたのに、御返事が遅れてまことに申し訳ございません。受持の先生とうまくいかなくなるというのは子供にとって大不幸ですから、なんとお慰めしていいか分りませず、日が過ぎておりますうちに、こちらにも大事件が持上ってしまいました。隆之が大怪我をしたのです。

男の子ですから、瘤《こぶ》を作ったり、サッカーで妙なところを蹴《け》られて気絶したり、そういうことでは随分鍛えられているつもりでしたけれど、今度は交通事故でしたから私も胆を潰《つぶ》しました。救急病院から知らせがあって駈けつけるときには、もう隆之は死んだものと思いこんでいて、それ以外のことは何も思い浮ばなかったのですが、幸いなことに車の下へひきずりこまれたのに、脚を二カ所骨折しただけで大きな出血もなかったので助かりました。

大阪も交通量が多くなり、やみくもに飛ばして走るタクシーがありますので、本当に油断がなりません。跛《びっこ》になるかと思って、天を恨み地を恨み、取り乱しておりましたが、ギプスを外しましたら、もうどこも異常がない様子なので、やっと吾《われ》に返ったところです。本当に命あっての物種で、親が子供にかけている願いは健康だけだということを痛感しました。勉強も成績も学校も、この願いに較べれば物の数ではないように思います。

隆之は、

「頭を打たんでよかったなあ」

と申していますし、主人もすぐそれを申しました。私も、そのことも運のよかったことの一つだと思っています。東京は大阪より交通量も交通事故も多いところと聞いています。充分御注意していらっしゃることと存じますが、どうぞ皆さまお大事になさって下さい。私はこのところノイローゼ気味で、乗物を見ると動悸《どうき》が打ちだして、くらくらします。

社宅の方たちもお子さんのある家ではひとごととは思えないらしく、皆さんが大層心配して下さいまして、有りがたいことだと思いました。わけても支店長御夫妻さまには、ここまで手が届くものかと思えるほど励まして頂いたり、慰めて頂いたり、子供も本当に感謝しています。人の心は事あるときにあらわれると申しますが、本当にその通りです。大竹夫人があちこちの神社に祈願して下さったり、前にこの方の悪口を言っていたのが恥ずかしくなったくらいです。

隆之は昨日から学校へ歩いて通えるようになりました。受持の先生が昨日はわざわざ迎えに来て下さったのには感激しました。隆之が入院している間も、よく見舞に来て下さって、おかげで勉強の方もあまり遅れずにすみそうです。

御返事のつもりがこちらのことばかり書きすぎました。お許し下さい。

「悟さん、隆之ちゃんが交通事故に遭《あ》ったんですって」

「えッ」

「車の下になったけど、足を折って、もう癒《なお》ったんだそうよ」

「よかったなあ。何処でだろう」

「何処かは書いてなかったけど、私たちのいた頃よりあの辺りも交通量が殖《ふ》えたのですって」

「危ないねえ。でも大したことなかったなんて運がいいねえ」

「頭を打たなくてよかったたって隆之ちゃんも言ってますって」

「本当だね」

「お見舞の手紙書いといたら？」

「僕がかい？　もう癒ったんだろ？」

「だってお友だちだったじゃないの」

「おかしいよ、手紙なんて、女みたいだ」

　悟がぷいと階段を上ってしまってから、音子はソファに腰をおろして考えこんでいた。随分待ちこがれていた手紙だったのだが、あまりにも届くのが遅すぎたし、内容が内容で、見方によっては大阪の山野家の子供の方がより大きな事件に出会したような工合である。音子は、もちろん交通事故の怖ろしさが身にしみたし、隆之が恢復したことを心から喜ぶことはできたのだが、幸江の手紙を見て反射的に見舞状を書く気が起ってこないのだ。

　ずっと前に来た手紙にもそういう傾向が現われていたが、幸江は大阪の社宅がまるで音子のいた頃とは変貌《へんぼう》したように、まず支店長夫人が気のつくひとで、みんな親切で、音子の記憶では意地悪の権化のようだった大竹夫人のことまで悪く言った自分が恥ずかしいほど親身になってくれていると、ただただ感謝にくれているのである。音子がいた頃には「これだから社宅って嫌ですねえ」と言っては、寄ってきて愚痴をこぼし、互いに大竹夫人にやられた傷痕《きずあと》を撫でるようにして慰めあっていた二年前までのことが、これではまるで嘘のようだ。

幸江の書いている大阪の社宅の実情が本当にその通りだとすれば、身分差のあまりない夕陽ヵ丘の社員アパートでの生活は、本来ならもっと楽しいものである筈だという気がしてくる。ここでは夫の出世のために妻が勤労奉仕に出かけなければならないということはない。大竹夫人のように大奥のいびり役みたいな老女もいないのだ。

しかし幸江の手紙によれば、あの音子には鬼か蛇《じゃ》かと思えた大竹夫人が、神社のお札を持って山野家の息子の快癒《かいゆ》を念じてくれたという。ちょっと信じられないことなのだが、幸江も悪口を言ったのが恥ずかしいと書いているのだから、本当なのだろう。それはまあ仇敵《きゅうてき》の子であっても交通事故にあったといえば心配するのは人情だ。

これが交通事故だからと音子はやっと納得がいった。悟の場合とは違う。誰にも喋るわけにはいかないし、もとは音子の口から出た不始末だ。あまり同情はしてもらえない。音子は浩一郎にも山野夫人からの手紙の内容を話した。もちろん隆之の交通事故の一件だけである。

「危ないなあ、自動車は本当にこわいよ。地下道を行くのが一番安全なんだ」

「足を二カ所も骨折したっていうのに、もう歩いて学校へ通ってますって」

「よかったなあ。頭の方に後遺症が出ていたら、とても奥さんも手紙を書くどころじゃなかったろう」

「大阪は私たちのいた頃と随分変ったようですよ、あなた」

「自動車の激増は全国的だよ」

「いえ、そんなことじゃないの。山野さんの奥さんは前は愚痴ばかりこぼしていたのに、私たちの後に転任された支店長さんのことを褒《ほ》めそやしているわ。このところどの手紙でもそうなんですよ」

音子には面白くないことだったので、夫に訴えるようにそう言ったのだが、浩一郎は肯いて、

「そうだろう。塩谷さんは前から評判のいいひとなんだよ。若いんだけどねえ。実力重役だからね、将来の社長は間違いないんだ。仕事をやる人だからねえ、ああいうひとの下で働いたら楽しいだろうなあ」

ネクタイをときながら羨ましそうな口調なのだ。

「塩谷さんが次の社長さん？」

「いや、先の話だがね、言うなよ」

言うなと釘を刺したのは、音子の口からこの話がどういう工合に社宅にひろまるかと浩一郎は用心したのだろう。

「言うものですか」

たちまち音子が不機嫌になったというのも、夫が音子を信用していないことに対してでなく、大阪の人たちはそんな優秀な支店長を頂いているのかと急に面白くなくなったからである。

「山野さんの奥さんたら、手紙の度に支店長の奥さんのことを私にまで褒めそやしてくるのよ」

「ふうん、本当かい？」

「そうなの、とても気のつく方だとか、痒《かゆ》いところに手が届くとか」

「それじゃ塩谷さんは間違いなく社長になれるな」

「どういう意味ですの、それ」

「奥さんまで評判がいいとなれば、男の出世は目に見えるようなものじゃないか」

音子は、ちょっと唇を嚙《か》んだ。浩一郎の言葉が、音子の胸の中に重く深くつきささったからである。妻の評判がよければ、夫は出世ができるというのを、夫の口から聞かされれば、女なら誰でも自分の場合を振返って見ずにはいられない。山野さんは、まあ、と、音子は胸の中で呟《つぶや》いていた。あの奥さんはきっと一生懸命支店長夫人に胡麻《ごま》をすっているのだわ、きっと。どんなに勧めたところで御主人の出世はせいぜい課長どまりなのに……。

高木教師の前で失言したとき、あんなに血の凍るような思いをしたというのに、悟が学校で別段の復讐も受けていないようだと思うと、音子は安心をしてきて、私だって悪気で言ったのではないし、先生だって昔はともかく今のP高校が粗末な学校だとは知っている筈だから、そんなに怒ることもないのだと考えるようになった。それにしても一学期の悟の成績は五年の三学期よりまた悪くなっていたので、音子はそれがまったく自分のせいかと思えて落着かないのだった。

悟の様子は変ったところがない。机が大きくなってからは、前よりも机に向っている時間が多くなったようにも思える。これは母親の目からは、むしろいい傾向に思える。勉強時間に比例して学校の成績表は二学期にはきっとよくなっているに違いない。音子がそう言うと、悟は迷惑そうに、

「分らないよ、お母さん。ペーパーがふえてるから机に向う時間が多くなってるだけなんだから。それに期待しない方がいいよ。区立へ行くものは点がきついんだってさ」

「高木先生がそんな変なことを仰言るの？」

「どうしてさ」

「どうして区立へ行くものには点がからいの？　変じゃないのよ。先生に理由を伺ってみようかしら」

「やめておくれよ、お母さん。また笑いものにされるよ」

「…………」

「私立の中学へ進む連中がいるからね、そういう連中にいい点をやりたいんじゃないの

かな。やっぱり落ちたら先生の顔がつぶれるんだろ」

「それだからって区立へ進む子の点をへずらなくてもいいじゃないの。そんな馬鹿なことってないわ」

「いいんだよ、僕は点取主義じゃないんだから。それにまだ成績は分ってないじゃないか」

一学期の成績が悪かったのはあの先生が復讐をしたからだろうか。もしそうとしたら、なんということだろう。失言をしたのは私なのだから、気に入らなければ私になんでも言えばいい。子供に当るような陰険なことは、よもやしないだろう。そうは思うものの音子は学期末が近づくと心穏やかではなくなっていた。いや、日がたつにつれて猛然と悟の成績が心配になっていた。

「あなたはどうお思いになって?」

音子は悟が、やがて持って帰る通信簿について、夫に詰問した。

「前よりよく勉強するようになったのに、却って成績が下るなんてことがあるんですってよ。そんな理窟にあわない話があるかしら」

「君のは理窟じゃないよ。勉強したからというだけで、すぐ成績が上ると考える方が飛躍だよ。他の子供が悟よりもっと勉強してるかもしれないし、悟の勉強の仕方が時間ばかりかけて効率が悪いかもしれない」

「ひとごとのように仰言いますのね」

「君が自分のことのように思いすぎるのだ。人間の成長には波があるのだからね、一々一喜一憂するのは間違いだよ。悟だって君のそんな顔を見たら、うんざりするぜ」

時枝浩一郎は時枝家の戸主であるよりも、伊沢商事の穀物油脂原料課長としての方が多忙であった。彼は悟の教育について、まったく無関心であったわけではないが、悟が男の子であることに対して無条件で信頼を置いていた。妻の音子については、彼女が女だという点で、これまた無条件に見くびっていたと言えるかもしれない。彼は悟の成績について、妻は夫の言葉に従うものと思い、疑わなかった。

だが音子が、浩一郎の監視下にある時間は一日のうちで僅《わず》かなものだった。朝早く、夫も子供も家を飛出して行ってしまうと、音子は一人になり、それから俄かに思いは悟の成績のことで頭が一杯になってしまう。もとは自分から起ったことだ、と音子は考えた。だから自分で始末しなければならない。夫の冷静な判断や、息子の牽制《けんせい》などは音子の記憶のどこにも影も留めていないのだった。しかし二学期の成績表をひっつかんで教師の家に捻《ね》じこむのは、いかに音子が逆上しているときでも、それが不得策だということは分っていた。第一、まだ成績がどうなっているのか分らないのだ。ただ一学期の成績がひどく悪かったので気になるのである。

時期は選ばなくてはいけない。教師を訪ねるについても、他の口実を設けなくてはいけない。

いつにするか。

音子は、きっとして顔を上げた。お歳暮だ。お歳暮の季節が、もうすぐ来る。来春は小学校卒業なのだから、かなり仰々しい品物を届けても、おかしいことはない筈だった。

そして世の中は何もかも気早くなっていて、婦人雑誌とデパートは実際の季節より一カ月も二カ月も早く売出しを始める。高木教師に何を持って行くべきか、音子は考えこんだ。そのことばかり幾日も幾日も、ひたすら考え続けた。何を買うべきか。何が最もこういう場合には効果的であろうか――。

お中元やお歳暮の習慣は日本の経済成長と共に年々派手になって行くようである。その季節が来ると日本中にデパートの包みが飛び交う。夕陽ヵ丘にも十一月中旬からデパートの配送車がぼつぼつ姿を見せ始めた。××デパート、○○百貨店、▽▽ストア、それぞれ車体に大きく店名を書きたてた配送車は、色もそれぞれの意匠で派手に塗ってあり、いやでも伊沢商事の主婦たちの目にとまった。塀《へい》も垣根もないところへもってきて、どこも四階建てだから配送車が来るとすぐに見下ろせるし、どのデパートから何号館の誰の家にどんな物が届いたか手にとるように分る。

まだ四号館が出来ない頃には、三号館が一番派手に中元歳暮に物が届くといって、一号館二号館の主婦たちから取り沙汰された。伊沢商事の課長級の家には関係業者からの贈りものが多いが、それでも各課によって差はあった。三号館の藤野家は人事部文書課だから、この季節は鳴りをひそめてしまうが、井本家も時枝家も届くものが多いのである。

業者からの届けものにはそこの製品が多いので、たとえば音子のところなどは天ぷら油が一年で使いきれないほど山と届く。浩一郎が穀物油脂原料課長だからである。井本家は鉄鋼事業部の建材課長だから、ここはこのところの景気を反映して、タオルとか石鹸などが多いのだそうである。

シーズンには表のブザーが日に三度も鳴ることがあって、扉《とびら》をあけると八号室の井本夫人が、二つ三つ同じデパートの包みを抱えて立ってこちらを見ていたりする。

「お宅は重そうなものばかり届くわね」

「ええ、また天ぷら油ですわ、きっと」

「うちはまたタオルよ、どうしようもないわ。同じ値段なら受取る側のことを考えてくれたらどうかしらと思わないこと、奥さま」

「本当にねえ。十年一日のごとく天ぷら油じゃ鼻についてきますわ」

「お宅はまだいいわよ。タオルに会社の名前が入っていたりすると、どこへまわすこともできないんですからね」

そんな愚痴をこぼしあっているところへ、同じデパートの配達員が大きな品物を抱えて戻ってきて、音子と井本夫人の目の前で九号室の津田家のブザーを押した。その品物があんまり大きなものだったので、井本夫人は露骨に目を大きくして、津田夫人の出てくるのを待った。

が、津田家の扉は、いつまでたっても開かない。

「あっ、お留守なのかしらね」

「ああ、お出かけよ、きっと。私の方で預かっとくわ」

井本夫人が配達員に気さくに話しかけ、自分のところの判を押して品物を受取った。

ふと見ると、一号館のどの窓からも主婦たちの顔がこちらを眺めている。

「奥さま、お茶でもいかが？」

井本夫人が誘うと、音子は救われて、

「お邪魔しますわ」

いそいそと八号室のドアの中に入って行った。

「いやアね、一号館の人たちったら、物ほしそうに見ていて」

井本夫人が言った。

「四号館の方がずっと派手ですのにね」

「そうよ、四号館は阿漕《あこぎ》な人が揃ってるじゃないの。化学品事業部の雑貨課長なんていうのがいるでしょう？」

「そう、あのお宅は一日に三つのデパートがかちあったりしてますものね」

「かさばかり大きくても、中身は雑貨品だから大したことはないのよ。ポリバケツとか、ビニール製品でしょ？」

「ああ、なるほどね、そんなものなんですか。なあんだ」

「これもプラスティック製品じゃないのかしら。大きいけど、軽すぎるわ」

井本夫人は津田家に届いたお歳暮を、包装紙の上から拳《こぶし》で叩いてみた。コンコンと予想通りの音がたった。もらう身になって考えてみれば、中元歳暮の品を選ぶのほど難かしいことはない。どの家にも似たものばかり集まってしまうと、却って迷惑がられるのだし、大きいばかりで実のないものは贈ると馬鹿にされるし、小さくて立派なものは高価すぎて買う方の手が出ない。特に理由がないかぎり、中元歳暮は日用品のさりげないものを贈るのが世の習わしなのである。音子のところには天ぷら油の他には化学調味料とか、ビール、清涼飲料などが届くものの大方で、昔は夏の飲みものだったジュースの類いが、お歳暮でも使われるようになっているのは日本人の生活の変化を物語る。

音子は届いた品物は一々メモにとった。なんという業者から、どういうものが届いたか、夫の浩一郎に報告するのは第一に妻の務めだからである。第二には、表の包装紙をさっと破り捨てて、中の包装紙を丁寧にはがす。マジックテープで貼《は》りあわせたところを、細心の注意をはらって紙を剝《む》かないように剝《は》がして展《ひろ》げると、箱の上にお歳暮という札がかかっていないかどうか、送ってきたところの会社名をすりこんだ水引紙がかかっていないかどうか仔細にあらためてから、そっと蓋《ふた》をあける。蓋の中身がまた丁寧に包まれている場合もあれば、天ぷら油やサラダ油の詰めあわせだということが一目で分るものもある。中身を確認してしまうと、音子は再び丁寧に注意深く蓋をして、箱を元通りに包み直す。これはかなり技術を要する仕事なのだが、音子は随分上手になっていて、包装紙も皺《しわ》を残すどころか、どこから見てもデパートの店員の手で包まれたとしか思えないほどである。そういう工合に包み直すのは、音子のところから他所《よそ》へお歳暮を届けるのに使うためだ。天ぷら油もサラダ油もとても三人家族では使いきれないほど多いからでもあるし、よそへ届けるお歳暮を一々買っていたら家計がもたない。これも妻のやりくりという義務の一つなのである。

お歳暮という紙を剝がしそこねたものや、包み直しに失敗したものだけ、音子は自分の家で使う分にする。買わずにすむのだから有りがたい筈であるのに、そうするのはいかにも無駄でもったいないように思えるのはおかしい。

手にとって、あまり大きな箱でなく、中身も軽い包みが一つあった。油や飲料ならすぐそれと分るのだが、これは何か見当がつかない。送り主は××屋KKとあって、随分名の売れた油屋である。音子は小首をかしげた。何が入っているのだろう。お中元には天ぷら油が来たところであるのに、お歳暮には何が入っているのか。音子は殊更《ことさら》丁寧に包装紙をはがした。中からかなり立派な箱が出てきた。かけ紙には創業五十年記念という文字が刷りこんである。それを外すと、箱には止金がかかっている。中は、赤いビロードがはりつめてあり、白い紙に包まれたものが埋まっていた。四角い多彩刷のカードが置かれていて「銀器」という墨文字が読めた。

お歳暮にしては豪華すぎる贈りものだが、創業五十年ともなれば老舗《しにせ》の暖簾《のれん》としてはこのくらいのものを配らなければならないのだろう。音子はまっ白い紙の中から、燦然《さんぜん》と輝く銀皿が出てきたのをしばらく溜息をついて眺めていた。素晴らしかった。昔、音子が幼い日に、伊沢本家へ御機嫌伺いに出かけると、洋風の応接間に通されて、必ず紅茶とチョコレートボンボンが出されたものであったが、それを音子は思い出していた。チョコレートボンボンは必ず銀器に盛られていたものだったから。

色つきの銀紙に包まれたチョコレートは、マーケットの菓子屋にでも売っている時代だった。あれを買ってきて、この器に盛り上げ、応接間セットの中央にいつも飾っておきたいものだ、と音子は思った。しかし学校から帰ってきた悟はきっと無造作に手をのばしてチョコレートをむしゃむしゃと食べてしまうだろう。浩一郎は甘いものには関心がないし、銀器の方も見落してしまうだろう。リビングルームの中は、津田夫人の手になる紙や布製の造花が、もう四点も飾られていた。どれも材料費だけを払って、音子がもらってきたものである。赤い薔薇があった。黄色いアマリリスがあった。なんという名か、蔓《つる》状の葉の間につるさがっている白い小さな花もある。そういう中へ銀の皿を置いてみると、急に花が安っぽい造花にすぎないことがはっきりするようで、音子はちょっと吾に返った。

いったい幾らぐらいするものだろうか――。銀器の輝きで気を奪われていた音子は、ようやく贈りものに対する主婦の本能を甦《よみがえ》らせた。それは値ぶみである。サラダ油や調味料なら音子はすぐに見当がついたが、デパートに出かけても貴金属の売場には足を止めたことがないので、音子にはすぐには分らなかった。しかし「銀細工承り所」などと印刷してある一枚の紙は、その皿の身分証明書のようなものであった。安くはない。まずそう思った。千円や二千円では買えないだろう。そう見当がついた。

音子は乾いたタオルを持ってきて、自分の指紋や手の脂が消えるように丁寧に銀の皿を拭いてから、ゆっくりと慎重に元の通りに包み直した。自分の家で使うよりも、もっと有効な使い方があることを思いついたからであった。

その夜、帰ってきた浩一郎に、音子は届いたお歳暮のリストを見せた。

「ふうん、今日は多かったんだな」

「ええ、ブザーが何度も鳴ってね、だってデパートが三つでしょう？　でも四号館の方は○○ストアも来たんですよ。四号館の方が、派手に運びこまれるものだから助かっちゃうわ。雑貨課の方がいらっしゃるでしょ？」

浩一郎は音子の話は聞き流して、

「××屋からは銀の皿が来たのか。創業五十年、へええ、どんな皿だ、見せろよ」

「駄目よ、しまってしまったわ」

「けちな奴だな、記念品までよそへまわすのか」

浩一郎は呆《あき》れた顔をしたが、

「だって買うとしたら私のとこなんかでは手の出ないような物よ。透かし彫りがあって、そりゃ豪華なの。このくらいの大きさですけど、チョコレートボンボンなんか盛ったら、どんなに素敵かしらと思ったわ」

「どこへ持ってくつもりだ。川北さんか」

大阪時代の支店長で、今は参事をしている人の名をあげたが、音子はかぶりを振って、

「いいえ、悟の先生のところのお歳暮にしようと思うの」

「小学校の先生に銀の皿は似合わんだろう」

「それがそうでもないのよ。高木先生はこの辺りの土地の人だから、地所が売れたかなんかで景気がいいのよ。古い家の奥に、洋館を建てて住んでらっしゃるのよ。応接間にはシャンデリアがぶらさがってるわ」

「本当かい？」

「ええ」

肯《うなず》いてから、音子は自分でも妙なことに気がついた。確か最初に国産のウイスキーを持って訪ねたときは、あの部屋にはシャンデリアはなかった筈だ。大きな中華饅頭《まんじゅう》を出されたときシャンデリアには気がつかなかった。とするとシャンデリアは、後になってとりつけたものに違いない。

「ひょっとすると、あのシャンデリアは、父兄のつけとどけかもしれないわ」

「まさか」

「いいえ、そうよ、きっと」

音子は確信した。あの古い半農半商の家の奥に突如として現われる近代建築を見れば、誰だって贈りものはハイカラなものをと考えるようになってしまう。音子が銀器を見て、あの部屋を連想したのも理由のないことではない。

「次の学期で悟もいよいよ小学校卒業ですからね、奮発しなくちゃいけないんですよ。今年は特別お世話になりましたからね」

「ジュースなんかどうして持ってくるんだろうな。ウイスキーは今年は来ないね」

「まだ来ませんよ。そのかわり珍しいものが一つきたでしょう？」

「なんだい」

「お鍋」

「鍋が？」

「ええ耐火性のガラス製品よ。蓋をしたままで中身が煮えたかどうか見えるのね。家で使うかどうするか迷ったんだけど、やっぱりよそへ持って行こうと思うわ。買えば高いものなんですもの」

「どこへ持って行くんだ」

「川北さんよ」

「川北さんに鍋をかい？」

「新製品よ、川北さんの奥さんはこういうものが大好きなんですもの。猫ちゃんのお料理にお使い下さいって言って持って行くわ。いつだったか山野さんの奥さんが猫の布団を縫って持って行って大変に喜ばれたことがあったのよ」

「川北さんには猫の鍋で、悟の先生に銀の皿かい？　逆じゃないのかなあ」

浩一郎がちょっと憮然《ぶぜん》として、煙草に火をつけながら言った。

「悟の先生は独身なんですよ。お鍋なんか持って行けないわ。それに川北さんって、もう出世が止った方なんでしょう？　つけ届けしたって無駄じゃない？」

浩一郎は、ぎょっとしたらしく、音子の顔を見た。

「川北さんの出世が止った？　誰がそんなこと言ってるんだ」

「社宅ですもの、いろんなこと言うひとがいるんですよ。あなたは会社のこと何も私に言わないけど、奥さんに一切合財話す御主人もあるんだわ」

「男の風上におけないな、そんな奴」

「株をやってる奥さんなんか、社内人事の細かいことまで分るらしいのね。誰と誰が閨《けい》閥《ばつ》だなんて……」

「君は口出ししてないだろうな」

「私は何も知りませんもの」

浩一郎は煙草のけむりを吐き出してから、

「そうか、川北さんもそんな噂が流れているのか」

と溜息をついた。

「ねえ、川北さんって反主流なんですって？　あなたも、とんでもない人の家来になってしまったわねえ」

浩一郎は黙って、妻のこの上ない無邪気な、しかし露骨な感想を味わっていたようだった。サラリーマンにとって誰を上司と仰ぐかは、彼の選択に任されていない。どの部門に配属されるかということも、入社したときのサラリーマンの意志とは関係がないのだ。そして上司と部下の関係は、あるときは深刻な夫婦のそれと似ていることがある。嫌な男の下で働くことの不満。無能な上司に使われるやるせなさ。しかもこの関係もまた簡単には離婚ができない。

無能でもなく人柄も悪くないのに、配下を把握《はあく》できない幹部社員というものがあるし、その幹部自身が不運で、なんとなく浮び上れないという場合もある。サラリーマンはひとしなみに会社の禄《ろく》をはんでいるのだが、伊沢商事のように本社に十幾つの部門があり、営業本部もまた八つの本部があって、それが更に四十幾つの部門に別れているような大世帯ともなると、会社がまるで幕藩体制にあるようで、本部長が藩主であり、部長は家老のような存在になり、社員はみなそれぞれの藩士として粉骨砕身して事に当らなければならなくなる。事業には数字で冷厳な結果が出るから、成績が悪ければ藩主は詰腹を切らされる。閑職に左遷されるのがそれだ。

昔の士道と違って、サラリーマンは上司に一生恩義を感じなくてもいいようなものだが、しかし人間の世界のことだから、トップが交替しても配下の人生が変らないというわけには必ずしもいかない。時枝浩一郎を例にとっても、彼が大阪支店時代に目をかけてもらった支店長が東京へ戻ったとたん閑職についてしまったのは確かに当て外れだったのだ。

一度深呼吸をしてから浩一郎は妻に言った。

「誰が言ったかはしらないがね、川北さんはあれで終るような人じゃないよ。少なくとも君がそんなことを考えたら大間違いだ」

愚かな妻のために言いきかせると同時に、彼もまたそう思いたい願望がこめられていた。

「ええ、大丈夫よ」

音子はけろけろと答えた。

「大阪にいた頃はあんまり雑音がうるさくて、私も悩まされたけど、東京へ来てしまえば顔が合うのはお中元とお歳暮をお届けに行くときだけですもの。懐かしさの方が強いし、大阪にいた頃より奥さまずっと気さくで、喜んで下さるわ」

川北夫人が大阪の支店長夫人であった頃とはまるで人が違うようになっているのは事実だった。前ほど社員がちやほやしないので、淋しいのだろうと音子は内心で思っていたが、夫にはもう言わなかった。川北夫人のところへ行くと、大阪時代の誰彼の噂話になるのだが、その内容も夫には滅多に言えることではなかった。山野夫人の幸江から来る手紙が音子の唯一の情報源であって、川北夫人のところにもいろいろな噂が伝わっているると、二人の手札をつきあわせるようにして事の真偽をはかるのが、彼女たちの年に二回の楽しみごとだった。

仮に噂通り川北氏がもうあれきりうだつの上らない人であっても、音子は盆暮には挨拶に行こうと思っていた。それは人情として、そうすべきものだと音子は思っていた。

自分は、いつも、いいことをしている。と、音子はそういうときはそう思うのである。

「ねえ、あなた。大阪では川北さんの奥さんから猫をもらって大切に育てていた人が、支店長が変ったとたんにその猫を捨ててしまったんですってよ」

「ああ、前に聞いたな」

「大竹さんの奥さん」

「ああ」

「今の支店長夫人は植木が御趣味ですって。大竹さんは毎日のように庭の草とりに出かけてますって。嫌アねえ」

「聞きたくないよ、そんな話は」

妻には言わないけれども、男の世界だって似たようなものなのだ。上司の言動に細かい神経を使っていて、上司の吸う煙草と同じものをいつも吸うように心掛けているサラリーマンがいる。上役と麻雀をするときは、上手に負けなければならないし、酒を飲まされても嫌いな上司の相手では、苦くて酔えるものではないが、嬉しそうな顔をしてついて行くのだ。

「おい。その天ぷら油をエイッと酒に変える法はないものかな」

音子が笑い出して、

「私も同じこと考えていたわ。どこへ持って行くにも、その方が工合がいいのよ」

と、気楽なことを言った。

盆暮はサラリーマンの妻も出かけることが多くなる。どう考えても使えないような品物は東京のデパートまで担いで行って、別の品と取替えてもらうという仕事がある。これは社宅を出るときも人目に立つし、デパートでも嫌がられるという、かなり強い心臓のいる仕事だ。しかし背に腹は代えられない。ところで主婦たちが何と取替えるかといえば、これがどこの家の場合でも主婦たち自身の着るものに替えることが多いのである。もちろん反物を買うには、現金を足さなければならないのだが、主婦たちの算数によると貰《もら》いものは只《ただ》だから、一万二千円の反物を九千円で買えたのはトクだという勘定になる。デパートによっては売場の違う品は取替えないところもあって、これは主婦たちの間で大変に評判が悪い。

もらいものをあちらへ廻し、こちらへ廻して、やりくり算段している音子も、それで貯めた金は何に使うかといえば主として彼女自身の衣類になってしまう。年々人々の生活は華美の方向に向っていて、しかも社宅暮しでは継ぎの当ったものなど着てはいられない。学校のPTAもかなり頻繁《ひんぱん》に出かけねばならず、それに同じものばかり着てもいけない。しかも衣類の値段はものすごい比率で上っていて、一着のツーピースを、仕立代を惜しんでニットの既製服を買えば二万円近くもするのである。流行のスカート丈《たけ》だのボディラインなど追っていれば、もっと大変だ。まさか伊沢商事の課長夫人が、ヒッピーやミニスタイルを着るわけにはいかないが、流行の移り変りはめまぐるしくて、とてもサラリーマンの妻の追えるところでない。

これまでの経験から音子はちょっと無理でも外出着は和服で通すことにしている。着物は十年たっても流行遅れにならないし、洋服よりいたみ難《にく》いので、長い目でみれば結局経済的なのだ。

音子は簞笥《たんす》の抽出から、地味でなく、かといって派手すぎない着物を一枚、時間をかけて選び出した。子供の学校へ着て行く着物というのは、夫の上役の家に出かけるのと同じくらい神経を使う。まして今日は、教師の自宅を訪ねるのだ。

黒っぽいえんじ色のお召と、お納戸色の細かい絣《かすり》の二枚から、迷い悩んだ末に音子はえんじの着物の袖に手を通した。あんまり地味すぎても効果がない。相手は男で、しかも独身なのだ。まさか音子は子供の教師を相手に不穏な野心を持ったのではないが、PTAの会合などで、年若で美しく着飾った母親が、まるでしなだれんばかりの風情《ふぜい》で教師と話していることなどあるものだから、どうしても闘志みたいなものが出てしまう。それに音子も三十五歳を過ぎてから、地味なものは似合わなくなっていた。若いときは地味な着物を着ると却って若さが強調されるという効果をあげたが、近頃は地味なものを着ると心の方も滅入るのである。派手なもので心をひきたてなくてはいけない。

銀の皿を包み直し、お歳暮、時枝と書いた掛紙を貼って、更に上から上手にデパートの包み紙を元通りにかけたものを、音子は上等の風呂敷で包んだ。しぼの高い縮緬《ちりめん》に赤富士を描いた風呂敷で、これも去年の暮に○○会社の創業二十五年記念とかで時枝家へ届いたものであった。配りものの風呂敷には会社の名前が染めてあるのが普通だが、このときには高名な画家の落款《らっかん》があるだけだった。音子は、そのときよほど他家へのお遣いものにまわそうかと思案したのだったが、ふと思い出したことがあったので自分の家で使うことにした。

それは戦前の、伊沢財閥がどんな時代が来ても揺ぎない王国を築いていると信じられていた時代の思い出である。音子は苗字《みようじ》こそ伊沢を称していたが、伊沢本家を中心とする伊沢八家からは血筋が遠かった。しかし毎年の正月には本家から分家にも別家にも新家にも、漏れなく配られる風呂敷と、お年玉は受取ることが出来た。それは本家の夫人たちが出入りの呉服屋に注文して染めさせる贅《ぜい》を凝らした風呂敷で、画家に下絵を描かせる場合もあれば、細かい絞り模様のときもあり、極彩色の錦絵《にしきえ》を染め出してあることもあった。よき時代の、よき習慣である。娘時代の音子は母親にねだってその風呂敷をときどき見せてもらって溜息をついたが、そういうものも戦災で焼いてしまった。

贅沢な風呂敷にはそういう思い出があるのだったし、中身が銀の皿であれば、外も化繊の薄い風呂敷では似合わない。音子は赤富士の姿が歪《ゆが》まないように注意してゆったりと箱を包むと、得意になって外へ出た。冬であったが、すぐ近くだという気があるからコートを着ない。新調の羽織で、えんじの裾をはためかせながら階段を降りた。いそいそとしていた。中身は銀の皿なのだ。誰が何を届けたといったって、これほど贅沢な贈りものをする父兄が、そう滅多にあるとは思われなかった。春まで、高木教師の世話になるのは、もう一学期ある。小学校六年間の最後を、教師の愛情と好意でしめくくってもらわなければならない。

高木先生は恰度《ちょうど》帰宅したところだった。音子はタイミングのいいのにすっかり気をよくして、鄭重《ていちょう》に挨拶をした。

「まあ先生、本年は一方ならずお世話になりまして、あのときの御恩は本当に忘れませんわ。有りがとう存じました」

「いや、まあ、しかし何事も起らなくてよかったですよ」

「子供にはまだ何も申しておりませんのですよ」

「卒業するまで言わない方がいいんじゃないですか。てれくさい思いをさせたら気の毒ですからね」

「はあ、中学へ入りましてから申すようにいたしますわ。ところで先生、進学のときも迫りましたけれど……」

音子も前のときで懲《こ》りていたので、この日は長居をしないことに最初からきめていた。悟の成績も藪をつついて蛇を出すような結果になっては困る。何より早く帰った方が、持ってきたものの効果があがる筈だ。それでも言うだけのことは手短かに言わなければならない。

「先生、なんですか悟はこの頃よく勉強いたしておりますんですよ」

「そういうムードなんですね」

「はあ？」

「僕の方が詰めこみ主義ではなくても、生徒たちがすっかり勉強というものにとり憑《つ》かれているんですよ。世の中全般がそういうムードなんでしょう。よく学び、よく遊べっていうのは僕たちの子供の頃のスローガンでしたが、この頃の子たちはよく学び、よく学べで、学習書なんかも友だち同士で漁《あさ》ってペーパーを買っては答えをつきあわしているようですよ」

「そういたしますと先生、学力は全体に上っているんでございましょうね」

「理窟はそうなるし、確かに試験上手にはなりますがね、しかしなんだか子供がどんどん都会的っていうか、よく言えば東京の子で、折角この空気のいいところで育っているという意味がなくなるようで、これでいいのかと思うことがあるんです」

「はあ」

「地域差をなくすことが教育の目的の一つなんですが、地方ほど都会風になろうという焦《あせ》りがあるらしいんですね。特に団地の風潮にそういうものが確かにあるようです。悪いことだとは言えないと思うけど、義務教育の間ぐらいは、もっと余裕を持たせたいと僕は思うんですよ」

「悟はいかがでございましょうね、先生」

「時枝君は、なかなか理想的にいってますよ。おうようなところがありますからね。悠々《ゆうゆう》としていますよ、教室では。およそカンニングなんかしようともしないし、ペーパーを腕で囲って隣の子に見せまいというような料簡《りょうけん》のせまいところがないんです」

「宅は放任主義なんでございますよ。先生」

「ええ、分ります。お母さんがペーパーの一枚一枚に目を通している家というのは、はっきりいって困りものなんですよ。子供は自分でやる気を失いますからね」

教師の機嫌が悪くないのを見て、音子は大安心をし、調子をあわせながら時を見はからって腰を上げた。

「先生、詰らないものですけど、このお部屋でお使いになって下さいませね」

「いや、そういうことは困ります」

「いいえ、私の気持だけでございますの」

届けものをおいて、早々に外に出ると、もう暮れていて風が冷たい。ショールを肩に、首をすくませて歩きながら、音子は悟が猛勉強している他の子より悠々としていて理想的だと言った教師の言葉を思い出し、ちょっとひっかかっていた。高木教師の理想は、成績目当のガリ勉でなく、おうようなのをよしとする。音子にしてみれば、そう褒められるより、優秀だと言ってもらいたかった。悟は勉強が足りないのではないか。

音子が帰ったあと、茶碗を下げにきた教師の母親は、息子とモダンな部屋の中で、こんな会話を交わしていた。

「綺麗な奥さんだったたねえ」

「伊沢商事の社宅にいるんだ。あそこの父兄は、みんな派手だなあ」

「伊沢さんてば、昔は大きな別宅があったんだけれど、そこかい？」

「うん、その伊沢商事だよ」

「そんならお前、大金持じゃないかね」

「今来たのは、そこのサラリーマンだからね、大金持ってるわけじゃないよ」

教師は言いながら、音子のおいていった包みを解きにかかった。

「また何かくれたのかい？」

「うん、困るんだよ。はっきり断わっても角が立つしねえ」

レザー張りの箱が出てきたので、母親は息子の手許を覗きこんだ。蓋をあけ、真紅のビロードの内箱に、白い紙包があり、それを展げると燦然と輝く銀の皿が現われた。

「おやまあ、豪儀なものだねえ。本物かねえ？」

「うん、銀器って紙が入っている」

「へえ、大したものだねえ、さすがに伊沢さんところは違ったものだよ。どれ、見せてごらん」

母親は、長い百姓仕事で節くれだった手をのばして、華奢《きやしや》なすかし彫りの入っている銀の皿を持つと、ためつすがめつ眺めた末に、ふと顔をあげて、訊いた。

「あのひとの子供、落第しかかっているのかえ？」

「いや、そんなことはないよ。成績は中の下だけど」

「それでこれを持って来たのかねえ」

「今年は色々あったからね、気を遣ったんだろうな。この部屋で使ってくれって言ってたよ」

「そりゃ、古いうちの方じゃ似合わないよ。シャンドリラの下におかなくちゃ、こういうものは」

「シャンデリアだよ、母さん」

「そう、そう、シャンデリラ」

母親はすっかり上機嫌で浮かれていたが、若い教師はちょっと眉をくもらせていた。彼は、それがあまり高価なものであれば、受取るのは教師の良心にとがめると思ったのである。

「だけど困るなあ」

「何が困るんだね?」

「つけ届けってのは、僕は感心しないんだ」

彼は母親の手から銀の皿を取ると、自問自答するように、その宝物のように輝くものをあらためて眺めまわした。やがて彼は、皿の裏を返し、俄かに表情を変えた。険《けわ》しい声で、

「つき返してやろうかな」

「どうしてさ」

「これじゃあ、そうもいかないしな」

SILVERと刻印を打った下に、××屋ＫＫ創業五十年記念と彫りこんだ文字を、教師はしばらく黙って眺めていた。

夕陽ヵ丘三号館の四角く区切られた空間の中での単調な暮しは、中元歳暮の季節にはどの家でも少し変化を来たす。お歳暮の届くときは、お歳暮を届けるときでもあるからである。井本夫人も、藤野夫人も、着飾って出かけて行く。行く先は、会社の上司のところであるのはきまっていた。これはお互いに分りきっていることなので、この時期には道で顔があっても、運悪く同じ電車に乗りあわしてしまっても、決して行先については訊きあわない不文律がある。どの会社にも人脈というものがあって、そもそもの新入社員時代から上司と配下という関係が生れ、それを巧妙に繋《つな》ぎとどめてサラリーマンは出世をしていく。なんといっても会社は人間の集団であるから、個人の能力もさることながら、人間関係で仕事も成りたっていく。こういうことについて、例外はあっても男というものは概《おおむ》ね妻には詳しく語らないものなのだが、しかし社宅という世界で暮すときは一家がうって一丸となって処世に当らなければならないことがあり、夫は会社で上司の相手をすると同じことを、妻も勤めなければならなくなってくる。親しくしてもらったところは、末長くつきあうことも出来るわけで、年々歳々相手は多くなって減ることがない。

音子は久しぶりで東京へ出ると、地下鉄で都心へ出て、そこから歩いて川北家を訪ねた。川北氏は音子たちが大阪にいた頃の支店長であって、今は本社へ戻って参事となっている。参事というのは、今は無任所だが、あるいは近く取締役になるかもしれないというポストである。

「あらまあ、音子さん」

川北夫人は猫を抱いて玄関へ現われ、

「散らかってますけど、お茶の間へいらしてよ、炬燵《こたつ》でお話しましょう。その方が温かいわ」

と言って、親しさを示した。

交際の度合で、玄関先、応接間、それから茶の間という順になるのであって、音子は川北家に出入りしている者の妻としては、成功者の部類に入る。

「寒いわねえ、皆さんお変りなくて？　そう、それは結構だわ」

畳の上で、音子が両手をついて四角四面に挨拶をするのを、川北夫人は軽くうけ流して、掘炬燵に膝を入れるようにとすすめた。すぐそばに魔法瓶も茶器も菓子も用意してあって、坐ったままで客をもてなすことができる。伊沢商事の参事といっても、当今は女中がいないところが多いのである。

「これ、あの、チロちゃんにと思いまして持ってまいりました」

「まあチロに頂きものですの？　チロや、さあお礼を申し上げるんですよ。まあ、何を下さったのかしら」

「硝子のお鍋なんです」

「まあ、お高いものでしょう？　おそれ入ります。チロちゃん、嬉しいわねえ」

チロというのは、もちろん、川北夫人の愛猫《あいびょう》の名前なのである。

愛犬や愛猫に物を贈るのは横から見ていると滑稽《こっけい》なものだが、贈る方と受取る側の関係では、こんなに効果的なものはない。動物相手には高価なプレゼントなどありはしないので安上りだし、もらった方は人間の使う金にも物にも不自由のない人たちで、愛情を注ぐものに与えられたのは自分に物を贈られるより大きな喜びなのである。川北夫人は早速、音子の目の前で包みをひらき、

「まあ、これなら煮たあとお皿へ移さなくていいわ。このまま冷ませばチロの食器になりますわね」

「私もそう思いましたんですよ」

「有りがたいわ。よく猫のお皿に、欠けたものを使ってるお家があるでしょう？　私あの神経は本当に分らないわ。猫に限らずペットっていうものは生活のアクセサリーでしょう？　お布団だって食器だって、綺麗なものにしなくちゃ意味がないわ」

しかしそうはいうものの、女中のいない家で猫の食器にこびりついた飯粒や汁滓《しるかす》を手まめに洗うのは大変だった。硝子の鍋はその点でも手間がはぶけるので川北夫人は大喜びだった。音子は自分の予想が的中したので、なんと私は知恵者だろうと内心で得意になった。この家に銀皿を持って来たって、こんなには喜んでもらえなかっただろう。適

材適所というのは、これだ。音子は高木教師の家に届けた銀の皿に××屋ＫＫ創業五十年記念などという野暮な文字が彫りこんであったとは夢にも思っていない。

「奥さま、おかまいなく。私すぐ失礼させて頂きますから」

「あら、ゆっくりなすってよ。それとも何処かまだおまわりになるの？」

「とんでもない。私は社交下手ですもの、会社でお親しくさせて頂いてるのは奥さまのところだけですもの」

「それじゃよろしいでしょう？　ごゆっくりなさってよ。あなたがいらっしゃるっていうので私は楽しみにしていたんですもの」

「でも、お邪魔じゃありません？」

「邪魔ならそう申しましてよ。ねえ、チロちゃん、さあ抱っこして頂きなさいな」

音子は動物が好きな方ではないのだが、チロちゃんなる相手に鍋を届けた手前、川北夫人がこう言えば、いそいそと抱きとって、喉のひとつも撫でてやらなければならない。

「お懐かしいわ、奥さま。こうしていると大阪の頃を思い出しますわ。私どもでは今も社宅ですけれど、今のところはまるで味気なくって」

「でも、マンションみたいでしょう？　羨ましいわ。私なんか、なまじこんな古い小さな家があるばかりに、自分の家に住まなきゃならないんですもの。廊下の拭き掃除なんか、本当に面倒くさくてねえ」

「贅沢おっしゃって……、自分の家があれば、主人なんか通勤がどのくらい楽か分りませんのに」

「音子さんは伊沢家のお姫さまだから、東京には豪壮な御邸宅があるんだって大阪の頃はお噂してたのよ」

「まあ、大竹さんあたりでしょう、そんなこと言いふらしていらしたの」

「よくお分りね」

「私は伊沢は伊沢でも端っこの小さな家で、財産も何もないんですの。もともとないところへ、戦後の財産税で……」

「ねえ、戦争の前と後とでは、世の中が変ってしまったのよ。あなた、そうお思いにならない？　川北だって私だって戦前の人間でしょ？　多少は豊かに育ったんだけど、戦後はまるでうだつが上らないわ」

「とんでもございませんわ、こちらの御主人さまが……」

「いいえ、不自由なく育ったものには、この頃のモーレツ社風？　そういうものの中で辺りの人間を掻きわけて出世するなんて芸当はとても出来ないのよ」

「私も、それは駄目ですわ。要領が悪いし社交下手で、モーレツ社員の妻には不向きですわね」

「そうよ、そうよ、私のようなうだつの上らない上役のところへ義理堅く顔を出すなんて、割が悪いことですもの」

「いやですわ、奥さま、変なことおっしゃって。私は奥さまが大好きだから、口実を作って伺ってるんですのに」

「ご免なさい、そうじゃないの。大阪の頃はチヤホヤして下さった方々で、こちらに来ても葉書一枚下さらない人が多いのよ、近頃は。あなたのような方は本当に珍しいんですもの」

「大阪からこちらへ来てる方が、他にもあるんですか？」

「ほら、出張で」

「ああ」

「私に何をなさらなくても、そりゃ当り前ですわよ。でも主人にも挨拶せずにお帰りになるのよ、皆さん」

「まあ」

「現金なものだって主人は笑ってますけれど。私がこちらに移ってから手紙を始終下さってた奥さまたちも、このところろばったり……。本当に、この頃の方たちは、はっきりしていらして」

山野夫人の幸江のことではないだろうか、と音子は思った。あのひとのことだから、きっと私だけと文通していたのではないのだろう。

「大阪は変ったようですわね」

音子は溜息をついて、言った。

「どなたかと、おつきあいが続いていらっしゃる？」

「いいえ、ごくたまに、暑中見舞か何かに、一行二行書きそえてという程度ですけど」

「私、とても嫌なこと聞いたのよ」

「はあ?」

「チロの子供を捨てた人がいるんですって。生れたら下さいって、三拝九拝して持って行ったひとが」

「私もそのことでしたら、聞いていました」

「可哀そうねえ、チロの子の中では一番の器量よしだったのよ。私そのことを知った晩は眠れなかったわ。チロちゃんと一緒に泣いたのよ。思いきって翌日、電話かけて訊いたの。チロの子供はどうしてますかって」

「まあ、なんと返事なさいました?」

「行方不明になって大騒ぎで捜しているところですけど、誰が奥さまのお耳に入れたのでしょうかって、まるで慌てもしないし、申し訳ありませんでもないのよ」

「まあ」

「主人は猫のことぐらいで騒ぐな、くだらないって申しますけど、私はおなかの中が煮えるようだったわ」

「でも、そんなこと誰がわざわざ奥さまに知らせたんですの?」

川北夫人は音子の質問の前で、さっと吾に返ったらしく、

「それは申しませんわ。もうずっと前のことですし、誰が、誰の、ということになれば

ごたごたしますものね」

「本当にそうですわ。私は前から知っていましたけれど、奥さまに申し上げれば御不快にするだけだと思って申しませんでしたの。捨てる方も捨てる方だけど、告げ口なさるのもいけませんわねえ」

いったい誰がそんなことをわざわざ前の支店長夫人に言いつけたのだろう、と音子は呆れてしまった。

「でも御存知だったのなら、音子さんも教えて下さったらよかったのに。私は盆暮には仔猫にって、ナプキンやスープの素《もと》を送ってたんですよ。馬鹿みたい、とっくに捨ててしまってあったのに」

「まあ、奥さまも御丁寧ですのねえ」

「だってチロちゃんの子供なら、私とは親類のようなものだと思っていますもの。私の前では、そりゃ猫好きのように装ってらしたのよ、あの方。捨てるなんて、思ってもみなかったわ」

「今は植木で大変ですって」

「植木？」

「ええ、今の支店長の奥さまは大変植木や草花がお好きなんだそうですよ」

「塩谷さんの奥さま？　まあ結構な御趣味ねえ」

「それであの方、毎日のように庭の草むしりに出かけてらっしゃるそうですわ」

「大竹さんが？」

「ええ」

「そうなの？　山野さんの奥さんが、取り入って大変だってことは聞いてましたけど」

「まあ、山野さんが？」

「あんな気の付くひとはいないから、塩谷さんもさぞ重宝に思ってらっしゃるでしょうね。私のときでも、到《いた》れり尽せりでしたもの」

「山野さんがですか？」

「そう、あの奥さん。私は、あの方が塩谷夫人の誕生祝に大きな梅の樹を担いで届けたって話は聞いているのよ」

「まあ、梅の木をですか？　知りませんでしたわ。山野さんからは、よくお手紙を頂いていて、隆之ちゃんが交通事故で大怪我をなすったって……」

「そうですって、私もすぐお見舞の電話をかけたのよ。大したことにならないでよかったわねえ」

「本当に」

音子は不安になった。大阪の現状が、前支店長夫人のところに逐一知らされているらしいのだ。誰がいったいそんなことをしているのか、これはうっかりしていられない。

「私はねえ、音子さん。上役が変ればサラリーマンの常で、直接の上司に忠節を尽すのは当り前だと思っているのよ」

「はあ」

「だから大阪の人たちが塩谷さんにつくすのは、決して悪いこととは思わないんだけど、振返ってみれば露骨なくらい分ることがあるでしょう？　主人が閑職についてみると、今更に身にしみるのよ」

「閑職だなんて、そんな」

「ええ、そりゃいつまでも主人が今の位置にいるとは思いませんよ。でもそうなってから寄って来るひとがあっても、私はもう信用できないわ」

川北夫人の言うことを、音子は至極もっともに聞いた。音子が川北夫人の立場ならば、同じことを考えただろうと思うからである。そして川北夫人が夫の悲運を喞《かこ》ち、離れていった人々の薄情を嘆くのは、とりも直さず音子の態度が大変に気に入っているという証拠に違いない。

いつまでも川北氏が閑職にあるとは限らない。夫人もそう言うし、音子の夫もそう言った。川北氏がいきなり副社長にでも昇格することがあれば、音子の内助の功はきっと光り輝くだろう。

「大阪は本当に変ったようですわ。山野さんの奥さんからはよく手紙が来ているんですけれど、初めから終りまで支店長御夫妻のことを褒め讃《たた》えてあって、大変なものですのよ。梅の木のことは存じませんでしたけれど、あの調子なら梅の木ぐらい運びかねませんわ」

「よほど立派な梅の木らしいのね、噂になるくらいだから」

「何かあったんでしょうかしら」

「え？」

「私が大阪におりました頃は、大竹さんの奥さんの悪口ばかり仰言ってたんですのに、この頃は大竹さんのことまで褒めて悪口を言ってたのが嘘みたいなんですよ」

「あら、大竹さんと山野さんは前から仲良しだったわよ」

「えッ」

「私のところには、よく揃っていらしてたんですもの。でも大竹さんが、あなたのことをいろいろ言うと、山野さんは時枝さんはお嬢さんだから気がつかないのですよって、そりゃかばっていたものよ」

　音子は次第に複雑な気持になっていた。川北夫人の話に嘘があろうとは思えない。しかし、山野夫人の幸江が、大竹夫人と前から仲が良かったなんて……。

五号館事件

春の終りがけは、風もなま温かくて、女には頭の重い季節である。急に夏のように暑くなったかと思うと、セーターを着なければ風邪をひきそうに寒くなる。梅雨《つゆ》に入らないのに、じめじめとした雨が降る。

「目の前に建物が建つのって、こんな嫌なものだとは思わなかったわ」

井本夫人が、吐き捨てるように言った。

「建ち始めると早いものですのね」

「まるでプラモデルの組立てみたいですのね。ここもあんな建て方だったのかと思うと心配になりますわ」

音子と津田夫人も肯《うなず》きながら窓の外を眺めた。三人は、井本家のカラーテレビで昼間の主婦向け番組を見物するという名目で集まっていた。津田夫人は例によって造花の材料を持ちこんできて、ときどきテレビを見ながら、指先は動かし続けて小さな花を作っては花束にしている。

窓の外には茶色の鉄骨が半分雨に濡れ、半分は灰色の壁で掩《おお》われて、夕陽ヵ丘五号館は骨組の終ったところであった。音子たちの三号館は居間の窓が南に開いていて、その南側十メートル離れたところに五号館の工事が始まっている。基礎工事が長くかかっていて、その間は少しも気にならなかったのに、あっという間に鉄骨が四階まで高く組み上げられてしまうと、窓の外の景色が急に変ってきた。前には夕陽ヵ丘三号館を頂点として、南にはなだらかな丘陵がひろがり、あちこちに小さな分譲住宅が点在し、春は花が咲き、夏は緑がひろやかな彩《いろど》りになっていたのに、そうした視界が檻《おり》のようなもので遮《さえぎ》られることになった。

「目ざわりって、このことだわね」

「全部壁がついてしまったら、向う側は何も見えなくなるんですわね」

「陽当りはどうなんでしょう」

「さあ、私たちのところはいいけれど、階下の方たちはお気の毒ですわね」

「私たちだってお気の毒よ。丘の上にいるっていう気分がけしとんでしまうわ」

「私、一号館の人たちの気持が分るような気がしてきたわ」

こう言い出したのは井本夫人である。音子も津田夫人も肯いていた。何かと三号館を目の仇《かたき》にしている一号館の人たちというのは、つまり目の前にできた邪魔な建物の住人として三号館には最初から好感を持っていなかったのだ。

「憂鬱《ゆううつ》なことばっかり続くんですのね」

音子が、ふと本音をもらした。

「あら、なんのこと？」

井本夫人は打てば響く。

「ええ、今だから申せますけど、悟が六年のとき担任の先生とうまくいかなくて、本当に私、苦労してしまったんですの。悟が、というより、私が先生と工合が悪くなってしまって……」

小学校の最終学年で、悟の成績は一学期から二学期、二学期から三学期と、急降下爆撃のように一挙に落下していたのだった。

「そういうことってあるのよね。理窟じゃなくて馬があわないっていうのよね。私にも覚えがあるわ。子供が人質にとられているものだからこちらは耐えがたきを耐えて下手《したて》に下手に出るんだけど、うまくいかないときは何もかもぐれはまになっちゃうのよね」

井本夫人は分りがよかった。

「悪い先生じゃなかったんですけどねえ」

「教育熱心な先生ほど父兄との衝突って起るのよ。つまりそれだけ激しいのね」

「私も一時はどうしていいか分らなくなっていましたの」

「道理で、よく考えこんでいらしたわね、あなた」

「卒業まではこぼすこともできませんでしたから。よっぽど奥さまに打ちあけて知恵を授けて頂こうかと思ったんですけど」

「子供に当ったの、その先生」

「いえ」

音子は一瞬、返事に迷った。悟の成績が下ったことを言うのは憚《はばか》られた。社宅中にそんなことが知れわたったら大変だ。

「お目にかかればお宅のお子さんは理想的だなんて仰言《おつしや》るんですけどねえ」

「まあ嫌みな先生」

「若くて、悪い先生ではなかったんですけれど、何から何までうまくいかなくて、この一年瘦《や》せる思いでしたわ」

「お宅、私立もお受けになったの？」

「いいえ、私んところは地域の学校でという主義ですから」

津田夫人の指先が急がしく動き出した。彼女の一人息子は学習院という私立校で一貫教育という方針なのである。井本夫人がそれに気がついたのかどうか、

「でもういいじゃない。中学校へ行ってしまえば、小学校のことなんか」

「ええ、私もそれで、やっとほっとしたところですの」

この春から、悟は中学へ進学していた。この地区には中学校はないので、私鉄で一駅だけ乗車して通わなければならない。二級上に、井本夫人の息子がいた。

「中学へ行けば、もう楽なものよ、ねえ奥さま」

井本夫人が話しかけると、

「ええ、子供が自分の判断で何でもするようになりますからね」

津田夫人が静かに返事をした。

テレビは恰度《ちょうど》近頃ジャーナリズムを賑わせている奇抜な幼児教育の現場中継と、その教育者と母親たちの座談会を放映しているところで、しばらく三人はその画面を黙って眺めていた。三歳児や四歳児たちが、漢字を書き、英語を喋《しゃべ》る。教育者は早教育の必要性をとき、母親たちは「うちの子供」の優秀さを自慢たらたら喋っている。

「猿《さる》に芸を仕込むようなものだわね」

井本夫人が鼻の先で笑ってから言った。

「でも、こういう子供たちが大人になるとどうでしょうね」

音子は正直に、ちょっと怖れをなした。

「同じことでしょ。小学校の五、六年になれば、何を仕込んでおいたって何もやらなかった子たちと同じくらいになりますってよ」

「そうでしょうね。子供のときは覚えるのも早いけど、すぐ忘れてしまいますものね」

津田夫人は画面から目を離さずにいて、急に叫んだ。

「まあ、このお子さんは知能指数二〇〇ですって！」

平凡な子供を持った母親たちは、こういう話には決して素直には反応しない。

「知能指数だなんて、ねえ。妙なものが流行《はや》るわねえ。人間の頭が、三段飛びや平泳ぎみたいに数字で出るわけがないじゃありませんか」

「訓練次第でどうにでもなるんでしょう？」

「同じ子でも朝と夕方で数字が大幅に動くんですよ。私も一時は凝《こ》ってみたことあるけど、馬鹿馬鹿しくなってやめましたわ」

「なんだか子供が可哀想になりますものねえ」

「そうですとも、こういう子供はみんな親の犠牲よ。現代残酷物語なんだわ。それなのにまあ、とくとくとしてよく喋るじゃない？」

「お母さんの方の知能指数はどうなんでしょうね」

音子が本当に知りたくなって言ったのだったが、それがおかしいと井本夫人も津田夫人も笑い転げた。

「本当よ、親の知能指数も一緒に発表すればいいのに。このひとなんかどのくらいかしら？」

「百切れてるんじゃありません？」

「気の毒ねえ、親がもの笑いになってるのに気がつかないなんて」

テレビの前でさんざん悪態をついて気晴らしをしてみても、窓の外を眺めれば五号館は目の前に迫っているようだ。一号館と三号館の間隔は随分大きくて、およそ一号館の人たちが三号館を迷惑に思っている理由など想像することもできなかったが、本当にこうして五号館が目の前に立ちはだかってみると、大きな建物の北側に住む人間の気持が分る。いや、まさしく音子たちは五号館から見れば北の住人なのである。

「間取りはこちらと同じなのかしら」

「同じでしょう？」

「二年たってるんですから建築材料は違ってるかもしれませんね」

「一号館より二号館、二号館より三号館という順に便利な建て方になってますってよ」

「電気製品と同じだわね。後から入るひとほど得なのね」

「そうよ、ガスレンジがここより四号館の方がいいんですもの。あちらはお魚を焼くところがついてるわ」

「まあ、そうですの」

「でも蒸焼きでしょう？　焦げめがつかないって言うじゃありませんか」

三人の中では井本夫人が一番の情報通で、次が音子。津田夫人は二人の話をきいては一々びっくりしている。建築中の五号館を眺めながら、三人のお喋りは止《と》まるところを知らなかった。


近年の建築技術の進歩はめざましいものがある。終戦のとき殆《ほとん》ど焦土と化していた東京が復興していくときの有様は音子も逐一見届けてきたつもりだけれども、あのときは木造バラックだったり、たまに鉄筋コンクリートの建物ができてもごく小規模なものだった。伊沢商事も爆破されてしまい、戦後はしばらくあちこちに分散して間借りしていたのが、数年前に見事な社屋を復興して、東京本社には今、五千人の社員が勤務している。音子たちが大阪にほんの数年いた間に東京は眩《まば》ゆいような近代都市に変貌《へんぼう》していた。

そして今でも音子は用事で東京へ出かけて行く度《たび》に、あちこちで変った景色を発見して、あっけにとられてしまうことがある。大きな大きなビルディングが、まるで一夜にして出現したように見えることがある。建築中は外側を建設会社のマークを印した粗布で掩っているので、それを完成と同時にとり外すのだから、道行くひとに対しても効果は満点なのだった。

全館ガラス張りのようなビルディングがある。中で働いている人たちがまる見えだ。冬は暖房がきいていて、夏は冷房完備なのだろう、近代的な建築物の中で働く人々は、まるで美しく身軽い生きものたちのようだ。音子はそういう建物に見惚《みと》れてから、このガラス窓はどうやって拭くのだろう、とそんなことをつい考えてしまう。何かでガラスに亀裂《きれつ》が入るようなことはあるまいか。空襲の経験のある音子の年代なら、爆風でガラスが飛び散る危険を忘れることができない。

戦前の日本人には想像もできなかった高層建築というのも、東京には次第に姿を見せ始めている。法律によって制限されていた建物の高さが、建築技術の進歩によって取り外されているのであった。その鉄骨の組立てが始まると、人々は空を仰いで、本当に危険はないのかと首をすくめて噂《うわさ》しあった。戦争体験では間に合わなくなって、関東大震災を例にとり、大丈夫かと不安がる人々が多い。それに対して専門家は関東大震災より五倍強い大地震が起っても大丈夫なのだと反論している。

夕陽ヵ丘五号館の建設には、まさかそんな大げさな論議は呼ばなかったけれども、近代建築のスピードには音子たちは呆気《あっけ》にとられていた。四階分の鉄骨が組立てられたのも、あっという間の出来事だったし、そこで床だの壁だのが、まるでプラモデルのように簡単にはめこまれていくのである。

「随分チャチな作り方ね。これで本当に人間が住めるのかって心配になってくるわ」

「この三号館もああいう工合に作ったのでしょうかしら」

「伊沢商事が誇る新建材よ。二年前より合理的で安上りになってるんだわ」

井本氏は鉄鋼事業部の建材課長なのであった。井本夫人は、忌《いま》わしげにあらかた形のついた五号館を眺めながら、言った。

「どんな人たちが入るのかしらね、五号館に」

新しい建築では壁が乾くのを待つ必要はあまりないようだった。壁という壁はレディメイドで、巨大なホッチキス状の機械で柱と柱に端を打ちつけて行くのである。左官屋が泥をこねて、鏝《こて》を使って壁を塗るという古典的な手法は、もう大昔の物語らしい。窓もドアも同じ寸法で量産したものが、運びこまれてガチャン、ガチャンとはめこまれれば、もう外から見ても形は整ってしまう。

伊沢商事が誇るメゾネット方式四階建て、十世帯用の建築は、準備期間は充分あったのだろうが、三号館の住人たちの目からは着工からあっという間に出来上ってしまった。二カ月とはかかっていないように思われた。春の花の季節から始まって、入梅直前に工事は終っていた。

「気の毒ね、この雨の中で引越しなさるなんて」

井本夫人の口調には、言葉とはうらはらにいい気味だという響きがある。

しかし、続々と五号館に引越してきた人々の顔ぶれを見て、井本夫人は口を噤《つぐ》み、いや井本夫人ばかりでなく、音子も、津田夫人も藤野夫人も、三号館ばかりでなく四号館の住人たちもぎょっとして顔を見合せた。

五号館の夫人たちは、もう気早く夏服姿で引越し荷物を家の中に入れ、玄関の扉《とびら》を開け閉めして慌《あわただ》しく出入りをしているのだが、その着ているもののスカート丈《たけ》が、普通の日本人の主婦たちのそれより思いきって短いのである。

どの家庭にも、一人か二人の子供がいたが、この子たちの身なりも様子も日本人離れがしている。男の子たちは髪の刈り方が、普通の男の子のお河童頭《かつぱ》とも違っていて、外を駈けまわっている兄弟たちが大声をあげて喋りあうとき、それは日本語ではなくて、外国語だった。子供たちの身ぶり手ぶりも日本人のものでない。

「まあ、お聞きになった？」

井本夫人は血相を変えて、音子を詰問するような口調になっていた。

「五号館は外国の支店から帰った人ばかりのようよ。ニューヨーク支店と、シカゴと、ロスアンジェルス、それからええと、モントリオール、ヴァンクーバーだったかしら。シンガポールとカルカッタから帰った人も近々に入りますって」

「まあ」

音子は世界地図の知識がないから、モントリオールやヴァンクーバーがどこにあるのか見当がつかなかったが、井本夫人がペラペラと言いたてるのに半ば圧倒されてそれを聞いた。

「どうかと思うわね、海外支店から帰ってきた人たちの社宅は前から別のところにあったのに、それをいきなり五号館に移したのよ。前のところは満員だからって理由だけど」

「住宅難のせいでしょうね」

「でも気の毒ねえ、どのお子さんも日本語が使えないっていうじゃありませんか」

これは事件だった。

五号館の住人たちに較《くら》べれば、四号館にカラーテレビがあったり、小さな自家用車を持つひとがあったりすることなど、ものの数ではなかった。五号館には小型だが一目で外国製と分る自家用車がいきなり五台も並んだのである。みんな自分たちの住居の裏手に駐車させたから、それは三号館の鼻先に轡《くつわ》を並べた形になった。

「失礼じゃありませんか、失礼だわ」

藤野夫人は一、二階の住人だから、この自家用車群に対する反撥《はんぱつ》は三、四階に住む音子や井本夫人の比ではなかった。

「駐車場は別に作って頂きたいわ。リビングルームの目の前に駐車するなんて、プライヴァシーの侵害だわ。ねえ、そうじゃありませんこと？　第一、自動車なんて運転手の雇える身分になって使うものですわ。どの車も埃《ほこり》をかぶってそりゃ穢《きた》ないんですのよ。そんなものを朝も昼も眺めなければならないなんて、衛生に悪いわ。ねえ奥さま、三号館からまとめての意見として五号館に申し入れて頂けません？」

一、二階の住人は藤野夫人を筆頭としてみんな金切り声をあげたので、井本夫人が代表になって掛けあいに行ってきた。

「私、怒鳴りこんでやったのよ。あなた方が駐車しているところは三号館の前庭です。不法侵入じゃありませんかって」

「そうしたら？」

「こちらは正論ですもの、一も二もなかったわ。すぐ東側の空地へまわしますって、そりゃ恐縮していたわよ。ほら、ご覧なさいよ、早速移動を始めたじゃないの？」

井本家のリビングルームから見下ろしていると、五号館のそれぞれの家から主婦たちが出てきて、ものなれた様子で車に入り、約束通り建物の東側に駐車してしまった。そこは六号館の建築予定地だが、今はもちろん空地になっている。

「でもね、あのひとたち車は持て余しているらしいわよ。持って帰ってきたけれど、東京にこんなに車が殖《ふ》えてるとは思わなかったんですって。怕《こわ》くて、とても運転はできませんって」

「そうでしょうとも」

「ショッピングだけですわね、使うのは、ですってよ」

「え？」

「発音が違うのよ、まるで。ショオッピングって言うんですもの」

「なんですの、それ」

「買物ってことでしょう」

「買物なら車なんかいらないのに」

「ねえ、みんな外国ボケしているんじゃない？　御当人たちも自覚があるらしくて、日本は物価が高すぎるって嘆いてるわよ。前はこんなことはありませんでしたって。外国じゃ水の代りにジュースや牛乳を飲んでいたけど、そんなことはもう出来ないって」

井本夫人は自分では五号館に怒鳴りこんだと言っているけれども、彼女が五号館に出かけていったのは事実だが、怒鳴ったところは見たものがないし、それからちょくちょく五号館に出かけて行く様子を見ると、文句をつけて謝《あやま》らせたというのは眉唾《まゆつば》ものである。

「五号館の人たちって、みんな浦島花子みたいよ」

「浦島花子？」

「日本に帰ってきて、あんまり日本が変ったんで途方に暮れてるって感じねえ。気の毒よオ。海外へ出るのも、帰ってきた人たちを見ると考えものねえ。子供なんか日本人としては完全に半端《はんぱ》じゃない？　これ私が言うんじゃないわよ、あっちの奥さんたちが言ってるのよ。外国生活は手当が別につくし、悪くないけれど子供を見ているとこれでいいのだろうかって思いますって」

「アメリカの学校は程度が低いらしいですね。皆さん一学年下って転入でしょう?」

「まあ、やっぱり?」

「悟のクラスにも一人入りましたけど、日本語が大変に不自由らしいですよ。でも英語は大したものですって。先生が発音は一々そのお子さんに言わせていらっしゃるらしいんですよ」

「気の毒ねえ、英語だけっていうのも」

「アメリカン・スクールへお入れになる方もあるようですけど、日本人なんだから日本の学校へって、そう考えて当然ですわね」

「そりゃそうよ、英語だけじゃ、末は通訳にしきゃなれないもの。でも、急に日本語で読み書きってことも大変でしょうねえ。気の毒だわ」

井本夫人も音子も、口々に気の毒だ、気の毒だという言葉を連発しているのは、まるで羨《うらや》ましい妬《ねた》ましいという心を裏返しているようだった。なんといっても海外支店から帰って来た人たちは颯爽《さっそう》としていた。久しぶりに日本へ帰って、ほっとして寛《くつろ》いでいるのだろうが、それは日本から一歩も外へ出たことのない連中の目には、大層もない余裕に見える。一流会社の伊沢商事の社宅として、辺《あた》りの団地とは違うと自負している人々の中で、夕陽ヵ丘三号館は、一、二号館に較べればエリートの集まりだと思われていた。それが五号館が出現し、そこに海外支店から帰国した連中ばかり詰ってみると、これこそエリートだという感じが漲《みなぎ》っているのだ。当然、三号館も四号館も面白くなかった。

「ねえ奥さま、伊沢商事の株価が動き始めたの御存知？」

「いいえ私、株のことはさっぱり。伊沢の株が下ってきたんですか」

「とんでもない、下るどころですか、急に上り始めたのよ。その理由がねえ、未来産業へ伸び始めているからなのよ」

「未来産業？」

「本社の開発事業部が拡張されるらしいの。五号館の人たちは、その開拓要員よ、きっと。私はそう睨《にら》んでいるわ」

未来産業がいかなるものであるのか井本夫人も詳しくは説明してくれなかったし、音子もよく咀嚼《そしゃく》できなかったのだが、夫の浩一郎が帰宅すれば音子は待ちかまえていたように鵜呑《うの》みにしていた知識を夫にぶちまけてしまった。

「開発事業部の拡張？　そんなことを言ってる奥さんがいるのかい？　早いなあ」

「御主人が仰言るんじゃないのよ、株をやっていると外から情報が入るんですって」

「だろうね、僕らでも会社の人事異動を思いがけない外部で知ることが多いからね」

「ねえ、未来産業って何ですの？」

「君も株をやる気か。やめておけ」

「まさか私はやりませんよ、それだけのへそくりも甲斐性《かいしょう》もありませんもの。私は古い女で、新しい時代には適応できないタイプですって、井本夫人にそう言われたわ」

「有りがたいよ、僕には、その方が。会社でエネルギーを使い果して帰ってきて、それから株式市場の解説などを女房から聞かされるんじゃたまらないよ」

「だから井本さんは帰りが晩《おそ》いんじゃないのかしら」

「どこかで一杯やってるんだろう」

「でしょうねえ」

風呂から上って、浩一郎はビールの栓《せん》を抜いた。

「悟は？」

「勉強でしょう」

「おい、悟、降りて来ないか」

浩一郎が湯上りの一杯でいい気分で大声を出すと、悟は黙って降りてきて、皿の上の南京豆《ナンキンまめ》にいきなり手を出した。

「悟さん、お帰りなさいを言わないの？」

「ああ、お帰り」

「何をしてたんだ、悟」

「本を読んでた」

「何の本だ？」

「くだらない本だよ」

「ほほう、くだらない本か。お父さんにも読ませろよ」

「あなた」

音子は夫を制して、息子に向き直った。

「悟さん、くだらない本って、なあに？　小説のこと？」

「違うよ」

「じゃ、漫画？」

「違う」

「それじゃ、どんな本のこと？　持ってきてお見せなさい」

悟は、ぷいっと二階へ上って行ってしまった。それきり降りて来ない。

「悟、悟さん、何をしているの」

音子は階段で呼びたてたが返事もしない。

「また神経質になるなよ。中学生だぞ、悟もいつまで子供じゃない、くだらない本ぐらい読ませてやれよ。勉強ばかりやれるものか。子供は遊ぶべきなんだ」

「矛盾してるじゃありませんか、あなた。子供じゃないと言ったり、子供だから遊ぶべきだなんて」

その晩は珍しく浩一郎はビール一本を空《あ》けた後でウイスキーの方に手を出した。音子も聞きたいことがあるので、いつもなら反射的に止めるのを、そのままにして、それどころかチーズなどを切って、楊枝《ようじ》をそえて勧めたりした。このところ雨が続いている。

「まあ人間の運命などというのは、どこでどうなるか分らないんだ。子供のときに勉強したといって、しなかったからといって、それでどうなるということはないんだ。君のように一喜一憂することはないさ」

「そんなこと仰言ったって、私には悟ひとりが総《すべ》てだし、あなたひとりが総てなんですもの、どんな小さなことにだって一喜一憂しますわ。だって私にはそれしかないんだもの。株をやってるわけじゃないんだし」

「まあ亭主も株のようなものかもしれないなあ。堅実なのは上りも下りもしないだろうし、旨《うま》みのあるのは暴落って落し穴がある」

「井本さんの奥さんも同じことを言ってらしたわ。鉄鋼はもう駄目なんですって」

「穀物油脂はどう言ってる？」

「え？　あらそんな当面のことは言わないのよ。でも伊沢商事の株が動き始めたんですってね」

「………」

「開発事業部が拡張されるからですって。いよいよ伊沢商事が未来産業に着手したんですって。五号館に入った人たちって、その部門の要員に違いないって井本さんの奥さんは言うのよ」

「ふうむ、炯眼《けいがん》だな」

「やっぱり本当なんですか？」

浩一郎は黙ってウイスキーをカットグラスに注《つ》ぎ、氷も混えずに一息に喉《のど》へ放りこむ

と、

「音子、君がびっくりすることを教えてやろうか」

と言った。眼がきらきら輝いている。酔ったせいか、悪戯《いたずら》っぽい光にも見えるし、暗い翳《かげ》りのある眼つきにも見えた。

「なんですか。あなたのこと？」

「どうして僕のことだ」

「転勤かしらって、ふっとそう思ったんですよ」

「冗談を言うな。東京へ帰ってきて二年だぞ。ここで飛ばされるほどの失敗はしていないよ、僕は」

「だって、なんだか急に心配になったんですもの」

浩一郎はまたウイスキーをグラスに注いだ。音子は急いで水を足し、足りないのに気がついて台所に水を汲みに行って居間に戻ると、もう浩一郎はウイスキーを飲み干していて、空《から》になったカットグラスを眺めながら、

「君が言ってる開発事業部本部長にだな、塩谷さんがなるんだよ」

と言った。

「え？　大阪支店長の塩谷さんがですか？」

「うん、東京へ帰って常務と兼任だ」

音子は会社の人事などというものについて、たとえば井本夫人が喋々《ちょうちょう》するようには興

味を覚えたことがない。音子には分らないのだった。音子たちが東京へ転勤してから大阪の支店長は交替したので、その塩谷という後任の支店長とは顔をあわしたことがない。山野夫人の幸江からの手紙で、塩谷氏が腕ききのビジネスマンで部下の信望も篤《あつ》いということなど漠然《ばくぜん》として知っていたが、何しろ直接見たことのない相手なので、夫の口から彼が常務に栄転したときかされても、井本夫人の言うところの未来産業を直接司《つかさ》どる開発事業部長になったということも、どうにもピンとこないのだった。浩一郎は驚くなと言ったが、音子は聞いても驚かなかった。塩谷氏が大阪支店長から本社へ戻ってきて、常務と開発事業部長を兼任するのが、具体的にはどういうことになるのか、音子には分らなかったのだった。

そんなことよりも当面の音子にとっての関心は、五号館に越してきた家の子供が一人、悟と同じ中学校で、しかも同じクラスに転入していたことであった。

「悟さん、どう？　森さんの坊っちゃんは？」

「どうってことないさ、相変らずだよ」

「随分大きな躰《からだ》じゃないの。タンクみたいねえ」

「悪いよ、そんなこと言っちゃ」

「本当なら二年生になる筈《はず》の年なのよ。一年落第して悟たちの学年に入ったのよ」

「アメリカは暢気《のんき》らしいよ。宿題なんかないんだって。小学校なんか、ほとんど半日だったって」

「へえ、そんなこと日本語で喋れるの」

「喋る方は、早いよ。まだときどき変なこと言うけどね。沢山っていうのが、うまく使えないんだ」

「どういうこと？」

「沢山分らないとか、沢山早いとか、沢山困ったとか、それでクラスじゃ流行しちゃってさ、みんなでこれは沢山困ったぞなんて言ってるんだ」

「日本人なのに、日本語が変になってるなんて可哀想ねえ」

「そんなことないよ、すぐ直るさ。それに英語の発音がなんてったっていいからね、みんな誰も森君を馬鹿にしたりしないよ」

「そう……」

「だけど妙なもんだね、英語が日本語にならないんだ」

「どういうこと？」

「グッドバイっていうのは、さよならとは違うって言いはるのさ。グッドモーニングは、お早うとは違うって。だから森君は、英文和訳も和文英訳も駄目なんだよ、面白いもんだね。だから英語の時間は一番嫌いらしいんだな」

「まあ気の毒ねえ、それじゃ通訳にもなれないじゃありませんか」

五号館に越してきた森一家は九号室に入っていて、前はロスアンジェルスの支店にいたという。森夫人は音子を訪ねてきて、鍋つかみをお土産においていった。木綿のプリントにステッチをかけた変哲もない鍋つかみなのだが、端にかたいものが縫いこんであって、これが磁石で冷蔵庫のドアにピタッと貼《は》りついたので、音子は初めてその機能を悟って驚いた。便利なことこの上もないし、実に気がきいている。

井本夫人に見せると、

「へええ、考えたわねえ。鍋つかみほど実用的だけど置場に困るものはないんですものねえ」

感心して、家の中の金具のあちこちに貼りつけてみたりはがしてみたり、しばらく遊んでいた。

「でも森さんの奥さんはお気の毒ですよ。子供さんのことで胸がつぶれるほど心配してらっしゃるわ。日本から六年離れてらしたんですって。坊っちゃんの学力が低下してしまって、とても間に合わないから一年落第したけれど、それでも御当人には程度が高すぎるらしいんです。家庭教師も考えているけれど、しばらくの間、宅の子供に指導してほしいって仰言るんですのよ。どうしようかしら」

音子は頼まれたことがちょっと得意で、井本夫人には鍋つかみよりもそれを話したいというのが本意なのだった。

「あら助けておあげなさいよ、開発事業部が相手なら恩を売っておいて損はないわ」

「でも悟はぼんくらですからね、とても家庭教師の代りなんか勤まるとは思えませんわ」

なさいよ」

「お友だちが出来て、勉強が楽しくなればって考えてるんじゃないの？　助けておあげなさいよ」

「悟がねえ、なんと申しますか、あの子は引込み思案ですからって御返事しといたんですよ」

「それもそうね、子供同士がうまくいかなきゃ、これはどうしようもないわ」

「悟は森さんの坊っちゃんには好意的なんですけどねえ。でも日本語が随分おかしくなってるそうですよ。喋るのはとにかく、読み書きは小学校三年生ぐらいの実力らしいんですよ」

「まあ、可哀想にねえ。男の子なのに、それでは大変じゃないの。どうなさるおつもりかしら、森さんでは」

「奥さま、深刻だったわ」

「そうねえ、私だって家の息子が中学生でアメリカから帰ってきてそんな有様だったら、髪の毛逆立っちゃうわ。そうしてみると亭主の出世も良し悪しねえ。海外支店勤務なんていうといかにもエリートという感じだけど、子供が半端な日本人になったんじゃ元も子もないわ。私は井本が開発事業部にひきぬかれないで本当によかったと思うわ」

「会社の中でひきぬきなんてありますの？」

「あら奥さま、いま大変なのよ、伊沢商事は。塩谷さんが常務になって、縦横無尽なのよ。藤野さんとこ人事部でしょう。訊いてごらんなさいな。塩谷さんて、大変に強引な人らしいわよ」

　五号館の森家の一人息子が、悟と連れ立って学校から帰るようになり、そのまま時枝家に入ってきて、すぐに悟の部屋で勉強するという習慣が間もなくできた。森家の息子は音子を見ると、白い歯を見せて含羞《はにか》んだように笑い、「ハアイ」とか、「ハロオ」とか言ってから、トントントンと階段を駈け上ってしまう。悟も「ただいま」も言わずに黙って部屋に入ってしまうので、音子は二人の子供の行儀に呆気にとられて見送るのだった。

　しかし、悟が請《こ》われて一つ年上の子供に学習指導をするというのは、母親としてはまことに気持のいいものであった。小学校の最後の学年では不幸な事件が続いて、悟の成績はものすごく下ってしまっていたが、学校も中学に変ったし、これで悟も優越感を取戻し、成績も挽回《ばんかい》するだろう。小学校から中学への進学は義務教育だから心配がなかったが、中学へ入ればいよいよ高校の進学試験が目前に控えている。悟も頑張らなければならないときなのだ。

　一人の子供のときより、他家の子を迎えて二人分の間食を用意するとなれば、いつもラーメンや菓子パンではいけないから、音子も少し凝ったことをするようになる。アメリカでは牛乳を水の代りに飲むと聞いたので、牛乳も多くとるようにして、ホットケーキを焼いたり、焼いたおにぎりを作ったり、しかしこういう仕事は楽しかった。

森夫人もときどき訪ねてきて、

「いつも子供がお世話さまでございます」

と挨拶し、手造りのアップルパイなどを持って来るようになっていた。

「まあ、これ奥さまがお作りになったんですの？」

「ええ、ロスにいたとき日本人の奥さんたちでお菓子の講習会をしていましたの。先生はアメリカ人で、英語で習うものですから、英会話と両方の勉強になるというのでね」

「それはお楽しみでしたわね」

「ええ、楽しゅうございました。おかげさまでケーキは一通り作れるようになりましたけれど、日本は物価が高くて、それにメリケン粉がよくないんですの。一々アメリカ製のケーキ用の材料を買うわけにはいきませんし」

「物価が上ったって、皆さん仰言いますわねえ」

「本当ですわ、六年前には日本から衣類を送ってもらいましたのよ。今じゃ、シャツだってトマトだって日本の方が高いんですもの」

「まあ、トマトも？」

「トマトの値段は一番びっくりしましたわ。ロスの五倍はしますもの」

「まあ、本当ですか」

物価は主婦にとって重大な関心事である。ロスアンジェルスと東京近郊の物価を比較する森夫人に、音子は一々派手に驚きながら、聞きいっているとき、森家の息子が階段を降りてきて、母親に人差指を立ててみせた。

「ビー・クワイエット！」

森夫人は首をすくめ、声を小さくして、

「勉強の邪魔ですわね、お喋りは。帰りますわ」

まるで跫音《あしおと》を忍ばせるようにして居間を出た。

「あの子が静かにしろなんて言ったことありませんのよ。こわい顔でしたわ」

「ペーパーが多いのでしょう、今日は」

「よく勉強しますわねえ、驚きました。おかげさまですわ、奥さま。むこうじゃ日中は家の中にいたことなんてありませんでしたもの。こんなに勉強すれば、きっと追いつけますわねえ」

「大丈夫ですとも、悟も森君は大丈夫だよって申しております」

「それを伺ってほっと致しましたわ。本当に有りがとうございます。奥さま今後ともどうぞよろしく」

「もっとごゆっくりなさいませ。アメリカのお話うかがいたいわ」

「また叱られますといけませんわ。いずれ、あらためまして」

「はい、どうぞ」

森夫人が届けてくれたパイは、あまり大きくて見事なものだったので、子供二人の分を大きく切ると、テーブルの上に紅茶と牛乳をのせて用意しておき、音子は残りのパイにナプキンをのせて八号室の井本家を訪ねた。

「いらっしゃい、あらいい匂い」

「森さんの奥さまが届けて下さったので、お裾わけですの」

「早速頂きましょう」

「アメリカで習ってらしたんですって、ケーキは一通り何でも作れますって」

「まあ、寺尾さんの強敵ね」

三号館五号室の寺尾夫人は、一年前からデパートへお菓子の講習に通っていて、その作品は井本夫人のところで音子もお相伴をさせてもらったことしばしばである。

「香料が強いわね、これが本式なんでしょうね」

「バターも多いんじゃないかしら」

「これから見ると寺尾さんのはさっぱりしすぎているんじゃないかしら。日本風の味になってるわね」

「これはアメリカ人に習ったんだそうですよ」

「やっぱり」

「英会話の勉強と一石二鳥でしたって」

「なんだか口惜《くや》しいわねえ、おいしいけど」

二人はほろ苦く笑いながら窓の外を見た。三号館の三階から眺めると、そこは中央の八号室であるせいで、万里の長城が目の前に立ちはだかっているように見える。

「見慣れれば少しは楽になるかと思うけど、日一日と五号館が大きくなるような気がするのよ。邪魔っけだわ」

「もう大方人間も詰りましたしね。でも、どうして十号室だけ空いてるんでしょう」

「入居希望者がゴマンといるんですって。五号館が開発事業部にばかり押えられることないって、社内での反対が強いんですってよ」


梅雨が終って、空気がカラッとし、爽《さわ》やかな夏の日の朝、音子は浩一郎の冬の背広を悟の部屋一杯にひろげていた。今日一日で、冬物をしまいこんでしまうつもりであった。納戸《なんど》の片隅に、背広を吊しておくカバーの用意がある。雨の間は衣類の入替えができないから、音子の家ではこの季節が衣更《ころもが》えに当るのであった。

紺の背広と、チャコールグレーの背広と、どちらも肩のあたりがちょっとくたびれた感じだったが、音子はせっせとブラシをあて、ポケットに手を入れて中身をひっくり返し、小銭や空の煙草の箱などが出てくると丁寧にとり出して埃をはらった。満員電車で通うせいか、背広のいたみ方が激しい。ボーナスで浩一郎の背広を新調することになっていたが、やっぱり布地の上質なのを選ぶことにしようと音子は考えた。大阪の支店にいた頃は、男のお洒落《しやれ》は少なくて、みんな懐ろの中身相応の装いをしていたものだが、夕陽ヵ丘の住人たちは、どういう算段をしているものか、どこの御主人も身なりがパリッとしているのだ。音子も負けてはいられなかった。

ズボンにもブラシをかけ、酒をこぼして汚染《しみ》など出来ていないか丹念に調べた。和服の半衿《はんえり》を拭く脱脂液で、背広の衿や袖口をちょっと撫でておく。それから勢いよく振りひろげて、窓の近くにぶらさげる。

「あら」

なにげなく窓の外を見て、下に大型のトラックが一台止っているのを眺めた音子の口から、思わず驚きの声が洩《も》れた。

トラックの傍で、勇ましいスラックス姿の女性が、トラックの運転手たちと何か話しあい、一人で持てるほどの荷物を受取ると、トントンと階段を登って行く。

「まあ」

音子は眼を疑った。まず最初に、まさかと思った。大層似ているけれど、あれが山野夫人の幸江である筈がない。大阪からあの人たちが東京本社へ転勤になるなんて、ある筈はなかったし、だから他人の空似というものであろうけれど、それにしてもよく似ている。どこから見ても幸江そっくりだ。

音子は手を止め、窓から身をのり出すようにして、眼を凝らして見詰めていた。幸江によく似た女は、五号館の十号室、ちょうど音子の家の真正面のドアを開けて入り、少したつとまた出てきて、三号館の音子の方をちょっと見たようだったが、また忙しく階段をかけ降りて行った。

トラックからは二人の男が大きな箪笥《たんす》を積みおろして運び上げるところであった。山野夫人に似た女は、箪笥の後になり先になりして、階段を上り、十号室のドアを開けて待ち、また一緒に中に入った。

　どう見ても幸江だ。あの簞笥にも見覚えがある。しかし、そんな馬鹿なことがあるだろうか。山野氏が東京本社に転勤になるとして、それならなぜ山野夫人の幸江は音子に手紙で挨拶をよこさなかったのだろう。

　後から思えば音子はこのときすぐ外へ駈け降りて行って、率直に山野夫人に声をかけ、いきなり旧交を温めてしまえばよかったのだ。が、音子の方にはまず躊躇《ためらい》があった。人違いかもしれないという思いが、どうしても払いきれないのである。山野氏が、あんな学歴からいっても入社以来のキャリアからいっても、東京本社へ来る筈のない人が、こともあろうに伊沢商事のエリート中のエリートが入るべき五号館に引越してくる筈がない。五号館は海外支店で叩きあげてきた人たちばかりが入居していて、夕陽ヵ丘の五つの建物の中でもとりわけてユニークな存在なのである。一号館から四号館までの主婦たちすべての嫉《しっ》視羨望の的である五号館に、山野氏ごときが入るわけがない。第一あのひとたちは日本の外へ一歩だって出たことはない筈ではないか。だから、引越してきたのは山野夫人ではない。そんな馬鹿なことがあるわけがない。

　それにしても、しかし、なんとよく似ているのだろう。

　理窟がどうであれ、音子の眼下にいる女性が山野夫人の幸江であることはまず疑いがないのだった。しかもなお、音子がその二年前まで無二の親友とも思っていたひとの前に飛出して行かないのには、大きなわだかまりがあるからであった。

まず第一に、なぜ山野氏が東京本社へ転勤になったのか理由が分らない。夫も言わなかったし、噂もきかなかった。それはおそらく伊沢商事において奇跡とでも言うべき出来事であった。音子の耳には井本夫人がいつだったか言っていた言葉が甦っていた。「今度常務におなりになった塩谷さんって、とても強引なひとらしいのね！」。塩谷常務が大阪支店長時代に、あのひとたちは夫婦して取り入ったのだわ、と音子は思った。なんということだろう！　川北参事の夫人が愚痴をこぼしていたのも今になれば思い当る。「もう私たちのような人間では取り残されてしまうのよ」。山野夫婦は、東京本社へ出てくるために手段を選ばなかったのだわ、きっと！

音子は気もそぞろになった。夫の背広にブラシを当てるより、窓から下を見詰めていることの方が多くなった。見れば見るほど見覚えのある家具ばかりである。大阪のみすぼらしい社宅で、山野一家が使っていた卓袱台《ちゃぶだい》に戸棚に古いテレビ。やっぱりあの家はまだカラーテレビを買っていないのだ。

何度目かに玄関に当るドアから顔を出したとき、幸江はほっとしたように三号館を眺めまわし、そのとき音子と顔をあわせると、にこっと笑って頭をさげた。

音子は慌てた。思いがけなかったからである。反射的に窓から首をひっこめ、夢中になって背広を片付け始めた。が、先方の挨拶に対して会釈も返さなかったことに気がついて、また慌てて顔を出したが、そのときは遅く、荷物は運び終った後でトラックはいなくなっていたし五号館十号室のドアは固い表情で閉じられていた。

　悟がいつものように森家の令息を伴って帰ってきたとき、彼の部屋にはまだ父親の背広やセーターが散乱していて、

「あらご免なさい。お帰りなさい。すぐ片付けるわね」

　音子は大慌てでそこら中のものを一抱《かか》えにして階下に降りたが、二人の少年の眼にも音子の異常な様子が見えたのだろう。居間の応接セットの上に夫の衣類を盛り上げて、まだうろうろしているところへ、悟たちは降りてくると、

「今日は森君のところで勉強することにしたよ」

　と言いだした。

「あら、お八つの用意もしてあるのに」

「いいんだ、森君のとこでも今日はケーキを焼く日なんだって」

「そう、悪かったわねえ、手順が悪くって。とうに片付いてる筈だったんだけど。お宅ではよろしいの？」

「僕の部屋は机が大きくないけど」

「たまにはいいよね」

「ザッツ・イット」

　少年たちはすぐ機嫌を直して出て行こうとしたが、音子は追いすがった。

「お宅のお隣に越していらしたの、どなたか知ってる？」

「知らない」

「そう、山野ってひとじゃない？」

「知らない」

悟がちょっと妙な顔をして母親を見たが、ぷいと背を向けて出て行ってしまった。森家の令息はドアを閉めるとき音子を見て、愛想よく「バイバイ」と言った。

ひとりになった音子は、しばらく何も手につかなくなって、ぼんやり窓の外を見ていた。森少年と悟の二人は、何かふざけあいながら五号館の階段を駈け上って、九号室のドアの向うに消えてしまった。が、音子はその隣の十号室のドアから視線がどうしても外れない。

まさか山野一家が……という思いがまだ強い。幸江のことだから誰かにゴマをすって、引越しの手伝いに来ているのだ、と思えば思えないこともないのだが、まさかいくら幸江でも引越しの手伝いに大阪からわざわざ出向いてくるとは考えられないし、他《ほか》には十号室の住人と覚しき人影はなかったのだ。やっぱり人違いかもしれない。とすれば、さっき幸江がこちらを見て、にっこり笑い、丁寧に頭を下げたのは、あれは何だろう。

セーターやチョッキなどの毛織物は茶箱にナフタリンを撒きながら詰めていくのだが、音子はもう心そこになくて、ナフタリンの袋の角に鋏《はさみ》を入れることを忘れ、ラクダのシャツなどは丸めて突っこんでいた。

どうしても気になって、たまらない。

　とうとう音子は自分の仕事の方は中断することにした。かといって山野夫人を訪ねる気にはなれなくて、外へ出ると井本夫人のいる八号室のブザーを押した。

「あら、お噂してたところよ、どうぞ。皆さん揃っていらっしゃるわ」

八号室はこのところ三号館の奥さんたちの溜《たま》り場になっていて、津田夫人、藤野夫人の常連の他に、音子一家の真下にある五号室の寺尾夫人の顔も見えた。テーブルにはエクレアが並んだ皿があった。

「おひとつ如何《いかが》？　寺尾さんの作品よ」

「アメリカ式ではありませんけれど」

　寺尾夫人の言葉に、ちょっと皮肉めいた響きがあったのは、五号館の森夫人のパイを音子が井本夫人に届けた話が出ていたからだろう。噂をしていたという、その噂はそのことだったのだろう。しかし音子は、今はそんなことを気にかけるゆとりがなかった。

「ご覧になりまして？　五号館にお引越しがあったでしょう？」

「ええ、ここで見物してたのよ。どんな方が越してらっしゃるのかしら。女中まかせっていうのも珍しいわねって言ってたところ」

「女中？」

　訊き直して、気がつくと音子は笑ってしまった。

「気の毒よ、女中だなんて。あのひと、れっきとした伊沢商事の奥さんですわ」

「あら、時枝さんが御存知の方？」

「ええ、多分」

「多分って、どういう意味なの？」

「私のところには挨拶も知らせも何もなかったから、よく分らないんだけど、大阪支店にいらした山野さんの奥さんだと思いますわ」

「道理で、こっち向いて頭を下げたのどうしてかと思ってたけど、時枝さんに挨拶をしたのね」

「さあ、どうかしら。抜け目のない人だから三号館の方の誰にでもお辞儀をしたんじゃないのかしら」

音子はここへ来て、ようやく意地の悪いことを言い始めた。最初は本当にびっくりしたから、感想も何もなかったのである。

「大阪支店にいらした方？」

「ええ、ずうっと大阪の方よ。御主人は繊維部でね、パッとしないひとだったんだけど、どうして東京本社へ来ることになったのかしら」

「塩谷常務がひきぬいたんじゃないの？　繊維はもうずっと前から頭打ちですもの。開発事業部へ栄転したんじゃないの？」

「でも、あの方は大学も田舎の方だし、語学もできるわけじゃないんですよ。ただあの奥さんは、そりゃ世渡りの上手なひとなんですの。塩谷さんのお宅に入り浸《びた》りだったたって噂は聞いてましたけど」

「内助の功ね」

藤野夫人がいたずらっぽく言って、笑い出した。井本夫人がのって来ないのは、井本氏も学歴の点では、音子や藤野夫人の夫たちに対して差があったからだが、音子はこの場合それにも気のつく余裕がなかった。

「私にだって大変でしたのよ、おすがりしますから東京本社へ主人を呼んで下さいって。主人も困ってましたわ」

音子は興奮しているときだったから、聞き手の表情にはおかまいなく続けた。

「私のところだけじゃないんですよ。川北さんって今は参事になってらっしゃる方、塩谷さんの前の大阪支店長ですけどね、川北さんのところなんか盆暮に物を送っては東京へ呼んで下さい、お願いします、お願いしますでしたって」

「選挙運動ね」

「その通りでしたって、川北さんの奥さまが笑っていらしたわ。誰にでも頼んでいたんですわね」

「そんなに東京本社って魅力のあるところかしら」

「ねえ」

「エクレアは如何?」

「頂きます。まあ、おいしいわ」

「やっとクリームを固めるコツがのみこめましたのでね、忘れないようにと思って沢山作ってみましたの」

「たくさんおいしいです」

そう言って音子が笑うと、

「なあに、それ？」

井本夫人が聞いた。

「森さんの坊っちゃんの日本語よ。たくさん有りがとうとか、たくさんすみませんとか、ね」

「あの坊っちゃん、そんな日本語なの？　まあ」

「でも勉強は熱心よ。悟はあおられ気味ですわ。みるみる追いついていますって。年は一つ上なんですもの、やり出せばねえ」

「ちょっと」

井本夫人が真顔になって音子に訊いた。

「その山野さんって外国へ行ったことないんでしょう？」

「ええ、外国どころか大阪支店から出たこともないんですよ」

「へええ」

「もっとも家が大阪にあるのに、わざわざ社宅に入ってる不思議なひとでしたの。大阪でもときどきそれが話題になって、なぜあのひと社宅にいるのかしらって皆で首をかしげてましたわ」

「家があったら、私、社宅になんかいないわ」

津田夫人が小さな声だったが、きっぱりと言った。

「きっとチャンスを狙《ねら》っていたんですわ、いじましい話だけど」

井本夫人は他のことを考えていたらしく、しばらく黙っていたが、

「でもあのひと、およそ五号館には似つかわしくないわねえ」

と急に大きな声で言ったので、みんながぷっと吹き出した。

五号館の住人は数年の外国生活をしてきた人たちなので、そう思ってみるせいか夫人たちもどこか垢《あか》ぬけしてスマートだった。それと較べて山野夫人は引越しで身装《みなり》もかまっていられないせいもあって、スラックス姿に縞《しま》のシャツで、井本夫人たちが女中と見誤ったくらい不恰好だったのである。

その夜、浩一郎が帰ってくるのを音子は待ちかまえていた。

「あなた、五号館に山野さんが越してきたようですよ」

「やっぱりそうかい？」

「そうかいって、あなた知ってらしたんですか」

「山野君の転任は突然だったんだけどね、君に話さなかったかな」

「いいえ、聞いてませんよ。だって私、目を疑ったんですよ。トラックが来て、見下ろしたら山野さんの奥さんがいるんですもの。信じられなかったわ」

「向うもそう言ってただろう」

「どうして？　あちらは私たちがここに来てること二年前から知ってるじゃありませんか」

「それはそうだがね、山野君は塩谷さんが引張ったんで、当人たちは寝耳に水だったろうからさ」

「そんなことないでしょう、塩谷さんのところには山野さんの奥さん入り浸りだったんですよ。東京本社へ連れていって下さいって夫婦で嘆願したに違いないわ」

「そんなこと、ひとに言うなよ、君」

「言いませんよ、でも皆知ってるわ」

「知ってるって何をだ」

「山野さんは川北さんにまですがりついて頼んでいたのよ、東京へ呼んで下さいって。私は奥さんから聞いたんですもの」

「川北さんの奥さんがかい？　いけないなあ、女は口が軽くて」

「でも私たちのところにだって、お願いします、おすがりしますって手紙が来てたじゃありませんか。ほら、私たちが此処《ここ》へ越した日に届いた手紙ですよ」

「ああ、しかしそれほど深い企《たくら》みじゃなかったよ、あの手紙は」

「そんなことないわ。私たちのところにまであんな手紙を寄越したくらいですもの。他にはもっと猛運動をしたに違いないわ」

「もう、よせ。同じ社宅で暮すのに、そんな蔭口をきいては悪いぞ。塩谷さんは学歴無用論だからね、実力主義者なんだ。そうなれば山野君が抜擢《ばってき》されるのは当然なのさ」

浩一郎は大人君子のごときことを言って、妻の口は封じたものの、内心では自分も動揺しているのを抑《おさ》えきれなかった。彼は音子以上に知識を持っていた。塩谷常務の社内人事刷新はめざましいものがあった。能力がありながら手腕の発揮できない部署にいたものが、開発事業部の拡張と充実のためにどんどん東京本社の彼の麾下《きか》に集められている。開発事業部は、まず社内人事の開発をしているといって、社内ではそれが大好評で迎えられているのだった。

本社の業務本部の中の一部分にすぎなかった開発事業部が、独立して、夢多き未来産業へ向って歩き出そうとしている。狭い日本では飽き足りないビジネスマンたちが、海外に目をむけて本格的に投資と資源開発にのり出すのだ。

大阪支店に本拠がある繊維本部は、このところ国内市場も成績が上らず、貿易面でも需要が伸びず何年も足踏みを続けていた。いわば近年著しく陽当りの悪くなった部門であって、山野氏はそこの貿易部縫製品課課長代理というまったくパッとしない地位にいたのである。伊沢商事という明治以来の古い大会社では、末端にまで及ぶ人事刷新などというのは奇跡に近い出来事で、だからそんなことでもない限り大阪支社で採用された山野氏が東京本社の抱負にみちた開発事業部に課長として輝かしく栄転することなど、誰も考えることはできなかったのである。

浩一郎は、しかし理性的に、こうした人事は会社の利益のためにも、社員の士気昂揚《こうよう》のためにも大いに結構なことだと思っていた。民主主義なのだ。下積みがどこまで行っても下積みでいなければならない理由はない。機会は平等に与えられるべきであり、学歴無用論も、能力主義も、まさしく正論であって、非難できるところは何もない。だが浩一郎は口に出さなかったが、この歓迎すべき人事異動を決して彼自身は面白く思っていなかった。第一の理由は、この客観的に見て素晴らしい人事異動に彼自身はまったく関与していなかったからである。時枝浩一郎は穀物油脂部の原料課長であって、原料の買入れに当って外国と折衝するのは彼の権限になく、したがって彼の職場には未来産業との接点はなかった。平たく言えば、天ぷら油やサラダオイルの原料を国内の業者に売るのが彼の仕事なのであった。球技にたとえれば彼の守備は後衛であって、開発事業部のように攻撃的で派手なアタッカーは必要とされないのである。

　大阪から抜擢された山野氏が、いきなり前衛に立って、どれほどの仕事ができるものか、それは未知数である。しかし伊沢商事きっての敏腕、塩谷常務が、開発事業部の部長として先陣を切れば、部下は鬨《とき》の声をあげて後に続くだろう。戦果は目に見えるようだった。男として、その戦列に加わることができないのは残念である。

　考えてみると浩一郎は入社以来、塩谷氏とはどの支店でもかけ違ってばかりで、直接の配下に属したことは一度もなかった。それを彼は不運と思った。学歴無用の能力主義のといったところで、個人の能力を発見するのはコンピューターではなくて直接の上司なのだ。有能な上司を得た有能な社員は、社内ではアクティブな人脈に繋《つな》がることができる。山野氏が塩谷氏と出会え、その人脈に属することができたのは彼の実力以前に幸運というものがあった、と浩一郎には思える。まさか音子の言うように夫婦でゴマをすった成果とは思わないが、音子の不愉快と同じ質の感慨は浩一郎にも正直なところはあるのだった。

「子供は大きくなってるだろうな。悟がまた友だちになれるから喜ぶだろう」

浩一郎は自分の気持を変えるために話題を変えたのだが、これは却《かえ》って逆効果だった。

「隆之ちゃんの姿は見えませんでしたよ。奥さんひとりで引越しをしていたわ。ズボンはいちゃって、ひどい恰好よ。三号館じゃみんなお手伝いさんだと思ってたのよ。私はすぐ幸江さんだって気がついたんだけど」

「子供はどうするんだろう」

「交通事故で足をやられてるでしょう？　二カ所の骨折だったわ。引越しの手伝いなんか出来ないんじゃないかしら」

「気の毒だな、それは」

「私もそう思ったのよ。五号館の方でも替ってあげてくれないかしら。不自由な足で、あの階段を上り下りするのは可哀想だわ」

「本当だね。しかし、あの子がねえ、可哀想なことをしたなあ」

しばらく夫婦は黙りこんだ。二人とも口には出さなかったが、見知りの子供が、しかも自分の息子と同年の子供が、交通事故の犠牲となった痛ましさに胸を衝かれていた。

浩一郎は思った、運と不運は同居するものなのだろうかと。父親の出世と、子供が跛《びっこ》になるのとが二重写しになって見えた。音子は思った、悟に怪我がなくて本当によかったと。親の出世より子供の健康の方がよっぽど大切だ。

「でも変ねえ、どうして幸江さんは私に手紙も寄越さなかったのかしら」

「いきなり顔を出して、君をびっくりさせるつもりだったんだろう」

「いいえ、挨拶にも来ないんですよ」

「え？」

　浩一郎は驚いて、まさかという顔をして妻をかえりみた。音子の憤慨している理由が、ようやく彼には納得がいった。

「ねえ、あなただって変だと思うでしょう？　誰より先に私のところへ訪ねてきて、こういうことになりましたって言いそうなものじゃないの。私だって友だちですもの、大阪であれだけ親しくしたんですもの、御栄転おめでとうぐらいのことは言いますよ。東京本社へ来られたのは、あのひとたちの念願達成なんですもの、よかったわねって言ってあげたいわよ。引越しぐらい手伝ってあげるわよ」

「顔も見せないのかい？」

「ええ」

「君から出ていってやればよかったじゃないか」

「だってあなた、私と顔があっても知らん顔なのよ」

「分らなかったのだろう」

「そんな筈ないわ。私は大阪の頃と髪型だって変えてないもの」

「ふうん、それは変だな」

「変よ。こちらから挨拶に出ることもないと思って、ずうっと来るか来るかと思って待ってたんだけど、とうとう夜になっちゃったわ」

「山野君は会社へ来るとすぐ僕のところに挨拶に来たがなあ。奥さんによろしくと言っていた。隆之も悟ちゃんに会えるのを楽しみにしていますと言ってたよ」

「いつです、それ」

「二週間になるかなあ。先に山野君だけ出てきて、独身寮から通ってるようだったよ」

翌日は朝から待ちかまえていたが、山野夫人の幸江は姿を見せなかった。音子はずっと居間の窓から見張っていたが、五号館十号室のドアは開かない。じりじりしているうちに午過《ひるす》ぎになった。音子は遂に意を決して、五号館九号室に電話をかけた。

—モシモシ森でございます。

「時枝でございます。昨日は失礼いたしました。私の手順が悪くって部屋が片付いていなかったものですから、ご免遊ばせ」

—どう致しまして、こちらこそ、いつもいつもと恐縮しておりましたんですのよ。宅の子供が教えて頂くのでございますから、どうぞこちらの方で続けて下さいませ。

「とんでもございませんわ。あれは昨日だけのことでしたのよ。それに昨日はお宅さまの方でも大変でいらしたんでしょう？　本当に申し訳ございませんでした」

—いいえ、私の方は何もございませんでしたのよ。

「でもお隣がお引越しで」

—はあ？

「十号室が引越していらしたでしょう？」

—はあ、はあ、そうらしゅうございましたわね。

「山野さんって方でしたでしょう？」

—はあ？　山野さん？　どなたのことでしょうかしら。

「十号室にいらした方ですよ」

—ああ、山野さんって仰言るんですか。

「あら、御挨拶にいらっしゃいませんの？」

—いいえ。

「まあ、お宅さまにも？　変ですわね。私は大阪支店で御一緒だった方なんですけれど、私のところにもいらっしゃいませんのよ。お隣にも顔をお見せにならないなんて、変ですわね」

—お荷物だけが届いたんじゃないんですかしら。

「いいえ、奥さまを確かにお見かけしましたわ」

—どうなすったんでしょう？

「本当に、どうなすったんでしょうね」

電話を切ってから、音子はいよいよ呆《あき》れてしまった。社宅へ越してきたというのに、隣家にも挨拶しないというのは、いったい何事だろう。この日、玄関のブザーは二度鳴って、二度ともデパートから中元が届いた。それを受取って、例によって注意深く包装をとき、中身をあらためている間だけ、音子は五号館十号室から注意を逸《そ》らすことができた。

中元の季節がまためぐってきて、今年はばかにタオル類が多い。中元の届くときは、音子の方もお中元の挨拶に出歩かねばならないときだ。梅雨の間は憂鬱で出かける気にはならなかったけれど、晴れた日が続けば音子もそろそろ腰をあげねばならない。今年前半期のボーナスは予想を上まわったので、音子は景気よく買物の計画をたてていた。

新宿のデパートの玩具《がんぐ》売場で、音子は人形を寝かせてある小さな揺籠《ゆりかご》を見つけた。レースで縁どりしたピンクのカーテンがかかっていて、まるで絵本に出てくる王女さまの寝籠のようである。子供の玩具も最近は贅沢《ぜいたく》になる一方で、いったい誰がこんな高価なものを使って人形遊びをするのかと思うほど、凝った揺籠であった。金を支払うとき、音子は大げさに言えばちょっと身を切られるような思いをしたのだけれども、川北夫人の笑顔を想像し、そこで鬱憤を晴らすのだと思えば、決して高くはないのだと自分に言いきかした。揺籠は川北夫人の愛猫《あいびょう》に対する贈りものなのである。

案の定、川北夫人は大喜びをして、居間の一隅に揺籠をおき、早速中に猫の布団をしいて、チロを寝かしつけた。

「素敵よ、チロちゃん、あなたまるでお姫さまみたい」

だがチロ姫は、この優雅この上なく、しかしひどく不安定な寝所にはすぐ閉口して飛出してしまった。音子は落胆したのだが、川北夫人は御機嫌斜めならずで、

「よくいらして下さったわ。積る話があるのよ」

と、待っていたらしい。

「私もですの、奥さま」

「でしょう？　あ、あなた梅酒を召上らない？　東京へ帰ってすぐ漬けたのを開けたのよ」

「まあ、お懐かしい」

川北夫人は猫の次の自慢が漬物で、ラッキョウに梅干に沢庵《たくあん》など、昔から漬けては配下の夫人たちに賜わっていたのである。音子はアルコールはうけつけない体質なのだが、ここで梅酒を断わってはいけないというルールを知っている。川北夫人も音子が飲めないことを充分心得ているので、氷と水でたっぷり割ったのをすすめてくれた。

「おいしい。匂いがなんともいえませんわね」

「この庭の梅なのよ」

「まあ、そうですか」

「私は植木に趣味がないけど、ちゃんと実がなってくれますの」

そういう真意は植木好きの前大阪支店長夫人に対する皮肉であろう。音子は、クスクスと喉の奥で笑った。

「まあねえ、山野さんもよかったわ、御栄転で」

「それが奥さま、私のところのまん前に越してらしたんですよ」

「あら、本当？」

「変なんですよ、目と鼻の先ですのに、私のところには今日はも言いにいらっしゃいませんの」

「どうして？」

「どうしてなんでしょう。越してらして、今日で三日になりますのに、御近所にも挨拶してらっしゃらないんですのよ」

「おかしいわねえ」

「こちらへは、いらっしゃいまして？」

「いいえ」

「まあ本当ですか」

音子は大げさに驚いてみせた。川北夫人の表情も、みるみる憤懣《ふんまん》やる方なくなってきていた。

「私は山野さんだけが本社へいらして、奥さんたちは来ないのかしらと思っていたわ。

だって山野さんは独身寮へ入ったのよ」

「御主人の方は、こちらにご挨拶にいらっしゃったのでしょう？」

「来るもんですか、あの人は塩谷さんにべったりで、宅の主人に近寄る暇もないんじゃないかしら」

「でも、それじゃあんまり現金ですわねえ」

「それが当節の流行らしいわよ。実力主義っていうでしょう？　週刊誌まで書きたてて伊沢商事の実力主義ですって。塩谷さんは派手ねえ、マスコミ相手にスタンドプレーまでしてみせることはないじゃありませんか。まるで塩谷さん以外の人には実力がないみたいで、ねえ？」

「学歴無用論というのが受けてますんでしょう？」

「塩谷さんの学歴をごらんなさいよ。お生れは関西でも大学はT大経済学部よ、主人の一年後輩ですわ。御当人が立派な学歴で出世なすって、そんなこと仰言るのおかしいじゃありませんか。何もかも塩谷さんの実力だけと言いたいみたいで」

川北夫人の怨《うら》みの的は専《もっぱ》ら塩谷常務の方に向っているのだが、一介の課長夫人に過ぎない音子は、そんなに志が高くないし、常務取締役などという雲の上にいるようなひとのことなど興味の対象にはならない。

「奥さま、学歴無用論って、山野さんのことを仰言ってるんじゃありません？」

「あら、山野さんだって、ちゃんと大学は出てらっしゃるでしょう？　学歴無用っていうのは、小学校しか出ていないような人を対象とした言葉よ。伊沢商事のイメージをぶちこわすようなものじゃありませんか」

「世間ではエリートと言って下さってるんですものねえ」

「そうですよ。学歴のないエリートなんて有りますか？　そりゃ山野さんをエリートとは呼びにくいけれど、でもねえ、あの人たちは嬉しいでしょうねえ。まさか開発事業部の第一線に躍り出ることがあるなんて、私なんか思ったこともなかったわ」

「会社のことは私には分りませんけれど、それだけの力が山野さんにはおありになるんでしょうかしら」

「私も主人に言ってやったのよ、それだけの男を引っ張れなかったのは、あなたに実力がなかったの、それとも人を見る目がなかったんですかって」

「まあ」

「主人たらね、時世時節《ときよ》だって申しますのよ。昔の伊沢商事では考えられなかったことですって。でもあなた山野さんもよほどの覚悟が必要よ。山野さんがその任にたえなかったら、塩谷さんがもの笑いですもの」

　音子が山野夫人の姿を見つけてから、一週間すぎて、悟が学校から帰ってくると、

「お母さん、隆之君が転校してきたよ。びっくりしたなあ」

「あら、いつ？」

「今日だよ。僕と同じ組だぜ」

「やっぱり、そう」

「お母さんは知ってたのかい？　五号館の十号室だってよ。森君と隣同士だって大喜びしていた」

「へえ」

「変ったよ、隆之君は」

「どう変ったの？」

「一時間目から入ってきたんだけどね、大きくなってるしね、すごく勉強ができるみたいだよ。それに標準語を使うんだ。僕にも会うなり、しばらくです、よろしくお願いしますって言うんだ。僕はおたおたしちゃった」

「森さんの坊っちゃんは？」

「今日は宿題がないんで、勉強はお休みなんだよ。彼はサッカーに夢中でね」

「ねえ、悟。変だと思わない？　隆之ちゃんのお母さんは挨拶に見えないのよ」

「それじゃお母さんから声をかければいいじゃないか」

「そんな馬鹿なことができますか。こっちは先輩ですよ、越して来た方から顔を出すのが礼儀だわ」

「古いよ、礼儀なんて。僕なんか、あれッ？　やあ、なんて、それでにやにやして終りだ。もっとも隆之君は僕ンとこに頭を下げに来たよ」

「どうしてこの家に来ないの？　前は自分の家のように出入りしてたのに」

「あの頃は子供だもの。中学生だからね、お互いに」

「お母さんによろしくって言わなかった？」

「そう言えば言ってたかな」

「どう？」

「どう言ったっけかな。忘れたよ」

音子は居間のソファに腰を落すと、見るともなく外を見て、するとどうしても目の前の十号室のドアに視線がいってしまう。決して山野家の動静を覗《うかが》うつもりはないのだが、前には何もなかった空間に、今は五号館がたちふさがっているので、窓の外を見ればどうしてもそういう工合になってしまう。

「悟さん、悟、悟」

「なんだよ」

「隆之ちゃんの足はどんな工合？」

「足って？」

「交通事故にあったんでしょ？」

「そういえば、そんなことあったんだねえ。平気らしいよ。僕が帰ってくるときは、校庭でサッカーやってたもの。すごくうまいんだ」

「あなたはどうしてサッカーやらなかったの？」

「僕はサッカー部じゃないもの。おかしいな、お母さん。サッカーは危ないからやめてくれって言ったのはお母さんじゃないか」

「だってあなたはサッカーで足を折ったじゃありませんか。あのときのこと、私は忘れないわ」


「ねえ、あなた、どうお思いになる？」

音子は浩一郎が帰って来るのを待ちかまえていて、訊いた。

「何をだい」

「隆之ちゃんが転校してきたんです。また悟と同じクラスになったのよ」

「それはよかったな。悟も喜んでいるだろう？」

「でも、山野さんの奥さんはまだ私のところへ来ないのよ。変でしょう？　ドアから顔を出しても私の方は見ないようにするし、隆之ちゃんも私のところへ顔を出さないわ。昔なら、おばさん今日はって飛込んで来るような子だったでしょう？　それが学校でも、悟にも馬鹿に他人行儀なんですって。標準語を使うんですってよ、根っからの大阪の人だったのに」

「てれてるんだよ、きっと。男の子なんてそんなものだ」

「男の子がそうだとして、それじゃ山野さんの奥さんはどうなんです？　幸江さんは近所隣の人とは話しあっているらしいのに、私には挨拶に来ないんですよ。越してきて一週間になるのに、おかしいじゃありませんか」

「どうしたんだろう」

「きっと大阪の頃は私の下風にいたのが口惜《くや》しいのよ。今は山野さんも課長だから、気取っていたいんでしょう」

「そんなひとじゃないだろう、あの奥さんは」

「私も訳が分らないわ。あんなに仲良くしていたんですもの。手紙のやりとりもしていて本当に親密だったのに、どうして急に目と鼻のところへ来てから、あんなによそよそしくするのかしら」

「君もちょっとこだわり過ぎているんじゃないのかい」

たしかに音子も意地になっているところがあった。向うがその気なら、こっちだって断然知らぬ顔でいてやろうという気になっている。川北夫人が塩谷夫妻に示していたような敵意が、音子の胸の中でも沸々とたぎっている。

例によって悟が、森家の一人息子と学校から帰ってくると、二人をつかまえて音子は山野隆之の様子を探った。男の子たちは噂話が苦手なのか、ちょっと戸惑った表情で、

「親切だよね、山野君は」

「優秀だよ、大阪の学校もかなりのレベルなんだね。英語なんかも沢山知ってるしね、どこで勉強したんだろう」

悟も、首を捻《ひね》っている。

悟が山野家の息子を手放しで優秀だと褒《ほ》めるのが、音子には当然面白くなかった。窓の外を見ると、その隆之が学校鞄《かばん》を提げて、勢いよく五号館の階段を駈け上って行くのが見えた。脚はもう完全に癒《なお》っている。

「山野君だ、おオい」

森家の子供が呼んだが、隆之には聞えなかったのか、十号室のドアの中に振向きもせずに入って行ってしまった。

「山野君も呼んで三人一緒に勉強をしてもいいね」

悟が言い出すと、

「そう、時枝君の机がたくさん大きいから」

と、森家の息子が肯いた。

「隆之ちゃんを呼ぶことはありませんよ。あの子は勉強ができるんでしょう？」

音子は叩きつけるようにそう言い、森家の息子が妙な顔をしたのには気がつかなかった。明らかに森少年は、勉強が出来ないから時枝家に出入りしていると言われて傷ついたのに違いない。悟も、ちょっと困った顔をしたが、すぐ森少年をうながして、二人の男の子は黙って階段を上って行った。

森家の夫人が、食パンを加工したプディングを運んできたときも、音子は待ちかまえていて、すぐ森夫人を居間に招じ入れた。

「山野さんって、随分変った方ですわねえ」

「あら、そうですか」

「私ども大阪にいたとき、それはお親しくしていたんですのよ。それなのに、どうしたんでしょう、五号館へ越していらしても、まるで私の方には知らん顔ですのよ」

「どうしてかしら、私のところへは三日ばかり前に挨拶にいらしたんですけどね。荷物が来た日に、すぐ新幹線で大阪へ引返したんだって言ってらしたわ」

「まあ、あの日に？」

「大阪の社宅の方に子供さんを預かってもらってましたのでって仰言ってましたわ。勉強のキリのいいところで転校させるおつもりで、夏休みがあけてから来たかったんですって。でも御主人の御都合でそうもいかなかったらしいのね」

「へえ、教育ママねえ。私が大阪にいた頃は子供は野育ちが一番だって私と同じ放任主義だったんですよ」

「でも、もう中学校ですものね。宅の子供に英会話を習わせたいなんて仰言るんですのよ」

「まあ山野さんが？」

「ええ、御主人さまも一緒にですって。子供は恥ずかしがっていましたけど、半分はのり気なんです。日本語ができない劣等感がございましたでしょう？　それが救われたような気がしたんじゃありませんかしら」

音子は、かっと頭に血が上った。また幸江はゴマをすり始めているのだ。英会話を教えて下さいなんて！　子供を相手になんというお世辞だろう。

「奥さま、でもあの山野さんには注意なすった方がよろしくてよ」

音子は、声が甲高くならないように用心して、こう言った。森夫人が、急に白っぽい顔になって、

「どうしてですの？」

と訊いた。

「とり入ることが、そりゃお上手なんですの。よく言えば社交術にたけていらっしゃるのよ。そのためには手段を選ばないんですわ。そのかわり役にたたない相手となれば、私みたいに親しくしていた友だちでも、知らん顔で通せるんですからね」

日がたつにつれて音子の憤懣は募る一方だった。明らかに幸江は夕陽ヵ丘に群立している伊沢商事の社員住宅七十世帯の中で、音子を無視し、黙殺して暮すつもりでいるらしい。幸江は買物には五号館の夫人たちと連れだって坂道を歩いたり、時には小さな自家用車に同乗させてもらってどこかへ出かけて行く。四号館の牛尾夫人とは、そこの令嬢が隆之と同級生なので、そんなことからだろう、よく立話をしていることがある。それを見かけたとき音子ははっとして、悟が六年生のとき教師の家庭訪問を受けて失敗したときの経緯を事細かに幸江に報告したことがあったのを思い出した。幸江と牛尾夫人は、きっとそんなことを喋りあって、音子を笑いものにしているのに違いない。

幸江の悪辣《あくらつ》な（と音子には思われる）社交術は、音子の住んでいる夕陽ヵ丘三号館に

も毒牙《どくが》（としか音子には思えない）を伸ばしてきていた。井本夫人がいつの間にか幸江と親しくなっていて、

「山野さんの奥さんって面白いひとね。時枝さんの仰言るようじゃないみたいよ。大阪弁で平気でしょ。虚栄心でこりかたまってる伊沢商事の社宅には、ああいうひとって貴重な存在になると思うわ」

　と、どうやら意気投合しているらしい。

「本当に、ひとに取り入るのが上手なんですよ。大阪の社宅じゃ、支店長夫人の家でまるで小間使いみたいに働いてたんですもの。よく言えばとても気がきくひとなんですよ。私なんか気がついても手が出ないようなことを、あのひとは平気でやれるんですもの」

「気取ったところがないのよね」

「私にも、そりゃよく尽してくれたんですよ。悟のことも可愛がってくれましたしね。このままずっと大阪に埋もれるのは悲しいから、なんとか東京に呼んで下さいって嘆願しててらしたのよ。それが、東京へ来たら掌《てのひら》を返したように知らんぷりでしょう？　そりゃ私たちは、山野さんが東京へ来るためには何の役にも立ちませんでしたわよ。だって主人はそんな立場にいないんですもの。だのに、まるで大阪で奥さん、奥さんて尾っぽを振るようにしていたひととは別人みたいよ。あんまり露骨すぎて、私には訳が分らないわ」

「私もね、ちょっとそれはひどいと思ったから言ってあげたのよ。時枝さんの奥さんが

怒ってるわよって」

「まあ」

「そうしたら、まったく合点《がてん》がいかないって顔をして、方々でそない聞きますねん、なんでですやろか。ええ奥さんでしててんけどなあって」

「とぼけてるわねえ、なんでしょう」

「でも、あなたのことを悪くは言っていないわよ。お宅の坊っちゃん優秀なんですってねえって私が言ったら、時枝さんとこの奥さんのおかげですわって言ってたわ」

「どうして私のおかげで、山野さんの子供が優秀なんです？　何も関係ないじゃありませんか！」

音子は金切り声をあげた。

井本夫人が誰から聞いたのか分らないが、山野隆之の成績が優秀なのは事実らしかった。小学校の低学年時代、大阪で同級生だった頃は、悟と甲乙ないところで、不出来ではなかったがまず平凡な目立つということのない子供だったのだ。

「山野君はどこで勉強したのかなあ。歴史なんかも詳しいし、数学はもう高校生の問題集で勉強してるらしい。先生に質問することなんか、僕らには分らないような難かしいことを訊いてるよ」

「いやな子になったものねえ」

「そんなんじゃないんだよ。お母さんって分らないんだなあ」

悟もすぐ不機嫌になって階段を上って行ってしまう。

音子は、悟の間食を用意しながら、

「悟さん、悟、悟」

「なんだよオ」

「森君はどうしたの？」

「もう来ないだろ」

「どうして？」

二階から返事はなかった。

「悟さん、おやつ食べにいらっしゃい。中華饅頭《まんじゆう》よ。ふかしたてを、おあがんなさいな」

何度も何度も呼びたてて、ようやく悟は食堂へ降りたけれど、食欲もないのか、むっつりしている。

「どうして森さんは来ないの？」

「来ないさ、お母さんに頭からこの家には出来ない子だけが来るんだなんて言われたら、誰だって嫌になっちゃうよ」

「私がそんなこと言った？」

「覚えがないのかい？　最低だなあ」

悟は白い饅頭を一つ、片手で摑《つか》むと、ぷいとまた階段を上って行ってしまった。

音子は足許《あしもと》からぞーッと寒気が這《は》い上って来るようだった。悪い予感がする。胸に手を当ててよく考えてみれば、確かにそんなことは言ったかもしれない。しかしもちろんその言葉は森少年に当てつけたものではなく、山野隆之をわざわざ呼ぶことはないと思って口走ったものだった。

テーブルの上には白い中華饅頭が、一つ残っていた。悟が二つ食べるかと思ったのに、一つだけ持って行ってしまい、皿の上につくねんと取り残されているのだ。この大きな饅頭をこうして眺めてみれば、今と似たような思い出があった。悟が小学校六年生のとき、担任教師の家を訪ねたとき、この饅頭が茶菓《さか》として出されたのだ。あの教師は悪いひとではなかった。いや、むしろ理想というものを掲げて教育に一生を捧げようとしていた立派な教師だった。そして、あのときも音子の口から何気なく出た言葉で、教師を傷つけてしまい、それは後から詫びても固いわだかまりを残してしまっていた。

今度も、音子の心ない一言で森少年を傷つけ、悟は友人を失うという結果になるのかもしれない。それに気がつくと、音子は慌てた。じっとしてはいられなかった。

五号館九号室の前に立って、音子は一度深呼吸をした。まず心を鎮《しず》める必要がある。自分でも気がつくほど、音子は興奮しているのであった。

ブザーを押すと、すぐドアが開いて、森夫人が顔を出し、音子を認めると意外だったのかどうか、ちょっと困った顔をした。

「お詫びにうかがいましたのよ、奥さま」

「あら、なんでしょう」

音子は、この日の朝から新宿まで出かけて、デパートの文房具売場を歩きまわり、思案の末に万年筆を買ってきたのであった。

「これ、坊っちゃんに」

「まあ、どう致しましょう」

「つまらないものですけれど、お使いになって下さいませ。悟とお揃いに致しました。前から悟がほしがっておりましたもので」

「何か存じませんが、こんなことして頂くの恐縮ですわ。いつもお邪魔して、勉強みて頂いて、お礼にうかがわなければならないのはこちらでございますのに」

立話ではいかないと思ったらしく、森夫人は、居間の方に音子を招じ入れた。

「どうぞお構いなく、奥さま」

「はいはい、何もございませんのよ」

森夫人が台所へ行っている間に、音子は森家の居間を眺めまわした。テーブルセットも応接セットも所を得たという感じで、さりげなかった。

「すてきなお部屋ですこと」

「とんでもございませんわ」

「やはりアメリカでお暮しになった方は違いますわね。私どもはまだ洋間の使い方がこんなに上手にはいきませんのですわ」

「恐れ入ります。でもアメリカに較べるとこの社宅はどの部屋も手狭で、閉口しておりますの。これが身分相応なのかもしれませんけれど、あちらではのびのびしておりましたから」

しばらく四方山《よもやま》話のようにアメリカにおける森家の優雅だった暮しむきを聞かせてもらってから、音子はまたあらためてお詫びを言上した。

「坊っちゃんお気を悪くなさってるんでしょう？　本当に申し訳ございませんわ」

「なんのことでしょう？　何も申しませんけれど」

ここで音子もまさか勉強のできない子だけが悟のところに来るのだと言ったなどとは言うわけにはいかない。音子は、森夫人が本心でそう言っているのか、それともとぼけて見せているのか、よく分らなかった。

「だって急に坊っちゃんがいらっしゃらなくなりましたでしょう？　私はぼんやりで行届きませんから、何か失礼なことをしてしまったのじゃないかと心配しておりますの」

「そんなことございませんよ、宅では時枝さんのおかげで本当に助かったと感謝してるんでございますよ、主人も、私も。子供だってそう申しておりますわ」

森夫人は一家をあげて感謝していると言っているけれども、それでは森少年が音子のところに急に姿を見せなくなった理由の説明にはならない。

「私がのろまなものですから、夏冬の衣類の取替えに悟の部屋を使っておりましてね、それが悟の帰る前に片付いていなかったものですから、急にこちらへお邪魔したりして」

「そんなこと、よくあることですわよ、奥さま。何もお気になさらなくたって」

「私は奥さまのように上手にお菓子も作れませんので」

「とんでもございませんわ、奥さま。宅の息子は私の作るものには飽き飽きしておりましてね、お宅で頂いた焼いたおにぎりに感激してましたんですよ。私も昨日まねをしてみましたんですけど、網に御飯がやきついてしまって大失敗でしたわ」

そこで音子は、上手におにぎりを焼く方法を丁寧に説明することになった。

「やっぱりガスでじかに焼いたのではいけませんのね」

「お醤油がねえ、どうしても焦げますから」

「そのお醤油ですわ、日本へ帰って私どもお醤油がこんなにおいしいものだったかって、家中で感激しておりますのよ」

「まあ、アメリカにはお醤油がございませんの？」

「いいえ、奥さま、アメリカ人の方がお醤油の味を覚えてしまって、今じゃ一流のレストランには必ず日本のお醤油がおいてあるんですよ。ステーキにビシャビシャかけて食べてますって」

「まあ」

「それなのに肝心の日本人がバターソースやグレイビーで食べなれていて、逆ですわねえ」

「なんですの、グレイビーって」

「まあトンカツソースのことですわね、どろりとした……」

「はあはあ」

「お醬油の味の方が遥《はる》かにおいしいんですのに、帰って来るまで気がつきませんで。日本人として恥ずかしいわ」

「まあまあ」

音子はしかしこんな話をするために森家に出向いて来たのではなかった。万年筆だって中学生には上等すぎるのを選んで、奮発して買ってきたのだ。

「ねえ、奥さま。また私の方にお勉強にいらして下さいますように、坊っちゃんに取りなして頂けません？」

「はあ、取りなすなんて、そんなことしませんでも、うかがうんじゃございません？ 喧嘩したわけでもありませんのでしょう？」

「悟もお待ちしておりますから」

「有りがとう存じます。でも、奥さま」

「はあ」

「おかげさまで宅の息子も追いつけてきたらしいんですのよ。日本語も随分上達しましたし、本当に私ども悟さんには感謝しておりますのよ」

音子は森夫人に感謝してもらおうと思って出向いてきたのではないし、それどころか森夫人の感謝の言葉は、とりようによっては、おかげで森少年も学力がついたから、もう悟の指導はいらないと暗に拒絶されているようにも受取れる。音子はじれったく、また不安にもなり、もう一度腰を落着けてさりげない四方山話に戻り、なんとかして森少年にまた来てもらえるようにしようと粘り続けた。森夫人の方もだんだん持て余してきて、

「よく分りましたわ。私どもでは誰も何とも思っておりませんのですけどね、でも息子にも申しておきますから、坊っちゃんもどうぞ私どもの方へお気軽にいらして下さいませ」

「有りがとうございます」

さすがの音子も、ようやく自分が大層長居をしていることに気がついて、腰をあげようと思ったところへ、ブザーが鳴って、

「ただいまア」

森少年が勢いよく帰ってきた。

続いて、

「おばさん、こんにちは」

友だちが一緒についてきたらしい。

「時枝さんのおばさまがいらしてますよ」

森夫人の注意をきくまえに森少年は気がついていて、

「こんにちは」

あっさりと挨拶をして二階へ上って行ってしまった。

「おばさん、隆之です。お久しぶり」

　森少年の後から入ってきたのは、隣家の山野隆之だった。

「まあ、隆之ちゃん」

　音子は息を呑んでから、何か言わなければいけない場合だと気がついて、大急ぎで言った。

「大きくなったわねえ、あなた」

　まったく大きくなったものだ。伸びざかりの少年期に二年も会わなければ、見違えてしまう。隆之の方から名乗らなかったら、森少年の機嫌うかがいが精一杯だった音子は彼が山野隆之だとは気がつかなかったかもしれないのだ。

「へへへ、弱いなア」

　隆之は、頭を掻いて笑い、急に子供らしい不行儀で、階段を駈け上って行ってしまった。それを見送ってから、音子は自分の顔色が変っているのに気がついた。

「とんだ長居を致しましたわ」

「あら、まだよろしいじゃございませんか」

「いいえ」

　音子は抑えても抑えても、自分の口調が切り口上になっていくのをどうすることもできなかった。

「私って、なんて馬鹿なんでしょう。みんな自分の不始末だなどと思ってしまって、なんて馬鹿だったんでしょう」

「奥さま」

「山野さんだったんですのね、みんなそうなんですわ。まあ、私の子供の邪魔までなさることはないと思いますわ。悟の友だちまで横取りするなんて、あんまりですわ」

「奥さま」

森夫人が止めたが、音子は止らなかった。喉の奥がひいッと鳴り、自分でも何を喚《わめ》きたてているのか判断がつかなかった。

「陰険ですわ。悪辣だわ。そういう女なんですよ、山野さんは。まあ何が気に入らなくて私を目の敵《かたき》になさるんでしょう。私があの方に何をしたっていうんでしょう。此処へ越していらしてから、ずっと私を黙殺してきて、当てつけのように三号館の方たちとお付合いをなさるんですよ。どうしてそんなに私が憎いんでしょう。分りませんわ、分りませんわ。それに悟のお友だちまで取ることないじゃありませんか。お宅の坊っちゃんが私のところにばったり姿を見せなくなったと思ったら、山野さんは子供まで使って私をいじめるつもりだったんですね」

「奥さま、それはお思い過しですわよ。隆之ちゃんには私がお願いして遊びにいらして頂いてるんですし、何しろお隣同士でしょう？　子供もお近くですから自然に行き来がし易いだけですわ」

「いいえ、山野さんの悪質な嫌がらせなんですわ。分ってます、私には」

「そんなこと決してありませんよ、奥さま」

「お邪魔を致しました。本当に私って馬鹿でしたわ。まさか、こんなことになっているとは思いもよらなくて、私が悪かったのだと思いこんでいたのですもの」

「奥さま」

「ご免あそばせ。山野さんには、よく分りましたと私が申しておりましたとお伝え下さいまし」

音子は心を鎮めて森家を出たつもりだったが、廊下へ出るとしばらく十号室のドアを眺めて凝然としていた。名刺の裏にYAMANOとマジックインキで書いたものがドアの上に貼りつけてある。森家のドアには、エナメルでMORIとローマ字で小さく洒落た形で表札代りの文字が書かれていた。五号館は外国帰りが多いので、みんな何の抵抗もなくローマ字を使っているのだが、山野家が早速それを真似ているのは滑稽《こっけい》だった。音子は、やがて身を翻すと、走ったとも駈けたとも自覚のない速さで三号館十号の自分の家に戻った。

「悟さん、帰ってるの? 悟、悟」

玄関に彼の靴が脱ぎ捨ててあったのだから、分っていることなのに、音子は大声を出して呼び、階段を上りかけた。

「帰ってるよ」

悟は母親の入室を阻《はば》むつもりか、のっそりと顔を出した。

「森君が来なくなった理由が分ったわよ、悟。山野さんとこの子が、べったりくっついているじゃないの。親子で揃って森さんにおべっか使っているのよ、嫌アねえ。なんて陰険な人たちでしょう。あなたからわざと森君を横取りしたのよ」

悟は黙って母親の喋りたてるのを見ていた。彼の表情は彼の唇《くちびる》と同じように動かなかった。

「私はねえ、悟、今まで森さんのお宅にいたのよ。そうしたら、ただいまって、森君が帰ってきて、一緒に馴れ馴れしく上ってきたのが山野さんとこの子よ。私が隆之ちゃんじゃないのって声をかけたら飛び上ってびっくりしていたわ」

「…………」

「でも子供は正直よ、弱いとこ見られたなあって言ったもの」

「まさか」

「言いましたよ、弱いなあって。こそこそ階段を上ってしまったわよ」

「…………」

「私も本当にびっくりしたわ。だって思いがけなかったもの。森君が来なくなったのは私のせいかと思っていたのに、そうじゃないのよ、悟さん。山野さんとこの嫌がらせだったのよ」

悟は黙って母親に背を向けると、部屋に入って戸を閉めてしまった。襖《ふすま》に書いた「入室厳禁」の緋文字《ひもじ》はまだ消えていない。

「悟さん、悟」

声をかけたが、もう悟は返事をしない。音子は自分の言ったことが、どれだけ息子の心を傷つけたか考える余裕がなくなっていた。ひたすらに山野夫人が憎いのであった。おのれ、どうしてくれよう。どういうことをすれば山野夫人に対して決定的なダメージを与えることができるのか、音子はギリギリと歯を喰いしばりながら考えた。ここへ越してきたばかりの頃、山野夫人から週に二度も三度も来ていた手紙——音子は物惜しみをするたちで、手紙類は捨てたことがなく、みんな月末にはひとまとめにして納戸の中に押しこんでしまう。そうだ。あの手紙を取り出してみよう。あんなに親しげに、懐かしそうに書き綴った手紙をもし夕陽ヵ丘の住人たちに見せてやったら、山野夫人はどんなに恥ずかしい思いをするだろうか。

音子は納戸へ這《は》いこんで、奥にしまいこんである悟の古い机の下から、束ねた封書類をひきずり出すと、山野夫人から来た分ばかり取り出してみた。初めの頃のは丁寧に便箋《びんせん》に書きこまれていて、かなり分厚いものが多かった。音子も驚いたのだが、全部で二十三通もあった。音子からも同じ数だけの手紙が先方へ届いている勘定だったが、音子はそんなことは思わなかった。

こんなに沢山の手紙を書いたひとが、と音子は茫然《ぼうぜん》としながら考えていた。今は同じ社宅にいて挨拶もしないのだ。こちらの窓から顔が南に向いていれば、当然五号館から外へ出る十号室の山野幸江とは視線があうのに、幸江は知らんふりして行ってしまう。音子は改めて腹をたてながら、幸江からきた手紙を月日の順に並べ、それから中身をその順に読んでいった。大竹夫人の悪口を書いてある個所に来ると腹が煮えた。川北夫人に聞いたところでは、幸江は前支店長夫人の前では大竹夫人と大層仲がよかったという。

あの頃から私は騙《だま》されていたのか、と音子は愕然《がくぜん》としていた。大阪の支店にいた頃、山野幸江は音子の顔を見ると大竹夫人の悪口を言い、まるで彼女が二人にとって共通の敵であるかのように扱っていたのだ。手紙の中でも哀れっぽく音子一家が転勤した後、幸江がいかに孤立無援の境地におかれているかということが綿々と綴られてあった。音子は夕陽ヵ丘の駅前にある団地用の掲示板に、これらの手紙を貼り出してやろうかと思った。もし音子の方に体面というものがなかったら、どんな手段に出ても幸江の面《つら》の皮をひっぺがしてやりたかった。

二年前の手紙が、今の幸江とは別人から来たようで、読めば読むほど音子の心は煮えてくる。どうしてもじっとしていられなくなって、二十三通の手紙を抱えこむと、音子は立上って部屋を出た。行先は八号室の井本家であった。井本夫人のところは三号館のたまり場だから、ここで喋れば駅前の掲示板に手紙を貼り出すくらいの効果はある。が、音子にそこまで計算ができていたかどうか疑わしい。彼女は五号館の森家で隆之に出会ってから、まったく自分というものを失ってしまっていた。

八号室のブザーを押すと、扉を開けた井本夫人は、

「あら、どうなすったの？」

と訊いた。音子の血相が変っていたからである。

「聞いて下さい、奥さま」

運のいいことに、この日は奇跡的に井本家に来客がなかった。そこで音子は堰《せき》を切ったように喋り出した。

「これを見て下さい、奥さま。これは全部五号館にいる山野さんから私のところに来た手紙なんです。全部で二十三通もあるんですよ。私がこの三号館に越してきたその日に、これです、この手紙が郵便受に入っていたんですから」

「筆忠実《ふでまめ》な方なのねえ」

井本夫人は音子の興奮ぶりが異常なので、どう相手をしていいか分らない。あいまいな相槌《あいづち》を打ちながら、しかし興味津々《しんしん》として眼を光らせてテーブルの上に置かれた手紙の束を眺めていた。まさか慎みを欠いて、読むというところまでは流石《さすが》にできない。

「これが全部、大阪支店の人たちの悪口なんですよ。でなければ東京へ呼んで下さい、おすがりしますってことが百万遍も書いてあるの」

「まあ」

「私なんかのところへ、このくらい書いていらっしゃるのだから、もっと力のある方のところへは、どんなに手を尽したでしょうかしらね。凄《すご》いものだとお思いになりませ

ん？」

「その結果が御主人の本社勤務だとしたら、あの奥さんは大変な功労者ねえ」

「御立派な方なんですわ。東京へ来たとなると、役にたたない人間には舌も出さないいんですからね」

それから音子は井本夫人に五号館の森家で音子が今日、何を見たかということを話してきかせた。

「まあ、それはちょっとひどいわね。悟さんが気の毒だわ」

「ええ、子供にまで意地悪をしむけてくるなんて、私は思いがけなかったし、いくらなんでも、あんまりだと思いますのよ」

「私、言ってあげましょうか？」

「はあ？」

「奥さま、何からそんなことになってきたのか私には見当がつかないけれど、子供に影響を与えるのは大変よくないことだと思うのよ。感じやすい年頃なんですものね」

「ええ、私も自分が無視されてる分には別に困りませんから、私も無視してきたんですけど、子供の友だちまで横取りされたんでは黙っていられませんわ。森さんの坊っちゃんは今までそりゃ毎日いらしていたんですからね。日本語が不自由だったのを、悟も一所懸命で教えて上げていたんですよ。私も日本式のお行儀や挨拶みたいなこと及ばずながら注意もして差し上げていたんです。森さんの奥さまもよくお菓子を持って来て下さったりして、私たちそりゃよく行ってたんですのに、急に森さんの奥さままでよそよそしくなってしまって……」

「まあ、そう？」

「山野さんじゃ御夫婦であの坊っちゃんに英会話を習っているんですって」

「へえ、本当？　やるわねえ」

「そういう調子の人たちなんですよ。取入り方のうまさじゃ、とても私なんか、かないませんわ」

「英語を教えてほしいと言われれば悪い気はしないでしょうねえ」

「日本語の出来ない劣等感が吹き飛んでしまうでしょう？」

「それ、それ」

「それで坊っちゃんは学校の勉強を山野さんの息子さんに習うという寸法なんでしょう。宅の悟は、そうやってはねのけられてしまったんですよ」

「分ったわ、なるほどねえ」

井本夫人は音子への同情よりも、山野一家の知恵というものに恐れ入ったように唸《うな》っている。

「これだけの手紙を私にせっせと書いた人がですよ、越してきてから挨拶がないどころか、こんな嫌がらせをするんですからねえ、災難が降って湧いたようなものですわ」

「本当ね。どうして普通りに付きあえないのかしら」

「五号館に入って、外国帰りのエリートさん方と一緒になったので、とても私たちなんかとは馬鹿々々しくて交際ができないってところなんでしょうね」

「でも、まさか、目と鼻の先に住んでいて、そんな子供みたいに知らん顔を続けているなんて」

「でも、そうなんですもの」

「どうしてかしらねえ。お買物なんかで一緒になるときなんかないの？　私はよく出会うわよ。いろいろお喋りしながら帰ってきたりするのよ」

「私とは顔が合いそうになると向うを向いてしまうんです。視線があっても知らんぷりですよ。それを追いかけていって、ごきげんようなんて私も言うわけにはいきませんもの」

「妙な話ねえ」

「本当に妙ですわ。でも、私はもう妙な話だではすまないところまで来ているように思いますの。だって悟が可哀想ですもの」

「そうよ、それが一番の問題よ」

井本夫人は、ちょっと姐御《あねご》のように威厳をもって肯いて、提案した。

「ねえ奥さま、私が労をとりますから、ここで山野さんと会ってごらんにならない？」

「嫌ですわ！」

音子は反射的にヒステリックな声をあげたので、井本夫人は鼻白んだ。

「だって、このままじゃ険悪になる一方なのじゃないかしら。なんでも直接にぶつかってみるのが一番いいのよ、これが私の哲学なの。合点のいかないことには、すぐ自分の手で分るようにしてみるの。でないと人生は複雑で面倒になる一方だもの」

「山野さんの方で私に謝って来るのならともかく、私の方から会う必要はありませんわ。だって私たちは被害者なんですもの」

「それもひょっとしたら奥さまの思いすごしかもしれないじゃありませんか」

井本夫人の忠告には耳をかさずに、音子はテーブルの上にのせた二十三通の手紙を一通ずつ手にとってしまい始めた。表書きを見ただけで内容が分る。その度に口惜しさがこみあげてくる。山野幸江の手紙を読もうとしないのは、井本夫人の慎みというものであった。もし井本夫人がそれを読みたいと言ったとしたら、音子は拒んだかどうか。

ともかく音子は、井本夫人のところで胸の内をぶちまけて多少は心がおさまったので、幸江の手紙を元通りに束ね直すと、ちょっときまりの悪そうな顔になった。

「お邪魔して、すみません、奥さま。私もう頭が割れそうになっていて」

「本当、あなた少し異常だわ」

井本夫人は気味悪そうな目つきになっていたが、音子は大真面目で肯いて、

「自分でもそう思いますわ。だって、こんな目に合わされたら、誰だっておかしくなるんじゃありません？　目と鼻の先に家があって、それでもう何カ月って知らん顔なんですよ。いったい私が何をあのひとにしたって言うんでしょう」

「一種のノイローゼね、団地病よ」

井本夫人は、したり顔して診断を下した。そうでも思わないことには、井本夫人の忠告まで音子から無視されている不愉快はおさまらない。

女はそれを我慢できないというのは映画の題名だが、女の中には思いついたことはすぐ実行せずにはいられない型《タイプ》がある。井本夫人はその典型だった。山野幸江と直接に話しあえという彼女の提案が、音子にとりあげられなかったのは恨みだったが、そのくらいで手をひいてしまうほど井本夫人は不親切な女ではなかった。彼女の意識裡には三号館の姐御株を気取っているところがあり、時枝音子から苦悩を打明けられた以上は事の解決に当るのは自分の使命だという判断があった。しかしそれを黙々として行うほど地味な女でもなかったので、彼女はそれを三号館では藤野夫人と、五号館では幸江の隣の森夫人にまず相談した。

「ちょっと被害妄想《もうそう》なんじゃありません？」

藤野夫人は眉をひそめて言った。

「ええ、私もそう思うの。でも放っておいたら、ますます妄想が昂じるんじゃないかしら。私は気の毒で見ていられないのよ」

「山野さんって気さくで面白い方ですのにね。あの奥さんが意地悪をしているなんて信じられませんけど」

「でも時枝さんが越してきた当座は、三日にあげず山野さんから手紙が来てたのは本当なのよ。その手紙を山と持って見せに来たんですもの。二十三通あったわ」

「二十三通も、何を書くことがあったのかしら」

「東京本社へ転勤させて下さい、お力添えをお願いしますって哀願よ」

「本当ですか、まあ」

「私も驚いちゃったわよ」

「でも時枝さんの奥さんにそんなこと頼んだって無駄ですのにねえ」

「私もそう思うのよ。藁《わら》にでもすがりつく思いだったのじゃないかしら。この調子で誰にでも頼んだのだって時枝さんの奥さまは仰言るのよ。それで今になって何の力にもなれなかった時枝さんを恨むのも迷惑な話じゃない？」

「山野さんが時枝さんを恨むことは、それはありませんわねえ」

「でもまあ山野さんにしてみれば、あんな手紙を出した手前は、ちょっと顔を合わすのも工合が悪いんじゃないかしら」

「その気持も分りますわね」

藤野夫人はのどかな声で笑った。こんなゴタゴタは社宅で暮しなれれば日常茶飯なのであって、あんまり首を突っこんでしまってはならないし、かといってまるで無関心ではいられない。少なくともこの種の話は主婦にとって退屈しのぎには役立つのだった。

「それに、ちょっと深刻なのは三角関係があるのよ」

「まあ、三角関係ですって？」

「子供がね、時枝さんと、山野さんと、森さん、みんな男の子で学校も同じでしょう？　おまけに中学ともなれば受験準備でしのぎを削ることになるじゃない？　深刻よオ」

「男のお子さんのある家は、本当に大変ですのねえ」

　女の子しかいない藤野夫人は、あくまでも第三者だった。

　森夫人にすれば当の息子が巻きこまれていることだから、井本夫人が訪ねて来ると、半ば当惑しながらも、なんとか渦中から身を脱したいという願望があって、藤野夫人よりは当然積極的な話しぶりになった。

「私も本当に困っておりますの。時枝さんの奥さまが乗りこんでいらっしゃいましたでしょう？　そこへまた息子がお隣の隆之ちゃんと一緒に帰ってまいりましたから、どうすることもできなかったんでございますの」

「お宅の坊っちゃんを山野さんに盗《と》られたと言ってねえ、目の色変えて私に報告なさったんですよ」

「盗られたなんて、ねえ。たかが子供の遊び相手ではございませんか。そりゃ宅の子供も日本語が不自由で、随分時枝さんの坊っちゃんには親切にして頂きました。もちろん感謝しておりますけれど、根は日本人なんでございますから、いつまでも日本語が駄目というわけじゃありませんし、おかげさまで喋る方が回復してきましたし、何しろ山野さんはすぐお隣でしょう？　しかも後から転校してらして、どうしても宅の子供も仲良くなり易いんですのよ」

「山野さん御一家は家族ぐるみでお宅の坊っちゃんに英会話を習ってらっしゃるって本当ですか？」

「まさか、そんな馬鹿なこと」

「でしょうねえ。音子さんは血相変えて私に教えてくれたんですよ」

「少しおかしいんじゃありません、あの奥さまは。子供から英会話を習うだなんて。第一、山野さんの御主人みたいにお忙しい方が、いつ習えますの？　そんな閑《ひま》な時間は、開発事業部にはございませんでしょう？」

「はあはあ、開発事業部ではねえ」

井本夫人は、ちょっと吾《われ》に返って皮肉めいた口をきいた。五号館には例外もあるが、新たに有能な塩谷部長を迎えた開発事業部の精鋭が集まっているところなのである。

「山野さんは東京本社へ移りたくて、それこそ一家をあげて猛運動をなさったんですってねえ」

「まあ存じませんわ、私は」

「音子さんのところに何十通って手紙が来てますの」

「どなたからでしょう？」

「山野さんの奥さんからですわ。お情けにおすがりしますから東京へ呼んで下さいって、何十通も手紙を書いてらっしゃるんです」

「奥さま、ごらんになりましたの？」

「ええ、音子さんが口惜しがって私に見せるんですもの」

「そんなこと時枝さんに頼んだって役に立たないでしょうに」

「私もそう思いましたわ。山野さんじゃ見境もなく本社へ来たい一念で頼んでいたんじゃないでしょうか」

「でも山野さんを開発事業部へ引抜いたのは塩谷さんでしょう？」

「やっぱり、そうなんですのね」

　子供の遊びに「電報」というのがある。いい年をした大人でも大人数の宴会などの余興がわりにやる遊びだ。数人以上が一列になって、一端からある文章を発信し、次々に耳打ちして最後の受信人のところへ届いた文章と照らしあわせる。デマがどんな形で発生し伝播《でんぱ》するかを如実に示してみせる遊戯である。

　井本夫人から一部始終をきいた森夫人は山野幸江と時枝音子のこんぐらかった関係をときほごす役目を自ら買って出た。

「私も時枝さんの奥さまに申し上げたんですのよ。こういうことは当事者同士で話しあうのが一番だってこと」

「私もそれを忠告したんですけど、何しろあの通りの被害妄想でしょう？　会いにくるなら山野さんの方だってヒステリックに叫ぶんですもの」

「私から山野さんの奥さまにお話してみますわ。子供のこともありますし、こんなことは早く解決した方がよろしいですものね」

「奥さまがやって下されば一番よろしいんですわ。私が山野さんに言うのも、おせっかいでしょう?」

すでに井本夫人は三号館から出向いて五号館の森家に来てこの話をしていたのだったが、おせっかいはやきたくないという。

森夫人は折衝役を引受けたものの、あんまりそういうことの好きな性格ではないというところを示したかったのか、井本夫人を送り出すとき、

「社宅って、嫌ですわねえ」

と、こぼした。

「本当に、トラブルがね」

「子供まで巻きこまれるのは困りますわ」

「そうですよ、子供さんのことがなければ私も聞捨てにしたのですけれど」

「どうも奥さま、有りがとう存じました」

「いいえ」

五号館九号室を出て、井本夫人が三号館の方を見やると、どの家の居間の窓にも主婦の顔があって、井本夫人を注目している。何をしてもこの通り見通しなのだ、と井本夫人は合点し、ついで胸を張った。井本夫人は正々堂々と、ある不幸な人々の為に働いたのであって、それは誰に内緒にする筋合もない。その日、買物の行き帰りに出会った三号館の主婦たちに、井本夫人は殆ど洩れなく井本夫人と森夫人の間で語られた事どもを

知らせた。隠す必要は何もないというところから、放送する必要もない山野・時枝両夫人の不和が大々的に知れわたってしまい、それは「電報ごっこ」のように事実からは不正確で大げさなストーリーに発展してしまっていた。

　音子の耳には井本夫人の口から、こういう工合に語られていた。

「森さんの奥さま、そりゃあなたに同情してらっしゃるのよ。坊っちゃんが悟さんの世話になったのを感謝しているのよね。でも山野さんとことは何しろお隣同士でしょう？　森さんでも困っているらしいわ。山野さんに忠告しますわって、みんな見ていられなくなっているのよ」


　森夫人は井本夫人とは違って慎重な女だった。何より外国生活でいい意味での個人主義を身につけていたので、ただちに「電報ごっこ」に加わるような愚かなことはしなかった。音子が逆上して口走った事柄や、井本夫人が告げ口してきたことなどをゆっくりと考えあわせて彼女なりの結論を出すのには日数をかけた。

　一方、井本夫人から話を聞いていた音子は、森夫人がただちに山野幸江を詰問するものと思いこんでいたから、ひまさえあれば居間の窓から五号館の九号室と十号室のドアを睨んで、森夫人と幸江の動静を覗っていた。悪いことに、そうなれば音子は一日中がひまで、だから幾日も幾日も身じろぎもせずに五号館を見詰めていたことになる。

　幸江は、よく外出した。まさか派手な訪問着などは着ないが、様子ですぐそこらへ買物に出かけるのではないということは分る。帰りには必ずといっていいほどデパートの大きな買物袋を提げていた。都心へ出たついでに買物をしたのに違いなかった。どこへ行ったのかしら、と音子は思った。塩谷常務のところに違いないわ。開発事業部の部長夫人のところへ足繁《しげ》く出入りして、庭の植木の手入れでも手伝っているのだろう。

それに較べると、森夫人は滅多に外出をしない。アメリカ式に冷凍食品を愛用しているので、生活が合理的で、毎日毎日買物に出る必要がないのだろう。それにしても、いったい森夫人は、いつ山野幸江に例の「忠告」をするつもりなのだろう。音子は、しびれが切れてきた。音子にとっては焦眉《しょうび》の急でもあるような大事件が、森夫人にとっては不急不用の他人事《ひとごと》なのだろうか。もとはといえば森家の息子から起ったことであるのに――。音子の眉は次第に吊上って来た。

「お母さん、何か喰わせてくれよ」

振返ると悟が立っている。ズボンもシャツも脱いで、だらしのない下着姿だった。

「まあ、どうしたの、その恰好は」

「暑いからね。それより、何かないの？」

「ラーメンでいい？」

「冷やし中華みたいなものがいいな」

「今日はラーメンにしといてよ」

インスタント食品の中でも最も手のかからないものを作り上げるのに十分とはかかから

なかった。

「ねえ悟」

「うん？」

「森さんとこの坊っちゃんは、この頃は隆之ちゃんとも遊ばないのね？」

「どうして」

「二人とも一緒に帰ったけど、すぐに別れて自分たちの家に入ったわ」

「昼寝するからだろ」

「え？　昼寝？」

「うん、流行してるんだよ。昼間は寝てね、夜中に勉強するんだ。山野君が大阪から持ってきた習慣だよ」

「まあ」

ラーメンを啜《すす》っている悟の横顔を、音子はしばらく黙って見守っていたが、中学生が学校から帰るとすぐ昼寝をして、夜中に勉強するというやり方を胸の中で反芻《はんすう》して、愕《がく》然《ぜん》とした。

「悟さん、あの子はそんなにして勉強していたのね！」

「大阪では、みんなそうなんだって」

「まさか！」

「本当らしいよ。小学生の頃からそんな勉強法をしてたんだって。みんなそれを聞いて感心してね、家へ帰ってお八つを食べて、睡《ねむ》くなったら、そのまま昼寝をすればいいんだから合理的だって。僕も一昨日からやってみてるんだけど、いいね、昼寝って」

「…………」

「夜の方がたしかに勉強が頭に入るよ。もっと早く気がつけばよかった」

「…………」

音子が黙っていたのは、悟が仇敵《きゆうてき》山野の息子の真似をしているのに茫然としたからではない。三日も前から息子がそれを実践していることに気がつかなかった自分に驚いていたのだった。誰の真似であっても、それが息子の勉強に効果的なら、母親として異を唱える必要はない。

ラーメンのスープを啜っている悟に、音子はようやく訊いた。

「あなたこれから眠るの？」

「うん」

「昨日も一昨日も晩御飯の前は眠ってたのね？」

「うん、お母さんが御飯だって呼ぶんで眼を覚ましてたんだ。タイミングが恰度いいんだよ」

悟が階段を上って行ってしまうと、音子はしばらくぼんやりしていた。息子が中学生になっている！　同級生たちは、みんな進学試験をめざして猛勉をしているのだ！　山野隆之は小学校の頃から昼寝をしていた！　道理で！

遅れればせながら、悟が昼寝をして真夜中に勉強する習慣を持ち始めたのは悪いことではない。しかし音子は、そんなことまで山野家に遅れをとったことが口惜しいのだった。悟も言ったように、校庭で暴《あば》れまわって帰ってきた子供が、腹一杯食べればすぐ睡くなるのは理窟だった。眠りたいのを無理して予習や復習をするより、よく眠って冴《さ》えた頭になって静かな夜に勉強する方が確かに合理的に違いない。しかし、そんなことを大阪の子供たちが自分で思いつくだろうか。音子には何もかもが山野幸江の知恵のように思えてならないのだった。モーレツママというのは、あのひとのことなんだわ。大阪支店にいた頃は、あれほど親しくしている音子にその片鱗《へんりん》も見せず、「子供はのんびり育てましょう、なあ奥さん。うっとこは放任主義ですねん」と言っていたのは、あれは牽《けん》制球《せいきゅう》だったのか。そんなことに、今ごろ気がつくなんて、私はなんて間抜けな女だろう。

夏休みが近く、中学校は期末テストが始まっていた。生徒は神経過敏になり、その頃は親もはらはら気をつかって暮す。森夫人は駅前のマーケットに買物に出たとき、隣家の山野幸江の姿を認めると、

「奥さま、ちょっとお話があるんですのよ」

と言って傍へ寄って行った。

幸江はいいところで森夫人を見かけたとばかりに、

「私、悩んでましたん。あの鰊《にしん》、買おうかどうしようかと思って。新しいようにも見え、

古いようにも見え、どうしたもんかと思ってたところですねん」

「鰊なら冷凍の方が鮮度も心配ないし、お値段も半分ですわよ」

「へえ、冷凍？　お宅、冷凍のお魚食べてなさるんですか？」

「冷凍食品を契約しておくと週に二回運んでくれますよ、アイスクリームと一緒に。お安くて、便利でよろしいわ。私は買物は野菜だけ、たまに」

「鰊が半値ですか？」

「あの鰊なら二匹で九十円ぐらいよ」

「ほんまですか、まあ」

幸江は驚いて買うのをやめてしまった。森夫人が喫茶店に誘うと、

「もったいない、家へ帰ってお茶飲みましょう」

「でも、お話があるのよ」

「帰ってうかがいますよ」

「社宅じゃ駄目な話なの」

幸江はキョトンとして、

「なんど事件ですのん？」

と訊き、その無邪気な表情を見て、森夫人は幸江が音子に対してなんら作為的な嫌がらせをしているのではないことを信じた。

粗末な喫茶店の隅には冷房がもう入っていて、そのくせ店の中に暗い特有の臭気があ

った。二人とも清涼飲料を注文し、小さなテーブルを挟んで向いあった。

「妙なことなんですけどねえ、私が申し上げたからって、お気を悪くなさらないで下さいましね」

「はあ、はあ、何でしょう?」

「結論だけ先に申し上げますわ、他は雑音ですから」

森夫人は、からっとした調子で山野幸江を見て、思いきって言った。

「時枝さんの奥さまと直接お会いにならない? 私はその方がいいと思うんですけどねえ」

「はあ、そらもう私の方は大阪で大変に仲良うしてもろうてましたんやから、お話ができれば結構です」

「お二人で話しあえば、誤解も何もすぐに解けてしまうと思いますの」

「誤解って、何のことですやろか」

「時枝さんじゃ、あなたが意地悪をなさっていると思いこんでらっしゃるのよ」

「私が意地悪を? へえ、なんのことですやろ」

「私もねえ、なんのことだか分らないんですのよ。でも宅の子供が騒ぎに巻きこまれるのは困りますし、私の立場っていいますか、私の気持もはっきり申し上げておいた方がいいと思いましてね。つまり率直に申し上げて宅では子供が時枝さんへ出入りするより、隆之ちゃんと仲がいい方が結構なんです。このことは、お間違えにならないで下さいましね」

「はあ、そやけど、さっぱり分りませんわ」

「私、告げ口っていうのは性に合いませんのよ。ですから時枝さんの奥さんが血相変えて私のところへお出でになったときのことは申したくないんですけれど」

「音子さんが血相変えて何を仰言ったんです？」

「井本さんの仰言るには、子供の友だちまで盗ったって言ってらっしゃるらしいんですのよ」

「誰が誰の友だちを盗ったんです？」

「あなたが時枝さんのところから私の子供をお盗りになったって」

「阿呆《あほ》らしい」

幸江が歯牙にもかけない様子を示したので森夫人は小さな笑い声をあげた。

「まったく馬鹿々々しいことなのよ。私もそんなことのお取次はご免なんですけれど、時枝さんがあなたの手紙を井本さんにお見せになったりしてるっていうから、それはあんまりだと思って」

森夫人は事態を簡潔にするために結論だけ言うつもりだったのだが、次第々々に雑音の方も取り次いでいることには気がつかなかった。

「私の手紙って、なんですか」

「私が拝見したわけじゃないから存じませんけれど、井本さんの奥さまのお話では、あなた方が東京本社へいらっしゃるために猛運動なさったお手紙ですって、三十通とか五十通とか、山と積んだのをお見せになったそうですのよ」

「そんな阿呆な……。猛運動やなんて……」

「私も申しましたの、時枝さんの御主人さまはそんな立場にいらっしゃらないから、何十通お手紙を書いたって無駄でしょうって。でもお手紙はあなたのお出しになったものには違いないんですって」

「読まれて困ることはありませんけども、なんでそんなことを……」

「ね、何から起ったことか存じませんけれど、直接お話なすった方がよろしいんじゃありません？」

「ほんまですわ。そやけど私の手紙は、社宅の中のしょうむないことばっかり長電話のように書いただけのものですよ。それも二年も前の手紙やのに、なんで今頃持ち出して……分りませんわ」

「井本さんも見苦しいと仰言るし、私もちょっとひどいと思いましたから、これは当事者同士で話しあった方が……」

「はあ、そうします」

幸江は余計な口は一切きかなかった。

喫茶店を出ると森夫人は買い忘れたものを思い出したと言って、すぐに山野幸江に別れた。これは賢明な方法だった。すでに井本夫人が放送してあったことだから、もし森夫人と山野幸江が連れ立って帰ることになっていたら、三号館の主婦たちは注目したに違いなかったから。第一、当の時枝音子がそれを見たら、かたく鎧《よろい》を着て身構えたことだろう。

幸江は黙って頭を下げると、森夫人と別れた。森夫人はそれを眺めて多少の不安は覚えたけれども、省みて自らやましいところは何一つなかった。不都合なことは何も言ってない。余計なことは言わなかった。私は井本夫人とは違う、と森夫人は誇らかに胸を張った。井本夫人のような喋り方をしたのだったら、幸江は逆上して刃傷《にんじよう》沙汰だって起しかねなかっただろう。

幸江は黙々として足下を見詰めながら夕陽ヵ丘の階段を上っていた。下唇を噛み、考えこんでいた。途中で、三号館の井本夫人とも、藤野夫人ともすれ違ったのだが、幸江は下を向いていたので何事もなかった。井本夫人は片手をあげ、足を止め、何か言おうとしたのだが、幸江は工合よく無意識のうちに黙殺して過ぎることができた。

井本夫人は、藤野夫人の方へ走って行って、囁《ささや》いた。

「ごらんになった？　山野さんの奥さんの様子が変だったでしょう？　森さんから聞いたのよ、きっと」

「あら奥さまが仰言ったんじゃなかったんですの？」

「私は、だって、そこまで出しゃばれないもの。家の子は同級ってわけじゃないし、森さんと山野さんと時枝さんは揃って同じ学校の同じ組ですもの。子供の問題だと思ったから私は重視したのよ。奥さん同士のトラブルなら社宅じゃ珍しいことじゃないし、私も避けて通りたいわ」

「でも考えただけでしんどい話ですわね」

「何が？」

「父親と子供の行先がまったく同じなんでしょう？」

「お父さんは課が違うけど、子供の方は同じ組ですからね」

「山野さんの息子さんは勉強がお出来になるんですってね」

「あら、よくご存じね」

「四号館の方から伺いましたのよ。お嬢さんで同級生がいらっしゃるでしょ？　大変な秀才ですって。大阪って進んでますのかしら」

「さあ、大阪も東京もないんじゃないの、優秀なのは個人の問題よ。時枝さんはそれが一番頭に来てるんじゃないのかしら」

「まあ、そうですの？」

「森さんの坊っちゃんが、ほらアメリカ帰りだから遅れてるでしょう？　最初は時枝さんで予習を手伝ってもらってたのが、山野さんの子の方が優秀だから、そちらに乗りかえちゃったのよ。まあ騒動のタネは森さんで蒔《ま》いたようなものね。あの奥さまも多少は責任を感じなくちゃ」

時枝音子も、そろそろ買物に出かける時間だった。悟は昼寝をしていると思うと、夕食には栄養価満点の献立で夜の勉強を励ましてやらなければと思う。音子は婦人雑誌の巻末にある今月のメニュー欄を眺め、あれこれ考えた揚句、特製のトンカツを作ることにきめた。暑くなれば油ものの食事でスタミナをつけてやらなければいけない。居間の椅子から立上ったところで、ブザーが鳴った。悟の昼寝をしているときだと思うから、ブザーの音はいつもより衝撃的に大きく聞え、音子は慌てて玄関のドアに走り寄った。開けると、思いがけず山野幸江が立っていた。

「奥さん、山野でございます」

二年前までは聞きなれた関西なまりだったが、この日はばかに押しつけがましく聞えた。

「はあ」

考えてみればまったく思いがけないというわけではなかった。音子は井本夫人から事態の進展状態を聞かされていて、森夫人から幸江へと話が通じるのを今や遅しと待ち受けていたのだ。そして待ちくたびれてしまったところへ、その不意をつくようにして山野幸江が、普段着のままで買物籠を下げて入ってきた。

「突然のようですけど、お話させて頂きとうて上りましてん。よろしいですか？」

「はあ、どうぞ」

山野幸江は悠揚《ゆうよう》迫らぬ落着きはらった態度だったが、音子の方は一号館の主婦たちがこちらを見ている気がして俄《にわ》かに慌てた。

「奥さん、なあ、私も妙なことやと気懸りでしててんけど、大阪の頃のように、あの頃と同じようにおつきあいさせて頂けませんやろか？」

「今頃、何を仰言いますの？」

「さあ、こんな頃になって言い出せば、ほんまに長いことこじれてたんやということに気がつきますけどもねえ、私は何が奥さんの御機嫌損《そこの》うたことになったんか、とんと分りませんので、率直に仰言って頂こうと思いまして、うかがいました」

「率直に？」

「はい。私の何がいけなかったんでしょう。私が五号館に越してきたとたんから右見ても左向いても、時枝さんの奥さんが怒ってる、怒ってると皆さん仰言います。そう言われれば確かに私も思い当るんは、荷物を運びこんでるとき、奥さんお見かけして私が頭下げたら、奥さんは窓から確かに私を見ていられたのに、ぷいと向うを向いて知らん顔でしたしなあ」

「そんな言いがかりを、今頃つけにいらしたんですの？」

「私は気のきかんタチやさかい、おかしいなあと思っても、あの日は新幹線で日帰りしましたからねえ、御挨拶は後でと思いまして、五日たって東京へ来たらば、あっちからもこっちからも時枝さんが怒ってるて聞くばかりでっしゃろ？　もう途方に暮れましたわ」

音子は山野一家が本社に転勤するのは思いがけなかったことだし、まして同じ夕陽ヵ丘の社員団地の、しかも音子の家の真正面に彼らが越してくるとは思わなかったので、びっくりしたのがまず第一だった。まさか幸江がその日のうちに大阪へとんぼ返りをしたとは思わなかったから、越してくれば最初に挨拶に来ると思っていたのに幸江が何日も顔を見せないのには本当に腹を立てた。しかし幸江が言うように、誰彼なしに幸江の悪口を言った覚えはない。

「デマでしょう？　私が何を怒るんですの？　そんな話を本気になさる方がおかしいわ」

「デマですやろか？　主人の学歴がないのに本社勤務になったのは変だとか、奥さんがこちらへ移られたときから東京へ呼んでくれという手紙をせっせ、せっせと書いたとか、私のとり入り方がうまいから、内助の功で塩谷常務にひきぬかれたんやとか、奥さんがそう仰言ってるという話は全部デマでしたんやろか？」

幸江の斬りこみ方は、もの静かだったが音子を狼狽《ろうばい》させるものがあった。

「嫌だわ、誰がそんなことを言ったんですの？」

「引越しの挨拶に行く先、行く先で言われました。私こそ嫌になってしまいましたわ。社宅がどういうところかは充分知っていましたけれども、まさか奥さんがそんなことをなさると思うてませんでしたもの」

「私、何も言ってませんわ」

「誰より先に私のところへ挨拶に来なければならない筈だとか、大阪では私の家来だった女だとか、俄《にわ》かに課長になったんで私に頭は下げにくいのだろうとか、聞けば私かて面白い筈がありませんよ」

「私、そんなこと言いませんよ」

「そやけど大竹さんの奥さんが川北支店長のお宅から貰《もろ》うた猫を捨てた話、私は確かに奥さんに書きましたけど、それを本社の社宅の奥さんたちがみんな知ってはるのは何故《なぜ》ですか？」

「それぐらいのこと喋って何がいけませんの？　みんなあちこちの支店で社宅の苦労をなさった人たちですもの、みんな似たような経験があって、集まれば話の種にはなりますわよ」

「私もさんざん話の種にされてましてんなあ。ここの社宅では私まで猫をもろうたことになってますよ」

「まあ」

「猫の次は植木ですて。私は塩谷さんの家の草むしりに毎日行ってたんやそうですよ。奥さんの誕生祝に柿の木を担いで届けたんやそうですわ」

「まあ」

「大変でしたねえって、皆さん労《ねぎら》って下さいますわ。川北さんの猫に布団縫って届けたんも、皆さんご存知ですよ。猫に布団なら、奥さんに柿の木ぐらい担ぐやろと思われたんでしょう。私は確かに梅の木は届けましたよ、でもあれは社宅の全員できめたプレゼントで、私はたまたま当番だったんです」

音子は山野幸江の落着きはらった説明を聞きながら、全身にびっしょりと汗を掻いていた。いつ誰にどれを喋ったかは忘れてしまったが、確かにどの話も元のところでは音子の口から出たかもしれないものであった。それが、話が違う枝葉を繁らせて、趣も随分違ったものになって幸江の耳に入っている。

「初めは私も信用してませんでした。社宅というのは怖ろしいところやと前から知ってましたし、あれだけ親しいにして頂いてた奥さんが、そんなに悪口を言われる筈はないと思い直しました。それで勇を振るって御挨拶に出ましたけど、奥さんはお留守で、後から川北さんへ御挨拶に行って偶然分りましてんけど、そのときは川北さんへおいでて散々私の悪口を仰言ったそうですね」

「幸江さん、何を仰言るの？　川北さんでは私は専ら聞役で、川北さんの奥さんが散々あなたのことを仰言ったのだわ」

「そうですか。川北さんでは、塩谷常務の学歴無用論で、私の主人はその試金石になるのだから頑張りなさいと、えらい励ましをして頂きましたよ」

「まあ」

「昔の伊沢商事では考えられないことだったと、音子さんが嘆いてらしたけどと川北さんの奥さんは笑ってなさいましたわ」

「まあ、ひどい……」

「私は歯を喰いしばって帰りました。主人にはもちろん言えません。息子にも言いません。私がひとりで我慢して嚙み殺してればいいことやと思ってました。それにしても、なんでこんなに奥さんが私を目の敵にしてなさるんか、私には理由は分らんけど、考えてみればおかしなことは前からありましたわ」

「なんのことですの？」

「隆之が交通事故にあったとき、この方がと思うほど多勢の方々にお見舞を頂きました。その中で、見舞状一本も下さらなかったんは、奥さんだけですわ」

「それは、あんまりびっくりしたからですわ。それに、もうよくなったって書いておありになったし、社宅の皆さんとうまくやってらっしゃるようだし、私のことなんかどうでもいいと思ってらっしゃると……」

「なんでです、私の方は奥さんの手紙で心配してましたよ。隆之も心配して、いい先生に当るのも当らないのも運やからと言って、自分のことのように心配してました」

「隆之ちゃん、お出来になるんですってねえ」

　幾分の皮肉をこめて音子がそう言ったのは、話題を変えることで自分が立ち直る余裕をつくりたいと思ったからだったのだが、幸江は穏やかに微笑して、

「ほんまにそれは奥さんのお蔭なんですよ。私はお目にかかったら、まっ先にそのお礼を言いたいと思っていました」

と言った。

「あなたこそ、そんなことをあちこちで言いふらしてらっしゃるようだけど、当てつけがましく妙なことを言わないで頂きたいわ」

音子の声が険しくなった。

「当てつけて、なんでですの？　私は奥さんの気持が少しでも柔らかになってくれたらと思ってましたのに。社宅では口から出た言葉はその日のうちに相手に伝わりますからねえ」

「やっぱりわざと私に聞えるように仰言ってたんですのね」

「悟さんが東京へ行かれたあと、隆之はそれは淋しがりましてなあ、自分はよう手紙を書かんのに、私のところへ奥さんから手紙が来ると、悟さんの様子を知りたがって大変でした。東京へ行くなり悟さんが漫画捨てた、東京と大阪では同じ公立でも教科書が違う、五年生で六年生のテキストをこなしていると知る度に、あの子も男ですなあ、これはいかんと思うたらしいんですわ。私が何も言わんのに自分からバリバリ勉強するようになったんですよ。成績がぐんぐん上りましてねえ」

「そんなこと、あなた一行だって書いてらっしゃらなかったじゃありませんか」

「書けば自慢のようになりますもんねえ、私の手紙のことがこんなに言いふらされてるのを見ると、書かなくて本当によかったと思いますよ」

「私は言いふらしたりしてませんわ」

「私の手紙を束ねて持ち歩いてなさいますでしょう？　読まれて工合の悪いことは、そんなにないつもりですけども、五十通も私、書いてますか？」

「五十通ですって？　まあ、そんな話になってますの？」

「はあ、私が綿々と東京本社へ主人が呼ばれるように奥さんに哀願してますんやそうですわ、どの手紙も、どの手紙も」

「まあ、幸江さん、そんなことある筈がないじゃありませんか。社宅って、こわいわねえ」

「はあ、こわいところです。そやから奥さん、手紙を持ってまわるんだけは、やめて頂けませんやろか」

「そんなこと、私はしていませんよ」

「井本さんの奥さんは見たと言ってなさるようですよ」

「…………」

「それから子供のことですけれども、隆之は森さんとこの坊っちゃんを盗るやなんてそんなことしてませんし、男の子ですもの、奥さん、女の子みたいに誰か仲間外れにしようなんて思いますもんですか」

「いいえ、それだけは違いますわ。あなたが越していらしてから、森さんはぴたっと家には見えなくなったんですのよ。それまでは兄弟のように親しくしていたんです。毎日、家にいらしたんです。それが急に隆之ちゃんが転校してらしてから、私のところにはいらっしゃらなくなったんですから」

「男の子ですよ、そうなるにはなるだけの理由があったんと違いますか」

「なんですって！」

「私が意地悪してるなどということだけは、言うのやめて頂きたいんですわ。他のことはともかく、子供まで社宅生活の犠牲にしとうありません。私は、それだけ言いに来たんです」

山野夫人の幸江は終始冷静なものであった。いわゆる舌禍事件はひきおこすまいと注意していたし、音子のようにときどき金切り声をあげるのでもなかった。あまり無駄なことは言わず、言うべきことははっきりと言って、言い終るとさっさと帰って行ってしまった。

音子は茫然としていた。いつかは対決しなければならなくなるだろうとの予測はしていたけれども、こんなに一方的に幸江ばかりが理を詰めて喋りたてて自分がグーの音《ね》も出ないような結果になるとは思ってもいなかったのだ。まったくのところ音子は、幸江ひとりが勝手に喋りまくって帰ったという気がした。あの態度は、まあ、何だったろう。ひとの家を訪ねるのに、手土産を持ってくるどころか、普段着に買物籠をさげて、上れとも言わないのに居間に入ってきて、それからいきなりまくしたてたのだ。なんてひとだろう、あのひとは。

しかし音子は、山野幸江の残していった言葉の数々を茫然としながらも拾い集めていた。口惜しいけれど幸江の言うことには確かに一理あるのだった。山野氏の本社転勤は塩谷常務の強引な人事異動で、山野一家にとっても思いがけない出来事だったのかもしれない。早くから分っていることだったら、幸江が前以て音子に知らせて来ない筈はなかったのである。隆之が交通事故にあったとき、音子が見舞状を出さなかったのも本当だ。幸江に言った通り、音子はびっくりしたのだし、しかし本音を吐けば大阪支店の人々が山野一家に対して筆舌に尽しがたい親切さで幸江を感激させているのに音子は嫉《しっ》妬《と》に似たものを感じてつい見舞状も書けなかったのだ。それを幸江は誤解して、音子に何か含むところがあって見舞状も出さなかったと思いこんでいる。

誤解は音子の方にも山々あった。引越荷物を運んできた日に、幸江が大阪へとんぼ返りをしたとは思わなかったものだから、挨拶に来るのが遅いと焦《じ》れて、苛立《いらだ》ちのあまり森夫人にも井本夫人にも憤懣を洩らした。それが社宅の宿命で幾通りもの経路を通って幸江の耳に入ってしまったのだろう。

それにしても音子と前後して幸江が川北夫人のところへ出かけたとは思いがけなかったし、川北夫人が音子の告げ口をそのまま幸江に言ってしまうとは意外だった。あのときは川北夫人の方が悪口のありったけを言って、伊沢商事にも昔日の面影がないと嘆き悲しんでいたのではなかったろうか。

みんな敵だ、音子はそう思った。川北夫人でさえ味方ではなかった。社宅は怖ろしいところだと幸江は言ったけれど、音子も本当にそうだと思う。今頃そんなことに気づくのも間抜けな話なのだ。

「あら悟さん、昼寝をしていたんじゃなかったの？」

階段の途中で立っている息子に気がついて音子は少なからず慌てたが、悟は黙って上って行ってしまった。暑いので、どこも開け放していたので、彼は来客のあったことも、二人の母親の話も聞いてしまったのに違いない。

井本夫人も藤野夫人も、三号館のうるさ型は幸江とすれ違いに買物に行ってしまっていたのに、夕陽ヵ丘の出来事は空気伝染のように伊沢商事の社宅中に知れわたってしまう。三日たたないうちに、井本夫人が口実を設けて音子を訪ねてきた。

「山野さんの奥さん謝りにいらしたんでしょう？」

聞出し方がうまいから、音子はすぐ釣られてしまった。

「とんでもない、謝るなんて、そんなものじゃありませんでしたわ。凄い剣幕で」

「あら、どうして？」

「ひとりでまくしたてて帰りましたわ。私は呆気にとられて黙って聞いてるだけでした」

「まあ、あの奥さん、そんな気の強いひとだったのかしら」

「何もかも私の方が悪いんだそうですのよ」

「どうして？」

「どうしてか、そうなんですって。よく分りませんけれど仕方がありませんから私も反省いたしましょうと思って」

「奥さまが謝ることはないでしょう？」

「まさか！　何も悪いことしてませんもの。でも唇寒しですわね。社宅ってこわいところですわ。奥さまだけに見せた手紙が、数も五十通になって、私は誰彼なしに内容を読みあげたことになってますのよ」

「それはひどいわねえ。あれ二十五通ぐらいだったでしょう？」

「ええ、二十三通です」

「残念ね」

井本夫人は、半分は面白そうな顔をして、こんなことを言った。

「社宅の中でトラブルが起るのは出来るだけ避けたいと思っていたから、森さんの奥さまと御相談して、山野さんに意見をしたんだけれど、私たちの親切が裏目に出てしまったわ。まさか山野さんが、お宅に怒鳴りこもうとは思わなかったわ」

「買物籠をさげてきて、ブザーを思いっきり鳴らすんですもの、誰かと思ったら、あのひとが仁王立ちでしょう？　私はただただびっくりするばっかりで」

「何がいけなかったって言うの？」

「あのうちの子供が交通事故にあったとき、私が見舞状を出さなかったのが気にさわっていたらしいんです」

「そんなの言いがかりじゃありませんか。新聞に出たわけじゃないんでしょう？」

「ええ」

「交通事故って、怪我でもしたの？」

「足が、骨折でしたって」

「へえ、だって階段を勢いよく駈け上ってるわよ。どこも悪くは見えないわ。それにしてもおかしいわね、見舞状をよこさなかったといって怒鳴りこむのも」

井本夫人との短い対話の中で、すでに誤解というものは二つも三つも生れていた。音子は気がついたが、隆之が怪我をしたと知りながら手紙を出さなかった経緯を喋るわけにはいかないので、黙っていた。

日ならずして夕陽ヵ丘には幸江と音子の決闘というものが、当人たちの知らぬうちに潤色されて広まっていた。幸江がどなりこんで音子は一言もなかったという話から、幸江のとり乱し方に音子は呆れ果てたという話、少しずつニュアンスが違って伝えられ、結局のところは山野氏の抜擢というものに対して、時枝音子が嫉妬し、昔の下役に肩を並べられている現在が面白くないのだろうという妥当な結論に落着いていた。

それというのも社宅は怖ろしいところだと思いながら、音子の方は訊かれれば適当に自分をかばって話すのに対して、幸江の方は、

「時枝さんと衝突なさったんですって？」

と言われても、

「いいえ、そんなことありませんよ」

ととぼけてしまい、

「でも、お宅が時枝さんへどなりこんだって評判ですわよ」

「何をですかいな、阿呆らし。それより奥さん冷凍食品なあ、あれ、よろしいわ。森さんの奥さんに教えて頂いたんですけど、昔の冷凍と違うて匂いが悪うないんです。値段も安いし、新鮮ですよ。このくらいの鰊が二匹でなんぼやと思いますか？」

話をそらしてしまうのだ。

それでなくても五号館の主婦たちは、山野幸江のペースへ次第にひきこまれていった。初めのうちは、外国帰りの夫人たちは幸江を田舎者めという目で見ていたが、幸江は臆面もなく関西なまりを使って、誰彼なく話にひっぱりこんでしまい、五号館の前庭に花壇を作るという提案をして、率先して土を掘り返している。

その噂は、すぐに三号館に伝わってきた。

「塩谷夫人の御薫陶《くんとう》ですのね」

音子は冷やかに反応してみせ、井本夫人も、

「あすこまでやらなくてもね。ああいうの、やりてっていうんでしょうね。奥さまが呆気にとられるって仰言ったの分るわ」

と言った。

津田夫人は、ひそやかな声で、

「私はいきなり頭から、奥さん花は本物の方がよろしいでって言われてしまいましたわ」

と溜息《ためいき》をついた。

「まあ本当？」

「失礼ねえ」

「そういうひとなのね、あのひとは」

造花を作っている津田夫人に、四号館の主婦たちもときどき習いにくるようになっていたのだけれども、もう一わたり基礎を覚えてしまう頃には飽きる人たちも多くて、井本夫人も音子も内心では津田夫人こそ飽きもせずにコツコツと芥子《けし》の花やら藤《ふじ》の花やら、最近では菖蒲《しょうぶ》の類いまで自在に作りあげて、頼まなくても完成品を届けてくれるのには辟易《へきえき》していた。津田夫人は植物図鑑を買込んだり、植物園に見学に行ったり、もう熱意も技術もすっかり並外れてきているのである。

学習の記録

五号館の工事が始まった頃、三号館ではその南面に建てられるので目障《めざわ》りだし、うるさくて音子たちは迷惑この上もなかった。五号館が落成して居住者が引越してくると、それがカルカッタやヴァンクーバーやロスアンジェルスやバンコックなど、先進国から後進国各地の伊沢商事の海外支店勤務から戻ってきた人たちで、日本から一歩も外に出たことのない三号館、四号館の住人たちをいたく刺戟したものである。その中へ、大阪支店で採用入社というノンキャリアの山野一家が越してきて、これが音子と旧知の間柄であったのに当初から関係がこじれ、悪化したのは、確かに事件だった。当人たちも悩まされたが、夕陽ヵ丘の社宅では恰好の話題になって、テレビドラマの続きもののように主婦たちは成行きを期待して見守っていた。しかし山野夫人の幸江は賢くて吹聴することをしなかったし、音子もやがてそのことに気がつくと自分も幸江のことを言いたてるのはやめることにした。どうなったところで得るところは何一つないのである。

夫は相変らず忙しく、夜は晩《おそ》く帰ってきて、朝は時間一杯まで眠って、起きるとすぐに飛出していく。伊沢商事は日本の高度成長の第一線で活躍する一軍団であって、夕陽ヵ丘の団地はいわば兵舎である。モーレツ社員たちは、ただ眠りに帰るだけだ。

夕陽ヵ丘夫人たちは、夫が早く家に帰り、一家揃って夕食の膳を囲み、日曜は揃ってレジャーに出かけるというマイホーム主義を心の中では憧《あこが》れているのだが、たまに社宅の中に帰宅の早い夫たちを認めると、それが会社ではあまり重要なポストにいないことか、覇《は》気《き》に乏しい性格であるところを見抜いて、帰宅の晩い自分たちの夫をひそかに誇りに思うのである。たとえば三号館では藤野家の御主人は勤めるのが文書課だから、接待というものが少ないので帰宅が早いのだが、井本夫人も音子もそういうところで口には出さないが優越感を持っている。

「まあねえ社宅にも一得ですわねえ。これがぽつんと一軒家で主人の帰りがこう毎日晩かったら、あらぬ疑いでとても落着いては暮せないんじゃないかと思うわ」

井本夫人が笑えば、

「本当ですわねえ、でも私ときどき心配になりますの。こんなに働いていて主人の躰《からだ》がよく壊れないものだと思って」

音子はしみじみと言った。

「丈夫でなくちゃ伊沢商事は勤まらないのよ」

「本当に」

「一に体力、二に要領っていうのよ」

「なんですか、それ」

「サラリーマンの心得ですって。セールスマンに聞いて感心しちゃった。一に体力、二に要領、三四がなくて五が心臓」

「うまいことを言いますわね」

山野一家はこの逆の順序だと音子は内心で思った。心臓と要領という点で、とても音子などは歯が立たない。

山野幸江にのりこまれ、まくしたてられたとき音子は一言もなく、圧倒されたのであったが、しかし音子の不愉快がその後まるで解消していたわけではない。が、何を蔭で呟《つぶや》いても幸江の耳には届くことが分ったので、それも正確にではなく何倍か大げさになって伝わることが分ったので、山野一家のことは三号館で話題になっても音子は必ず口を噤《つぐ》んでいることにしていた。井本夫人から水を向けられても、

「私、あの方のことは何も申せませんのよ。御存知でしょう？」

という言い方でかわしてしまう。

「そうねえ、痛い思いをなさったから」

井本夫人もこう言って同情してくれるのだった。

しかし五号館に山野一家が越してきてから起った音子の不愉快が、少しずつ少しずつ一人息子の悟に翳《かげ》を落していることに音子が気がついたのは二学期の終りに、悟が中学校から持って帰ってきた成績簿を見たときだったのである。そのとき音子は、のけぞるほど驚いて、自分の驚愕《きょうがく》が悟の目に触れることを避ける余裕もなかった。

一年一学期のときの成績は、小学校のときとは採点の基準も違うことだし、それにしてもまずまずと思われたので音子は安心していたのだったが、ほとんど全課目が大幅にダウンしている二学期の成績表には、音子はしばらく言葉もなかった。あまりにも思いがけなかったからである。

「どうしたのかしらね、悟さん」

随分たってから、音子がこういうと、悟はふてくされていて、

「何がだよ」

と訊き返す。

「あんなに勉強していたのに、どうして成績が下ったのかしら」

「さあね」

「これ、何かの間違いじゃないの？　きっと、そうよ」

「間違いってことはないだろう。俺《おれ》、頭が悪いんだよ、きっと」

「まあ何を言うの、悟さん」

「勉強して成績が下るっていうのは頭が悪いからなんだろ」

「…………」

「まあ僕にはあまり期待しない方がいいんでないの、お母さん」

階段を上ってしまった悟には明日から冬休みが待っている。音子は居間に取り残されて茫然《ぼうぜん》とした。

社会、国語、理科、数学……。音子は悟の持って帰った「学習の記録」を眺めて、溜息《ためいき》をついた。小学校のときの通知表とはなんという違いだろう。それは実に微細に分析された学力と性格を数字で表わしたものであった。3と2という数字がめだって冷たく並んでいる。悟の残した言葉が、音子の耳の中で谺《こだま》する。まあ僕には、あまり期待しない方がいいんでないの、お母さん。あまり期待しない方がいいんでないの、お母さん。期待しない方がいいんでないの、お母さん……。

音子は身震いをした。悟は、なんという嫌な言葉を口にしたものだろう。低俗なテレビ番組から下品で珍妙な日本語があふれ出し、それは子供たちの日常語に大きな影響を与えている。何々でないの、などという言葉は戦前の日本には、少なくとも東京には決してなかった言葉だ。そして響きのなんという投げやりで絶望的なことだろう。まあ僕には、あまり期待しない方がいいんでないの、お母さん……。音子は幾度も幾度も身震いをした。気がついてガス・ストーヴの火を大きくした。寒いのだ、本当に。

その夜、音子はまんじりともせずに夫の帰りを待った。もう晩く帰ることに慣れていて、先に寝るのが日課になっていたのだが、とても眠るどころではなかった。帰ってきた浩一郎は自分の鍵《かぎ》で家の扉《とびら》を開けると、目の前に妻が立っていたので驚いた。

「どうかしたのかい？」

「あなた、大変なんです」

「何かあったのか」

「ええ」

肯《うなず》いて、音子は階段の方をうかがったから、浩一郎もすぐに悟のことだと気がついた。

彼は居間に入って腰を下ろすと、ちょっと声を落して訊いた。

「悟がどうかしたのか」

「これを見て下さい」

「なんだい？」

「成績ですよ」

「ああ通知簿か」

渡された悟の成績表を、浩一郎は無造作にひろげてから、ちょっと眉《まゆ》をひそめた。

「水をくれ」

「はい」

小学校のときと同じように評価は五段階方式である。成績表の最初に細かい注意書がある。それによれば「5」は各教科の学習項目に対して、その学力が充分ついているもの。「4」は、その学力がほぼついているもの。「3」は、安定した学力がついていないもの。「2」は、その学力がおくれているもの。「1」は、その学力がいちじるしくおくれているもの。まあ戦前の通知簿式にいえば、秀・優、良、可、不可の五段階と同じことになるだろう。この採点方式は小学校の頃と変らないから、浩一郎も音子も注意書は読まなくても理解はできた。

が、中学校に入ってから、俄然その採点が一課目について四通り、五通りにわたるようになっていた。たとえば国語についていえば、
一、語いの学習（漢字の読みとり、書きとり、難語句の理解度）
二、文章を読む学習（文章の内容をまとめる力、文章の構成とテーマをつかむ力、詩を鑑賞する力）
三、文法の学習（文節、主語、述語、修飾語、独立語の理解）
四、文章を綴る学習（詩による表現、感想文、校外学習の作文）
五、習字（基本点画の正しい執筆、用法。正しい授業態度）
というような工合である。

コップの水を一息に飲み干した夫に向って、音子は思い詰めたように言った。

「あなた、一学期のと較《くら》べてごらんになって？」

「うん」

「どうしたっていうんでしょう」

昔の成績通知表は一年を通して一冊のものに三学期の記録が書きこまれたものだったが、悟の通っているB中学は一学期ごとに三つ折りになった紙が一部ずつ届く。

国語は一学期が４５４３５であったものが、二学期には４４４３３になっている。社会は５５５４だったものが一挙に３３３２に下っていた。数学はオール４だったのに、

3の方が多く、幾何の対称と回転の性質というのが2に下っていた。理科も3と2がまじりあい、英語は5も4も姿を消した。前は「正しい発音と抑揚とリズムで英文を読む力」というのだけが3で、あとは5と4だったのに、である。

「全部一点ずつ下ったのかな。いや、英語は読解力が3になっている。二点下ったのだな」

「数学に2が入ったんですよ、あなた」

浩一郎も音子も音楽や美術、それに体育などというものの点数は考えに入れてなかった。音楽は前からオール3で、それは変化がなく、美術の自画像は5に、陸上競技も5という工合に一学期より上っている課目もなかったわけではないのだが、音子夫婦の目には入らなかった。

「英語が下ったのは森さんの坊っちゃんのせいだと思うわ、私」

音子が急にヒステリックなことを言い出して浩一郎を驚かせた。

「どうしてだい？」

「悟はあの子に日本語を教えてあげたのに、あの子は少し喋《しゃべ》れるようになったらピタッと来なくなって、山野さんとこの子に英語を教えてたんですよ、私、知ってましたわ」

「それとこれと関係はないだろう」

「有りますとも。山野さんみたいに取り入るのが上手なひとが入ってきたら、私たちは大迷惑よ。学校に行って何を言ってるか分りゃしないわ」

「それで悟の成績が下るのかい？　馬鹿だな君は、何を喋ってるんだ」

「だって悟は前よりずっとよく勉強するようになっているんですよ。学校から帰るとすぐ昼寝をして、夜中ずっと猛勉していたんですよ。それでどうして一学期より二学期の成績が下るんです？」

「そんなことを僕に訊いても分るわけがないじゃないか」

　音子は飛躍を続けた。

「家庭教師を頼もうかしら。でも、そんなことをしたら社宅中の評判になってしまうわ。井本さんになんと言われるか分らないわ」

　井本夫人は伊沢商事の子供は出来がいいのよ、家庭教師なんかつけてるのが一人もいないんだからって常々言っていた。それは牽制球《けんせいきゅう》であったのかもしれないのだが。やはり学習塾へ通わせようか。それともどこか別の中学か高校の教師を捜して個人指導を受けさせるようにしようか。だが、捜すといって、どうやって捜せばいいのか。音子は千々に思い乱れた。浩一郎はすぐに持て余して、酔いざましの水を飲んだあとの白々しい顔で、

「君、そんな有りさまを悟には見せてくれるなよ。いい加減ショックだぜ」

と落し蓋《ぶた》でもするような言い方をして立上った。彼は眠らなければならない。伊沢軍団の彼は小隊長であった。彼には明日の戦争が待ちうけていて、妻子のことにかまけていられない。

「言いませんよ。ショックというなら私の方こそショックだったわ。この成績表を私に渡してから、悟はなんて言ったと思いますか。あの子は、こう言ったんですよ。お母さん、僕には期待しない方がいいんでないのって」

こらえにこらえていたものが、夫にそれを打明けると同時に噴《ふ》きこぼれた。音子は泣き始めた。

「期待するなってかい？」

浩一郎も、ちょっと息を呑んだ。

「もっと嫌な言い方でしたよ。変な不良みたいな言葉で、あの子は、言ったんです」

音子はすすり泣いた。

浩一郎はまたソファに躰を沈めて、二枚の「学習の記録」を取り上げると黙って見較《くら》べた。事態の深刻さに彼は少し気がついたのだが、しかし彼には少年時代に悪い成績をとった記憶がないので、どう考えたらいいのか分らない。

「英語の音に慣れ、かんたんな英文を聞いたり、話したり、問答する力——か。馬鹿みたいだな。カンバセイションのことじゃないか。英会話と書けばいいものを、どうしてこんな長たらしい説明文にしてしまうんだ」

浩一郎は3と記《しる》された欄を指で弾《はじ》いて、当り散らした。実際こんな調子で文書を作成したら伊沢商事では左遷されてしまう。「英文の組みたて方やきまりがわかり、指示に従ってかきかえる力」などというのも、英文法という簡略な言葉ではどうしていけないのか、浩一郎ぐらいの年齢のものには理解に苦しまされる。

「ねえ、あなた、最後のところに保護者の感想と担任への希望という欄があるでしょう。あなたが書いて下さいな」

「嫌だよ、馬鹿々々しい。中学生にもなって親が何を頼むんだ」

「でも記入するところがあるんですもの」

「本人の反省と来学期への抱負——か。悟はこれになんと書くだろうな」

「…………」

「悟が書いた上で、書き入れるんだな」

「そうですね」

「担任のことば——なせばなる、か？」

「冷淡ですわね、たったそれだけですよ。悟があんなに勉強しているのに、なせばなるだなんて」

「しかし一学期とこれだけ成績に違いが出たら、先生も言葉がないんじゃないか」

「私、面会に行ってきますわ」

「…………」

「こんなに下るなんて私は想像もしていませんでしたもの。悟は前よりよく勉強していたんですから、変ですよ。高校進学のことだって考えなくちゃいけませんから、私、面会に行ってきますわ」

「可哀想だな、悟は」

「どうしてですの、どうして私が先生に会いに行くのが悟に悪いんです」

「いや、それを言ったんじゃない」

浩一郎は煙草に火を点《つ》けると、一服、二服してから、しみじみと言った。

「僕らが子供の頃は、成績が多少どうなったといって、両親がこんなに心配することはなかったような気がするんだ」

「私も女学生のときのことを思えば、ずっとのんびりしたものでしたわ。まあ私は女でしたから、そのせいかもしれませんけどね。今だって女の子は楽なんですよ。藤野さんとこなんか、うちは女ばかりだからって暢気《のんき》だし、井本さんも藤野さんは女の子だからねえって問題にしませんわ」

「男だって中学一年ともなれば僕らの頃は、いっぱしの大人だという意識が、当人にも周《まわ》りの人間にもあったなあ。悟は君が思っているより自分一人でやっていけるよ」

「放っておけって仰言《おっしゃ》るの、あなた」

「うん、その方がいいだろう」

「そんなこと、出来ませんわ」

音子の声がちょっと甲高くなった。夫の耳にはそれが警戒警報に聞える。浩一郎は煙草をふかしながら聞き流したが、音子のいきりたった声は続いた。

「私なんかなにもしない方ですよ。悟の宿題も覗《のぞ》いてみたことないんですもの。一人っ子だから過保護にならないように、それはかり気をつけてきましたわ。あの子の独立心を満足させるために、あの子の部屋にも滅多に入らないようにしていますわ。それに、もう一年になりますけど、大きな机を買ってから、悟は本当によく勉強するようになっているんですよ。それで成績が下るなんて、私には納得《なっとく》がいきませんわ。放っておくわけにはいかないじゃありませんか」

「まあ担任に会う分にはかまわないが、教師だってオールマイティじゃないからな、期待はできないぞ」

「あなたまで悟のようなことを……」

険悪な空気から浩一郎は身をかわすようにして立上った。

「寝るよ、僕は」

階段を上って行った浩一郎が、間もなく階段を駈け降りてきた。

「おい音子、変だぞ。悟が部屋にいない」

「なんですって！」

「ちょっと覗いてみたんだが、布団も敷いていないようなんだ」

悟が終業式から帰ってきたのは昼前で、そのあと音子は一度だけ買物に出た。しかし夕食は悟と二人でしたのだから、悟が家を出たとすれば、それから後のことになるだろうが、音子はずっと居間にいたのだから、悟が階上から降りて来れば気がつかないという筈《はず》はなかった。第一、三号館のドアは入るにも出るにも大層大きな音をたてるのが欠点で、悟が家を出たとすればドアの開閉に音子がそれこそ気がつかない筈はない。

浩一郎も悪い予感がしたのだろうが、音子は胸が波立って、血相が変っていた。

「どうしたんでしょう、本当にいないんですか？」

「うん、部屋は開けてみたんだ」

音子は両手も使って階段を駈け上った。夫の言った通り、和室の入口の戸が半開きになっている。音子は走りこんで、電燈をつけた。部屋の隅には鍵《かぎ》のかかる事務机があり、一間の押入の前にダンボール箱が二つ三つ出ていた。いつもは押入の中に納まっていたものである。

「悟ッ、悟ッ」

押入の中から何を持ち出して悟は家出をしたのだろう。音子は無我夢中で息子の名を呼びながら押入を開けた。そして呆然《ぼうぜん》とした。

押入の上段に、悟が布団を敷きつめて、まるで寝台車に寝ているような形で眠っていたのだ。掛布団をかぶっていたが、頭の先がちょっと覗いてみえた。

「悟さん、あなた、どうしたの？」

音子は手をかけて息子の躰を揺さぶった。

「なんだよオ、うるさいなア」

悟の声はねぼけてはいなかった。先刻からの親の慌《あわ》てぶりに気がついたらしい。

「うるさいって、なによ。どうしてこんなところへ寝るのよ。いなくなったかと思って、お父さんもびっくりしたのよ」

「………」

「悟さん、そんな変なところで寝るのはおよしなさい。面倒ならお母さんが、ちゃんとお布団を敷いてあげますから、さあ起きて」

「いいんだよ、僕はここで寝たいんだから」

「だって変じゃないの」

「どうせ変だよ」

悟は片手を伸ばすと押入の戸を摑《つか》んでひきよせ、中からピシャッと閉めてしまった。浩一郎が目顔で音子を呼んだ。音子も仕方がないから電燈を消して部屋を出たが、出てから振向いて言った。

「悟さん、ベッドの方がいいのなら、いつでも買ってあげますよ」

間髪を容《い》れず返事が返ってきた。

「いらないよ」

その瞬間、音子は階下での自分たちの会話が、悟の耳に入っているのを知った。悟は昼寝の癖がついていたから夕食の前に一眠りしていたのだろう。だから浩一郎の帰ってきたときは、起きていたに違いない。両親の会話から耳をふさぎたくて、彼は押入の中にかくれたのかもしれないのだ。

夫婦の寝室にはいってから、浩一郎は声をひそめて言った。

「相当深刻なのかもしれないな、これは」

「ええ」

「しかし成績がちょっと下ったくらいで悩むことはないと思うがな、男なんだし」

「男だから悩むんですわ。それに、ちょっと下ったなんてものじゃないんですもの。高校進学がありますからね。中学生は成績に神経を尖《とが》らせているんですよ」

「僕らの頃とは違うんだねえ」

「大変な違いですよ、あなた。世を挙げて教育熱が高まっているんですもの、戦前とは大違いですわよ。PTAの集まりなんかへ出てごらんなさい、教育ママたちの言うことといったら凄《すご》いのよ。学習の内容に一々批判するお母さんがいるんですからね。子供と一緒に勉強してるんでなくては、あんなこと分らないと思うわ」

「女が閑《ひま》になってるんだな」

「なんですって」

「僕らが子供の頃は、おふくろは掃除と洗濯と飯炊《めした》きで手一杯だったよ。親爺《おやじ》が帰ってくればその世話で、子供には手がまわりかねた。おふくろは小学校の卒業式にも来なかったんじゃないかな」

「今は時代が違うんですよ」

「………」

「でも私なんか古い方よ、PTAにも熱心じゃないし。だってあなた凄いお母さんがいて、政府にまかしてはおけないから父母が団結して子供を保護しましょうなんて言い方でしょう？　私なんか悟が嫌がるからＰＴＡの役員にはならないように、目立たないように目立たないようにしているんですよ」

学校へ始終出入りする母親のことを中学生たちは決してよく言わない。その多くは過保護の母親であり、教師にゴマをすりにきていることは明らかだから、生徒はそれを揶《や》揄《ゆ》するのだろう。音子は悟が小学校六年のときに失敗をしているので、中学では心して悟の友人と接触することとさえ避けるようにしていたのだった。

浩一郎が音子の話に返事をしなくなったので、ようやく音子は口を噤《つぐ》み、押入の中に入ってしまった悟のことを黙って考えていた。成績が下ったことを、あの子は本当に苦にしているのだ。

それにしても、その原因は何なのだろう。前より勉強するようになったのに、前より成績が下ったのは、どうしてだろう。

音子は唇《くちびる》を噛んだ。音子には分るような気がした。山野隆之。幼な友だちだった隆之の出現が、悟には大きなショックだったのだ。そうに違いない。大阪時代には才能にも成績にもあまり差がなかったものが、二年ぶりで出会ったとき、隆之の方が学力があまりにも高くなっていて、悟は驚いたのに違いない。おまけに親子で結託して悟の友だちまで奪ったのだ……。

B中学校は昨日が二学期の終業式だったというのに、校庭では二組のサッカーチームが試合をしていたり、バレーボールの激しい練習をしている女の子たちもいて、冬休みに入っているとは信じられないほどだった。しかしよく見れば、どの教室にも生徒の数は少ない——というのは、教室によっては生徒ばかり四、五人が集まって何か共同の作業をしているらしいからだった。これがつまりクラブ活動というのであろう。昔は学校が休みになれば小使さんたちも楽が出来たものであるのに、たとえば都会では子供のための広い遊び場がないために校庭はいつも開放してあるという工合で、まだ空地のある多摩丘陵の新開地でも、学校はすっかり都会的な習慣を持っているのであろう。

悟の担任教師も、まだ出勤していた。中学に入るとテストに次ぐテストで、教師も忙しさが倍増し、学期末の跡始末がすっかり終るのは休みにはいってしばらくしてからということになるのらしい。音子は教師の自宅を訪問したかったのだが、電話で前以て連絡をとると、中学校の方へ来てほしいということであった。

校舎内に入って行くと、奥から和服姿の中年の婦人が出てきて、すれ違うとき音子に会釈をして行った。音子も慌てて会釈を返し、考えてみるとPTAで顔をあわせたことがある。悟と同級の母親に違いなかった。あのひとも成績表を見てから飛んできた口だったのかと音子は振返ってみた。苗字《みょうじ》も何も思い出せなかったが、その女はまっしぐらに校門に向って裾を乱して小走りしていた。一秒も早く外へ出ようとしているようだった。音子には彼女の心境が手にとるように分り、取り乱しているのは自分ひとりではないのかと思った。二学期は採点の基準が厳しくなっているのかもしれない。

悟の担任は、小野先生といって、中年を過ぎた経験の豊かそうな男だった。年配は浩一郎とあまり変らないのではないかと思われたが、形の悪い背広を無造作に着ていて、野暮ったく、田舎の先生という感じがした。音子は丁寧に教師に対する母親の挨拶というものをしてから、

「先生、お成績がガタッと落ちましたものですから、子供も私もショックを受けてしまいまして、それで……」

と本題に入った。

「私も驚いているのですよ、実は。一学期の初め頃は、なかなか活潑《かっぱつ》な生徒だったのですがねえ」

「まあ、一学期から変化がございましたんですか、先生」

「そういう気がします。やる気をなくしたというか、やる前から諦《あきら》めてかかるようなところがあって、一学期の初めにはそんなところがなかったのですが、どうしたのですかねえ。クラス全体は二学期に入ってから大変に活気づいてきて、全員の傾向としては成績は上っているのです」

「先生」

音子はしばらく喘《あえ》ぐように口をぱくぱくさせてから言い出した。

「それは山野さんが転校していらしてからじゃありませんか？」

切口上のように言い捨てて、教師の表情を翳《かげ》でも見落すまいとしていた。

「山野？　山野隆之君のことですか？」

「はい、そうでございます」

「よく御存知ですね、山野君が転校してきたのがクラスには大変いい刺戟になっているのは事実ですよ」

「いいえ、私の申しておりますのは、悟がやる気をなくしたのは、山野さんが転校してきてからだという気がいたしますんです」

「と、いうと？」

「私どもは山野さんとは大阪支店のときに御一緒で、悟はあの坊っちゃんとは大の仲良しでございました。私も山野さんの奥さまとは大層お親しくさせて頂いておりましたのです。それが……」

音子は山野夫人のことを詳しく喋るのは本意ではなかったが、どうしても話の性質から大阪時代のことや社宅という事情も説明しなければ悟のところへ持ってこられない。小野先生は伊沢商事の内情などにはたいして関心がないのか、あまり表情を変えずに、音子のくどくどした話を黙って聞いていた。

「ロスアンジェルスから帰られた森さんの坊っちゃんが家に来られる頃までは悟も元気だったんでございますよ。先生、いかがです？」

「そうかもしれませんね」

「ですから、やっぱり、先生。山野さんのせいなんですわ。悟は久しぶりで出会ったのに、顫《あご》をしゃくったように挨拶されるし、友だちは連れて行かれるし、私だって本当に意外な扱いを受けたんですからね。先生。だって私のところには奥さまも知らん顔で、同じ社宅にお入りになっても挨拶もなさらないんですのよ」

「山野君のお母さんがですか？　そんなひととは思えませんがねえ」

「要領が大変によろしい方なんです。とても私どもでは真似ができないくらいですの。森さんの坊っちゃんも一家総がかりで自分の方にひきとめてしまって、親が英語を教えてほしいなんて言ってるらしいんですの。先生は森さんの英語をどうお思いになります？」

「いやあ、やっぱり本場仕込みにはかないませんよ。英会話と朗読は一切森君にまかせているようですよ、英語の先生は。森君の前では教師が恥ずかしくって却《かえ》って舌がもつれるようですなあ」

「まあ」

「森君は日本語に非常な劣等感があったんですが、英語の教師が彼にリーダーを読ませるようになってから自信を取戻したようです。生徒も森君の日本語をからかうよりも、森君から習うことに真剣になってきましてね、いい傾向だと思っとります」

　音子はいらいらしてきた。小野先生は悟の学級がいい傾向にむかっているという話ばかりで、少しも悟のことを心配しているように思えないのである。音子にとっては悟の級友にいい傾向が現われていたって、それが悟と関係がなければいよいよ心配になる以外はないのだ。それがどうも先生には分らないのではないか。

「それで悟は、どうなんでございますの、先生」

「そう、時枝君は、つまりそういう中で変化がないのだと言えば言えるのだと思いますな」

「はあ?」

「全体に活気を帯びているときに、時枝君は前のままなのですよ」

「それで成績が下ったと仰言いますの?」

「結果として、そうなったと言えるんじゃないですか。決して前より成績が悪くなってるわけじゃないんです」

「一年前に較べますと大変よく勉強するようになっておりますんですよ、宅では」

「中学に入ると自覚が出るといいますか、目的意識をもって勉強するのが殖《ふ》えてきますからね」

「と申しますと?」

「つまり進学ということが念頭にある生徒が多くなって、自分で本屋に行ってテキストブックを買ってきて勉強するのです。小学校とは、まるで違う筈ですよ」

「うちの子供は勉強が足りないのでございましょうか」

「いや、そういうことではないですね。時枝君は、つまり、なんといいますか、競争心が足りないというか、いや、そんなものは捨ててかかっているんですな。しかし、これは決して悪い傾向ではないのでして」

「でも先生も心配していると仰言ったじゃございませんか？」

「いや、心配といっても、あなたほどには心配はしていませんし、山野君の転校とは関係がないと思いますがね。学校では仲が悪いわけでは決してありませんよ」

「でも友だちを取られてしまったんですよ」

「もう子供じゃないんですから」

教師はちょっと苦笑いして、たしなめるような口調になっていた。短くない時間、音子の喋るのを聞いて、音子の性格は察したらしかった。

「そんなに親が心配することはないと思いますがねえ」

「でも成績が落ちたのは放っておけません。当人も大変なショックで押入にもぐって寝ているんです」

「押入に？」

「はあ。すっかり悲観しているんですわ。私にはよく分ります。前には同じような成績だった山野さんが、突然出現して、これが前と違って猛勉してあったんですから、それでいじめられれば男の子だってこたえますわよ」

担任の小野先生は専門が国語だった。だから彼は悟の国語の成績については詳しく説明することができたが、音子にはそれだけでは不満だった。

「塾へ通わせるか、個人教授をお願いするか、どちらがよろしいでしょうか、先生、ご相談なのですけど」

「さあ、私の考えを言わせて頂けば、塾というのもよし悪しですよ。昔と違って学校がテスト、テストで追いかけていますから、学校の勉強をみっちりやっていれば高校進学にはさしつかえないのです」

「はあ。私も放任主義をとってまいりましたのですけれど、今度ばかりは慌てました。こんな調子で下ったら、大変ですもの」

「いや、波はありますよ。時枝君は性格がしっかりしていますから、いい刺戟になって盛り返すんじゃないですか。ただ――」

「ただ?」

「ちょっと積極性に乏しくなっているのが、どうもね。心配とすれば、それですな。本人がその気にならないのを、まわりでどうお膳立しても効果が上りませんから」

「私に通知簿を渡しますとき、僕には期待しない方がいいんじゃないかと申しましたんですよ」

小野先生もちょっと驚いた顔をしたので、音子は我慢しきれなくなって泣き出した。

「お母さんがそんな気の弱いことでは困りますよ。しっかりして下さい」

先生は声を励ましたが、ちょっと持て余してもいた。もっともこうした型の母親に出会うのは近頃珍しいことではない。いや、近頃になって目立つのは、時枝悟のように特別の問題児でもなんでもない生徒の母親が、成績の変動の度《たび》に飛込んできて取り乱すことであった。教師の目から見れば、時枝悟は成績が中の中で、特別際《きわ》だった優秀さはないが、箸《はし》にも棒にもかからない困った存在ではないのだ。

「でも先生、山野さんがいらしてから私の子供が沈んでしまってるのは事実なんですわ」

　教師は溜息をついた。先刻からの話で、彼にはもう察しがついていた。この母親は、社宅内の子供が、自分の子より優秀だということで大層もなく傷ついているのだ。彼は思いきって、ずばりと言ってみた。

「そう思いこんでいるのは、あなただけじゃないですか。一番いけないのは、親が競争心をもやすことですよ」

「まあ」

「よくあることなんです。親が教育熱心でありすぎるために子供が白けてしまって、やる気を失ってしまうということが」

「私は、私は、そんな親じゃございませんわ。放任主義ですし、子供の勉強に干渉したことはありませんし、子供をどこの大学に入れたいなんて考えたこともありませんし」

「それでどうして成績のことだけ心配なさるんです？」

　痛烈な皮肉だった。さすがの音子も、ちょっと息を呑んだ。

「あの私、私はただ、このまま放っといていいものかどうか、それが心配でうかがっただけなんです」

「それなら御安心下さい。時枝君は自分の力で必ず盛り返せます」

「でも先生、国語にも社会にも5がなくなっています。理数科は3と2ばかりになってしまって、英語は5も4も消えてしまっているんですよ」

「図画の教師が褒《ほ》めていましたがね」

「はあ、自画像が5になってました。でも絵や体操に5があったって自慢にはなりませんわ」

「いや時枝君は丹念な仕事がむいてるんです。体力の点でハンデキャップがないのは大変いいことなんです」

「そうでしょうか」

「生徒会では美術部の委員に選出されています。人望がある証拠です。女の子にも人気があるんですよ。信頼されています」

そんなことが何の自慢になるだろうと音子は思った。絵がうまく、丹念な仕事がむいていて、女の子にもてているという。音子は悟が下手な自画像を描いたって、女の子に嫌われたって、数学や国語に5の字が詰っていてくれた方が嬉しいのだ。

結局、不得要領のままで音子は家に帰ることになった。いつまでも同じことを繰返して喋るわけにはいかないし、何よりも教師の心証を悪くすることを音子は懼《おそ》れた。悟の成績について、最初は心配しているといった先生が、途中から心配するな、心配するなと言い出したのが音子には不可解だった。現実に成績は下っているのに、先生は悟の勉強が足りないわけではないと言う。学級の成績が上っているときに、悟の成績だけ（音子にはそう思われた）が下っているのは由々しい問題だと思うのに、教師は安心していろという。音子には納得のゆかないことばかりだ。

それにしても山野親子が、ここでも評判がいいのが音子には腹立たしかった。山野隆之が転校してきてから学級はいい刺戟を受けて向学心に燃えている。教師は決してそんな言い方はしなかったにも拘《かかわ》らず、音子にはそう思われた。きっと隆之が音頭をとって森少年を英会話の指導者に担《かつ》ぎ上げたのに違いない。幸江の子なら、そのくらいのことはやりかねないだろう。音子は一途《いちず》に口惜《くや》しかった。

中学から駅へ向う道で、音子は山野幸江がこちらへ歩いて来るのを発見して驚愕した。幸江の方が先に気がついていたらしく、にこにこしながら丁寧に頭を下げた。音子は慌てたが、幸江もまた担任の教師に会いに行くのだと思って立直った。

「小野先生に面会ですか？」

「いいえ、ＰＴＡのお手伝いですわ」

「まあ、あなたＰＴＡの役員におなりになったの？」

「違います、違います。役員に欠員が出来たんで、手伝いに狩出されてるだけですよ。なんか忘年会とかの相談やそうです」

音子は中学校へ出かけたことを悟には言わないことにした。従って、山野幸江がＰＴ

Aの用事で中学へ行ったことも言うわけにはいかなかった。悟に疑惑を持たれると困るので、一切言わないでいるが、浩一郎が帰ってくると我慢はしていられなかった。

「あなた、あの隆之ちゃんていう子は、こわい子よ、あなた。学校でも森さんの坊っちゃんをおだてあげて、英語の時間は先生代りですって。それで森さんの子は日本語の出来ない劣等感がなくなって、よかったよかったって先生も喜んでいらっしゃるの」

「天晴《あっぱ》れなものじゃないか」

「親の血ですよ。幸江さんにそっくりだわ。大阪にいた頃は悟の家来みたいになってた子ですよ。今じゃ悟に鼻もひっかけないのよ」

「そんな馬鹿なことはないだろう。それより悟のことはどうなんだ。先生はなんて言っている?」

「御安心下さい、悟君は自分の力できっと盛り返せますって」

「そりゃよかった。なかなか頼もしいことを言ってくれたじゃないか」

「悟はクラスでは人気があるんですってよ。女の子にもてるらしいわ」

「へえ、やるじゃないか、なかなか」

「でも悟は女の子になんか興味がないのよ。あの子は真面目ですもの」

浩一郎は妻の言い分にある矛盾に気がついたが黙っていた。女の子に興味のない男がいたら、性的欠陥があるのかもしれないから、その方がよほど心配というものだ。が、そんなことを冗談にも言おうものなら、音子はまたどんなヒステリーを起すかしれない。

浩一郎は黙っていた。彼は男だったから、悟が男であることについて強い信頼をおいていた。そして妻である音子の言論は自由にさせていたが、あまりとりあわない方針でいた。

「呆《あき》れたのは山野さんの奥さんよ、ねえ、あなた」

「よさないか、その話は、もう」

「でも幸江さんたら、転校して間がないのにＰＴＡの役員にもぐりこんでるんですよ。中学校の帰りに出会ったら、ばつの悪そうな顔をして白状したわ。忘年会の準備なんですって」

「ＰＴＡが忘年会をやるのか」

「ＰＴＡが先生方をお呼びして忘年会で慰労をするんですよ」

「ふうん」

「ＰＴＡの役員なんかなったら大変だって言っていたのは幸江さんなのよ。子供は学校にしじゅう出入りするような親は嫌いますって」

「その通りだろう」

「それが、いそいそと出かけてくるんだから凄いじゃありませんか。私は今日つくづく思ったんだけど、小学校と違って中学は教科別に先生が違うでしょう？　担任の先生と話するだけじゃ全体の成績は摑めないわ」

山野幸江は、それに気がついたのに違いない、と音子は確信した。ＰＴＡにもぐりこんで、先生方の多くと接する機会をもてば、どんな工作だって思うがままだ。担任の教師には面会しやすいが、英語や数学の専任教師に特別に会うのは困難で、彼らの私宅を一軒一軒訪問するのはいかにも大変だった。だが、PTAの役員になれば、学校で一度に顔を合わすことができるし、いい印象を持ってもらえば後は簡単だ。山野幸江はそれを狙《ねら》ったのに違いない、と音子は思いこんだ。

そう思いこめば、夫に話したぐらいではとても気のすむものではない。音子は井本夫人のところへ出かけて行った。

「ねえ奥さま、中学になったらPTAの役員にはなった方がいいのかもしれませんわね」

「あら、どうして？」

音子は自分の考えを言い、そのついでのようなふりをして山野幸江がPTAにもぐりこんだらしいと説明した。

「あの奥さんが？」

井本夫人は意外だという顔をした。

「だって私にそう言いましたよ、自分で。PTAの役員に欠員ができたので手伝いに来ているって」

「PTAの役員に欠員が出来たなんて、私なんかは知りようがないわね」

「あら奥さまでも？」

「私は子供が嫌がるから学校には足を向けないのよ。中学生ともなれば一人前よ。成績に親は責任がないと思ってるわ、私」

「私も同じ考え方ですわ。奥さまのような先輩がいらっしゃるから私も心強いんですけれど、山野さんのように教育熱心な親を見てしまうと私は自信がなくなって、放っといていいのかって心配になって来ますわ。高校進学ってことがありますでしょう？」

「あなたが心配なら私はどうなるの？　うちの子は来年高校よ」

「塾や個人教授はどうしてらっしゃいますの？」

「そんな余分なお金があったら私は株にしてしまうわよ」

「まあ」

「男の子ですもの、自分でやんなさいって私は突き放しているの。どうせ結婚すれば嫁さんのものになって私から離れていくにきまってるんだから」

「もうそんなに割切ってらっしゃるんですか？」

「核家族時代でしょ。亭主が死んで、子供が結婚したら私は一人で暮すのよ。頼りになるのは、お金だけじゃありませんか。私たちが年寄りになる頃は女は九十まで長生きするかもしれないわよ。息子の世話になんかなれませんからね」

井本氏は四十代の働き盛りであり、一人息子はまだ高校にも進んでいないのに、井本夫人のこの長期計画は音子を唖然《あぜん》とさせた。すくなくとも音子は、悟が結婚するときのことなどまだとても想像ができない。

井本夫人は株をやっているせいか計数の観念に強く、最近厚生省が発表したデータに基づいて、三十年後の日本の人口と老若の比率などを細かい数字をあげて説明し、日本の経済が成長をし続けても、物価の上昇と人口比などから老人の生活苦は深刻になってとても楽観は出来ないということを得意になって演説した。音子は圧倒され、半ば感心したように相槌《あいづち》を打ちながら拝聴したものの、そんな何十年も先の話などは音子には少なくも実感を持って迫って来ない。音子にとって現在最大の関心事は、なんといっても中学一年の悟の二学期の成績が下ったということだけなのである。

「お宅の坊っちゃんは、どちらの高校をお受けになりますの？」

音子の質問に話の腰を折られて井本夫人はちょっと不機嫌になったようだ。

「高校？　さあ、どこを受けるのかしら。当人が勝手に自分の手頃なところを選ぶんじゃない？　私は知らないわ」

徹底した無関心ぶりである。音子はしかし井本夫人の口調から井本家の一人息子もあまり出来がいい方ではないのではないかと思って奇妙な安心をした。

「B中学校というのは、一般の水準からみてどの程度の学校なんでしょうね」

「まあまあじゃないの、公立だし」

「進学率はそう悪くないようですけどねえ」

「お宅、何かあったの？」

「え？」

「馬鹿に学校のことばっかり仰言るようだけど、何かあったんじゃない？」

逆襲されて、これは剣呑《けんのん》なことになったと音子は慌てた。中学一年の二学期に担任教師のところへ保護者の方が面会をもとめて行ったことなど知られては、どんな風に誤解されるか分らない。

「いいえ、ただ山野さんの奥さんがＰＴＡに積極的なようだから、私はこれでいいのかと心配になっただけですのよ」

「いいじゃないの自分は自分、ひとはひと、よ。ＰＴＡの役員なんていうのは本当に御苦労な仕事なんだから、やってくれる人には感謝しなくっちゃいけないのよ、われわれ怠《なま》けものは、ね？」

「そう、そう、そうですわね」

「子供なんて、普通ならいいのよ。私はそう思ってるわ、特別優秀でなくたって、いいじゃないの。そりゃ異常性格や白痴は論外よ。でも、そうでなければ、男の子は放っておかなきゃ。どうせ何も話してはくれないんですもの」

「本当に男の子って、何も言いませんのね」

「だって男ですもの。うちじゃ主人も無口だし、子供も黙ってるし、女は私ひとりでしょ。孤独なのよ、私」

そう言って井本夫人は、歯を見せて笑い出した。孤独という芝居がかった言葉が自分でも、よほどおかしかったのだろう。

年末は浩一郎が種々さまざまな名目の忘年会があって帰りの遅い夜が続く。中学の方は休みだから、悟はたいがい家にいるのだけれども、自分の部屋からは食事のときしか出て来ないので、音子は相変らず孤独だった。

「ねえ悟さん、あなたいつまで押入の中に入っているつもりなの」

夕食のとき、音子は黙々として食べている息子に、溜息のような声で話しかけた。

「…………」

悟の目は、テレビの画面を眺めたままである。音子は続けた。

「ベッドで寝たいのだったら買ってあげますよ。押入の中で寝るなんて変だわ。よかったら一緒にデパートへ行かない？　ねえ、悟」

悟はテレビの方を向いたままで、

「いらないよ」

「それじゃ、お母さんが見つくろって買ってくるわ」

「ベッドなんか、いらないんだ」

「いらないと言ったって、押入の中で寝るなんて、おかしいわよ。部屋は充分ひろいんだのに」

「うるさいな、僕は押入で寝たいだけなんだから、ほうっといてくれよ」

「ねえ、悟。あなた、ひょっとして成績が下ったのを悲観しているんじゃないの？」

言いにくいことであったが思いきって口を切ると、あとは簡単だった。音子は母と子の対話を始めたのであった。が、悟の方は表情も変えず、無言だった。

音子はわざと声を弾ませ、朗らかに言葉を継いだ。

「成績なんて、お母さんは平気よ。お父さんも平気だったわ。悟なら自分の力で盛り返せるって、お父さんも、お母さんも思ってるの。あなたがひとりで悲観して押入にもぐりこむ必要はないのよ」

「………」

「ただね、悟も中学生になったら、小学校の子供とは違うんだから、自分で考えてることもあるでしょう？　それから将来のことも考え始めなければいけないでしょう？　お母さんは決して無理にとは言わないけれど、塾に行くとか、個人教授を捜すとか、あなたがやりたいと思うことがあったら、何をやってもいいのよ」

「………」

「私は放任主義よ。悟が一人前の男として、やりたいことがあれば、なんでも賛成するわよ。まだ早いとは思うけど、高校進学のことも考えた方がいいでしょう？」

「………」

「そのこと、悟はどう思っているの？　どこの高校へ入りたいと思う？」

悟の右手が箸を握りしめた。が、相変らず目はテレビの方を見ている。唇の端がひくひくと動き、やっと声が出た。

「僕は高校なんか行かないよ」

思いがけない返事だったので、音子はしばらく耳を疑っていた。

「いやだわ、悟さん、高校へ行かないで、それでどうするのよ」

音子は朗らかに訊き返したのだが、悟の次の返事が彼女の息の根を止めた。

「僕は労働者になるんだ」

テーブルの上に、彼は箸を投げ捨て、音たてて階段を上って行ってしまった。食事の途中であった。茶碗《ちゃわん》の中には御飯が残っていた。皿や鉢の中の惣菜《そうざい》も、なくなっているわけではなかった。

音子は呆然《ぼうぜん》としていた。労働者になる。なんということを悟は言ったものだろう。労働者になる。高校へ進まずに、義務教育だけで悟は就職するというのか。労働者になるなんて。労働者——なんという大変なことを悟は言いだしたものだろう。

担任の小野教師は、穏やかな中年男で、面会のとき音子は想像もしなかったのだけれど、あの先生は共産党だったのだろうか。労働者になるなんて、この春、小学校を卒業したばかりの悟の知恵で出てくる言葉とは思えない。音子はいつまでも呆然としていた。

電話のベルが鳴り響いて、それで音子は吾《われ》に返った。

「はい、時枝でございます」

——僕、森ですけど、こんばんは。

「あら森さんの坊っちゃんね？　しばらくです。ちっとも遊びに来て下さらないのね、悟もさびしがっていますよ。お休みになったんですから、どうぞいらして頂だい。また焼いたおにぎり作りますからね」

—あの、時枝君いますか？

「はい、はい、ちょっとお待ち下さいませ」

音子は階段を駆け上って行った。珍しいことがあるものだ、森少年から電話がかかってくるなんて——。

「悟さん、悟」

部屋の中は、まっ暗だった。音子は電気をつけ、押入を開けた。

「森君から電話がかかってきたわよ」

悟は、面倒そうに振返り、顔をしかめた。

「なんだって？」

「まさか用件は訊かなかったわよ」

「いないって言っとけよ」

「どうして？　居留守を使うなんて、おかしいじゃないの。出なさい」

「嫌だよ」

悟は中から押入を閉めてしまった。

「悟さんッ」

音子は押入を開けたが、悟は頭から布団をかぶって身動きもしない。

しばらく押問答をしてから、音子は仕方なくひとりで階下へ降り、重い心で受話器を持上げたが、言葉の調子にはつとめて愛想をふりまいていた。

「モシモシ、お待たせいたしました。ご免なさい、悟ったら今日は早くから眠ってしまって、あの子ときたら眠ったらテコでも動かないんですよ。まるで眠り病のようなの。失礼ですけど、御用は私に仰言って下さらないこと？　起きましたら、お電話させますけど」

森少年の電話は簡潔で要を得ていた。

―クリスマス・イヴに、僕の家に遊びに来ませんかって言っといて下さい。B中学のクラスの友だちばかり七人ほど集まるようにしましたから。

「まあ、それは有りがとうございます。何時頃にうかがえばよろしいんですの？」

―二十四日の三時ぐらいから。

「はい分りました。他《ほか》にどんな方たちがお招きを受けてますの？」

―山野君も来ます。四号館の牛尾さんも誘いました。他には鈴木君や、サッカー部の児玉君なんかです。

「有りがとうございます。みんな時枝君も仲良しですよ。起きたらすぐ申しますから、ご免なさいね、悟が出られませんで。お母さまによろしく」

受話器を置いてから、音子は自分の頭が混乱してしまっているのを感じた。クリスマス・イヴ。なんだか遠い彼方《かなた》の出来事のような気がするが、機械的に音子は階段を上り、悟の部屋に入って押入を開けた。

「悟さん、クリスマス・イヴの御招待よ、すてきじゃない？」

　こんなに心が重く沈んでいるときに、どうして声ばかりがこんなに浮き浮きとしているのか音子にも不思議だった。

「ここの伊沢商事の社宅にいる同級生はみんな招《よ》ばれてるらしいわ。あとはサッカー部のお友だちやなんか、全部で七人だそうよ。森さんのお家《うち》、何かアメリカ式のことやるんじゃないかしら。悟さん、あなた行くでしょう？」

　悟は布団をかぶったままで、

「行かないよ」

　と言った。

「どうしてよ。私はうかがいますって、お返事しといたのに」

　なおくどくど言いかけると、悟は布団から頭を出して怒鳴った。

「あっちへ行ってくれ。クリスマスなんか、僕は関係ないんだ」

　音子は風船のように頼りなく息子から追払われて、階段をろくに踏みもせず階下に降りたが、頭の中の混乱はいよいよひどいものになった。

　労働者。クリスマス・イヴ。招待に応じない悟――高校進学。友人からの電話。押入の中で寝ている悟。どの問題も大きく、音子はどこから手をつけていいか分らない。森少年に対して、音子はクリスマスの招待を悟は喜んで受けるように言ってしまってあった。後から返事をするように……。そして、ああ、労働者――。中学に入り再来年の今頃は入試の前で神経が昂《たかぶ》っているだろうと、そんな覚悟はできていたが、当の悟が高校へ進む気がないと言い出したのだ。そして、ああ、労働者。音子は自分の親類に、そうした職業に就いた男を一人も持っていなかった。音
忘年会が続きに続くと、いかに頑健な体力を誇る伊沢商事の社員といえども愚痴のひとつもこぼすようになる。まして時枝浩一郎のように四十の坂を越した男には、暴飲したあとは身にこたえる。正体もなく酔って帰った翌朝は、風呂に入って体調を整えなければエンジンがかからない。

「若い頃は忘年会に出られるなどというと、もう前の日からワクワクしたものだが、俺《おれ》も齢《とし》だなあ」

少し青かった顔が、風呂から出て変に火照《ほて》っている。濃いコーヒーをゆっくりと啜《すす》りながら、浩一郎は今日は遅刻する気で、まだ新聞にも手を伸ばさない。

「あなた、悟が大変です」

「またかい？」

音子が深刻な顔をしているのに浩一郎は気がついていたが、彼には二日酔いを治癒《ちゆ》することの方が当面大事なことだったので、知らぬ顔をしていた。

「高校へ行かないって言うんです」

「ほほう」

「あなた驚かないんですか？」

「あのくらいの齢なら、いろんなことを言うだろうさ。子供の思いつきに一々親がつきあうことはないよ」

「労働者になると言い出してもですか？」

浩一郎は、やっと妻の顔を見た。が、彼は薄笑いを浮べている。

「そんなことを悟が言ったのかい？」

「ええ」

「君がまた高校受験があるから勉強しろとか何とか、うるさいことを言ったんだろう」

「うるさくなんか言いませんよ。あの通知簿の後ですもの、勉強のことなんか、うっかり言えませんよ。ただ、高校入試が先に行ってあるから塾へでも個人教授でも行きたければ行っていいのよって言ったんです。行きなさいと言っても反撥《はんぱつ》すると思いましたからね」

「そしたら高校なんかへ行かないって言ったわけだな」

「ええ。私は冗談ぐらいに思いましたから、高校へ行かないでどうするつもりよって言ったんです」

「そこで労働者か。面白い奴だな」

「面白いだなんて、あなた」

「労働者は悪くないよ。大学出たところでサラリーマンの一生というのは変哲もないじゃないか。僕らだって頭脳労働とも言えないよ、ホワイトカラーも所詮は体力が勝負のきめてだ。体の弱い人間には伊沢商事は勤まらないよ。弱ってくるとすぐ分るんだ。精力剤を飲み始めるからね。薬に手を出すのは駄目な証拠だ。先輩を見ていると大飯喰らいが一番出世する」

「じゃ山野さんだわ」

大阪にいた頃、社宅のスキヤキパーティなどがあると、最後の最後まで鍋の前から離れないのは山野氏であった。あのひとが、出世するのか。音子の眼尻《めじり》が吊上った。

出かける支度を始めた夫にとりすがるようにして音子は森家から悟にクリスマス・イヴの招待があったことを告げた。呼ばれている中に山野隆之もいることと、悟が押入にもぐりこんだまま電話にも出なかったことなど。浩一郎は、ちょっと眉《まゆ》をひそめて聞いていたが、労働者云々《うんぬん》よりも彼にはクリスマスの一件が重大に思えたらしい。

「大分すねてしまってるんだな」

「成績が落ちたのがショックだったんですよ」

「成績ぐらいでそんなことになるかなあ」

「あなたは悪い成績をとったことがないから分らないんですよ」

「僕らの頃は中学などといっても楽なものだったからなあ。遊び半分だったよ。それに成績がいいのも悪い奴も、遊ぶとなれば平等だったしな。出来ない連中は級長たちに、頑張れよってなことを言ってたな」

「あなた言われた方だから、励ました人たちの本当の気持は分らないんじゃないかしら」

「出来のいいのも悪いのも、みんな兵隊にとられたからな、僕らの頃は。戦死も多いんだ。兵隊も死んだし、幹部候補生も死んだ。よくよく運のいいのだけが生残ったよ。それがサラリーマンになって、あくせく働いてるんだ」

「あなたの言い方じゃ夢も希望もありませんわね」

「夢とか希望なんてものは、男のものじゃないよ。閑《ひま》な女の手頃な遊びさ」

「私が閑だって仰言るの？」

「まあ亭主ほど女房は忙しくないんじゃないのかい、近頃は」

悟の話はそっちのけになって、浩一郎は捨て台詞《ぜりふ》を残して出かけて行き、音子もすっかり不機嫌になってしまったが、元はといえばやはり悟の様子が変ったのが原因である。音子は外の明るい陽ざしを認めると、決然として悟の部屋に上って行き、押入を開け、窓を開け、そこで布団を干した。押入が臭いような気がする。悟の体臭がこもっているのに違いなかった。音子は襖《ふすま》二枚を外《はず》して、押入の中を徹底的に掃除しようと思った。シーツも枕カバーも取替えなければいけない。念入りに掃除をすれば、悟の部屋だけでも三時間はかかるのだ。妻が、閑だなんて！

昼過ぎて、陽光を存分に吸い、ふくれ上った悟の布団を叩いていると、五号館十号室の扉《とびら》が開いて幸江が顔を出し、音子を見ると丁寧に頭を下げた。音子も、おそろしく丁寧に頭を下げたが、唇はきつく結んでいた。何もかも、このひとが来てから狂ってきている。そういう気持を払うことができない。

浩一郎も本気にしなかったようだが、悟もきっと本気で高校へ行かないなどと考えているのではないだろう。あれは心配している私に憎まれ口を叩いただけなのだろう。それにしても運の悪いときにクリスマスの電話はかかってきたものだった。労働者問題が片づいていないときに。

ブザーが鳴ったので駈け降りてみると、驚いたことに山野夫人が立っていた。にこにこしている。

「お家《うち》やと分ったんで伺いました。ちょっと御相談ごとがあって」

この前、幸江がここへ来たときとは別人のように温和な顔である。が、音子の方も同じ調子になれといっても無理というものである。訊き直す口もきつかった。

「学校のことですの？」

「いいえ、社宅のことですわ。森さんの御招待、ありましたでしょう、お宅さんも」

「ええ、クリスマス・イヴのことね？」

「はあ、私らクリスマスに呼ばれるの初めてですので、どんな工合にしたらいいのか分りませんし。奥さんとこでは、どうなさいますか？　教えて頂こうと思いまして」

「別に特別のことはないでしょう？」

「そうでしょうか。クリスマス・プレゼントたらいうもんを用意せんでもよろしいんでしょうか」

真剣な顔をして訊いている幸江を見て、音子は急に自分を取り戻したような気がした。

「立話もなんですから、お上りになる？　お茶でも淹《い》れますわ」

「ありがとうございます」

幸江も、ごく自然に応じて居間に通った。クリスマス・プレゼントなどというのは口実だったに違いない。幸江はなんとかして音子の機嫌をとり結び、旧交を温めたいと思っているのだろう。音子は、そう察したのだし、そう思うのは悪い気分のものではなかった。

「幸江さん、紅茶がいい？」

「いいえ、奥さん、番茶にして下さい。五番館はどこへ行っても紅茶ですわ」

その言い方が可笑《おか》しかったので、音子は笑い出した。こうして見れば、幸江は昔ながらの幸江だ。しかし、もう前のように騙《だま》されないぞと音子は思った。

「ほんまですよ、奥さん。五番館は外国帰りのハイカラさん揃いで私のような田舎者はびっくりするようなことばかりですわ。背伸びしても始まらんと思うて、山出しのままでいてます。それが面白いらしくて、奥さん方も迷惑がらず馬鹿にもせずよう付合って下さってますわ。でも正直言うと、こちらの方が私などの性には適《あ》ってますなあ」

「三号館と五号館とは大分気風が違うでしょう？」

「そらもうえらい違いですわ。どちらへ伺っても凄いステレオがあったり、動くテーブルがあったり、テーブルに電気が通ってお皿を温める装置があるのを持ってはるところもありますわ。パーティやるには便利ですて」

「へえ」

「こういうお宅で、日本のお茶を頂くと、ほっとしますよ」

幸江は目を細めて緑茶を啜ったが、音子は日本製の家具しか詰っていない居間を見渡して複雑な気持だった。

「でも幸江さん、あなた結構うまくやっているじゃないの。私なんか無器用だから、ここへ越してきて最初の一年間はあちらでもこちらでもぶつかり続けだったわよ。何度も泣きたいと思ったわ。書いたじゃないの」

「はあ」

まさか幸江が同じ社宅へ入るとは思わなかったから、井本夫人や藤野夫人の悪口をさんざん書いたのを思い出して、音子はぞーっとした。あの手紙がもし幸江の手で井本夫人にでも公開されたら音子の方は無事ではすまないところだった。幸江があいまいな返事をしたので、音子はその間に急いで反省をした。

「私の方はあの頃は東京本社へ転勤になるなんて、それこそ夢やと思うてましたから、ただもう奥さんが羨《うらや》ましいて、夕陽ヵ丘三号館やて、ええなあ、ええなあて、隆之と言い暮してました。隆之の修学旅行には私もついて出て夕陽ヵ丘を見学しようかなんて言うてましてなあ」

「いらっしゃればよかったのに」

「来てしまいましたがな」

　幸江は屈託なげに笑った。

「想像していたのとは大分違ったでしょう」

「いやあ、奥さんの手紙のおかげでまごつかんとすみましたわ。なんせ転勤が突然の急なことでしたよって、泡喰って飛込んで来ましたやろ？　隆之も転校するとは思いがけんことやったから緊張しましてなあ、見ていて可哀想なくらいでしたわ。男は女と違って神経質ですねえ。勉強が遅れていたらどないしようと思うたらしいんですわ」

「反対でしょう？　隆之ちゃんはよく出来るんじゃないの？」

「いえいえ、まあ、普通というとこでっしゃろ？　親の子ですよってなあ」

「二学期の成績いかがでした？」

「一学期と同しことですやろ。小野先生は総花式と違いますか？」

「いい先生だと思うけど、私は」

「そらもう、その通りです、はあ、はあ」

「PTAの御用は今日はないの？」

「はあ、年内はもう行事がないのと違いますか。随分早い忘年会でしたわ」

「クリスマス前にねえ。主人も毎晩帰りが遅いんですよ」

「はあ、帰って来るだけましやと私とこも思うてます。東京本社はさすがに猛烈ですねえ。主人にもぼちぼちやんなさいや、無理しなさんなやて言うてますねん」

幸江の話しぶりには虚栄というものがまるでなかった。淡々として喋っている。出来る息子を自慢するでもないし、誰の悪口を言うでもない。しかし、音子は用心をしていた。中学の担任教師の採点法が総花式と言ったのがひっかかっていた。一学期も二学期も、山野隆之の学習の記録には5が詰っているのだろうか。

「まだ先のことだけど、お宅、高校はどうなさるの？」

「先生と当人とで決めますやろ。私は西も東も分りませんし」

音子は幸江の訪問に何かの底意があるかと疑ってかかったのだが、幸江の方では同じ社宅に住みながら最初のわだかまりをいつまでも持ち続ける不幸を、この機会に解消してしまうつもりなのだろう。ゆったりとして、四方山話《よもやまばなし》を続けている。

「そやけどこの頃の子供は可哀想ですねえ、奥さん。昔の子は勉強は学校だけでするものやと思うてましたやろ。宿題ら滅多にあるものやなかったのに、小学校の高学年からはどこの学校も詰込み主義になってありますなあ」

「大阪でもそうでした？」

「はあ。東京の子はもっと勉強してるって先生も威《おど》しますから、子供も東京を目標にして、隆之も悟ちゃんが東京へ行かはったのが刺戟になりましてなあ、よう勉強するようになりましたわ」

「悟は暢気《のんき》ですよ。勉強なんて超然としていますわ」

「はあ、隆之もそう言うて感心してます。さすがに悟ちゃんや言うてます」

「それ、どういう意味ですの？」

「大阪の頃と同しに、おっとりしてはるということですやろ」

「…………」

「人望がもの凄うありますんやて。選挙をすると、どの委員にでも票が入りますって。事前運動も何もしない、立派ですと隆之が感心してますわ」

音子は知らない悟の一面が語られている。どう疑っても幸江の言うことに作為があろうとは思えなかったし、音子は嬉しくないことはなかった。

「でもねえ成績の方も、もうちょっと、ねえ」

つい本音を洩《も》らしたら、

「いや、悟さんはよう出来るんでしょう？　奥さん、慾を言うたらきりがありませんよ」

幸江は真顔で手を振るのだ。

まさか5が数えるほどしかない悟が、と思ったが、そうも言えないので音子は黙ってしまった。

「隆之が、やっぱり東京は出来る子が多いと言うて感心してますわ。よっぽど頑張らんとあかんと思ってるらしいですわ」

「まあ、隆之ちゃんに今よりハッスルされたら困っちゃうわ」

「そんなことありませんよ、奥さん。うちらこの夕陽ヵ丘へ越して来て身にしみてますけどねえ、親がエリートと違いますんやから隆之には倍も頑張ってもらわんことには追いつきませんよ。主人もたいした学歴やなし、私は戦争中の女学校でろくに勉強してませんやろ？　種も畠《はたけ》もたいしたことないのは隆之が一番よう知ってます」

幸江の口調にはしんみりしたものがあって、音子は塩谷常務の抜擢《ばってき》に応える山野一家の述懐としてはこうもあろうかと半ば同情して聞いていた。まして幸江たちは外国帰りの多い五号館に住んでいるのだ。

中学校のクラブ活動というのは、音子などには容易に内容が分らないが、活潑というか本格的というか、たとえば美術部は都心の展覧会に出かけることが多く、それが翌日には討論会があったり、美術史の研究があったり、自分たちでゼミナールまがいのことなどしているらしい。

「悟さん、今日は隆之ちゃんのお母さんが見えたのよ」

「へえ」

「あなたって人望があるんですってね。小野先生もそんなこと仰言ってたけれど」

「先生に、いつ会ったんだ？」

「いつって、ずっと前に面会があったじゃないの」

「へえ、何も分りゃしないのに、いい加減なものだな」

一学期の始まった早々に父兄と教師の面接があったのだった。音子は二学期の成績を見てから担任教師に会いに行ったことは悟に隠しているので、話に嘘《うそ》がつい混ることになるのだ。悟はたちまち不機嫌になって、ぷいっと自分の部屋に入ってしまう。音子は、はらはらした。悟は高校に進学せずに労働者になると言い出して以来、音子は御飯も喉《のど》に通らなくなっているのだが、その件について悟と話し合うにはどうもまだ度胸が足りない。一時のきまぐれで言ったものと思うことにしているのだが、心配は荒波に揉《も》まれている小舟のように揺れ騒ぐ。

クリスマス・イヴはもう明日に迫っているのに、悟は、

「行かないよ」

の一点張りである。

音子は頭痛がした。幸江と話しあった末、幸江が音子と連名でクリスマス・プレゼントを届けることにきまり、早速新宿のデパートに買物に出かけたのだが、贈物の用意ができても肝心の悟に森家を訪《おとな》う意志がない。音子は「喜んで伺いますわ」と返事してしまってあるので窮地に立った。

夜になって、幸江が買物包を持って来てくれ、

「今年はクリスマスも静かですねえと誰方《どなた》も仰言ってましたが、売場は結構混んでましたわ。お歳暮ですやろ？　食物の売場は身動きもできませんよ。それでも東京はデパートでも売物が派手ですなあ。本物と同じ大きさの縫いぐるみのライオン売ってましたで。

見物してたら時間がたって閉店で追い出されましたわ」

賑やかに喋って帰った。クリスマスだから実用品ではないものにしようというので、気のきいた玩具《がんぐ》を捜すことにしたのだった。幸江は電気仕掛のスポーツカーが障碍物競《しょうがいぶつ》走をするという凝ったものを一式買ってきて、隆之と悟が半分ずつ持ちこむことにしていた。

「悟さん、隆之ちゃんのお母さんが森さんへ届けるプレゼントを買ってきてくれたのよ。あなたの分と隆之ちゃんの持ってく分を組み合せると、ゲームが出来るんですってよ。開けて見られないけど、これ、この包みがそうなのよ」

音子はどうにかして悟の気持をほぐそうとするのだが、悟は口実をもうけては自分の部屋に入ってくる母親に、次第に神経をとげとげしくさせていた。

「うるさいな。行かないと言っただろう？　クリスマス・イヴなんて、ヘン、おかしくって行けるかよ」

「だって御近所なのよ。森さんとはお父さん同士が同じ会社で、お母さんはよく顔があうのだし、お招きを断わるわけには行かないわ」

「それならお母さんが行けばいい」

「どうして私が行くの？　招待を受けてるのは悟なのよ。子供ばかり集まって遊ぶっていうのに、お母さんが代りに顔を出したらおかしいわ」

「僕は行かないからね」

「悟さん」

音子も次第に声が高くなってくる。

「何をすねているの？　もっと素直になりなさい。何が気に入らなくて押入の中なんかにすっこんでいるの？　お友だちが楽しく遊ぶときに、あなただけ行かないなんて変じゃありませんか。四号館の牛尾さんのお嬢ちゃんも行くらしいわよ」

「行きたい奴が行くんだよ。行かないのも自由さ。僕は行かないと最初から言ったじゃないか」

「どうしてよ！」

「行きたくないからさ」

「どうして行きたくないのよ！」

「理由なんかないよ。行きたくないから行きたくないんだ」

「そんなこと言わないでよ、悟さん。プレゼントも用意したのだから、機嫌を直して出かけて頂だい」

「…………」

「ねえ、悟さん、悟ったら」

「あっちへ行ってくれよ」

嘆願しても、哀願しても、おどし、すかしても、音子が手をつくし口をつくすほど悟は態度を頑《かたく》なにさせて行き、逆効果だった。十二月二十四日はこうして迎えられ、朝も昼も悟は押入の中で不貞寝《ふてね》をしていて、音子を当惑させた。

「悟さん、三時なのよ、森さんのお宅のあれは。いま二時半なんだけど」

「…………」

「悟、森さんでもあなたの分お料理や何か用意して下さってると思うし、隆之ちゃんたちも楽しみにしているんだから、ね？」

「…………」

母親の執拗《しつよう》さが、却って悟を石のように強固な沈黙に陥《おとしい》れてしまったのだった。音子は溜息をついた。自分がみじめな気がした。

音子は気が重い。

クリスマス・プレゼントなどを幸江に頼まなければよかったという気がしてきた。考えてみると随分高価な買物だった。二軒で分けたから買えたようなものなのである。しかも悟が最初から出かける意志がなかったとなれば、まるで無駄で、かといってこれを届けないことには隆之の持って行った分では遊ぶことも出来ない仕掛になっている。だから音子はどうしても五号館の森家へ出かけなければならないのであった。なまじ贈物の半分があるばかりに、電話だけで断わりを言うわけにはいかない。

音子は重い気持を取り直して、プレゼントの箱を持上げた。機械類だからなかなかの重さなのである。幸江の説明を聞いたばかりで音子は中身を見てもいない。外へ出て、階段を一歩一歩降りながら、なんという要領の悪い女だろうと、音子は自分が情けなかった。無駄な買物をした上に、森家へ行けば嘘八百をついて息子の不参の言いわけをしなければならないのだ。五号館の階段を上るとき、音子は自分の足をこんなに重く感じたことはないと思った。

九号室のブザーを押すと、中から扉が開いて、同時にレコード売場のような派手な音響が轟《とどろ》きわたった。顔を火照らして立っていたのは十号にいる筈の山野幸江だった。エプロンをかけて、手伝っているらしい。

「あら奥さん、悟さんは？」

「それがねえ」

「まあ、お上り下さい。子供といっても中学生になると結構大人なみにやりますわ。見ていても楽しくなりますよ。私らも仲間に入れてもらおうって森さんの奥さんと話しあってたところです」

驚いたことには四号館の牛尾夫人が台所に立って紅茶茶碗を洗っているではないか。

「森さんの奥さまは？」

幸江は天井を指さして笑った。

「坊っちゃんの部屋だけでは足らんので、御夫婦の寝室も開放するんですて。大変ですよオ、十五人できかんほど集まってますもの。女のお子も東京は活潑ですなあ」

階上にステレオがあるのだろうか、ジャズがすごいボリュームで鳴っていて、子供たちの笑い声が弾んでいる。

森夫人が両耳を掩《おお》うようにして階段を降りてきた。

「まあ御近所迷惑ですわねえ。アメリカだったら怒鳴りこまれますわ。今日は静かに家庭的に過す日なんですもの。あら、いらっしゃいませ」

森夫人は音子を認めると、音子も手伝いに来たと思ったものか、はなやかな笑顔で迎え入れた。ここでこれから断わりを言わねばならないかと思うと、音子は身を切られるようだった。

「あのオ、悟が昨夜から熱が下りませんもので、残念なのですけれど今日は伺えませんの」

「まあ、お熱が？　それはいけませんわね」

「悟さん、お丈夫ですのにねえ」

「風邪かしら？」

森夫人、牛尾夫人、幸江の三人が口々に言う。音子は嘘をついている後ろめたさが手伝って、おろおろした。

「たいしたことはないんですけれど、御迷惑をかけてもいけないと存じまして、失礼させて頂きます。あの、これ、クリスマス・プレゼント」

「まあ恐れ入ります。さっきも申し上げていたんですけれど、そんなお気づかいを頂くことはなかったんですのよ。子供の集まりなんですもの。特別のお料理もいたしませんし」

「はあ、でも、これ、山野さんのアイデアなんです」

「やっぱりそうでしたのね？」

森夫人は幸江に笑いかけ、折角ですから頂きますと言って、階上の子供を大声で呼んだ。森少年と一緒にどやどやと数人が階段を降りてきて、中に隆之も混っていた。

「あれ、時枝君は？」

「お熱が出てるんですって。代りにお母さまが見えたのよ。プレゼントを持ってきて下さったわ」

「ヤッホー、待ってたんだ」

「まあ、御挨拶はどうしたんです」

「どうも、どうも、有りがとうございます」

森少年がおどけた口調で言い、頭を下げると、階段に目白押しになっていた子供たちが拍手をした。音子は思わぬ晴れがましさの中で、玩具の半分を贈呈することになった。隆之が持ってきた半分は、もう箱を開けて中身の組立ても終っていたのだろう。本当に子供たちは待っていたのに違いなかった。森少年が箱を頭上に翳《かざ》すと、口笛がピーッと鳴り響き、

「来たぞ、後の分が」

と叫ぶ者があり、少年たちが興奮して囃《はや》したてるのが聞えた。よほど面白い玩具なのだろう。悟が来ていたら、この歓声に包まれて階段を上って行くところだったのだと思

うと、音子は復《また》しても無念だった。

帰ろうとすると、ひきとめられた。

「折角いらしたんですもの、奥さまゆっくりなさって下さいませ。我が家のクリスマス・ツリーを見ていらしてよ。ちょっと自慢なんですのよ、小さいけど」

居間の一隅に、飾りたてられたツリーには豆電球が明滅してまるでダイヤモンドの粉をまぶしたようだった。

「まあ綺麗」

「あちらでは主人も早く帰りましたから、こんなものも一生懸命に買ったり組立てたりしましてねえ。日本に帰ったら家には寝に戻るだけですもの」

「本当に伊沢商事はよう働きますなあ」

「大変なものですわ。おかげで帰ってからは私、まるで未亡人みたいよ」

「まさか、奥さま」

クリスマス・ツリーの下で、四人の主婦はしばらく笑いさざめいていた。

森家のクリスマス・パーティは大変楽しかったといって、幸江も牛尾夫人も後々まで話題にしたけれども、音子はそれを認めれば認めるほど悟が置去りを喰ったようで気持が沈んだ。しかし幸江は一向に音子の様子には気がつかないのか、翌日には悟の工合はどうかと訪ねて来た。

「ええ、おかげさまで熱は下りましたけど、ぐずぐずしていますのよ」

「そうですか、熱が下りましたか。風邪でしてんなあ。よかった、よかった」

「あんなに楽しいパーティでしたのにねえ、残念でしたわ」

「ほんまにそうです。私もびっくりしました。この頃の子供は遊び上手といいますのか、楽しいにやりますなあ。羨《うらや》ましくなりましたわ。私らも負けんとやりましょうと言うて、私も夜おそくまで遊ばしてもらいました。おかげでストレス解消ですわ。奥さんもゆっくりなさればよかったのに」

「ええ、でもねえ、悟が」

「そらもう子供が病気では遊べませんわな」

幸江は思い深げに肯いてみせてから、口調を改めて、川北夫人のところへ年末の挨拶に行ったのかと訊いた。

「いいえ、今年はいろいろ遅れてますの。それに前に幸江さんから変なことを聞いているでしょう？　敷居が高くて」

「私が何か言いましたか？」

「川北さんの奥さまでしょう？　私があなたの悪口をさんざん言ったって仰言ったのは」

「ああ、あのことやったら気にせんといて下さい。私も頭にきてきついことを言うたかしれませんけど、川北さんの奥さんは親切で注意して下さっただけですから。奥さんと私が不仲になっているのを、それはえらい心配しておいでたんですから。同じ社宅で暮すんだから仲直りしときなさいと言うてなさったんですよ」

「まあ」

「私は結構です、別に喧嘩したわけやないんですから言うときました。どうですか、奥さん、御一緒にお歳暮持って行きませんか？」

「そうねえ」

「こないだデパートで見つけたライオンの縫いぐるみ、一抱えもある大きいの、あれ川北さんに届けたらどうやろと思いますけどな」

「まあ、ライオンを？」

「ライオンは猫と同類ですやろ？　あこのチロが喜びますよ」

「あら猫と同類は虎じゃないの？」

「ああ、せや、せや、せやった」

　幸江は声をたてて笑ってから、二人の連名でライオンを川北家へのお歳暮にしないかと再び提案した。また連名か、と音子は考えた。幸江はわりかんで安く上げることを考えているが、森家に届けた例もあり、すぐ話にのせられては音子は割が悪いような気がした。悟の見舞は口実で、お歳暮の相談が本能寺だったのだ。

　暮も押し詰ってから、音子は自分のところに届いたお歳暮から、同じデパートの包み紙のものを五つ大きな風呂敷に包みこんで家を出た。行先は、都心にあるそのデパートである。暮の雑沓《ざつとう》の中でも、お歳暮用品のコーナーはひときわ混雑していて、調味料セットや国産ウイスキーの売場の前は長蛇《ちょうだ》の人であった。音子も包みを抱え直して、その列の中に加わった。中年の女たちが並んでいる。和服姿が多い。一見して一、二流の会社の課長級の夫人たちだということが分る。列に並んでいるのは買物をするためでなく、届いたお歳暮を買いかえるのが目的なのである。みんな静かに列について いて、こころもち俯向《うつむ》きがちなのは、こういうところを同じ会社の夫人連に見られてはまずいと思っているからだろう。だがお互いさまにそう思っているのであれば、「あら、奥さま」などと声をかけてルールを乱す者は誰もいなかった。

音子も荷物をときどき床におろして、長い長い列が、少しずつ少しずつ前へ動くのを忍耐強く待っていた。彼女は五カ所から来たお歳暮を一つのものに買いかえて川北夫人のところへ出かけるつもりであった。上役のところへ盆暮の届けものをするのは、その都度品物を選ぶのが悩みの種で、知恵を絞った揚句の果ては平凡なものに落着いてしまうことが多い。お中元には猫のベッドを持って行ったが、川北夫人が喜んだわりには肝心の猫が喜ばなかったので、あれは失敗だったと音子は反省していた。なまじ奇抜なことを考えて場所ふさぎの迷惑をかけるより、実質的なもので誠意を見せる方が、音子は自分によりふさわしいと思った。

ライオンだなんて！

音子は五つの包みを外国製食品売場の詰合せセットと取りかえてから、心の中で呟いていた。ライオンだなんて！　幸江の言うがままになっていたら、恥をかくところだった。実物大のライオンの縫いぐるみなんて、貰《もら》った方では置場に困るではないか。

デパートの人波に酔って、音子は外へ出たときはもう疲れ果てていた。しかし勇を振るって地下鉄にのり、川北家へ向って道を急いだ。街にはぼつぼつ正月の準備を終えた門口が並び始めている。川北家へお歳暮を届けるのは、多分音子が一番最後だろう。

玄関で声をかけると、

「まあ、いらっしゃい。悟ちゃん熱をお出しになったんですって？」

川北夫人は、いきなりこう言って音子を驚かせた。音子は暮の挨拶が遅れた理由に、その嘘を使うつもりだっただけに、却ってまごまごしてしまった。

「はあ、それで伺うのが大変遅くなりましたんです。でも奥さま、よく御存知で」

「山野さんから聞いたのよ。あなたたち仲直りなさったんですって、よかったわねえ。まあどうぞ上って頂だい。相変らずチロが散らかしてますけれど」

例によって茶の間に招じ入れられて、音子は敷居ぎわで棒立ちになった。

ライオンが！　畳一枚を占領するほど大きいライオンの縫いぐるみが、掘炬燵《ほりごたつ》の前に主人顔してうずくまっているではないか。

「驚いたでしょう？」

川北夫人が面白そうに、音子の表情を満足して見ながら言った。

「山野さんがねえ、田中さんと金原さんと三人で担《かつ》ぎこんでらしたのよ。私もびっくりしたけど、チロときたら最初は怯《おび》えてしまってね、遠くで畳を掻いて大変だったのよ。

それが、ほら、今じゃ最高のお友だちなの。おかしいでしょう？　自分より大きいけれど、自分より無力なのに気がついたらしいのね」

川北夫人の愛猫《あいびょう》が、自分の百倍も大きいライオンにじゃれつき、その毛糸製の鬣《たてがみ》にぶらさがり、耳の下にむしゃぶりついたりして遊んでいる。いい友だちができたようであった。喉《のど》を鳴らし、飛びかかり、自分で背から転がり落ちる。チロはそんなことを飽きもせずに繰返し、繰返ししていた。

「田中さんや金原さんとですか？」

「ええ、田中さんはあなたがいらっしゃる前に大阪支店にいらした方なのよ。つまり大阪支店にいて、今は東京へ来ている方たちと連名で持って来て下さったの」

「そうなんですか」

幸江はそんな計画を音子には言わなかった。あるいは音子が彼女とわりかんの御歳暮を断わったので、幸江は他に相手を捜したのかもしれない。しかし、こうして見ると、川北氏の支店長時代のいわば子分たちが連名している中から音子だけが落ちているような結果だった。

「私は誘って頂いたんですけど、こんな大きなものは御迷惑じゃないかと思ったものですから」

「そう伺ったわ。私は相変らずお仲が悪いんじゃないかと心配してたんですけれどね、この頃はすっかり昔通りにおなりになってるんですって？」

「はあ、まあ、喧嘩にはなりませんから」

「隆之ちゃんは悟さんとまた同じ組なんですってね？」

「はあ、大阪の頃と違って隆之ちゃんは変りましたのよ、奥さま」

「そうですってね、悟さんが東京へ行ったのがいい刺戟になって断然やる気を起したんですって、山野さんが喜んでいたわ。悟さんもまたお友だちができてよかったことねえ」

「はあ」

「チロも、このライオンが来てからは、ひとりでいた頃と大違いなのよ。最初は何しろ大きいものだから圧倒されちゃって、びくびくしていたんだけど、今じゃすっかりライオンを舐《な》めてかかっているのよ。主人が面白がってライオンを動かしてやると仰天するわ」

まさか隆之と悟の関係を、猫と縫いぐるみのライオンに譬《たと》えている筈はないのだが、音子は川北夫人の弾《はず》んだ話ぶりになかなか調子があわせられなかった。

またしても幸江にやられたという思いが強い。川北夫人が目を細めて愛猫の戯れる様を眺めているのを見ていると、今ここで外国製の鑵詰セットを出すのは、いかにも自分が野暮で気がきかないようで気が重い。

「これ奥さま。私の方は月並で、お恥ずかしいようなものですけれど」

「あら、お気を遣わないで頂だいな。私はねえ、山野さんたちにも言ったのよ。主人はもう出世が止っていますから、宅へ来て頂いても御利益《ごりやく》はありませんよって」

「あら、そんなつもりじゃ……」

「山野さんたら、おかしいのよ」

川北夫人は思い出してもおかしそうに笑い出した。

「深刻な顔して、それは困りますなあって言うの。このライオンはデパートに送らしたのでは遅くなるからって三人でタクシーに積みこんだのですって。ライオンだけでシートは満員でしょう？　それで三人のひとたちがどうやって乗りこんだのかしら、ねえ？　山野さんがね、苦労して運んで来たのに御利益がないなんて馬鹿なことはないって言うのよ」

「まあ」

「御主人に気張ってもろうて下さい、出世が止ったやなんて縁起でもないって。主人が帰ってきて、このライオンで驚いてね、山野さんの言ったこと伝えましたら、まんざらでもなさそうに笑いましてね、じゃひとつ気張るかなって申しました」

「まあ」

「主人もチロもごきげんでしょう？　まず私のところに御利益があったわけなのよ、このライオン」

川北夫人の喜びはライオンよりも大きいのだった。音子は幸江の才知というか頓智《とんち》というか、その才能にあらためて忌々しさを覚えていた。誘われたとき素直に応じて元大阪支店の連名の中に加わっていたところで、やはり山野幸江ひとりに手柄はさらわれていたのに違いないのである。田中夫人も金原夫人も等分にお金を出した筈で、川北夫人ももちろんそれは知っているのだが、しかし発案が山野幸江であることも夫人は知っていて、それは事実なのだ。山野幸江がイニシヤティヴをとり、結果として山野幸江の手柄だけが残っている。ライオンに出資したとしても、音子の忌々しさは変らなかったろう。森家に届けたクリスマス・プレゼントだって同じことだったではないか。

「夕陽ヵ丘の社宅って楽しいところなんですってねえ、音子さん」

「はあ?」

「幸江さんの話を聞いてると社宅といっても昔とは大違いになっているって感じたわ。そうそう夕陽ヵ丘って名をつけたのは、音子さん、あなたなんですってね」

「はあ、夕陽がそれは綺麗に見えるものですから」

「そうですってねえ。夕陽ヵ丘の皆さんは、パーティがお上手なんですって?」

音子はぽかんとしていたが、川北夫人は幸江から聞いたといって、夕陽ヵ丘の主婦たちはさまざまな主題でパーティを開き、交歓して生活を楽しんでいるそうではないかと言った。

「田中さんも金原さんも幸か不幸か東京に家がおありになるものだから、夕陽ヵ丘に住めなかったって残念がっていたわよ」

「そんな……、だって要するに団地ですもの。それに、パーティなんか、私は一度だけクリスマスにお招きを頂いただけですわ、それも私でなくて悟がお友だちから呼ばれたんですの」

「ええ、伺ったわ。悟さん、お熱でいらっしゃれなかったんですってね。パーティなんていうと私は昔ものだから大層もないことのように思うけど、外国式にやると簡単なんですって？　準備も跡片付もみんな一緒にやるから、ただ集まってわいわいお喋りするだけだって。でも幸江さんの話を聞いていると本当に楽しそうだったわ。夕陽を眺めるというテーマで山野さんでパーティをして下さるってことになったのよ。なんだかすてきじゃない？　わくわくするわって、金原さんも興奮していてね」

「………………」

「寒い間はなんだから、来年の夏の初めくらいはどうかしらって。あら幸江さんはあなたにまだ相談していない？」

「はあ」

「帰ったら早速音子さんと相談して、計画を今から練っておきますって言ってらしたけど？」

「それじゃいずれ声をかけて下さるんでしょう」

音子は冷静に返事はしたものの心の中は波打っていた。あのひとは要領がよすぎるんですよ！　そう叫び出したいのを押えていた。川北夫人に何か言えば、それがそのまま幸江に通じてしまうことは前に痛い経験があるので、音子は心が許せないのである。夕陽を眺めるというテーマだなんて！　あの田舎者の幸江が、なんと背伸びしていることだろう。

「奥さま、幸江さんは変りましたでしょう？　前には、なまりは大阪でしたけれど、今ほど大阪弁は丸出しにしてませんでしたわ。奥さまのところではどうか存じませんけど」

「それは私も感じたわ。でも、あのひと、自分で言っていたわ。夕陽ヵ丘五号館では気取ってみても追いつきませんって。あのひと利口なのよ、やっぱり阪僑《はんきょう》の知恵だわね」

「ハンキョー？」

「中国人のこと華僑《かきょう》って言うでしょう？　外国へ出ている人たち。そういう意味で大阪出身のひとのこと阪僑って言うの。現実的だし、商才があるし、伊沢商事の中でも阪僑が大きな勢力になっていますってよ。主人もそう申していますわ。東京の人間は、そこへ行くと見栄っぱりで実行力がないんですって」

王様の耳はロバの耳という童話があるように、黙っていなければならない苦痛というのは人間には耐え難い。社宅に暮していれば、右にも左にも迂闊《うかつ》なことは言えないのだから、音子が鬱積《うっせき》したものを晴らすとなれば夫の浩一郎か、息子の悟が相手である。

「またその話か」

浩一郎は吐き捨てるように言った。男は会社での人間関係で、もっと辛く腹立たしい毎日を送っている。浩一郎とて人の子だから鬱憤を妻相手に晴らしたいこともあるのだが、社宅住まいの身では妻にさえも会社の中で起ったことは滅多に言えないのである。音子のお喋りが浩一郎には苦々しかった。

「だってあなた、こんな大きなライオンなんですよ」

音子は両手を一杯にひろげて見せた。

「馬鹿々々しいみたいな玩具《おもちゃ》だけど、お値段は馬鹿にはならないと思うわ。ああいうものも近頃は高いんですものね。幸江さんは一人では買いきれないからわりかんにしようと思って私に口をかけてきたんだけど、私はもう前に懲りてるから。だってあなた森さんのときは、クリスマス・イヴだっていうんで……」

「その話は聞いたよ。子供が遊びに行くのに親が大騒ぎする方が間違いなんだ。悟が行く気にならなかったのは尤《もっと》もだよ」

「だってあなた、幸江さんが言ってきたんですもの。こちらは仲直りに頭を下げに来たのだと思うから断わることもできなかったのよ。そうしたら、ちゃっかり自分ひとりで点をさらってしまうんでしょう？　ライオンだってそうなのよ、金原さんの奥さんなんかいい面《つら》の皮ってところよ。内心では憤慨していらしたに違いないわ」

「…………」

「ライオンを、猫のための贈りものなのよ！　私は浅ましいみたいな気がするわ！」

同じ猫のために童話に出てくる王女さまの揺り籠《かご》のようなものを届けたことがあるの

を、音子はすっかり忘れてしまっている。川北夫人はあのとき喜んで見せたけれど、すぐ使わなくなってしまったのだろう、あの日はどこにも置いてなかった。

「阪僑って言うんですってね。ねえ、あなたったら」

「うん？」

「阪僑よ」

「ああ阪僑か」

「あら知ってらしたの？　大阪生れのひとのことですよ」

「知ってるよ、大阪商人のど根性ってやつだろう？　なかなか立派なものだ。徹底した合理主義だな。ためらいがないんだ」

「図々《ずうずう》しいのね」

「それとは違うよ」

「伊沢商事には阪僑が一大勢力になってるって川北さんが仰言ってるそうよ」

「川北さんが？　やっぱり、うまいことを言うな」

伊沢商事は昔から東京に本社があるように、東京が本拠で東京育ちの社員が大勢を占めていた。支店には、その地方で採用した社員がいるが、支店長を筆頭とする幹部はみんな東京の本社から転勤して来るのが通例だった。大阪支店には大阪出身のサラリーマンが多く、支店長は東京から来るのが公式であった。ところが、東京本社で採用されたサラリーマンの中で大阪出身者がメキメキ頭角を現わしてくると、彼らが幹部社員となって地方へ流れて行く。そこで大阪出身の配下に出会えば彼らは強力に結びつく。華僑と似て彼らの結束は固い。その顕著な例が塩谷常務なのである。

浩一郎も川北氏の言葉を伝え聞いて彼なりに興奮したのか、一息にこういうことを話した。音子は目を丸くして聞いていた。

「塩谷さん、阪僑だったんですか。ああ、関西の方でしたね」

「そうなんだよ」

「それで、山野さんも阪僑ってわけ？」

「そういうことになるな」

「実力主義だなんて、それをごまかすための陰謀だったのね！　阪僑が伊沢商事をのっとろうとしているわけなのね！」

「君、それほど大げさなことじゃないよ」

「だって、そうなるじゃありませんか。そんなこと、私が許さないわ！」

浩一郎は苦笑した。女が話をすぐ飛躍させてしまうのは浩一郎も馴れていたので、音子の発想が孕《はら》んでいる危険には気がつかなかった。音子が許さなくても、どうでも、大阪人の実行力と現実主義に、東京勢が一目おくようになっているのは事実だし、伊沢商事の発展のためには彼らの実力こそ優秀な戦力なのだ。それを阻《はば》む気は誰にもなかった。

が、音子の考えは違っていた。彼女が、私はそれを許さないと言ったのは、長く忘れていた自分の躰の中にある伊沢家の血が俄《にわ》かに赤く甦《よみがえ》ってきたからである。旧姓は伊沢であったが、伊沢一族の中では最も貧乏で強力な身よりもなく、だから音子もそれはよくわきまえていて、浩一郎と結婚したとき一介の社員の妻としてそれ以上のことは何も望むべきではないと思い、以来それで身を律してきた。しかし山野幸江の夫が、阪僑の一員として旭日《きよくじつ》の勢いを示し始めてからというもの、音子の躰の中で伊沢家の血が本能的にかきたてられてきているのだ。音子はそう信じた。私はそれを許さない。この滑稽《こつけい》な決意が、それまでともすれば自分の世渡りの才に欠けた嘆きに沈んでいた音子を、立上らせようとしていた。

何もかも阪僑に攻めとられることはない。たとえば夕陽ヵ丘では、幸江が人気者になって家々のパーティに招かれているようだが、そんなことは許すべきでない。幸江に何もかもイニシヤティヴをとられるなんて、伊沢商事の恥だ。音子はそう思った。

「どうしたんだ」

音子の沈黙が珍しく長く続いたので、浩一郎が訝《いぶか》しげに訊いた。

正月休暇の間は主婦たちの間に交流がなくなるのは、夫も子供も家にいることが多いからである。どんな怠けものの妻たちも、三度の食事に手間をかけるようになるし、そうなれば結構忙しくて他家の様子を覗《うかが》う閑もなくなってしまう。夏と違って冬の休みは、夫も子供も家を空けることが少ないし、伊沢商事のように猛烈に多忙な会社の社員たちは、正月くらいは家の中で終日寝そべってテレビでも眺めて暮したいと願う。父親が珍しく家にいれば、子供も嬉しいらしくてその身近でごろごろしていることになり、すると妻は念願していたマイホームの極楽絵図の中で愉悦《ゆえつ》に浸るべきであった。

しかし現実は、夢の実現が却って重荷で、

「ああ、せいせいしたわ」

短い正月休みが終ると、久しぶりに顔を合わせた井本夫人の第一声がこれであった。

「男って嵩《かさ》だかいんですのねえ。子供が大きくなったのをつくづく感じましたわ」

「本当よ、男って本来が家に落着いているべきでないのよ。学校も始まったし、会社も始まったし、ああ、やっと解放されたわ」

「毎晩遅く帰られるのも困りますけどねえ」

「でも毎日家でごろごろされるよりよっぽどましよ。縦のものを横にもしないで、自分だけ横になって、ひとを女中なみに使うんですものねえ」

「まあ、お宅でも？」

「そうよオ。子供まで真似をするんですもの、たまったものじゃないわ」

二人とも、夫も子供も家にいて、のんびりするのが理想だった筈なのだが、そういう日が幾日も続くと相当しんどいものなのらしい。久しぶりに解放されて、井本夫人も音子も自分たちの舌が喋り足りなくて我慢していた分を一気にとりもどしたいという欲求のかたまりになっていた。

「私ねえ、山野さんには頭にきちゃったのよ」

そう言ったのは井本夫人で、音子も同じ思いを年末にしてあるから、得たりや応といくところだが、何しろ社宅の中のことだから用心に用心してかからなくてはいけない。

「どうなすったんですの？」

「東京だからというので張切って出てきたんですって、あの家では」

「私にもそう言ってらしたわ」

「ところが学校の程度が低いので、がっかりしたんですってよ」

「まあ、本当ですか？」

「ええ私に言ったのよ。B中はチョロコイ学校ですなあって。私、大阪弁はよく知らないけどチョロコイって、馬鹿にした言葉なんでしょう？」

「と思いますわね、私も。まあ、そんなこと仰言って？　私には憧《あこが》れの東京へ出て来られて親子ともども喜んでいると言ってましたけど」

「相手によって言うことが違うのね。でも、あなた私の子供もB中学なんですよ。三年ですよ。高校進学の前に、そんなこと言われた私の気持にもなってみて頂だいよ」

「無神経なひとですわね」

音子はできるだけ自分の感情を抑制しようと思い、こうは言ったものの、たちまち井本夫人に感染して心が昂ってきた。

「ちょっと勉強が出来るからって思い上るのもいい加減にしてもらいたいと思ったわ。私、滅多には怒らない人間だけど、本当に今度は怒ったわよ。子供の学校を馬鹿にされたんだから当然でしょう？」

「チョロコイって言ったんですか、まあ」

「私ったら調子がいいから、そうね、東京といったってこの辺は東京都じゃないんですもの、なんて言っちゃってね。そしたら山野さんが肯いて、団地の多いところはドーナツ圏というんですか、教育ママが多くて、子供の水準も高いという話でしたけどなあ、話というのは当てにできませんって追討ちをかけてくるじゃないの」

「まあ、私のところで言ったことと違いすぎますわ」

「あすこの子は学校で退屈してますってよ。当てが外れたらしいと言って、山野さんは得意そうに笑ったわ」

「まあ」

音子も立っている足場が突き崩されるような気がした。それでなくても悟の成績は下っているのだ。

「私、言ってやったのよ。うちの子は普通に育てばいいと思ってますからB中がチョロコくってもかまいませんけど、お宅は流行の英才教育が向いてるんじゃないのって」

「そうしたら？」

「我が意を得たように肯いて、ほんまに考えんといけませんなあって」

「まあ」

「私はね、山野さんの子供が天才だろうと何だろうとかまわないのよ、関係ないんですもの。だけど現在、家の息子の通っている学校の悪口を言うのだけは許せないと思ったわ。あなたが前に山野さんのこと悪く言ってらしたの、これだなと思ったわ」

「私も正直言って、許せないって気持がまたしていますのよ」

どちらも溜まっていた鬱憤を晴らすときで、音子もここぞとばかり森家におけるクリスマス・パーティ前後と、川北夫人に届けた縫いぐるみライオンなど、興奮して喋りたてた。井本夫人は目を光らせて聞いていて、森家のパーティに自分が招かれなかったことに大層気を悪くした様子だった。ライオンの一件に至っては、

「やるわねえ」

敵ながら天晴れという顔をしてから、忌々しそうに唇を噛んだ。

「阪僑って言うんだそうですわね」

「え、なんですって」

「大阪勢のこと」

「ああ、阪僑」

「あら奥さま、ご存知でしたの？」

「だって何年も前から週刊誌なんかに出てたじゃないの？」

口を極めて罵倒《ばとう》してやりたい場合だのに、しかし井本夫人にも音子にも、幸江の悪口を言う材料があまりにも少なすぎた。音子にはB中学の悪口を言われたくらいで井本夫人がなぜこうまで激昂するのか分らなかったし、井本夫人も幸江のわりかんかん作戦を音子

が非難するのはあんまりピンとこないようだった。二人とも言うに言えない事情を内にかかえているからだったが、それはそのときは互いに理解しあえなかった。

「塩谷常務の実力主義っていうのは、塩谷さん御自身も阪僑だから、昔なら大阪支店から一歩も出られなかった人を、どんどん東京へ呼ぶというやり方のことなんですってね」

「そう、革新人事って言うのよ」

「はあ」

「なるほど革新人事と阪僑を結びつけるのは私も気がつかなかったわ。証券会社の連中を驚かしてやろうかしら。伊沢商事の株が上るわよ、きっと」

「奥さま、まだ株をやってらっしゃるんですか？」

「まだって、あなた、株ってものは長期展望でやらなくちゃ。それにこうなってきたら、お金を握ってなきゃ大変じゃないの」

「どういう意味ですか？」

「宅の主人は阪僑じゃないんですからね」

「あら、家だってそうですわ」

「ね？　私たちがしっかりしなきゃ。そうでしょう？」

「はあ」

肯いたものの、音子には井本夫人の言う意味が分らなかった。夫が阪僑でないからといって、妻がしっかりしたからどうなるというのだろう。

「本当にね、やらなくちゃ。伊沢商事だ、一流会社だってお高く止っていたら、バスに乗り遅れてしまうわ」

井本夫人は心中深く何やら決するところあるらしかったが、音子にはバスに乗り遅れないようにするためには具体的にどういうことをすればいいのか、まるで摑めなかった。

「奥さまは何をなさいますの？」

訊くと井本夫人は、まじまじと音子を見てから、ちょっと複雑な笑い方をして、

「昔の伊沢商事のイメージに私たち振廻されてるんじゃないかしらと思って……。サラリーマンとしては名門でしたものね」

「今でも名門は名門なんじゃないかしら」

「それはそうでしょうけど、伊沢商事だから奥さん連が貞淑にしてなければいけないってことはないのじゃないかしらって思い出したのよ、私は」

「貞淑？」

「そう言うのも変ね。つまり気取って暮すことはないってわけよ」

「そうですかしら。五号館の方たちを見ていると、皆さんハイカラで、日本人じゃないみたいですわよ」

「だからって山野さんがのけ者にされていないでしょ？　私、目から鱗《うろこ》が落ちたような気がするわ」

井本夫人の言葉は謎《なぞ》めいていて、さっぱり音子には理解ができなかった。そしてその日から当分の間、井本夫人の姿を滅多に見かけることができなくなってしまった。井本家は留守の日が多くなり、書留や、小包の類いは隣家の津田夫人が代って受取り、津田夫人も留守のときには音子のところまで郵便配達がやってくる。

津田夫人と顔を合わせるときには、そのことがすぐに話題になった。

「どうなすったんでしょうね、井本さんは」

「お出かけが多いですわねえ」

「どこへいらしてるんでしょう？」

「さあ」

「私はこの頃、お顔を見たこともありませんのよ」

「私も郵便やなんか、坊っちゃんや、御主人にお渡ししてますの」

「まあ。じゃ井本さんの奥さん帰っていらっしゃらないのかしら」

「そんなこともないでしょうけど」

津田夫人は何事によらず消極的で、声まで小さい。そこで音子は、五号館の山野幸江から言われた言葉で井本夫人がひどく立腹した一件を話した。

「受験前はねえ、どこでも神経が苛々《いらいら》しますものねえ。私ども一貫教育でも成績が悪ければ落されますから本人も必死ですわよ」

「まあ、お宅でも？」

「例外ってないんじゃありません？　のんびり育てたいと思っていても、世の中が勉強々々ってせき立ててるようなんですのね。造花を習っていても、お免状をもらうのに、血眼になってる方がありますのよ、お若い方に。趣味でなくて、資格がほしくて習っているんですのね。とても私たちはかないませんわ」

「伊沢商事も、そうなってきているんじゃないのかしら。実力主義とか、阪僑とか」

「なんでも昔とは変ってきてますのねえ」

津田夫人は、おっとりしていて、口調も悠暢《ゆうちょう》で、音子でもいらいらしてくる。この人こそ完全にバスに乗り遅れている口だと音子は思った。

しかしバスというのは何のことだろう。新しい時代のことだろうと、漠然とは分るけれども、具体的には何を指して言うのか音子にはやはり理解ができない。まして乗り遅れまいために、どうすべきかということになればさっぱり見当もつかないのである。

家の中で一人きりになると、音子は溜息が出た。あののんびりした津田夫人でさえ高校入試前は大変だなどと口に出すのだから、悟も来年になれば、もっと神経質になって、音子は今よりも腫《は》れものにさわるような気持で暮さなければならないのだろうか。

することは何もないのに、子供のことを考えると、音子の気持は居てもたってもいられなくなっている。悟は相変らず押入にもぐりこんで寝ている。高校進学はやめて労働者になると宣言したことについて、音子は正面きって息子と論争する勇気が、まだ、ない。

電気掃除機を抱えて、悟の部屋へ入るときは、音子はいつも一種の緊張感を覚えるのだった。これも、どうしてだか分らない。「入室厳禁」という文字は、暮の大掃除を理由に上から今年のカレンダーを貼《は》りつけたので消えている。それでもやはり、襖に手をかけるときは緊張があった。中学校へ行っている筈の悟が、なぜだかまだ室内にいるような、そういう気が一瞬するからであった。掃除機がブーンと唸《うな》り始め、畳の上をブラシで撫でまわしている間は無念無想でいられるのだけれども、雑巾を持ってあちこち拭き始めるとさまざまな妄念《もうねん》が湧き上ってくる。押入がベッドのようになってからは、布団を一度出してから隅々まで拭くので、それで更に一段と一人息子に対する情念が深まる工合である。

机の上を拭くときも、またひとしおのものがあった。つくづく抽出《ひきだし》に鍵がかかるのが恨めしく思われる。おそらく抽出に鍵などかかっていなければ、音子も毎度これほどには開けて見たいという思いを強めることはなかっただろう。掃除が終っても、音子は未練がましく一つ一つの抽出に手をかけて引いてみる。一つでも悟が鍵をかけ忘れているものはないかと思うからだった。

が、この日、奇跡が起った。いつもは頑《かたく》なに動くこともなかった抽出が一つ、手をふれると勢いよく飛出してきたのだ。一番下の、深い大きい抽出が一つだけ鍵をかけ忘れていたのらしい。音子はびっくりして、それからこわごわ中を覗きこんだ。聖域を侵すようなスリルがあった。

どうしていつも鍵のかかっている抽出に、この日に限って鍵がかけ忘れられていたのか分らない。しかも、多くある抽出の中でも、悟が最も秘めかくしていたい筈のその抽出に鍵がかかっていなかったのか——音子はほとんど茫然としていた。その抽出の中に入っていたのは、数冊の週刊誌だったのである。新聞の広告や、駅の新聞売場などで音子も見かけたことがあり、内容は察しられたが、とても手を出すには憚《はばか》りのあるような下品で露骨なセックスに関する記事の多い破廉恥《はれんち》な週刊誌——それが中学一年生の一人息子の抽出から出たときの音子の驚愕は、何にたとえたらいいだろう。表紙を目で見てさえ、音子にはそんなものが、悟の机の中から出てきたのが俄かには信じられなかった。

おそるおそる手を出してみた。取り上げてみた。頁をひらいた。いきなり音子の目の中に飛込んできたカラーグラビア。それはもちろんヌードだった。が、音子にはすぐにそれと分らなかった。今にも崩れそうな豊満な乳房と、故意に持上げて捻《ねじ》ってある腰に焦点をあてて、その写真はそこだけ強調してあり、女の顔も脚も手首も切り落してあった。正確に言うならヌードの部分である。写真家は迫力を計算したのだろう。そして、音子は圧倒された。

数冊の男性用週刊誌を次々と開いてみて、音子は蒼白《そうはく》になっていた。こういうものが、この鍵のかかる机には秘められていたのだったか！　悟が、こういうものを熱心に眺め入って時間を潰《つぶ》し、それで成績が下ってしまったのではないか！　いったい何時《いつ》から……、私は今日までそれを知らなかった！

グラビアも強烈だったが、記事もまた音子には空怖《そらおそ》ろしいものばかりだった。ガールハントの手引に始まって、女と遊んだ数々の手記。ただただ興味本位に書きまくられてあり、気味の悪いイラストが印刷してある。それは昔の春画より生々しく毒々しく、そして異常だった。三人でベッド・イン！　などという文字群は音子の目を一瞬まっくらにしてしまった。男と女のことが赤裸々に書かれてさえ音子には途方に暮れる話であるのに、そこには猛烈な異常性愛が、まるでこの世の享楽の極致のように表現されているのだ。こういうものを悟は秘《ひそ》かに押入の中で読みふけっていたというのか！

音子は、めまいがして倒れそうだった。

息子が大人になっているのだという事実ほど母親を恐怖の淵《ふち》に突き落すものはない。この間、音子の腰骨をめりめり鳴らして産声《うぶごえ》をあげたようにさえ思える悟が、初めてランドセルを背負って嬉しそうに、半分てれながら小学校へ上った悟が、こんな週刊誌を秘かに買い入れて鍵のかかる抽出に蔵《しま》いこんでいたとは！　音子は身震いがしてきた。本当に怕《こわ》かった。こんなことは想像もしたことがなかったのである。大事に育てたつもりだった。一人息子が過保護にならないようにと気は使ったつもりだけれど、音子としては無菌状態で育ててあげたと思いこんでいるのである。それが、いきなりいかがわしい週刊誌をまのあたりにして、音子は自信を失い、茫然としていた。

大変なことになった、そう思うばかりだ。どうしていいか分らない。抽出の中の、いやらしい雑誌類をとりあえず外に出して抽出を閉めた。階下に持って降りたが、どうしていいか分らない。団地の焼却炉に投げこんでしまおうか、とまず思った。が、音子がこんな大問題を一人で抱えていられる筈はない。といって浩一郎以外の他人に、こんな恥ずかしいことは相談ができなかった。

悟が帰ってきて、抽出が空《から》になっているのを知ったらどうなるだろう？　そこへ思いが到ったとき、音子は飛び上った。悟は母親に恥部を見られたと思い、逆上するだろう。それでなくても成績が悪くなってから押入にもぐりこんでいる悟を、こんなことで刺戟したら、どういうことになるか、それを思うと音子は不安の極致に戦《おのの》き、すぐさま雑誌を抱えて上って元の抽出に納めてしまった。

だがしかし、帰ってきた悟がここに鍵をかけてしまったら、どうなるだろう。浩一郎には見せられなくなるし、悪書追放というのが叫ばれているではないか。この日、音子は階段を上ったり降りたりして、悟の机から雑誌を出したり入れたり、うろうろと同じことを繰返していた。

「ふうむ？」

浩一郎はネクタイを解きながら、妻の示す一冊の週刊誌を眺めて複雑な表情だった。

音子はそれを、絶望的な溜息で見て、言った。

「何冊もあったんですよ。悟に分らないように一冊だけ抜いておいたんです。ともかくあなたに見せなければと思って。悟が帰ってきても、私は怕くて顔が見れませんでしたよ」

「見られなかったと言ってくれ」

「あら、この頃は見れないって言うんですよ」

浩一郎は居間の椅子に坐って週刊誌を取上げると、ゆっくり頁を繰った。

「ふうむ？」

音子は浩一郎の横顔を息を呑んで見守っていた。そして夫が自分とは違って余裕を持って事態に当っているのに気がつくと驚いていた。

「へえ、なかなか芸術的じゃないか」

「まあ」

「日本の女もボリュームがあるようになったんだな。こうしてみると綺麗なものだ」

「何を言ってらっしゃるの、それ、エロ本でしょう？」

「そんなことはないよ、エロ本というのはもっと穢《きた》ならしいものだ。これは駅で売ってる週刊誌だからね、誰でも買えるのだし」

「でも悟がそれを鍵のかかる抽出の中に蔵ってあったんですよ、あなた」

「うん、そんな年齢になってるんだな。いつまでも子供だと思っていたが、中学一年といえば大人顔負けの早熟なのが組に一人や二人は必ずいるものだ」

「悟がそういう型《タイプ》だと仰言るの？」

「いやそうじゃない、たいがいの中学生は上級生や同級の早熟なのに啓発されて知恵を授かるんだ」

「馬鹿にあなたは落着いてるんですね」

「慌てることはないよ、自然の欲求なのだからね。しかしまあ、そりゃあショックだよ、あいつが大人の仲間入りを始めているとは思わなかったからさ」

夜であったから、音子は大声はあげたくなかった。悟は昼寝のあとで起きて勉強している時間なのだ。

「あなた、その週刊誌の日付を見て下さい」

音子の口調が鋭くなった。

「古いものじゃないか」

「悟が成績の下る前後のものばかりなんです」

「関係はないよ、そういうことは」

「どうしてですか。どうして関係がないと言えるんですか」

浩一郎は驚いて顔をあげ、音子が形相もの凄く、躰を細かく震わせて、必死で何かを抑制しているのを見た。

「鍵がかかってない抽出は、たまたま一つだけだったんですよ。鍵のかかっているものの中には、もっと悪いものが一杯詰ってるのに違いありませんよ。あなたは暢気すぎるわ。悟の教育について無関心だわ。あの子が異常性慾の持主だったらどうするんです！」

　浩一郎は眉をひそめた。

「馬鹿なことを言うものじゃない」

「だって成績が下ってるんです」

「じゃ何かい？　君は、悟がこういうものに没頭して勉強をおろそかにしたとでも考えてるのか？」

「そうでないと言えますか？」

「君は本当に馬鹿だな」

　浩一郎は慨嘆した。彼は真実そう思っていた。面倒だったが自分の息子に与える影響を考えると放ってもおけなくて、言った。

「君、男ってものはね、こういうものを四六時中読めったって読めるものじゃないんだよ。息抜きに眺める程度のものなんだ」

「そりゃ、あなたの齢ならそうかもしれませんけれど」

「悟の齢でも同じだよ。男なら誰でも覚えがあるさ」

「あなたも中学生のとき、こういうものを机の抽出に入れてたって言うの？」

「そうさ」

　浩一郎は無造作に肯いてみせた。

「僕らの時代にはこういうものは市販されていなかったから手に入れるのに苦労をした。

友だちが親爺の戸棚から盗み出してきた春画とか、エロ本ワイ本の類いをね、かくれてまわし読みをしたものさ。思い出しても興奮するね」

「いやだわ」

「ワイセツ感で興奮するだけじゃないのだな、あれは。親にかくれ、教師にかくれて、つまり禁じられた遊びに耽《ふけ》ることの喜びってやつなんだよ。それに較べれば健康なものじゃないか。悟はこの抽出に鍵をかけ忘れていたんだろう？」

「ええ」

「それだけ罪悪感がないんだろう。確かに性は解放されたんだ、僕らの時代とは違う」

浩一郎の顔つきは明るくて、悟のことを少しも心配していないのが音子にはよく分った。浩一郎の言う意味は半分しか分らなかったけれども、何故《なぜ》かほっとしていた。浩一郎が帰るまで、悟の性のめざめに関して、さまざまな妄想を描いて頭が一杯になっていた自分が、ちょっと不思議に思えてきた。

「このこと、何も言わない方がいいかしら」

「よせやい。何を言うつもりだったんだ」

「悪い本を読むのは、いけませんって」

「どこにでも売っているんだよ。いけないと言ったって無理だよ。第一、こんなことは女親がクチバシを入れることじゃないよ。万一、目に余ることがあったら僕に任せろ」

「放っておいていいんですね」

「もちろんだよ」

「これはどうしましょう」

「返しておいてやれ」

翌日、悟が学校へ行ったあとで、音子は週刊誌を持って部屋に上って行ったが、その抽出は鍵がかかっていて、もう開かなかった。音子が一冊ぬき出したのを悟は気がついたかどうか。またしても音子は落着かなかった。

浩一郎は週に一、二度サラリーマン向きの週刊誌を買って帰る習慣があった。それは読み終ると居間の一隅のサイドテーブルに投げ出しておき、音子も隅から隅まで読むし、さらに音子の買う女性週刊誌と共に積まれて、たいてい十冊近くになっている。

ある日の日曜日、浩一郎も揃って久しぶりに親子三人の遅い朝食をとっているとき、悟の視線がふとその一隅に飛んで釘《くぎ》づけになったのを、音子は気がついて振返った。信じられないことだったが、週刊誌の山の一番上にどぎつい表紙絵の男性週刊誌がのっていたのだ。

「いやだわ、まあ」

音子は腰を浮かし、夫の顔を見た。浩一郎はにやりと笑って、

「凄いヌードがのってるぞ、悟」

と言った。

「へえ、え」

悟は平静を装って答えたが、ちょっと赤い顔になっている。音子は胸がドキドキして、口もきけなかった。

話はそれきりだった。音子はもし来客があった場合を考えて心配したが、浩一郎に言いふくめられていたので、その週刊誌を片付けなかった。二、三日して、その週刊誌がなくなっていたが、翌日には元へ戻っていた。

「やっぱり見たようですよ」

「そりゃそうさ、興味がなかったら不具だ。その方が心配だよ」

浩一郎は性教育に成功したと誇らしげだったが、音子はいよいよ複雑微妙な心境に陥っていた。悟が性に興味を持つなんて！　あの子が産院で呱々《ここ》の声をあげたとき、音子にどうしてそんなことが想像できただろう。夫の言ったことは論理的で正しかったが、それでもなお音子には信じきれないところがあった。

浩一郎はその後も週に一度はその類いの週刊誌を買ってきて投げ出しておくようになった。音子は、はらはらしていたが、こういうことになると怖ろしさの方が先立って手が出ない。

音子も実は必ず中を開いて読んでいるのだが、どれを読んでも感心しなかった。こんなものを投げ出しているのが夫の言うように性教育だなどとはとても考えられない。

ある日、悟は帰ってきて、おやつを食べながら、言った。

「お父さんは変だね。この頃よくそういうのを買って来るな」

「駅で売ってるんでしょ」

「買うのよせって言ってやれよ、お母さん」

「え？」

「いい齢をして、みっともないよ」

音子は天にも昇《のぼ》る気持で言い返した。

「そう思うなら悟さん、あなたが忠告したら？」

「僕がかい？　嫌なこった」

音子は大声で叫びたかった。浩一郎の性教育は成功したのだ、と。


雪が降り始めていた。

冬に入っても去年は一度も降らず、正月は快晴続きで、この分ではまた三月になってから降るのかと思っていたのに、三月のちょっと手前で初雪になった。窓から様子に気がついた音子は急いで買物籠と財布を持って外へ出た。雪が少しでも積らぬうちに買物はしてしまわなければならない。この夕陽ヵ丘は階段や坂道が多いので、雪が積ってしまうと歩きにくくなることはこの上なかった。雪が積って固まると、足が滑って危ないのである。音子は傘を片手にかざして、まだ雪が地に触れると溶けるのを見ながら急ぎ足で段々を降りた。

ふと音子は、向うから和服の女が、片手にデパートの大きな買物袋を提《さ》げて、やはり急ぎ足でやってくるのに気がついて足をとめた。羽織を着ている。ショールをしている。この季節なら厚いコートを着ていて当然なのに、羽織にショールというのは、ちょっとおかしい。彼女が向っているのは明らかに伊沢商事の社宅であり、間もなく音子はそれが誰か分った。井本夫人だ。そのどことなく金のかかった、しかし新しくない着物を着るのは夕陽ヵ丘では井本夫人以外には考えられなかった。しかし、それにしては変だ。井本夫人は、ときどきショールの片端で顔を拭きながら階段を上ってくるのである。平生は姿勢のいいひとなのに、今日はまるで這うようにして上ってくる。様子が、いつもと、まったく違う。

やがて当然ながら音子と顔のあうほど近くへ来たとき、音子はびっくりした。井本夫人は眼をまっ赤にして泣きはらしていたのだ。

「まあ、奥さま」

音子が声をかけたときと、井本夫人が音子にすがりつくように、

「まあ、奥さま」

と言ったのが同時だった。

「どうかなさったんですか？」

「ええ、本当にどうかなりそうだわ」

井本夫人の眼からは、またどっと涙がふきこぼれた。

音子は井本夫人を抱えるようにして、背中をなでようとしたが、傘と買物籠を持って

いるのでそうは出来ない。

「都立へね、入ったんですよ」

井本夫人は、少し嗄《か》れた声で、それでも言わずにはいられないように、あえぎながら言った。

「はあ？」

音子には意味が分らなかった。

「うちの子、都立高校に合格したんです。いま見にいった帰りなんですけど、私って馬鹿ねえ、それほどのことでもないのに、なんだか涙が出てきて、止らないんですよ。大丈夫だとは思ってましたけどねえ。何しろ受験率が大変でしたから」

「都立って、東京ですか？」

「ええ、そうです」

それから井本夫人は誇らしげにその都立高校の名前を言った。それはいわゆる有名高校の一つであり、いつもT大受験合格者を多く輩出するところだということを音子も知っていた。

音子は、ぼんやりしながら井本夫人の口の動きを見守っていた。不思議な気がする。信じられなかった。ここは神奈川県下である。都立高校は地域制だから、この辺《あた》りの中学にいて都立高校を受験する資格は絶対にない。

「ええ、ですからね私は去年の末に離婚して、弟の家に寄留してたんです」

「離婚？」

「だって寄留っていうの、見破られたら受験の資格もなくされるんですよ。区役所がうるさくて大変だったわ。ですから私は主人の戸籍から出て、そこへ子供をひきとるという体裁にしたんですよ。途中から中学を変えても、子供が混乱しますからね」

「まあ、そんなことを本当に、なさったんですか？」

「ええ、やりましたよ。たった一人しかいない男の子ですもの、そのためにはどんなことだって。奥さまだってこの気持お分りになるでしょう？」

「ちっとも存じませんでしたわ、離婚をしていらしたなんて。お出かけが多いのは気がついていましたけれど」

「あら、離婚は表向きよ。子供が入学すれば元に戻りますわ」

「そんなことが出来ますの？」

「だってえ、嘘も方便でしょう。いくら私でも子供を都立に行かせるために本気で離婚なんかしませんよ」

ようやく井本夫人らしく、呵々《かか》大笑した。その馬のような顔を見ながら、音子にはどうしても理解できないことが多かった。

「それで、お宅の坊っちゃんは、ここからその高校へお通いになりますの？」

「それが問題なんです。何しろ試験は水ものでしょう？　実力があるからって安心もしていられないので、落ちた場合は、この近所の高校で我慢しようかしらって迷ってたものですからね。今日は内輪で合格祝をやりますので、主人も早く帰りますから、三人で相談をしますわ。私がその気になれば、社宅にいなければならない法はないんですもの」

「…………」

「あらまあ、夢中だったけど、雪ですわね。立話は寒いわよ、奥さま」

「まあご免なさい、私もびっくりしてしまって」

「また、いずれ。今日は私もちょっと取乱してますけど、たかが都立ですからね、別に大喜びでこうなってるわけじゃないのよ。でも、私としては賭《かけ》でしたからね、少し興奮してるってわけなの」

井本夫人はショールを持ちあげて頭にかぶり、急ぎ足で行ってしまった。雪は大きくなっていて、音子の手足も指先が冷たくなっていた。滑らないように、のろのろと階段を降りながら、音子は井本夫人の言葉を胸の中で反芻《はんすう》した。井本家の息子が都立高校に入った。寄留を見破られないために、井本夫人はわざわざ離婚までした。まあ、あの子が、都立高校に……！

その夜は大雪で、日本各地で交通麻痺《まひ》が起ったらしいのに、井本夫人が離婚手続をして、子供の寄留地を東京都内に確保し、しかも子供が都立の中でも名門校に合格したというニュースは夕陽ヵ丘の一号館から五号館までを震撼《しんかん》させた。

そのことで幸江から電話があったのには、音子も驚かされた。

「奥さん、聞かれましたか、井本さんの坊っちゃんの話」

「ええ、合格を知って帰ってらっしゃる道で会ったのだから、私が一番早く知ったんじゃないかしら」

「えらいことですなあ、あの奥さんも大した知恵者やわ。離婚なさったそうですなあ」

「私も驚いちゃったのよ。でも立派ね、そこまで出来るっていうのは」

「はあ、大したもんですわ。私も感服しましたわ」

「それについては、あなたの影響が大きいのよ」

「私が？　なんでです」

「いつだったか忘れたけど、あなたB中学は程度が低いって井本さん相手に言ったそうじゃないの。井本さんじゃ頭にきてたわよ」

「そんなこと、なんで私が言いますものか」

「言ったことになってたわよ、大阪の言葉でね、なんだったかしら、チョロチョロしてるじゃなかったわね、東京ならどんなに程度が高いかと思ったのに、B中はチョロ……」

「ああ、チョロコイと違いますか？」

「言ったでしょう、あなた！」

「言うたかもしれませんなあ。そうや、そうや、確かに言いましたわ。思うたよりチョロコイと言うたんですわ。降之が拍子ぬけしてるらしいので」

「私はあなたの性格をよく知っているから驚かなかったけど、井本さんの奥さんは失礼だと言って怒って大変だったのよ」

「それ変ですなあ。B中が程度が低いんで心配やというのは井本さんが言うてたことですよ。私は相槌打っただけですわ。あの奥さんは大した教育ママさんで、私は随分いろいろと教えてもらいましたわ」

「それ、本当？　信じられないわ」

「ほんまですよ、あこの坊っちゃん優秀な個人教授見つけて、小学校からがっちりやってはったそうですよ」

「まあ、私には男の子は野育ちでいい、放っといていいって言い続けていらしたわ」

「それは同しひとと思えませんなあ。私はもう親が油断していたらいけないと言うて、いろいろ意見されました」

　音子は電話ではもどかしくなって、

「あなた、家へいらっしゃらない？　悟のこともあるし、一緒に相談しないこと？」

「はあ、寄せてもらいます。こんな日に、一人で家の中にいても落着きません」

　大雪の中を、山野幸江はネッカチーフをかぶり、ゴム長靴という完全武装で、五号館から三号館の音子のところへやって来た。

　井本夫人の語録について、幸江の知識と、音子の記憶では、本当に別人と思えるほど違っていた。互いに手札をひろげてから、あっと声をあげたのである。もっとも、音子の方により多く井本夫人が嘘をついていたことはすぐに分った。

「私にはね、伊沢商事の子供は優秀だ、どこも個人教授についたり、塾に行ったりしてる子がないと言ってらしたのよ。だから私は、悟を塾に行かせたりしたら、何を言われるかと思ってやめてたの。駅の近所の団地じゃ、塾に行ってない子を捜す方が難かしいくらいですってね」

「塾というのも一長一短ですって、私にはそう言うてはりましたよ。塾に行かせてるからというので親が安心するのが一番いけないんですって。子供も塾では友だちと遊んでしまうから、何もならないと言いますて」

「詳しいのねえ、あなたも」

「私は田舎者ですよってなあ、東京へ出て恥をかいたらどないしよ、そればっかり思うてましたんよ。子供も可哀想ですからねえ。東京本社転勤は、青天の霹靂《へきれき》でしたよってねえ。子供も東京の子はよう出来るやろと思うてましたし」

「それが程度が低いからがっかりしたんですって?」

「話が伝わるとそういう工合になるんですねえ。社宅はどこも物言えば、唇寒し、ですわ、こわいことです」

「本当よ」

社宅のこわさについては、互いに積る話があって、二人とも言葉の端々に気をつけながら、いつまでも喋りつきなかったが、

「それにしても井本さんは、思いきったことやりますなあ、離婚やて、怖ろしい……」

「御主人が、よく黙ってらしたわねえ」

「放任主義と違いますか、井本さんは」

「子供を？」

「いえ、奥さんを」

　それから井本氏本人の人物評価が行われた。どうにか課長の椅子まで辿《たど》りついたが、どうもぱっとした才腕の持主ではないらしいこと。鉄鋼事業部そのものが、あまり陽の当る部門でなくなってきていること。つまり井本氏は気の毒なひとであるらしいこと。夕陽ヵ丘で見かけても、一向に颯爽《さっそう》とはしていないこと、等々。

「主人が何も言いませんから、これはみんな奥さんたちから聞いた噂ばかりですけどね」

「うっとこも主人は会社のこと指の先も話してくれません。わざと黙ってるんとは違うて、主人は田舎者やから何も分らんのですやろ。本社で山出しが、うろうろ、うろうろしてるんですやろ」

「まさか」

　二人とも夫の口が堅いことは一応主張した。これは妻たるものが夫の同僚の妻同士でお喋りするに際して保身のための第一の布石なのである。

「都立高校とは思いがけんことでしたわ」

幸江が嘆息した。何の話をしていても、結局はそこへ戻ってきてしまう。中学一年の悟と隆之は、あと二カ月で中学二年になり、そして一年後には高校入試が控えているのである。井本家の出来事が、とても他人事《ひとごと》とは思えない。

「離婚までしてねえ」

「越境入学があるのは聞いてましたけど、あれは下駄箱まで調べに来るそうやありませんか」

「下駄箱を？」

「ほんまに現住所のところに住んでるかどうかというんで」

「それであの奥さん留守がちだったんだわね」

幸江も音子も、さんざん喋ったあとで、ふいに黙りこんでしまった。何しろだし抜かれたという思いが強いのである。井本夫人は明らかに離れわざをやってのけ、しかも成功したのである。

音子は、ふと二人とも黙ってしまったことに気がついて慌《あわ》てた。彼女は自分の受けたショックは隠したかった。急いで言った。

「でもねえ、そんなにまでして都立へ入れることもないと私は思うんだけど」

「そやかて有名な高校でしょう？　日本中で誰も知らんひとはありませんよ。T大へもようけ入るそうですなあ」

音子の声が甲高くなった。

「あの坊っちゃんが、T大へ入れるかしら⁉」

幸江は、ちょっと眼を伏せてから、

「奥さんは、幸《しあわ》せな方やから子供をT大へ入れたいと思う親の気持はお分りにならんでしょうなあ」

と妙なことを言いだした。

「どうしてですの？」

「奥さんは、伊沢家の出でおいでになるし、時枝さんはT大出のエリートやし、私らとは違いますもの」

「それ、皮肉？」

「いいえ、ほんまのことですよ。隆之も同しことを言うてます。悟さんは悠々としている、羨ましいって」

「あら、冗談じゃないわ」

「いいえ、組でも超然としてなさるそうですよ。ガリ勉している中で、それは目立ってますて」

「目立って出来ないんでしょう？」

「いいえ、お父さんもお母さんも優秀やもの、悟さんが出来ん筈ないですわ。ただ、がつがつ浅ましいにやらんだけですやろ」

「…………」

「隆之がそれを羨ましいと言います。私も反省しました。私もろくに教育受けてませんやろ、五号館で女学校しか出てへんの私だけですし。主人も一流大学とは違います。伊沢商事の中では、それはもう烙印《らくいん》つきの不運でした。主人は努力だけで補うて仕事をしてきました。私も主人も何も言いしませんけど、子供は怕いほど分ってましたんやなあ。あの子はもう今から目標を立てているんですわ」

いつも騙されて口惜しい思いをしてきているけれど、山野幸江の述懐を聞いていると、音子はしゅんとしてしまって、ただそういうこともあろうと思うばかりだった。

「奥さんは井本さんのなさったことに批判的なようですけれど、私はようけ学んだように思いますよ。やってやれんことは何もないんですなあ。知恵は使いようやと感心してますんや」

「あなたも離婚なさるの？」

「本式の離婚とは違いますのやろ？　書類の上だけのことですもの、それで越境入学が出来るのなら簡単ですわ」

「私は主人がそんなことをとても許すとは思えませんわ」

「そら時枝さんは御自身T大を出てなさるし、御苦労知らずでおいでになるのやから、私らのように何がなんでも子供をT大にやりたいという気持はお分りにならんと思いますわ」

「隆之ちゃんは今からT大を目ざしていらっしゃるってわけ？」

「私らの子やから頭の出来は知れてますけども、志は大きいほど、望みは高いほどええやろと主人も言うて笑ってますわ」

山野幸江が帰ったあと、音子は自分がひどく疲れてしまっているのに気がついて、ソファに横になり、脚を行儀悪く肘《ひじ》かけの上にあげて寝転んでしまった。井本家の子供が都立高校に入ったというニュースに、幸江が興奮して音子に電話をかけてきたときは、てっきり幸江も音子と同様のショックを味わったのであろうと思い、二人で口を揃えて井本夫人の悪口が言えるのだと思いこんで迎え入れたのに、幸江と音子では悉《ことごと》く感想が違っていたのである。音子には井本夫人のやったことは呆れて言葉もないほどであるのに、幸江に言わせれば、あれは快挙だというのだ。

志は大きい方がいい、望みは高いほどいいというので、山野家では隆之がT大をめざして猛勉しているのを、父親も母親も声援している。音子は茫然としていた。

悟が帰って来るのを待ちかまえて、

「隆之ちゃんのお母さんがさっきまでいらしてたのよ」

と、早速報告した。

「へええ、この雪に？」

「井本さんとこの坊っちゃんが都立高校へ入ったというので社宅じゃ大騒ぎなのよ」

「どうしてさ」

「だって都立は学区制でしょ？　ここは神奈川県ですもの、受験資格がないじゃないの」

「ああ、寄留をしたんだろ」

「それが近頃はやかましく調べられるんで、井本さんは離婚して、東京の弟さんの家に住んでることにして、そこへ中学を出たあの坊っちゃんを引取る形にしたんだって。驚いたでしょう? 都立へ入るために、お父さんとお母さんが離婚したのよ、もちろん書類の上だけのことだそうだけど」

「どうかと思うね」

悟は無関心を装っていたので、こういう話は彼の聞きたくない種類のものだということに音子の方は気がつかなかった。

「でしょう? 私も本当にどうかと思っちゃったわよ。ところが感心している親もあるんだから、もっとどうかと思うわね。隆之ちゃんのお母さんが、それよ。隆之ちゃんは今からT大をめざしてるんだって。志は大きいほどいい、望みは高い方がいいって、そのためには離婚だって、なんだってしてもかまわないって言うんですもの。お母さんはびっくりしちゃったわ」

悟は返事をしないで、テレビのチャンネルをまわしている。

「でもね、いつまで呆れてもいられないわね。井本さんじゃ個人教授についてたんですってよ。私にはひた隠しにしていたのよ、都立を落ちた場合を考えていたんでしょうね。そんなに勉強して落ちたんじゃ、みっともないわよね、いかにも頭が悪いみたいで。放任主義だなんだって、私には嘘八百言っていたのよ。お母さんすっかり騙されていたわ。隆之ちゃんのところも興奮して、ハッスルしているわよ。あなたもそろそろ考えなくちゃね。いつまでのんびりしてはいられないんじゃないかしら」

プツンとテレビのスイッチを切って、悟は母親を省《かえり》みると、斬《き》るような口調で言った。

「山野君は優秀だよ。T大受ければ入るよ、きっと」

「何を言ってるの、悟。まだ中学一年ぐらいで、そんなこと分りゃしないじゃありませんか」

「だいたいのところは分るさ。本当に山野君は真剣だからね。彼の影響受けて、みんな張切ってるよ」

「あなたはどうなの、悟さん」

「僕は言っただろう、高校へ行かないって」

「まだそんなこと言ってるの、悟。高校へ行かないでどうするのよ」

「中学生は金の卵って言うんだよ、お母さん。就職に困ることは何もない。大工なんか悪くないなって考えてるんだ」

「大工ですって⁉」

「うん、僕に関する限り、お母さんは離婚する必要はないよ」

悟が階段を上ったあと、またしても音子は茫然として取り残された。大工！　悟が大工になるという！　耳の上をがんと一撃されたようで、音子は何も考えられなかった。

大変なことになってきた。本気であの子はそんなことを考えているのだろうか。それにしても一流会社である伊沢商事の社員の一人息子が大工になるなどといったら、たとえば夕陽ヵ丘一帯ではどんなに笑いものにされるだろう。第一に音子自身がそんな道を悟が選ぶことには賛成ができなかった。時枝浩一郎はT大を出ている。音子は伊沢家の血をひく女である。この二人の親から生れ出た子供が、こともあろうに大工だなんて!

井本夫人の勢いは当るべからざるものがあった。野育ちの放任主義のと音子に言っていたのは、すっかり忘れてしまったようで、一人息子のために、いかに彼女が気を使って暮してきたかを手柄顔して喋るのである。

「たった一人しかない男の子でしょう? 私としては、それだけが生き甲斐《がい》ですものねえ。過保護にはしない方針で強く逞《たくま》しくと思ってましたけど、本人の生れつきが、なんというか学究的なんですよ。これはやはりその方を伸ばしてやらなければならないと思ってましたの」

「個人教授をおつけになりましたって?」

「それが優秀なのを捜すのが一番の苦労でしたよ。一流大学の学生といったって、中には屑《くず》みたいのがいるし、教え方の上手下手があるでしょう? でもまあ、うちの子も運がよくて、親身になって能力を伸ばしてやろうって学生が見つかったのでねえ、本人もその人が将来の先輩だと思うし、むしゃぶりつくようにして勉強しましたの」

「ねえ奥さま、その方を私の方にも紹介して下さいません？　うちの悟もそろそろどなたかに指導して頂きたいと思いまして」

これが音子の井本家を訪ね、井本夫人の自慢話を百万遍も聞いていた理由だった。

「それはもう是非そうなすった方がいいわ。学校の先生がどんなにいい先生に当っても、出来る子の面倒ばかり見ていると、出来ない子がどんどん遅れるでしょう？　どうしても公平ってわけにはいきませんわねえ。出来ない子をひっぱりあげようとすれば、出来る子は退屈してしまう理窟ですもの」

「その個人教授の方ですけど、どちらの学生さんでしたの？」

「T大です」

井本夫人が、おごそかな声で言った。

「なかなかいい青年でねえ、家に来ても感じがよくて、私なんかの話相手でも結構してくれましたよ」

「ここへいらしてたんですか？」

「ええ、週に二回ね、他に二回は子供の方が出かけました」

「ちっとも存じませんでしたわ」

「背広を着てますからね、近頃の大学生は。一号館じゃセールスマンか、証券マンが始終出入りしてるって言ってたらしいわ。証券会社も来るには来てましたけどね、あんな用はたいがい電話ですむんですもの。私は若い男が出入りしてるって噂されても、我慢してましたの」

「私、ずっと前にこちらで証券会社の方に紹介されたことがありましたけど」

「どんな人だった？」

「若くてハンサムな方」

「じゃ、うちの子の先生よ。社宅は噂が立つからって、言い含めてお芝居をうってたの」

「まあ」

「でも、本当のセールスに来てた証券マンかもしれないわよ。今となっては私、どっちに思われてもかまわないわ」

井本夫人は、天井を向いて闊達《かったつ》な笑い声をあげた。

音子は井本家で用済みになった家庭教師を、近所のよしみで悟の方へまわしてもらおうと思って出向いて来ているのだが、何度それを切り出しても井本夫人がするりと話を変えてしまうので、いらいらした。

「ねえ奥さま、私の方にもその先生を紹介して下さいません？」

「山野さんでも、やいのやいのって仰言るんですよ」

「まあ」

「あの方も熱心ねえ。お子さんに遅れないように御自分も数学の勉強してらっしゃるのよ。なかなか出来ないことだわ」

「あちらも奥さまには感心してます。いざとなれば私だって離婚ぐらいするなんて言ってますよ」

「離婚といったって、簡単な偽装離婚よ。でも私、子供のためだったら本当の離婚だって時と場合では、やったかもしれないわ」

「まあ」

「私はねえ奥さま、株をやったばかりに、いろんなことが分りすぎてしまったんですよ。株に手出しをした最初は、お金を殖《ふ》やすことが目的だったの。いつまで社宅暮しなんかしていられないから、自分の家を建てるために、お金、お金、と思っていたの。ところが株で損しないためには相当勉強しなくちゃならないわ。日本の経済成長といったって、何もかも成長してるわけじゃないのだから、何が成長して、何が駄目か、見わけなければ売りも買いも出来ないでしょう？　その結果、知り過ぎてしまったのよ」

「何をです？」

「主人のことを、ね。もう鉄鋼関係は駄目。井本も鉄鋼部門にいる限りはウダツが上らないわよ。かといって別の部に移るには鉄建材のエキスパートになりすぎてしまったのよ。どう奇跡が起っても井本は伊沢商事の重役にはなれないわ」

「あら、そんなことございませんでしょう」

「心にもないこと仰言らないでよ。井本は私大出身ですから、もともと伊沢商事の主流ではなかったんですわ。それが課長にまでなれたのは井本の努力と才能ですよ。でも、この辺りが限界で、もう高望みは出来ないわね。私は口に出して言いませんけど、それを悟ったのよ」

「まあ、まさか」

「いえ、本当。夫に限界を感じれば、女はやはり子供に生きることになるんじゃないかしら、陳腐な解釈だけど。私は決心しましてね、主人もやっと賛成してくれましたのよ。私たち、三月中に引越しますわ、十五日が卒業式ですから」

「まあ、どちらへ」

「息子の高校の近くにアパートを捜しましたの。都内の住宅街だから目玉が飛出るほど高いんですけどね、こんなところから通わせたら時間のロスが大きいでしょう？ 主人も躰が楽になるし、私も社宅なら出来なかったことがいくらでもやれるようになりますからね」

井本家は息子の高校入学を契機に、生活態勢が根本的に変革されるらしかった。社宅を出て行くというのは、音子にとっては驚くべき革命であった。社宅の住居費は、外界の物価上昇の現実とはあまりにも桁外《けたはず》れに安かったのである。夕陽ヵ丘では一ヵ月二千円前後で、伊沢商事のエリートが住むにふさわしいモダンなマンション風の建造物に住むことができていて、それは月給取りには何ものにも代えがたい有りがたい値段だった。社宅とかアパートや団地に必ず起るいざこざも精神の消耗も、二千円という安さには代えられない。少なくとも音子は、社宅は嫌だと死ぬほど思うときでも、二千円より十倍高い住居費を払ってまで自由を得たいとは思ったことがなかった。

　音子は、おそるおそる訊いた。

「アパートって、お高いんでしょう？」

「四万円よ！」

「まあ、四万円。じゃ、マンションじゃありませんか」

「どういたしまして、古い木造の二階建て。しかも、ここの丁度半分という狭さね。それで敷金に三十万円、手数料に二十万円とるのよ。まるで泥棒ね。人の弱みにつけこんで、いくらでもむしりとる気でいるんだわ」

「まあ」

「でもね、社宅から飛出せば自由の天地よ。そう思えば五十万は高くないって気もするのよね。毎月四万円が消えるのは痛いけど、だいたい社宅の二千円が安すぎるんだから、それと較べるのは間違ってるでしょう？」

「はあ、でも私たちにはとてもそんな大金は工面がつきませんわ」

「こんなところにいたら、何も出来ませんよ、本当に。伊沢商事という名声で金縛りになって暮すんでしょう？　たった二千円で金縛りというのも、考えてみればおかしなものだわ」

　井本夫人は夕陽ヵ丘と訣別《けつべつ》する決意をした後なので、実に思いきりよく社宅の悪口を言い始めた。大きな口から、それはほとばしるように積年の怨念《おんねん》を晴らそうとでもするように激しかった。

「誰が考え出したのか知らないけど、社宅なんて残酷この上もない制度だと思うわ。一家ぐるみで会社に二十四時間も拘束されることになるんですものね。言いたいことも言えず、亭主の会社における地位も身分も、なまなましく妻に分ってしまうのよ。隣の旦那さんが自分の夫より優秀かそうでないかは、同じ屋根の下で暮せば一週間で分ってしまうわ。私は出て行くときめてから、まあ十五年も、よくも社宅暮しを続けたものだって自分に呆れてますの。結婚するとき伊沢商事は一流会社だって肝に銘じていたでしょう？　だから、この私が我慢に我慢をして暮してきたのよ。まあ、社宅もいろいろで、ここはまあ一見理想的だったわよ。でも五号館が建って、開発事業部が伸び始めてからは私も安住の地とは思わなくなってきたの」

井本夫人の話は、社宅から出ることをこれまでに一度も考えたことのない音子には、まともに聞くには強烈すぎた。何しろ音子の方は、井本夫人が口を極めて罵倒しているその社宅に、これからまだ何年も住まなければならないのである。

運のいいことに、話の途中で五号室の寺尾夫人がショートケーキを届けにきたので、音子の解放されるきっかけが出来た。

「こちらお引越しなさるんですって」

「そうですってねえ」

寺尾夫人はもう知っていた。彼女は素直な感想を漏らした。

「羨ましいわねえ」

「本当ですわ」

「私もお金があったら出て行きたいけど」

寺尾夫人の口調に音子は驚かされた。三号館で一番トラブルの少ない、目立たない存在だった寺尾夫人でも、つくづく社宅には参っているという様子だったからである。

「でも、誰でも出来ることじゃありませんわね。敷金や何かで五十万円ですって」

「本当に誰でも真似のできることじゃありませんわ。奥さま、お偉いわねえ」

「偉くなんかないわよ、私は我慢が足りないだけよ、きっと」

井本夫人は得意そうに謙遜《けんそん》してみせながら紅茶を淹《い》れに立った。

寺尾夫人と音子は、黙って顔を見合せた。寺尾夫人が溜息をついた。音子が言った。

「井本さんが行っておしまいになるなんて、あとがどんなに淋しくなるかしら」

「本当ですわね。後にどんな方がいらっしゃるんでしょう」

井本夫人が賑やかに戻ってきて、紅茶茶碗をテーブルの上に並べた。いつものことながら、この日は一層彼女の動きは活潑に見えた。寺尾夫人のショートケーキを頰《ほお》ばると、おいしい、おいしい、と言い続け、こういうものが食べられなくなるのは残念だ、などと言って一人で笑った。

音子は先に失礼して家に帰ってから、結局肝心の音子の質問には井本夫人が答えずじまいであったのに気がついた。目的は果していないのだから、寺尾夫人が帰った頃を見計らって又出かけようかと思ったが、話の脱線にはもうげんなりしていたので電話をかけた。

「先程はお邪魔を致しました。あの、先生を紹介して頂きたいというお話のことなんですけど、途中で失礼したものですから」

—ああ、山野さんからもお頼まれしたんですけれどねえ。

「それは伺いましたわ」

—ところがその先生、就職しておしまいになったの。就職先はどこだとお思いになる？　伊沢商事を目の敵にしている大友物産よ。やっぱりモーレツ会社だから新入社員でアルバイトは出来ないと思いますわ。その方の後輩でよろしかったら頼んでさしあげますけど。

音子は井本夫人が決して本気で頼んでくれる気がないことを感じた。

大雪の始まりに井本家の息子の一件を聞いたものだから、音子は食料品などのストックにも心が至らなくて、雪のあと残雪がこびりついている階段を買物に降りて行った。途中で、頭に帽子をかぶり、セーターを着て軍手をはめ、シャベルを使って階段を掃除している女がいるのを認めたが、去年も一昨年も雪のあとでこんなことをしている奇特なひとは見かけなかったので、誰だろうかといぶかしく思った。伊沢商事の社宅では雪かきのおばさんを雇うような配慮がある筈がない。

「あらまあ幸江さん、誰かと思ったわ」

だぶだぶのスラックスをはいて、シャベルの先で氷に変質している雪をがらがら掻きこわしていた山野幸江は、まっ赤な顔を上げて音子を見ると、片手で額の汗を拭いた。

「雪がかたまると危ないでしょう？　よほど気をつけても滑りますよ。こんな坂で転んで脚の骨でも折ったら大損害ですわ」

「偉いわねえ、あなた一人でやってらしたの？」

「いいえ、朝のうちは三人ほどでやってましてんけど、みんな疲れはったんで、丈夫で長持ちは私だけになってしもうたんです」

「まあ、三人って、どなた？」

「森さんと、山形さんです」

「まあ五号館の方たちって、お偉いのねえ」

「山形さんはシカゴにおられて、雪はこんなものやありませんでしたって。山形さんが言い出されて、私らも雪掻きに繰出したんですけど、森さんはアメリカでも雪の降らんとこでしたんやて、すぐ音エあげて」

幸江は面白そうに笑った。

「でも本当に危ないわよね。去年は井本さんの奥さんが滑って一番下まで落ちたことがあったわ」

「打ちどころが悪かったら、えらいことですよ」

「でも井本さんは、東京へ引越すそうだから、もう心配がないわね」

「そうやそうですねえ。せやけど五十万かけて引越して、毎月四万たら五万たら払って、あのお家ではどないして食べていかはるんでしょうねえ」

「株をやってらしたのよ、あの奥さん」

「株て、そんなに儲《もう》かるもんですんやろか」

「度胸がいるんでしょうね。私には分らないけど」

「私も分りませんわ。まあ雪かきしてますわ」

「ご苦労さま。私もあとで手伝うわね」

「そうですか、助かります。山形さんは休憩してからまた出て来はりますよ。賑やかにやりましょう。三号館には奥さんから声かけて下さい」

「ええ、いいわ」

そうは返事したものの、音子には三号館の主婦たちを動員する自信もなかったし、またその気もなかった。雪掻きといっても、日に照らされて溶けた雪は、かたいかたい氷になっていて、ちょっとやそっとの労力ではかき落せるものではなくなっていたし、おまけに夕陽ヵ丘は、むやみと階段が多いのである。

伊沢商事は残業が多い。夫たちが遅く帰宅するのは、もう常識になっているので、夫が仕事でなく友人たちと杯を交わしているうちについ飲み過してしまった場合でも、妻たちは「伊沢商事って、なんて人使いが荒いんでしょう」と夫に同情しながら迎え入れる。

たまに早く帰った夫を待ち受けているのは、社宅に住む妻が得た数々の情報を、妻の感情的な味つけで料理したものであった。残業続きの疲れ果てた肉体を持って、一刻も早く憩《いこ》いたいと願っている男にとって、この料理に箸をつけねばならないというのは、あるときは拷問《ごうもん》にも等しかった。が、しかし、夫もたまには妻のために精神的忍耐というサービスはしなければならない。それは夫の義務であるよりも、妻のヒステリーを事前に解消するための安全弁的作業であった。平凡な男は多く理性的な女を妻にはしないものだから、その当然の帰結として妻が感情的に昂っているときは聴聞僧のように出来るだけ無表情に聞き、ともかく喋り終って妻が憑《つ》きものの落ちた顔になるまで待たなければならない。

時枝浩一郎は居間で、音子がことごとしく物語る井本家に起った一部始終を渋面を作って聞いていた。妻の話には滅多に天下の一大事がとり上げられることはないので、夫はすぐに退屈するものであり、それをけどられないためには別のことを考えているのが上分別というものである。浩一郎も音子の前で、ときどきおもむろに肯きながら、近く社内で行われる人事異動について思いを致していた。よその家の子がどこの高校へ入ろうと、浩一郎はかまわなかった。そんなことより社内人事の方が彼には大事である。経済成長の中で伊沢商事は逞しく巨大な企業体となっていた。各部門が、新しい時代に備えてどんどん核分裂を行なっている。人事の動きもめざましい。

「え、なんだって？」

突然、浩一郎は聞き返した。聞流しにできないことが音子の口から出たからである。音子は、ちょっと呆気にとられたような顔をして夫を見た。彼女は立板に水を流すように喋っていたので、急に腰を折られたような気がしたのである。

「離婚といったって、偽装離婚なのよ、あなた」

「誰と、誰が離婚したんだ？」

「嫌だわ、聞いてらしたんじゃないの？　井本さん御夫婦が、よ」

「どうして？」

「都立高校は地域制よ。東京都の、その学区内に居住していなければ受験資格がないんですよ。だから井本さんじゃ御夫婦で協議離婚をなすって、それ、去年のことらしいのよ。奥さんは弟さんのところに別居して、そこへ息子さんを引取る形にしたんですって。都立を受けるのも容易なことじゃないのよ、あなた」

「離婚をして、か？」

「珍しいことじゃないらしいのよ、あなた。その話を聞いた山野さんじゃ、いいことを知った、私のところも、やると言ってるわ」

浩一郎は眉をひそめ、しばらく黙っていたが、やがて吐き捨てるように言った。

「異常だな」

　それは確かに異常な事態だった。仮にも夫婦が離婚をしようというのは大事件である筈なのに、ただ一枚の紙片に協議離婚の印を押すことによって偽装離婚は易々《やすやす》と行われ、そして子供は越境入学に成功する。一口で言えば、それは東京に於ける住宅事情と、一般の教育熱がからまって産み出した現象なのであった。

「異常ですとも。そのとおり異常ですよ、これは」

　夫の言葉に我が意を得て幾度も幾度も肯いている音子の様子もまた異常であった。

「そんなにまでして都立へ入りたいかしら、異常よ、まったく。そんなにまでしてT大へ行かせたいなんて、親も子も思うなんて異常ですよ。井本さんじゃ、ここから都立へ通わせるのでは通学時間がもったいないからって、社宅を出るのよ、あなた。高校に近いところのアパートを見つけたんですって」

「孟母《もうぼ》三遷《さんせん》か、凄いものだな」

「権利金や何かで五十万、家賃が四万円ですってよ、あなた。それで此処の半分もない狭いところですって。幸江さんは月に四万円も出して、どうやって暮すのだろうって不思議がっているの。株って、そんなに儲かるものなんですかねえ」

「まあ、あの奥さんなら、なんとかするだろう」

　浩一郎の正直な感想が、うっかり音子の感情を損ねることになってしまった。お前にはやりくりの才がないと皮肉を言われたように音子はとってしまったのである。音子は、反射的に斬り返した。

「ええ、あの奥さんも言ってましたわ、御主人にはもう何も期待しないんですって。伊沢商事で井本さんはもう頭打ちだし、鉄鋼関係は見通しが明るくないし、未来産業へ抜擢されるには鉄に深入りしすぎていて、井本さんは停年まで地道に勤めるしかないんだそうですよ」

「そんなことを、女房が言っているのか？」

「ええ。夫に先の見込みがなければ、子供に賭《か》けるのは母親ならば当然だって、井本さんの奥さんは意気天を衝くような工合よ。家賃なんか、子供への投資だと思えば安いものだって。物価は上る一方で、お金なんか持ってればすぐ紙屑のようなものになるのだから、有効に使うのが一番上手な生き方ですって。どんな株に投資するより子供が一番いいって」

「…………」

「私たちみんな煽《あお》られちゃって、蔭で偽装夫人って渾名《あだな》をつけちゃったの、井本さんに。だって家庭教師まで株屋のセールスマンに偽装させていたっていうんですもの。驚くでしょう？」

浩一郎は驚いて声も出なかった。はからずも彼は、妻たちの本性というものを覗いてしまったのである。夫に先の見込みがないと悟った妻たちは子供に賭けるという……。

「怖ろしい時代が来たものだな」

浩一郎は本心から、そう呟《つぶや》いていた。いったいいつ頃から日本の国の中で、こんな猛烈な気風が育っていたのだろう。彼が育った時代には、子供の成績を親が自慢することはあっても、子供の進学のために一家をあげて転居するようなことはなかった。修身の教科書に孟母三遷の教えは載っていたが、それをまに受けて実行するような親などいたためしがない。それが、越境入学のために偽装離婚して、合格すると安い社宅から過密都市の高いアパートへ飛出して行くことになる。その理由が、夫よりも、子供を選んで将来を賭けたからだという。

「幸江さんの話を聞いたら、あなたはもっと怖ろしいと思ったわよ。井本さんの異常性を立派に理論づけているんですから」

「もう、よさないか」

「いいえ、あなた、聞いといた方がよろしいわ。私も圧倒されたんですからね。あなたも私も時代に遅れているってことが痛いほど分るわよ。あなたがT大を出たばかりに、おかげで私まで一緒に遅れてしまったらしいのよ」

「どうして」

そこで音子は山野幸江の話したことを更に音子の考えで濾過《ろか》し直して語り出した。私大や地方の大学を出た男が伊沢商事の中で、屈辱に耐えて生きた結果として、向学心の強い負けず嫌いの子供が育ったという論理を。

「ふうむ」

「ねえ？」

「物は言いようだな」

「悟は学校では悠々としていますって。超然としていますって。隆之ちゃんは、それが羨ましいと言ってるんだそうですよ。幸江さんも正直ね、話には嘘はないだろうと私も思ったわ。あのひとたち本当に一所懸命なのよ」

音子も素直な感想を洩らした。残雪を、まっ赤な顔をして掻き続けていた山野幸江を思い出す。あのひとたちは、なんでもかんでも一所懸命になってやるのだ。逡巡《しゅんじゅん》するなどと言うことを知らない。体裁なんてものはかまわないのだ。

「三代続く分限なし、三代続く貧乏なし、か」

「なんですの、それ」

「僕の田舎でいう諺《ことわざ》だよ。山野家の論理を聞いて思い出した。新旧世代の交替なんて近頃のものじゃない、永遠の真理かもしれないな」

「伊沢の本家は十八代目よ、あなた」

「そんなことを言ってるんじゃない」

浩一郎は妻を怒鳴りつけた。彼は音子の愚劣なお喋りの中から、親が子に伝えるものが確かにあって、その強弱は親の育ち方如何《いかん》によるという哲理に気付いたのである。戦後の学生生活は不如意なものであったといっても、浩一郎はいわゆる苦学生ではなかった。地方旧家の出身であり、子供の頃は不自由なく育って、戦後の農地解放によってサラリーマン生活一筋に生きることを余儀なくされただけのことであった。

浩一郎が不機嫌になってしまったので、音子の事件報告は終って愚痴になった。

「こんなに周り中が血眼になっていると、子供が一番可哀想ですわ、あなた。悠々としてるとか、超然としてるとか、言われても嬉しくもなんともないの。悟は相変らず高校へ行かない、大工になるんだなんて言ってるんですよ」

「それこそ理想的じゃないか」

「冗談を言わないで下さい、あなた」

音子の眼は三角になったが、浩一郎も面白半分でいるわけではない。

「技術者というのは将来は絶対に強いんだよ、音子。誰も彼もが大学を出てホワイトカラーになることはないんだ。どんなに機械化が進んでも人間の手仕事は基礎と仕上げの段階では必ずいるものなんだから。すでにそういう方面は人手不足で、大工の手間賃などは二十歳ぐらいで僕以上の収入になるかもしれないよ」

「あなた！」

三角の眼が、吊上って、火を噴いた。

「あなたは悟を大工にするって仰言るんですか！　あなたは自分が苦もなくT大を出たからって、悟は大学へ入る見込みもないって思ってるんですか！」

浩一郎は溜息をついた。音子の話は矛盾にみちている。越境入学のための偽装離婚などの異常性を認め、それを非難がましく言いたてていながら、教育熱の異常性と、そのよって来る原因について同情的に言ってみせていながら、その口の下から、こと自分の子供に関すれば、話は飛躍し、ヒステリー症状をひき起す。

「そんな話をしているんじゃないだろう」

「だって、あなたは暢気すぎますよ。井本さんや山野さんのところの話を聞いても、悟のことは、ちっとも心配にはならないんですか？　あの子はまだ押入にもぐっているんですよ！」

音子の眼から火が消えると、代って涙がふきこぼれた。浩一郎は途方にくれた。音子の話には井本氏も山野氏も登場しない。つまり子供の教育に父親が関与したという話は出て来ないのである。にもかかわらず一転して音子はあたかも浩一郎が悟の成績と関係があるかのように非難して、泣き喚《わめ》くのだ。

「そんな声を出すなよ。悟に聞えたらどうするんだ」

「だって私は、それじゃどうしていたらいいんです。伊沢商事の社宅じゃ誰も子供が個人教授にもつかなきゃ塾にも行ってないって、井本さんは嘘をついて私を牽制していたんですよ。真に受けて悟を放任していた私が馬鹿だったんですわ。隆之ちゃんは大阪で塾に通っていたらしいし、その一斉テストで梅田まで出たときに車にはねられたらしいのよ。幸江さんも、そんなことはちっとも手紙に書かなかったわ。子供の教育のことじゃ、みんな秘密主義なのよ」

涙と後悔に揉みしだかれている妻を見て、浩一郎は自分の家の中にも異常な事態がたち到っていることを知らねばならなかった。

井本一家が引越して行ってしまってから、井本夫人の存在がいかに大きなものであったかに音子は気がつかされた。疎遠になっていた三号室の藤野夫人と、三年前のように親しくなって、驚くべき話を聞いたのである。

「まあ本当に御存知なかったんですの？」

藤野夫人が、片方の頰《ほほ》だけで笑いながら、音子に訊き返した。

「サービス関係って、なんですの？」

音子も訊き返した。しばらく自分の耳を疑っていたのである。

「私も詳しくは知りませんけれど、井本さんの奥さんが結婚前は働いていらした方だということは、お話してみれば分るじゃありませんか。私たちのように世間知らずで育ったというところはなかったでしょう？」

「サービス関係って、ホステスのことですか？　あの方、バーで働いていらしたの？」

「さあ、どこで何をしていたのか主人に訊いても知らないって申しますし、どこかの支店にいらした独身時代に、井本さんがひっかかっておしまいになったんでしょ？　ひた隠しにしてらしたけど、奥さんは井本さんより年上だったようよ」

「まあ、そうですの？」

「社宅を出て、今は天下晴れて元の職場にお戻りになったわけですわね」

「え？　誰方《どなた》が？　元の職場ですって？」

「アパートが四、五万かかるって仰言《おつしや》ってらしたでしょう？　伊沢商事の月給だけでやっていけるわけがないじゃありませんか」

音子は本当にびっくりしてしまった。

「本当ですの、それ？」

「新宿のお店で、井本さんの奥さんを見かけた方がいるそうですよ。伊沢商事じゃ驚天動地の出来事だけど、社則に奥さんが働いちゃいけないという一条がないから取締れないんですって」

この頃になって、ようやく音子は藤野氏が伊沢商事の人事部に勤めていることを思い出した。同時に、この情報が決してでたらめのものではないことを確信した。

「そう言えば思い当ることがありますわ。伊沢商事が一流だからといって私たちまで気取って暮すことはないって言ってらしたもの。私は、やるわって、断乎《だんこ》として言ってらした。そのときは何のことか分らなかったけど」

「それもこれも坊っちゃんの為なんでしょう？　変ですわねえ」

「異常ですよ」

「本当に異常だわ」

二人の妻たちは共鳴しあった。

今更のように藤野夫人は愚痴をこぼした。

「あなたのところは女ばかりだから楽でいいって顔を合わせる度に言われてましたのよ。男の子は失敗するわけにはいかないんですからねって。まるで私の娘のことは馬鹿のように皮肉られてるようで妙な気持でしたわ」

隣家の津田夫人は、音子からの報告を聞いても、うっすらと笑っただけで別に驚かなかった。

「だってあの方、もともと伊沢商事の奥さんには見えにくいところがおありでしたでしょう？」

「奥さまは御存知でしたの？」

「噂《うわさ》は、ね」

「新宿のバーで働いていらっしゃいますって」

「あの方には、その方が自然なのかもしれませんわね」

音子は津田夫人の口調の冷たさに総毛《そうけ》だった。井本家の居間で津田夫人の造花はさかんに売り捌《さば》かれていたことがあるのだ。あの頃から津田夫人は井本夫人の素性を知っていたのだろうか。

「坊っちゃんのために夢中なんですわよ、きっと。私には、そう言ってらしたんですよ。

御主人の出世の方は頭打ちだから、あとは息子さんに賭けて生きるんですって。とても私なんか真似が出来ませんわ。行動派でいらっしゃったんですわね、あの方」

津田夫人は黙って音子の擁護論を聞いていたが、しばらくして驚くべきことを言い出した。声が鋭くなっていて、いつもの津田夫人とは人が変ったようだった。

「御主人の出世が頭打ちだって仰言ったんですの？　まあ。井本さんの御出世が止っているのは、あの奥さんのせいですのに、よくもそんなことが言えたものですわね。井本さんがお気の毒だわ」

「どうしてですの？　どうして井本さんの御出世が、あの奥さんのために止ったんですの？」

「だって伊沢商事でございましょう？　そりゃ戦後はマンモス会社になってしまって、どんな方でも就職なさるようになってますけれど、主流はなんといっても昔と変りませんわ。あの奥さんに部長夫人や重役夫人が勤まるとお思いになりまして？」

「はあ、まあ、そりゃあ」

音子が呆気《あっけ》にとられていると、津田夫人は油紙が燃えるように喋《しゃべ》り続けた。

「井本さんは宅の主人の三年先輩で、主人の入社したころは私大出身だけど大秀才というので、颯爽《さっそう》としてらしたようですよ。それが、あの奥さんに足をとられておしまいになったんですって。ろくな結婚式もおあげにならなかったんですよ。だって人前に出せる御親族なんか、あの奥さんにいらっしゃるとは思えませんものねえ。古いようだけれど、いい親類を持っているというのが妻としては財産ですわ。ことに伊沢商事では有形無形に働くのですわ。ちゃんとした家から奥さんをおもらいになっていれば、井本さんがあの年でうろうろしてらっしゃる筈《はず》はないんですよ。天下の秀才が集まる伊沢商事ですもの。会社の中の競争は大変なのでしょう。ちょっとでもケチがつけば蹴落されますわ。社宅だって社員はフルイにかけられてるようなものですわ。悪く目立つような奥さんは御主人の出世の邪魔ですわよ」

音子はすっかり考えこんでしまった。社宅の中にいればいるで気をつけなければならないことや頭痛の種がいっぱいあるけれども、面倒な社宅を飛出してしまえば、残った人たちの間で何を言われるか分ったものではない。井本夫人に関する噂は、多分その半分はきっと真実であるのだろうが、井本夫人が社宅にいる間には禁句《タブー》になっていて決して音子の耳には囁《ささや》かれることのなかった話なのである。

伊沢商事が一流会社だなんて、と井本夫人は言っていた。昔とは違うのに、いつまでも気取ってはいられない、とも言っていた。私はやるわ、と決然と言い放っていた。

その結果が、新宿でホステスをやっているということになった。たしかに音子が考えても伊沢商事に勤める夫の体面上は工合の悪いことに違いない。それが事実であれば、本当に驚くべきことに違いない。

が、どうやら驚いているのは、音子ひとりだけなのかもしれない。五号室の寺尾夫人は、ケーキを焼いては井本夫人のところへ遊びに来ていたひとだが、

「奥さまには何も仰言らなかったんですの？　私には細かな計画をみんな話して下さったわ。表向きは喫茶店だから、私のケーキは買ってあげるわなんて仰言ってね」

「お持ちになりましたの？」

「まさかア」

寺尾夫人は朗らかに笑いとばした。

「デパートの名店街あたりなら、お寄りしてもいいけど、新宿でしょう？　面白いから覗《のぞ》きに行こうかしらと申しましたら、主人から叱られてしまいましたわ。表向きが喫茶店というのは、本当は喫茶店ではないということなんでしょう？　私も怕《こわ》くて近づけませんわよ」

「よく思いきって、そんなことをねえ」

音子は藤野夫人や津田夫人の話を寺尾夫人に紹介した。わけても津田夫人の社宅における妻の勤務評定が夫の出世に重大な鍵《かぎ》になるという話は、熱心に伝えた。

「それは一家言ですわね。私も肝に銘じておきますわ」

寺尾夫人は、聞き終ると白い顔をして言った。

「でも私、まだ本当とは思えませんのよ。そんなことを井本さんの御主人が、よくお許しになったわねえ。異常じゃありませんこと？」

「異常ですわよ」

夕陽ヵ丘に残された住人たちは、口々にこう言って出て行った井本夫人を評した。

井本家の後に引越してきたのは、海外支店から転勤してきた江川一家で、晩婚だったのか子供は二人とも小学生で、江川夫人は家事に忙殺され、滅多に三号館の日本式井戸端風な会話の仲間入りをして来ない。つきあいはもっぱら五号館の外国帰りの夫人たちで、子供の教育も何も、その先輩たちに相談しているらしい。三号館の人たちには、もちろんそれが面白くなかった。

井本夫人に関する情報は、またたくうちに夕陽ヵ丘の社宅一帯に広がっていたが、山野幸江の感想はまた独特のものがあった。音子が買物に出かけた道で、そのことを幸江が聞いたかどうか訊《たず》ねたとき、

「えらいことになってますなあ」

幸江は首をふりながら、嘆かわしげにそう言ったのである。

「社宅は出たら出たで、後で何を言われるやら分らん怖ろしいところですなあ。今に売春までやってることになるんと違いますか。井本さんも気の毒ですねえ」

「でも私は、あの方がバーの女だったなんて知らなかったのよ」

「ほんまですか？　私らは来ると早々に誰からか聞いてましたけどなあ」

「私には誰も教えてくれなかったのよ」

「バーで働いてる人やったら伊沢商事の社員を摑《つか》まえたら鬼の首やもの、放さんでしょうねえ。井本さんの御主人も気の毒ですねえ」

「あの奥さんが出世の妨げでしたってよ」

「私もその話聞いて、ぞっとしましたわ。あれでは重役夫人が勤まらんと言うのでしょう？　私もバー勤めこそしたことありませんけど、いずれ主人が出世するとなれば、あのがさつな女房ではと言われるんでしょうなあ」

「…………」

「実力主義と言うたかて、伊沢商事は実力のある人が犇《ひし》めいてるところやから、何かケチのつくところがあれば、それを口実にしてはねて行くのと違いますやろか。男の世界は競争が厳しいから、実力だけで甲乙つけられへんときは、奥さんやら卒業した大学やらで差をつけて行くんですなあ」

「…………」

「井本さんの奥さんは、ざっくばらんで私は好きやったけど、そういう競争に我慢の限界が来たんと違いますやろか」

「表向きは子供さんの進学で、踏みきったことになってるのよ」

「私はよう分りますわ、あの奥さんの気持」

「…………」

「なんでも口に出すように見えてましたけど、それだけに人には言えんことが胸の底にはあったんですよ、きっと。私のように諦《あきら》めている女でも、社宅の中で傷ついた思い出は溜《た》まりに溜まってますもんね」

「…………」

「まあ私のところは主人第一でやってますさかいに、私が働きに出ることも起らんやろうけど、私があの人のように勝気やったら、似たことしてるかしれません」

「でも幸江さん、あなたまさかバーに働きには出ないでしょう？」

「そうですなあ、私に水商売は向きませんよって、働くとなったら家政婦ですなあ。三度食べさせてもろうて一日に三千五百円ですて。その気になれば主人と同じ収入ですよ」

「まあ幸江さん、あなた」

「冗談ですよ、奥さん。冗談です」

井本夫人が働くことに関して幸江と音子は受取り方がまったく違っていたが、ことが子供の教育という話になると、二人は何年ぶりかで共鳴しあうことになった。

「セールスマンだ、証券会社の人だって私たちに紹介していた人たちが、みんな子供の家庭教師だったのだから、推理小説みたいでしょう？　私には伊沢商事は優秀だから、この社宅では個人教授についたり塾に通ってる子は一人もいないわねって何度も言っていたのよ。あれが牽制《けんせい》だったってことに私はこの頃気がついたんだから、自分の間抜けさ加減に呆《あき》れてしまうわ」

「全部が全部家庭教師やったわけでもないんでしょう？　株をやってはったのは嘘《うそ》やないでしょうし。それにしても私も驚きましたわ、どない頼んでも家庭教師は世話して下さらんのですから」

「あなたにも頼まれたけどって、私も断わられちゃったのよ」

「そうですかあ、やっぱりなあ」

「自分の子供だけなのね、他家《よそ》の子供の成績は一点たりとも上げたくないのよ」

「学年が違いますのにねえ」

「私には、うちの子供は勉強はするけど出来が悪いんだって言ってたのよ」

「私にも、うちの坊主は頭が悪くて駄目なのよって言ってました。あの奥さんが嘘つくと思わんから、ほんまにそうかと思ってたら、都立高校受かった途端から、えらい鼻息になってしもうて、子供が優秀だったら、それを伸ばしてやるのは親の義務よって。あなたもよく考えなさいって、激励されましたわ。井本さんの息子さんは官吏志望やそうです」

「ええッ？」

「昔と同じで高文を通らなければ駄目だ、伊沢商事なんか見下してやりなさいって常々言うてはるんですと」

「まあ」

音子は本当に息の根が止るほど驚いていた。井本夫人は相手によって話を変えていたらしい。それにしても高級官吏になって伊沢商事など見下すようになれと特訓していたというのは、いかにも井本夫人らしい話だと思えないことではなかった。

「それにしても高校一年でしょう？　その子に向って今から高文の話をするなんて、ちょっと異常ねえ」

「異常ですなあ」

「教育熱って、妻の欲求不満のはけ口なのじゃないかしら。井本さんの奥さんって、欲求不満のかたまりみたいな方だったでしょう？」

「井本さんはともかく、世の中全体に教育熱が高まっているのは、私らの子供の頃とは大違いですわ。勉強々々て、ＰＴＡではお母さんたちが先生を相手に言いたいことを言うて、先生もあれでは気の毒ですなあ」

「ああ、幸江さんはＰＴＡの役員をお引受けになったのね。御苦労さま」

音子は学校から送られてきた刷りもので、そのことを知ったばかりだった。

ＰＴＡの役員などになるのは頼まれてもご免だと思っている癖に、音子は山野幸江が転校して来て一年足らずでＰＴＡの役員に納まってしまったことには心平らかでないものがあった。その要領のよさが憎く、教師と接触の機会を多く持てるのが妬《ねた》ましい。

「ご苦労さま」という労《ねぎら》いの言葉に、音子はかなりの皮肉と嫌みをこめていた。

「私は要領悪いんで断わりそこねてしまいましてん。私のような者は走り使いですなあ。ＰＴＡの役員というたら大学出はった奥さんらインテリが大半ですやろ。私らびっくりするような難かしい言葉がポンポン飛び交いますんよ。かと思うと、どうでもええようなことを、くだくだくだくだと喋りたてる役員さんもいて、先生方こそご苦労なことですわ」

「先生には子供が預けてあるのだから、親の方は言いたいことも言えない筈ですけどねえ」

「私もそう思う方ですけど、近頃の親は先生を子供のお守りのようにしか思うてはれへんようなのも多いんですよ、奥さん」

「それじゃ先生も面白くないでしょう」

「それが先生の方も押しまくられてしまって、はらはら親の顔見ながら教えてはるらしいわ。それでもこの春、B中は先生方の肩の荷がおりてほっとしてはるようですよ。猛烈ママが揃《そろ》ってはったんですと」

「この春って、井本さんの級のこと？」

「はあ、はあ。井本さんとこは合格したからよかったけど、都立を落ちた子供のお母さんが血相変えて担任教師に詰め寄ったんですと。教え方が悪かった、どないしてくれると子供連れて怒鳴りこんだそうですわ」

「合格している子供もいるのだから、先生のせいじゃないでしょう？」

「そんな理窟の通る親やないんですやろなあ。ＰＴＡの会合が終ると、先生方のこぼすこと、こぼすこと。私ら無能な親は、せいぜい先生の愚痴の聞役ですわ」

「井本さんたちのクラスがねえ……」

「親も子も凄《すご》い競争心でこり固まってたそうですよ。担任の先生が、もうあんな学年は嫌だと言ってなさるそうです。親が四六時中見張っていて、先生の説明が間違っている、適切な問題でない、採点方式に疑問があると言うて、一々文句をつけに来ていたそうです。目の色から違っていましたって」

「そのくらいにしなければ、受験地獄は突破できないのかしらねえ。私は自信がなくなってしまったわ」

「私も、これはかなわんと思いましたわ」

「井本さんが今から高級官僚をめざしているなんてねえ……」

「うちの隆之は、そこへ行くと情けないほど志が低いですよ。大工になるんや言うてますわあ」

「あら、隆之ちゃんも？　悟も大工になりたいと言ってるのよ」

「ほなら流行なんですかなあ」

幸江と音子は朗らかに顔を見合わして笑い、音子は久々で心が晴れ、気持が救われていた。

成績優秀という山野隆之が、悟と同じように大工になると言っているのなら、それは幸江の言う通り、B中学におけるクラスの流行であるのかもしれなかった。それを話したときの幸江の屈託ない笑顔も音子の心を和《なご》やかなものにしていた。二人とも井本夫人の教育方針に批判的なところが一致していたので、高級官吏などを今から目指すことへの反感が、大工という職業への好感になっていた。

「大工さんなんて、のどかな感じで悪くないわねえ。主人も下手な月給取よりいいじゃないかなんて冗談を言って笑ってますわ」

「隆之はグラフ用紙と言うんですか、細かい碁盤縞《ごばんじま》の紙を買いこんできて、暇さえあれば図面をひいてますわ」

「まあ、本格的ねえ」

「隆之は悟さんを羨んでますよ、絵心がないと製図も駄目なものなんですって。悟さんは絵がお上手ですと」

音子は悟の通知簿の中で図画に5が二つほどあったのを思い出した。こう言われてみると悪い気持はしないものである。

「知りませんでしたわ、絵が描けないと大工になれないなんて」

「B中のクラブ活動では美術部が一番素晴らしいそうですよ。先生方もご自慢ですし、PTAでも情操教育として好ましいと言うてます。難かしいでしょう、情操教育ですと。先生の説明を聞きながら、難かしい言葉に一々翻訳するお母さんがいてはるんですよ、趣味ですな、あれは」

「幸江さんもそれじゃお忙しいわねえ、PTAに首を突っこむと家のことは何も出来なくなるって言うじゃないの？」

「そんなでもないですよ、奥さん。家には女中が一人いますさかいな」

「女中？　お手伝いさんがいらっしゃるの、あなたのところ。知らなかったわ」

「へえ、よう働くのが一人」

幸江はにやにやしながら、音子の疑わしげな顔を眺めて楽しんでいた。

それから幸江の説いたところは、こうである。

昔は主婦の仕事といえば大労働だった。たとえば洗濯というものは、タライと洗濯板を使って小一日かかった。雨の日が続いたあとは泣きたくなるほどだった。ちょっとでも怠《なま》けると汚れものは山になるから、毎日々々洗わなければならなかった。それが電気洗濯機と洗剤の発達で、洗濯は週に一度、スイッチを押すだけで終ってしまう。脱水してから干すので乾くのも早い。

繕《つくろ》いものも主婦の仕事だった。着物は自分で縫ってこれも大変だった。それがナイロン製品の発達と、既製服の発達で、主婦はこの手間からも解放された。

掃除だって昔は朝掃いて、夕方は夫の帰宅前にもう一度拭き掃除をした。しかし縁側と畳のなくなった文化住宅では、掃除は二日に一度で充分だ。

どの家も、昔風にいえば女中が一人や二人はいることになる。

「なるほどねえ」

音子は幸江の嬉々《きき》とした顔を眺めながら相槌《あいづち》を打った。音子は戦前、女中のいる家で育っていたから、今更そう聞いても格別嬉しくはないのである。気の利く女中は命令しないでも用事をしたが、電気洗濯機は汚れものを入れ、洗剤を入れ、水を注いでからスイッチを入れて、初めて動く。生きものの使用人とは大分違うのだが、もちろん音子には幸江の言わんとしていることは分る。

「私ら子供の頃、親がつききりみたいにして学校へ通うて来る子が、組に一人や二人いました。みんな勉強もよう出来て、ええ学校へ進まはった。そんな家は、必ず金持で、女中の二人や三人は、きっといましたわ。子供も、きまって一人っ子か、多くてもそういう家は兄弟も二人ぐらいでしたわねえ」

「そうねえ」

音子も、そういう例だったのだ。一年生のときは女中がずっと送り迎えをしていた。その古き良き時代を思い出すと懐かしかった。幸江は音子の表情から、すぐに音子の追憶を察した。

「奥さんはお嬢さん育ちやから、その一人か二人の一人やったんでしょう?」

「まあね。私の母は教育ママではなかったし、早く死にましたけど」

「私らは先祖代々の貧乏人で、女中のある暮しなど生涯望めるものやないと思うてましたんよ。それが電気洗濯機ですやろ、掃除機ですやろ、冷蔵庫ですやろ。考えようでは、よう働く女中を一人抱えた身分ですわ」

「PTAで働くぐらいなんでもないと仰言りたいのね」

「はあ、それでもまだ余ってますわ」

「まあ」

「奥さん、五号館の花壇を見に来ませんか。秋のうちに球根植えといたんが出揃って花をつけましたよ。今年は春が早く来て陽気がよろしいさかい、花も早いんですわ」

「塩谷夫人の御薫陶《ごくんとう》ね」

「はあ、ええこと教えてもらいましたわ。土を掘り返したり、草抜いたりしてると、自然との接触ちゅうんですやろか、健康でよろしいで」

「隆之ちゃんが建てた家のまわりに、あなたが花壇を作るのね」

「夢ですなあ」

音子の言葉には皮肉がこめられていたが、幸江は感じないのか明るく笑った。

「奥さんとこは、時枝さんがT大やから、何も心配なさらんでしょうけどな、私らには夢ですわ」

「なんのことですの？」

「T大工学部って、難かしいんでしょう？　隆之には高望みやないやろかと私は心配でかないまへんわ」

「隆之ちゃんはT大工学部を志望していらっしゃるの？」

「はあ、都市工学やるんやて難かしいこと言いますさかい、分るように言うて頂だいと言いましたら、大工ですと」

大工という言葉を文字通りに受取って、朗らかに笑っていた音子は、急に自分の顔が蒼白《そうはく》になるのを感じた。山野隆之が大工になるというのと、時枝家の一人息子が大工になるというのとは、まるで次元が違っていたのだ。それに気がつかずに、子供というのは無邪気なものだと笑った自分の愚かしさが、音子は肌寒くなるほど恥ずかしかった。同時に悟の成績がもうどうにもならないほど絶望的なものに思えてきた。

新学期に入っていて、今年は春が早く、陽光はうららかだったが、音子は心浮かなかった。

五号館の前の花壇は、伊沢商事の社宅中の評判になっていて、四号館でも、三号館でも真似をして土を掘り返し始める女たちがいた。幸江は招かれなくても出張してきて、シャベルを使って率先して地を耕し、施肥や種蒔《たねま》きについて蘊蓄《うんちく》をかたむけている。期せずして同好の集《つど》いができ、一号館、二号館の主婦たちも寄ってきて、春日、女たちは嬉々として土を掘り返して遊んでいる。いつの間にか隣家の津田夫人まで、そういう中に混っているのを見付けて、音子は唇を嚙んだ。「造花より天然の方がよろしいで」と言われて口惜《くや》しがっていた筈の津田夫人が——。

三号館の三階の居間の窓から、音子が見下ろしていると、突然、幸江が振向いて、

「奥さアン、音子さアン、来ませんかア」

と呼ばわった。

音子は反射的に首をひっこめ、自分を呼ぶのに音子さんとは何事かと、腹が立った。絶対に降りて行くものかと決意していた。T大工学部という文字群が、目の前に散らばって見える。いつの間にか伊沢商事の社宅で人気者になってしまっている山野幸江に対して、くらくらするほど激しい嫉妬《しっと》が燃えていた。花壇がなんだ、と思う。花がなんだ。

T大工学部が、なんだ。ああ！　音子は歯を喰いしばった。音子も押入にもぐりこんで、まっ暗な世界に入りこみたくなった。メゾネット方式の夕陽ヵ丘三号館は南側の窓が大きくて、居間は明るすぎた。春のうららかな陽ざしが音子には苦しい。

悟は叩き大工になる。山野隆之は設計家になるという。家には働き者の女中が一人いるのだと嬉しそうに言った幸江の顔が思い出される。音子はソファに倒れこみ、身悶《みもだ》えていた。幸江は幸福だ、夫は思わぬ出世をして開発事業部に引抜かれ、未来産業を志している。息子は頭がよく、優秀で、クラスの人気者だ。T大工学部をめざし、今からグラフ用紙にせっせと製図をしているという。幸江自身もPTAに迎えられ、教師の愚痴を聞いてやって点を稼《かせ》ぎ、夕陽ヵ丘ではたちまちにして花壇作りのリーダーになっている。

それに較《くら》べて音子は不幸そのものだった。夫の浩一郎は可もなく不可もなく、息子の悟は成績が悪くて押入に入ってしまった。井本夫人の嘘を信じこんで塾にも行かせず、個人教授にもつかせなかったのは音子の落度なのだろうか。後悔は今になってなんの役にも立たないのだ。

伊沢軍団で戦闘に明け暮れ、たまに早く帰ってくれば浩一郎を待ちかまえているのは妻の不平不満の爆発であった。井本家の息子は高級官吏をめざしている。山野隆之はT大工学部志望だという話を、音子は眼を吊上げて夫に報告するのであった。

「いいじゃないか、誰が何になっても」

「だって悟は大工になると言ってるんですよ」

「子供の頃は気まぐれなものだよ。そのうちに気が変るさ。第一、誰の一生だって子供の頃の志望通りにはならんものだ」

「そりゃ私も井本さんの子が高級官吏なんてどう考えたって高望みだと思いますよ」

「それは分らないがね」

「だって母親がバーで働いていて、子供が出世できますか？　井本さんはあの奥さんで出世が止ったたって言われているくらいなのに、子供だって迷惑こうむるの分りきってるわ！」

浩一郎は眉《まゆ》をひそめた。

「なんの話だ、それは」

「井本さんの奥さんは新宿で働いているそうじゃありませんか。深夜喫茶って言ってるけど、内実はいかがわしい店ですってよ」

「ひどいね、そんなことを誰が言ってるんだ」

「もともとが田舎の飲屋の女だったんですってね、あの方。東京のアパートで四万円の家賃を払うのなら、昔とった杵柄《きねづか》で、また働くより仕方がないでしょう？　私にも、はっきりそう言っていたわ」

浩一郎は、煙草に火を点《つ》けて一服してから、しみじみ社宅の怖ろしさを思っていた。

誰がそんな噂をふりまいているのか知らないが、浩一郎も似たような話は実はもっと前に聞いていたのである。しかし妻には言わなかった。言えば音子の口から、これらの噂はいよいよ決定的なものとして社宅中にバラ撒《ま》かれる心配があった。

「滅多なことは言うものじゃない。証拠もないのに、そんなことを言っては気の毒だ」

「でも人事部でも問題になってるのよ。社則では奥さんが働くのを止めていないんですってね。だから、どうすることもできないんですって」

「誰が言った?」

「藤野さんは人事部の文書課よ。四号館の牛尾さんも人事部ですわ。あちらは給与課だから、奥さんに収入があれば扶養家族の扱いではなくなるからすぐ分るわけでしょ」

浩一郎は黙ってしまった。人事部で社則が検討されたり、給与課が明細書を改めたり、そんなことが妻たちに漏れているのは、怖ろしいことであった。どんなときに夫たちは、会社内の出来事を妻に話すのであろうか。浩一郎は舌打ちしたい思いだった。いかに根掘り葉掘り問い糺《ただ》されようと、男は妻の前でも頑強に秘密は守り抜くべきではないか。社宅に住んでいる間は、それが互いの身の保全のためにも絶対必要なことである筈なのに。

「幸江さんにも驚いてしまうわ。あのひとは女中一人雇ったって得意になっているのよ」

「女中?」

訊き返した浩一郎に、音子は片頬で笑いながら幸江の論理を再び展開してみせた。

「うまいことを言うじゃないか。妻が暇になってるのは事実なんだ。女相手の事業で失敗してるものは何もないんだからね」

「あら、そうですか」

「化粧品会社は拡張につぐ拡張だ」

「まあ」

「テレビでも芝居でも中年女の興味に焦点をあわせれば必ず成功する。デパートの宣伝部も家庭婦人向けのPRに懸命だ。レジャーも主婦向けが一番確実に儲《もう》かるらしい」

「私は遊んでなんかいないわ」

一転して音子が自分のことを叫び出したので、浩一郎は口を噤《つぐ》んだ。

「私は化粧品のセールスマンも相手にしていないし、テレビもそんなに見ないし、お芝居にも出かけていないわ。デパートだって月に一回くらいしか買物に行ってませんよ。お料理教室やなんか、行くのは月謝の無駄使いだと思ってるし、くだらないレジャーなんか見向きもしないわ」

だから暇を持て余しているのだと喉《のど》まで出かかったが、浩一郎はまた煙草を吸って黙ってしまった。昔の夫たちは威厳を以て妻に対抗したが、今の夫たちは黙殺が最も賢明な保身術だと心得ている。会社で体力も神経も消耗しているのだ。家では雑音に気をとられず、ぼんやりしていたい。マイホーム主義とはこうして夫が奪権された結果を言うのかもしれない。家庭における夫の生態は、疲れ果てて口もきけないのである。

「井本さんもやり手だったけど、幸江さんはもう一つ上手《うわて》みたいよ、あなた。社宅中の奥さんを集めて花壇を作ってるんですものね。私にも下から大声で呼ぶのよ、手伝いに来なさいって」

「ふうん」

「誰が行くものですか。幸江さんのことをボロカスに言ってた人たちが、呼ばれると出て行って土を掘り返してるんだから、本当に呆れちゃうわ。よっぽど閑《ひま》なのよ、あのひとたちは」

「…………」

「私は家庭電化がどんなに進んだって、主婦の仕事はなくならないと思うわ。家事雑用というのは、これでいいって終りがないんですからね。お掃除だって丁寧にすれば、空《から》拭《ぶ》きだけで一日かかってしまうんですよ。悟のおやつだって手を抜けば簡単だけど、心をこめて作れば時間だってかかるし、栄養も違うわ。悟も今に気がついて、押入から出て来てくれると思うわ。私は井本さんが何をしていようと、幸江さんがどうなろうと、そんなことどうでもいいのよ。悟が押入に入っていることの方が、大問題なんですからね」

しんみりして、夫の横顔を見詰めた音子が、ここでまた突然、話題を変えた。

「あなた、煙草は百害あって一利なしですってよ。アメリカじゃ広告をしなくなりましたって」

やにわに浩一郎は灰皿を床に叩き落した。

なま温かい陽気が続いていて、音子はさまざまな不快感に悩まされ続けていた。煙草を吸うのは程々にした方がいいというのは、真剣に夫の身を案じて妻が心の底から口にした注意であったのに、やにわに浩一郎は灰皿を床に叩きつけて怒ったのだ。以来、ずっと時枝家における夫婦関係は冷戦状態である。

音子はひたすらに夫を怨《うら》んでいた。

あのひとは分らないのだ。社宅で暮す妻の苦悩なんて考えたこともないのだ。音子がどのくらい井本夫人の饒舌《じょうぜつ》に悩まされたかということも、山野幸江によっていかに傷つけられることの多い毎日かということも、夫には分らないのだ。が、男だ、そんなことが分らなくてもいい。音子に我慢のならないことは、浩一郎が少しも悟のことを親身になって心配しないことであった。悟が高校に進学しなくてもいいというのか。悟がこのままでいけば一流校には決して進めないということが、浩一郎には一向に苦の種にもなっていないのは、どうしたわけだろう。

夫に対する不満が募ってくると、妻はその愚痴を子供にこぼすことになる。

「悟さん、あなたどう思う?」

悟はうるさそうに訊き返す。

「何がだよ」

「お父さんのことですよ。帰りは毎晩遅いし、帰ってきても私とは口もきかないのよ。これでも夫婦っていえるかしら。本当につまらないわ」

「嫌なら離婚したらいいだろう」

「なんですって？」

音子は、ぎょっとして息子の顔を見た。離婚というとんでもない重大な言葉を、この子はまあなんとこともなげに口にしたものだろう。

「なんてことを言うの、悟。私たちが離婚したら、あなたはどうなると思うの？」

「僕かい？　僕はどうとでもするよ。中学卒は金の卵と言われてる時代だよ。食べていくのは困らないさ」

「まあ、悟さん、あなた本気でそんなことを考えているの！」

「半分は本気だよ」

「…………」

「勉強してるかどうか、そっと様子をうかがいに来られるよりは、随分いいだろうと思うよ。勉強はもう嫌だって言ってる連中がB中でも殖《ふ》えてるんだ。高校はやめて集団就職しようかって言ってる奴がいるよ」

「まあ」

「集団就職は、僕は反対だ。社宅にいる子はみんな反対なんだ。みんな一人になりたがってるよ」

「隆之ちゃんもそうなのかしら」

「あれもママゴンだからね」

「えッ？」

「おふくろのことを怪獣って言うんだよ、僕たちは」

結果的には音子の愚痴が効を奏して、悟は珍しくよく喋り、妙にさっぱりした顔になって自分の部屋に消えてしまった。


それから数日後、夫の言葉や、息子の投げた言葉の断片を、拾ってみたり、集めてみたりしながら悶々《もんもん》としている音子の許に、ブザーを鳴らして訪れた者があった。

「あら幸江さん、どうかなさったの」

ドアを開けて、そこに山野幸江が立っているのを認めたとき、咄嗟《とっさ》に音子はただならない気配を感じた。

「奥さん、お聞きになりましたか？」

「何を？」

「私はもう躰《からだ》が寒うなってしもうて……」

「何があったんですか？」

「B中の卒業生のことですよ」

「…………」

音子が怪訝《けげん》な顔をしているので、幸江は本当に音子が何も知らないのだと思ったらしく、肩をすぼめるようにして家の中に入って来た。血の気がひいていて、いつもは化粧がめだたないのに、顔に粉が浮いて見える。眼が宙に向いていて、何が目的で音子を訪ねてきたのか分らなくなっているらしい。

「幸江さん、変ねえ。しっかりして頂だいよ、何か、あったの？」

覗きこむようにして訊くと、幸江は一つ大きく身震いをしてから喋り出した。

「今日はPTAの幹事会で、怕《こわ》いことを聞きましたんや。内緒ですよ、奥さん。絶対に言わんといて下さい？　話の途中でお母さんたちみんな震え出して、今日は他《ほか》の議題はさっぱりやったんですわ」

「なんのこと？」

「知ってるお母さんたちもいましたよ。悟さんは何も言わはりませんか？」

「いいえ、何なの？」

「隆之も何も言いませんでしたけど、どうも知ってたんと違うかなあと思えてきましたわ。昨日も勉強々々って空《むな》しいなあって、突然言いだしたんで私はちょっと驚いたんですけど」

「ああ、そういうことなら、悟も四、五日前に言ってましたよ。中学卒は金の卵だから、高校へ行かずに就職するんだ、なんて。まさか本気じゃないでしょうけど」

「奥さん!」

幸江が大声を出したので、音子は驚いた。幸江の血相は変っているのだ。

「それなら悟さん、知ってはったんですよ!」

「何をなの? 何のことなの? 幸江さん、よく分るように話して頂だいよ」

「卒業生が教室で首くくって死んだんです」

音子は息を呑んで、幸江の青い顔を見ていた。耳に聞えた言葉は、みんな嘘のようで、しばらく音子はぽかんとしていた。

「卒業生ですって?」

「ええ、この春の卒業生」

「井本さんとこと同級の?」

「そうですて。やっぱりあの組の子ですて。高校受験に失敗して、親も取乱して先生を怨んでいたのが、子供はもっとショックやったんですやろなあ、教室へ来て首吊ったんですと」

春がいきなり夏になったような陽気に閉口していたというのに、音子は足の先から冷たくなって全身に寒さが這《は》い上ってくるようだった。幸江は口に出してほっとしたものか、放心したように黙っている。音子もしばらくは言うべき言葉がなかった。考えてみれば、いつかは起ることだったような気もするし、それが悟である場合だって考えられないことではないのだ。まったくの他人事《ひとごと》と思えないところに、幸江も音子も深いショックになっているのだった。

「学校側は警察に頼んで新聞には出ないように、それだけは押えたんだそうです」

「そうよ、そんなこと書き立てられてB中が有名になったら大変だわ」

「運のいいことに新聞社がかぎつけなかったのは、学校が東京やなかったからですわね え。お母さんの方もあんまり自分がとり乱して子供をそこまで追いつめたかと後悔して、半狂乱だけど、もう先生を恨むどころではなくなったらしいんです。子供も先生への当てつけで学校で死んだわけではないらしいんですと。家では死場所がなかったと遺書には書いてありましたと」

「遺書があったの？」

「胸が痛うなりますなあ。受験地獄やの、教育熱やのて、子供が死んだら元も子もありませんわ。親の期待に応えられないのが苦しい、先生ご免なさいと書いてありましたと。可哀想に」

　幸江の眼から涙があふれ出し、音子も胸が詰った。

「いつのことですの、それ」

「一週間前やそうです」

「まあ」

「秘密にしといてもどこからか漏れるもんですなあ。子供の口から伝わって、一年生の親御さんはみんな知ってましたよ。B中は詰めこみ主義ではないのか、進学だけが目標なのではないかって、非難攻撃する方があってねえ。一年生の親御さんにしてみれば、とんでもない中学に入れてしまったのではないかと心配だったんでしょう。三年生の親御さんが受けて立って、あの学年は父兄が異常に教育熱心だったと言い出して、先生方をかばっていましたわ。担任だった先生はノイローゼで一週間前から休職ですと」

「前に、もう卒業学年を受持つのは嫌だと仰言ってた方?」

「そうそう、その先生ですわ」

「知らなかったわ……」

「子供が自殺するなんて、なあ奥さん。高校に失敗したくらいで死ぬなんて、怖ろしいことですなあ」

「異常だわ」

「追い詰められてたんですなあ。子供には何もうっかりしたこと言えませんなあ」

「本当ねえ。高校なんて、どうだっていいわ、私」

音子は本心からそう思った。

それにしても子供はこの暗い救いのない事件を知っているのだろうか、どうだろうか。

幸江は確信的に、知っているに違いない、と言った。

「PTAでも一年生のお母さん方は、ほとんど全員知っていて、三年生のお母さんは一人だけ知っていて、二年生の親だけ知らなかったんですよ」

「どういうのかしら、それ」

「二年生は、親に言わない申しあわせをしたんじゃありませんか？　自治活動が一番うまくいってる学年やそうですから」

「悟も知っていたのかしら」

「隆之も知ってたんやろと思いますよ。四、五日前にラジオの深夜放送をもの凄いボリュームで聞いてて私怒ったんですけど、そんなこと前にはありませんでしたもの。勉強するときはラジオ止めなさいって言うたら、勉強なんかもうしないんだって怒鳴り返してきて、口答えはせん子やったのに、どうしたんやろと思いましたよ」

「知ってたんだわね」

「知ってたんですわ」

二人の母親は溜息をついた。幸江は幸江なりに、音子は音子なりに、子供に期待することに対する懸念と躊躇《ちゅうちょ》を感じ、この教育熱と競争禍の時代に生きることとの空怖《そらおそ》ろしさに茫然《ぼうぜん》としているのであった。

「可哀想にねえ」

音子が、この頃になって涙を流した。

「親が悪いですよ、なんとしても親ですよって、その親子を知ってなさる方たちは言うてはりましたけど、まさか首吊るとは思わなんだでしょうなあ。私やったら、隆之が自殺したら、私もよう生きていませんわ」

音子は身震いがした。そんなことが自分の身の上に起るなどと考えるのも嫌であった。

「特別に頭の悪いお子でもなかったし、普通の成績やったんやそうですよ。それを親が高望みして責めて責め抜いたんでしょうなあ」

「ぞっとするわ、私。悟とは話せないわ、そのこと」

「PTAでも、子供が話さん限り知らん顔してた方がいいという意見でした。ただ新聞や週刊誌がなんか言うてきたら、そんな事実はまったくなかったことにしよう、知らぬ存ぜぬで追い返そうと申し合せたんです」

「それが当然ね」

扉《とびら》が開いて、悟が学校から帰ってきた。音子はうわずった声をあげた。

「お帰りなさい。悟、山野さんのおばさんですよ」

「悟さん、こんにちは、お邪魔しています」

悟はじろりと二人の顔を較《くら》べるように眺めてから、幸江に黙って会釈して、階段を上って行ってしまった。

音子が小声で言った。

「知ってるみたいね」

「そうですわ、知ってはりますわ、あの顔は」

幸江は跫音《あしおと》を盗んで帰って行った。

時枝浩一郎は最終電車から駅に降りたつと、東京で飲んだ酒の酔いがすっかり醒《さ》めているのに気がついた。首都圏などと言われているけれど夕陽ヵ丘はそのくらい東京から遠いのだった。朝は急行があるけれど、帰りは鈍行だからもっと時間がかかる。

駅前のマーケットの一隅で、最近、酒屋がスナック風の店を開けていた。浩一郎は少し迷ったが、その方へ向けて歩き出した。酔うために飲む酒であるのに、それがさめていたのでは、三号館までの坂道や数しれぬ階段を上って行くのもやれやれという気になる。ましてこのところ夫婦関係が不快なものになっていて、浩一郎は妻の顔を見るのも嫌になっていた。

スナックへ入ったとたんに、後から追いついた男が、

「時枝さん」

と声をかけた。

「やあ、山野君か」

「珍しく御一緒でしたね。時枝さんがこの店へ来られるとは知りませんでしたよ」

「酒がすっかりさめているのでね」

「かないませんなあ、東京から遠すぎるんですよ。飲みすぎれば酔いすぎて乗りすごしてしまうし。終電を乗り過したら、もうわやですわ」

「君でもそんなことあるのかね」

「あります、あります、もう始終ですわ」

二人は並んでスタンドの高い椅子に腰を降ろした。

わした。


「ハイボールをくれ」

「僕は日本酒、冷やがええな」

「レモンを浮かしますか？」

「いや、原始的でええわ」

浩一郎はハイボールを、山野氏は冷酒を喉《のど》が渇いていたように飲み干して、顔を見合わした。

「君と顔をあわすのは久しぶりだねえ」

「はあ、同じ社宅に住みながら御無沙汰してすみません」

「お互いに忙しいんだから仕方がないよ」

「ほんまに忙しいですわ。駈けずりまわってるような気イします。覚悟して来ましたが本社は支店の倍は仕事がありますなあ。クルクルクルクル独楽《こま》みたいに廻っていて、たまに暇にでもなったらば、ばったり逝《い》くんと違いますかなあ」

浩一郎は山野氏の話を聞いて内心で彼の所属している開発事業部の活気を感じ、ゆらめく嫉妬を抑《おさ》えつけていた。家に帰れば音子が山野一家の悪口ばかり言うものだから、却《かえ》って浩一郎はそれを叱りつけることで自分の平静を保っていられるような節がある。前の任地では目下の社員だったのが、今では伊沢商事の最も華やかな部門で活躍し、しかも会社における身分はどちらも課長なのだ。山野君、時枝さんと呼びあうところに昔の関係は残していても、本質的には浩一郎は山野氏に追い越されている。

「もう一杯くれよ」

「僕もお代りもらいましょうか」

浩一郎はハイボールに口をつけてから苦笑いをした。

「同じアルコールでも家で飲むのとは気分が違う。目と鼻に家があっても、これはどうしようもないね、山野君」

「時枝さんもそうですか。女房が、家で飲んだ方が安いと言いますが、確かに家計費から飲ましてもらうんやから、こっちの懐ろは傷《いた》まんのに、家と外では同じ酒でも味が違いますからなあ」

「合理精神を尊ぶ伊沢商事の社員も」

「こればかりは別ですわ」

山野氏が大声で笑った。屈託のない男なのだなと浩一郎は思った。

「ちょっと兄ちゃん夕刊見せてくれへんか」

バーテンに向って山野氏が頼んでいる。ちょっと兄ちゃん、などという呼びかけは、昔の伊沢商事の社員には考えられないことだ、と浩一郎は思っている。本社でもこういう社員が、どんどん幅をきかすようになっているのだから嘆かわしい。

「失礼します。今日はまだ夕刊を見てへんもので」

「僕は電車の中で読んで置いて来たよ。大きなニュースはなかったね」

「そうですかア。僕は貧乏性で、読捨てをようせんのですわ。たまに買うたら大事に家まで持って帰りましてなあ。女房には新聞は一つで沢山やと叱られます、はあ」

その話の一つにも山野夫人の性格は語られていて、いつも耳にタコができるほど聞かされている浩一郎は、女の話に左右されたくないとは思いながらも、なるほどと肯《うなず》いてしまう。スナックで夕刊を読めば、金はいらないのだから、これも合理的だ。少なくとも浩一郎だったらオフ・ビジネスの場合でも先輩と同席したらその目の前で新聞をひろげて読みはしない。

「明後日から東南アジアへ出かけるんで、どこぞでクーデター起っとらんか心配ですねんけど、まあ今のところベトナムとカンボジアだけですな。しかし、かないませんなあ、近頃はこんな記事が多うなって、読まれましたか、時枝さん」

山野氏が示したのは社会面で、大きな見出し活字が〝中学生、兄を刺殺「勉強しろ」にハラ立て〟と、浩一郎の方へ躍りかかってきた。

「中学生の犯罪か。特殊な出来事だと思うことにしてるんだが、子供が中学生だとやっぱりドキッとするねえ」

「勉強しろと言われてカッとなったというのは分りますなあ。中間試験が終ってホッとしてたところやったようですよ」

「しかし兄貴を刺すというのはねえ」

「気が立ってるんですなあ、この頃の子供というのは」

「教育熱というのは、君、凄いものだね」

「時枝さんもそう思われますか。僕も家の息子を見ていて、ときどき怖ろしなることがありますよ。僕ら子供の頃は、あんなに勉強なんかしませんでしたよ。家の外でころげまわって、犬の仔とかわらへんかった」

「しかし隆之君は随分優秀だという話じゃないか。家内は驚嘆しているよ」

「好きなんですかなあ、勉強が。それをまた女房が大喜びして煽《あお》りたててますが、ええんですかなあ、あれで」

「昔は母親が男の子の教育に何か口出しするということはなかったものだよね」

「はあ、僕らのおふくろと言うたら破った服を繕うてくれるだけでしたわ。それが今は子供との対話というんですかなあ、学校でも断絶を防げと言うて来はるそうですが、阿《あ》呆《ほ》らしい、誰がおふくろと対話するか、中学生にもなって」

「僕のところでも悟は家内を殆《ほとん》ど無視しているね。何か言うと反撥《はんぱつ》するだけで、家内は閉口しているよ」

「隆之は、ちょっと温和《おとな》しいので母親の言いなりになるところがあるんで心配してます。大阪でも塾へ通わせたり、××社のテストを受けさせたり、その途中で交通事故にあって、僕もびっくりしましたが、女房もこれはいかん、命あっての物種やと思うたようやったんですが、このところ、またいけませんわ。教育ママたら言うもんが、あっちにもこっちにもいるんで刺戟されましてなあ」

「井本さんのところが偽装離婚して都立高校へ入ったという話だろう？」

「はあ、あれはやっぱり本当ですか？」

「どうなのかねえ」

「女房はしきりと感心してましたさかい、僕はドタマ一発やったりましてん」

「へえ、君、そんなことを」

「はあ、ときどきやります。まあ一年に一回くらいですけどなあ。我が家は対話もクソもあれへんのですわ。ごく原始的にやっとりますんや。第一こちらは忙しいて、ろくに対話の時間もありませんさかい」

「君は勇気があるなあ」

「はあ、蛮勇ですわ。会社で無理してますさかい、家に帰ってまで紳士づらは出来んぞと言い渡してあります。伊沢商事の社宅で女房はり倒すのはあんただけやと女房は言うとりますわ」

山野氏はもう一杯の冷酒を呷《あお》ると、闊達《かったつ》な笑い声をあげて、浩一郎を羨ましがらせた。怒ってもせいぜい灰皿を床に叩きつけるだけで、妻にも子供にも手をあげたことのない浩一郎は、ちょっと溜息をついた。

「そろそろ帰りませんか、時枝さん。僕かていつもいつも亭主関白というわけではないんですわ。ふだんは遠慮して下宿人のように暮してるんですわ。飲んで帰ると嫌な顔をされますよ」

「やっぱりお互いさまだね」

「はあ、我慢が鬱積《うっせき》して一年に一度、爆発するだけのことですわ。さあ帰りましょう、時枝さん。おい、勘定を頼むよ、こちらとは別々だよ」

連れだって外へ出たが、山野氏の威勢のよさに較べると、浩一郎はもう酔いがまわって朦朧《もうろう》となっていた。

山野氏は心配して三号館の階段を危ぶみ、一緒に上まで上ってきてくれた。もともと下地のあったところに、ハイボールをたて続けに流しこんだので、浩一郎はしたたかに酔ってしまっていたのだ。ポケットから鍵を出したが、手許が狂って鍵穴になかなかささらない。

「僕がやりましょうか?」

山野氏が鍵を取ってさしこんだとき、内側から扉が開いて、音子の青い顔が二人の男を睨《にら》みすえた。

「すみませんなあ、奥さん、こんなに晩《おそ》うなって。僕が時枝さんをお引止めしてましたんや」

山野氏が如才なく険悪な空気を和《やわ》らげにかかった。

「それにしても奥さんは御主人帰らはるまで起きてなさるんですなあ。僕の女房ら、夜は叩いても目エさまさん方ですわ」

「今夜はそんなことありませんわ、決して」

「え?」

「B中の卒業生が教室で首を吊ったんです」

浩一郎も酔いがさめて、耳を疑った。

「なんだって？」

音子は家の外に出て、二人の相手をかわるがわる見詰めながら、声をひそめて話を続けた。

「今日、幸江さんがいらして教えて下さったんです。井本さんとこの組の子ですって。高校の第一志望に落ちたんで、親子で取乱してノイローゼになっていたんですって。それで子供の方が、B中へ来て、自殺したんです。それも悟たちの教室でよ、あなた」

「いつだい？」

「一週間前。夜中に死んだんだけれど、登校してきた子供が見つけて大騒ぎになったんですって。でも悟は何も言わないし、隆之ちゃんも何も仰言らないんですって。幸江さんはPTAの幹事会で知ったんだそうです」

「新聞に出たかい？」

「いいえ、新聞にもどこにも嗅ぎつけられないように、校長先生たち必死だったんですって。ですからこれも内緒なんですよ」

「うちの女房が、ここへ伺ったんですか」

「ええ、まっ青《さお》になって震えてらしたわ。私も、考えれば考えるほど怖くて、今夜は寝るどころじゃありませんでしたわ。だって異常でしょう、あなた？」

「異常ですなあ、まったく」

受けたのが山野氏だった。

「勉強しろと言われた中学生が逆上して兄さんを殺したり、中学を出たばかりで人生に絶望して自殺したり」

「誰が殺したんですって？」

「夕刊に出てたんですよ」

「あら夕刊、まだ見てませんでしたわ。誰が誰を殺したんですって？」

山野氏は問い詰められて我に返ったようだった。彼はいきなり時枝夫妻に挨拶《あいさつ》をすると、そそくさと帰って行った。

浩一郎は自分の躰《からだ》が古びた綿のように疲れているのを感じた。居間のソファに腰かけると、全身が崩れるような気がした。音子は、家の中では階上の悟に気を使って、囁くような声に変っていたが、話を続けていた。

「隆之ちゃんは四、五日前から様子が違っていましたって。真夜中に深夜放送のボリュームを一杯に上げて、勉強なんかするかって叫んだり」

「悟は、知っているのかな」

「知らない筈がないでしょう、あなた。二年の子たちが発見したときは紫色になってましたってよ。首吊りなんて考えただけでも気味が悪いのに、見た子はどんなにショックだったでしょう」

「悟も見たのかな」

「私、怕いから訊きもしませんわ。子供たちはまっ先に先生から口止めされたらしいですよ。それで二年のあの組だけが、親にも言わないことを申しあわせたらしいの。一年生や三年生の口から親は知ったらしいのよ。校長先生は警察に頼みこんだらしいわ。B中がそんなことで有名になったら大変ですものね」

「…………」

「成績は、そんなに悪い子じゃなかったんだそうですよ。親が高望みさせすぎたんですって。お母さんがあんまり取乱すものだから家にいられなくて外へ出て、他に行くところがないから、学校へ忍びこんで、夜になって思い詰めて急に死ぬことにしたらしいんですよ。黒板に先生ご免なさいって書いて、ズボンのベルトで天井の……」

「やめろっ」

浩一郎は全身に僅《わず》かに残っていた力をふりしぼって叫んだ。それから立上って、居間の一隅にある戸棚をあけてウイスキーの壜《びん》をとり出した。

「あなた、もう充分飲んでいらしたんでしょう?」

「うるさい、黙れッ」

音子は浩一郎の剣幕に怖れをなして、このところずっと冷戦状態でいたのを思い出した。夫婦喧嘩の続きであれば夫が飲みすぎようとどうしようと妻が心配してやる必要はない。音子は日中ずっと考えこんでいた分を喋り終ったあとなので、気もすんでいたし、浩一郎がコップに注《つ》いだ生のウイスキーを煎《せん》じ薬でも飲むように苦そうに呷《あお》ったのを見ても知らんふりをして窓の外を見た。

「あら、山野さんよ、ほら」

向いの五号館に山野氏がしっかりした足どりで階段を上り、十号室の扉に鍵をさして、やがて消えた。

「山野さんもショックだったみたいね。やっぱり帰ってから飲むのかしら」

「カーテンを閉めろ。社宅を見張るのはいい加減にしろ」

「男は何かあれば荒れられるからいいわね、あなた。女はそうはいかないわ。ことに母親はそうはいきませんよ」

「黙れといったら黙れッ」

もう一度、口返答をしたら山野氏のようにぶん撲《なぐ》ってやろうかと思っていたのだが、音子はぷいっと背を向けて寝室の方へ上って行ってしまった。浩一郎は自棄《やけ》のようになってウイスキーを生のままで喉の奥へぶちまけるように呷り続けた。彼は悟の上級生が自殺したという事件には、音子ほどの衝撃を受けていなかった。兄を刺殺した中学生の記事にも、それと悟をすぐに結びつけるような驚き方はしていない。今夜、彼が一番ショックを受けているのは、山野氏が新聞をひろげてなにげなく明後日から海外出張だと洩らしたことであった。出かける先に政変がありはしないかと夕刊が気がかりだったのである。

浩一郎は別に外国へ出かけたいという希望を持っているわけではない。山野氏の海外出張が羨ましいのでもなかった。開発事業部にいれば、何《いず》れは外国支店へ出かけることになるのも当然のことである。音子ならば山野一家が外国支店へ出かけると聞けば驚くだろうが浩一郎は驚かない。その部門の特色として海外へ出るのは当然なのである。しかもなお浩一郎は面白くなかった。

口に出して言えば音子と同じように愚かしくなることだという自戒が、浩一郎に口を噤《つぐ》ましている。山野氏も一言洩らしただけで後は近頃の学校教育の異常な熱の高まりについて喋り出し、もちろん浩一郎も口を揃えて慨嘆した。が、内心には山野氏が明後日から海外出張だというこだわりがあるから、飲み方が激しくなり、帰りの坂道では不覚をとって幾度も転びかけた。山野氏に支えられて三号館の階段を上って、浩一郎は屈辱をすら感じていたのだ。

彼の伊沢商事における地位は決して恥ずべきものではない。しかし大阪支店では明らかに彼の下風に立っていた山野氏が、肩で風を切って今や時枝浩一郎を追い抜こうとしているのである。面白かろう筈がない。苦い酒を飲みながら、浩一郎は顔をしかめていた。こんなことは小学校の一年生から始まっていたのだろう。ただ子供のときは自覚がなかったのに違いない。運よく一流大学に入り、一流商社に入りして、ここまで来たものの、考えてみれば自分よりずっと優秀な男たちが、いつも肩で風を切って歩いていた。それに傷つくことがあまりなかったのは浩一郎の志があまり高くなかったからだろう。

高望みはせずに来たからだろう。が、山野氏に追い抜かれる気配を感じて、浩一郎の心は穏やかではなくなっていた。

ウイスキーの瓶《びん》がいつしか空《から》になっていた。浩一郎は立上ろうとしたが、腰が抜けていた。這いながら階段を上った。

「悟、悟ウ」

彼は大声で息子の名を呼んだ。彼はこの夜ほど我が子に親愛の情を寄せたことはなかったかもしれない。しかも乱酔していた彼には自覚がなかった。

騒々しい物音は聞いたと思ったが、音子は寝返りをうっただけだ。朝は子供より少し早く起きるのだから、夜中の二時三時に飛起きるなどという芸当は出来るものではない。

「お母さん」

扉が開いて、悟が大声で呼んだので、初めて音子は何事が起ったかと思った。

「どうしたの？」

「来てよ。お父さんがゲロ吐いちゃって、大変なんだ」

「まあ、どこで？」

「僕の部屋だよ」

飛出して行くと、部屋の畳の上に一面に小間物がぶちまけてあって、その臭気といったらなかった。浩一郎は押入の中にもぐりこんで、だらしなく口を開けて眠っている。

「悟さん、勉強しているところだったの？」

「いや、もう寝ようとしてたら、お父さんが入ってきて、僕にとりすがって、変なことばっかり言うんだよ。そのうちに、げえって……」

「変なことって、どんなこと？」

「訳が分らないよ。世の中は変ったとか、俺《おれ》とお前だけは大丈夫だとか、同じことばかりくどくってさ」

「しようがないわねえ。よっぽど今日はどうかしてるんだわ。こんなこと、珍しいわ、吐くなんて」

押入の浩一郎を揺さぶってみたが正体がない。ともかく吐瀉物《としゃぶつ》を始末しないことには仕方がないので、音子は階下へ降りて雑巾とバケツを運び、汚ないものを拭きとった。悟は黙って窓を開けている。

「悟さん」

「うん？」

「もう仕方がないから、お母さんの方へ来て寝ない？　お父さんのベッドで寝なさいよ」

「そうだね」

「明日があるんだから、早く行っておやすみなさい。お母さんは、ともかくここを拭いてから」

「うん」

音子は掃除にかかれば癇性《かんしよう》なところがあるから、汚物を拭きとるだけでは足りなくて、何度もバケツの水を更《か》えては畳の上をこすった。どうしても臭気が消えないので、便所に置いてある脱臭剤を撒布《さんぷ》し、それから浩一郎が寝冷えしないように窓を閉めた。

「あなた、あなた」

また夫を揺すってみたが、浩一郎は躰が溶けてしまったようだった。音子は彼の首からネクタイを外し、ワイシャツの上のボタンをはずし、布団をかけ直して、押入の戸を閉めるかどうしようかと迷ったが、開けたままにしておき、上段から落ちた場合を心配して、また閉めに戻った。

バケツも雑巾も元のところへ戻してから、そっと自分の寝室に入って行くと、悟は明るく電燈をつけた部屋で、浩一郎のベッドに仰向けに寝て、まだ眠っていない。

「眠れないの、悟さん」

「だって、びっくりしたよ。お父さんのああいうところ初めて見たんだもの。悩んじゃったよ」

「私も呆《あき》れたわ、嫌ねえ、お酒って」

「僕はお父さんを少し尊敬してたんだけどなあ」

音子はまず電気を消した。ベッドはトゥインだったが、息子と並んで一つ部屋に寝てみると、妙な気分だった。こんなことは何年ぶりだろう。

「悟さん、眠れそう？」

「うん」

「お父さんだって、たまには荒れたくなることもあるのよ。社会へ出れば大人の付合いって、大変なんですからね」

音子は、いいきかした。父親への尊敬を少し失ったという悟の述懐をきいて、ちょっと優越感に浸ったのである。

しばらく黙っていて、悟が呟《つぶや》くように言った。

「だけど、お父さんもいいところあるなあ」

「どうして？」

「僕が押入で寝ているのが、よほど気になっていたんだねえ」

音子はびっくりして声が出なかった。そうだったのか。浩一郎は、B中に自殺者が出たという話を聞いて、悟を絶望から未然に救い出すことを案じ、酔いにまぎらしてともかく押入問題を解決してしまおうとしたのだ。悟に言われるまでそれに気がつかなかったなんて、私はなんという馬鹿だったろう。

あなたって偉いひとね。闇の中で、音子は夫に心で話しかけた。悟は父親の酔態を見て尊敬を少し失ったと言ったが、音子はこのときほど浩一郎を頼もしい夫だと思ったことはないように思う。

悟が、寝返りをうった。音子は浩一郎に水を飲ませに行こうかと思ったので、そっと悟の寝息をうかがい、眠ったかどうか、小さな声で呼びかけてみた。

「悟」

「うん？」

「まだ眠らないの？」

「そう話しかけられちゃ眠れっこないだろう」

「あら、ご免なさい。ベッドの寝心地はどう？」

「悪くないよ」

「ほらごらんなさい。あんなに買ってあげるって言ったのに」

「この部屋は静かだね」

「そうかしら。ちょっと狭いけど」

「僕のところと替ろうか？　悟の部屋の方が南側で陽がさすからいいと思ってたんだけど。それにあら、そう？　森君も、隆之ちゃんもこっちの部屋なんだよ」

あなたは畳の上で寝たいと言ったりしていたから。でも部屋を替ると、今度はお父さんが押入の中で寝るって言うかしら」

「悪くないよ、押入っていうのも」

「そうオ、じゃ私は下の段で寝てみようかしら」

母と子は、くすくすと笑った。が、音子の胸の中は波打っていた。うまくいきそうだ。長い間の悩みが、解決しそうだ！

翌日、悟がパンを頬ばりながら靴をはくような慌《あわただ》しさで飛出してしまったあと、音子は階上の悟の部屋に上って行って、押入を開けた。

「あなた」

「うん」

「大成功ですよ。私嬉しくて眠れなかったわ」

「何が？」

「悟が部屋を替えて、ベッドで寝たいと言い出したんですよ。森さんとこも隆之ちゃんもあちらが子供部屋らしいのね」

「ふうん」

「あなたのお蔭だわ。あなたって知恵者ね。こういうやり方があるなんて私は考えも及ばなかったわ」

「…………」

「悟がね、あなたのこと尊敬してたけど、ゆうべはちょっと悩んだんですってよ。だってこの部屋一面に吐いたんですものね。でもしばらくして、お父さんもいいとこあるねえ、なんて言うの。僕が押入に入ってるのがよほど気になってたんだろうって」

「…………」

「お部屋を替って、お父さんが押入から出て来なくなったらどうしようって言ったら、お母さんは下の段で寝たらいいよって、二人で笑っちゃったのよ」

話は伝えるときに細部が変っていく。が、音子には自覚がなかった。音子もちょっと眠り足りないのだが、今朝は心が弾《はず》んで、うきうきしていた。

浩一郎は黙っていたが、音子のお喋りを聞いているうちに、事情が少しずつ呑みこめてきた。彼はまず吐瀉したことを覚えていない。どうして自分が悟の押入で寝ているのかも、よく分らないのだ。二日酔いで、ぼんやりしながら、「水、水」と何度か言ったのに音子の応じる気配がなく、まっ暗で、寝ている場所も狭い。眼がなれてきてよく見ると、寝巻も着ていないので、おかしいなあと思っているとき、音子が押入の戸を開けたのである。

「君、水をくれないか」

「今日はどうなさるの？」

「風呂をたててくれ。それから考える」

「はいはい」

「会社から電話があったら熱が出たと言ってくれ」

「大げさねえ」

音子は機嫌よく、トントンと軽い音をたてて階段を降りて行った。

浩一郎は半身を起した。押入の上段は、ベッドとは比較にならないほど高い。降りることに、ちょっと逡巡《ためらい》があったが、思いきって飛降りてみると、それほどひどい二日酔いではなさそうだった。

真夜中に自分は酔ってこの部屋に闖入《ちんにゅう》し、悟を押入から引摺《ひきず》り出して、代りにもぐりこんだというわけだろうか。浩一郎は音子の話を綜合して考えた。が、何も覚えていない。

風呂にゆっくり浸っている間に、音子は久しぶりの御飯と味噌汁を調《ととの》えていた。

「へえ、珍しいね」

「お赤飯でも炊きたい気持ですもの。それに二日酔いには梅干がいいんでしょ。それでパンとコーヒーでは合わないと思って」

夫が酒を過した翌朝の妻というものは、二日酔いにまさる不愉快なものであるのに、今朝はまるで様子が違う。浩一郎は本当のところ冷たいビールが恋しかったのだけれども、折角の晴天がビールで崩れるのを惜しんで、熱い味噌汁を啜《すす》った。旨《うま》さが胃の腑《ふ》にしみた。朝の味噌汁はまったく素晴らしい。

食欲があるとは思えなかったのに、浩一郎は味噌汁をお代りして、満腹する頃、ふと不思議になって音子に聞いた。

「君が言ってたのかな、いや、昨日の夕刊だったかな、中学生が首吊り自殺したっていうのは」

「あら嫌だ」

音子は驚いたらしかった。

「それB中の卒業生の話ですよ。私がそう言ったとたんに、あなたったらウイスキーを番茶みたいな飲み方をして、それで滅茶々々になってしまったんです」

「ああ、そうか」

「井本さんの坊っちゃんの組でしたたって。受験前からノイローゼみたいだったらしいのね。犠牲者だわねえ、教育熱の。幸江さんたら、いつかは出るだろうと思っていた、なんて言うの。昨夜《ゆうべ》は山野さんも、お家《うち》であなたみたいだったのかしら。幸江さんは、外で飲むんだから家では飲ませない主義だって自慢してたんだけど」

「僕も弱くなったものだなあ」

「私もそう思ったわ。あなたが吐いたところなんて初めて見たんですもの。四十過ぎたら駄目なのよ、あなた」

音子は残酷なことを、こともなげに言ってのけ、心は次の計画で一杯になっていた。

「あなた会社はお休みになる？」

「いや、今日は遅刻だ。休んでもいられないからね」

「じゃ、お出かけ前にちょっと手伝って下さらない？　私一人じゃ出来ませんから」

「何を？」

「お部屋を入れかえるのよ。またもや御意の変らぬうちって言うでしょ。悟が帰るの待っていたら、替えなくていいって言い出すかもしれないし。ベッドと机だけ入れ替えて下さればいいんです。あとは私一人でやりますから」

「それで俺は押入か」

「よろしかったら、どうぞ」

音子は喉を鳴らして、コロコロと笑った。浩一郎も反対することではないと思ったから、渋々あとに従って、一つのベッドを和室に運びこみ、悟の机を北側の部屋に運ぶために持上げようとしたが、スティール製の事務机は夫婦二人の力では持上らなかった。

「これは抽出を抜かなければ駄目だよ、音子」

「でも抜けないんですもの」

「それじゃ持上らない。悟が帰ってからにするんだな」

「そうはいきません。悟の気が変らないうちにすましてしまわなければいけないんですから。持上らなければ、引摺ってみます。あなた押して下さい」

「畳が滅茶々々になるぜ」

「かまいませんよ、畳なんか」

味噌汁を飲んだとはいえ、二日酔いのあとの浩一郎は非力だった。

「あなた、一二、三で力を入れて下さい。いいですか。はい、一二、三ッ」

音子は顔をまっ赤にして号令をかけたが、机はびくとも動かない。

「じゃ、私が押すわ。あなた引っ張って下さらない？　はい、一二、三ッ」

「駄目だよ音子、机の足が畳に喰いこんでいるんだ」

浩一郎はあくまで論理的に机の移動が不可能であることを説いたが、音子は聞き入れなかった。彼女は今日、どんなことがあっても、悟が帰るまでに机を動かさねばならず、そのためにはいかなる論理も受けつけることが出来ない。

小一時間も押したり突いたりして、力という力が出しがらになってしまった頃、浩一郎のためには救いの神である会社からの電話がかかった。

「いやア風邪気味でね、どうしようかと思っていたんだが。うん、うん、それなら待っててくれ。すぐ出るから」

浩一郎は伊沢商事における主要戦力《エセンシャル》であることを自ら確認し、しかも不得意な肉体労働から解放されて、上機嫌で飛出して行ってしまった。

音子はがっかりしたが、しかし当初の目的は決して捨ててしまわなかった。彼女は山野幸江に電話をかけ、悟の部屋替えについての助力を仰いだ。幸江は二つ返事で引受けて、さっそく三号館にやってきた。

浩一郎と音子とではびくともしなかったスティールの机が、幸江と音子の二人の力の前では奇跡的にするすると動いてしまった。畳や廊下にかなりの傷がついたが、幸江はそんなことに気を使う女ではないし、音子もこの場合それは問題ではなかった。それでも二人とも渾身《こんしん》の力をふるったので、口をきくとハアハアと息切れがした。

「立派な机ですなあ、奥さん。隆之が見たら羨ましがりますよ。製図するのに今の机は小さい小さい言ってこぼしてるんですよ」

「ここへ来て使って下さいよ。高かったのよ、これは。主人が買ってきたものですからね、男って家計と相談なしでしょう？」

「高いでしょうなあ。私らよう買いませんわ。ほんまに奥さん、隆之に言うてよろしいですか？」

「ええ、ええ。悟はお客さま歓迎ですよ」

部屋を替えたくらいのことで、こんなに気分の変るものかと驚くほど、それからの悟の生活は明るくなった。山野幸江が喜んでいたように、隆之が筒状に巻いた紙や、大きな三角定規を持って遊びに来るようになり、森家の少年もやってきて、日曜日などは一日中三人で部屋にこもっている。森夫人が、お菓子を焼いて届けに来るようになった。

「何をやっているのでしょう、熱心ですのね。私は部屋に入っちゃいけないと言われているものですから」

音子が言うと、森夫人はにこにこして、

「うちの子もあまり喋りませんけれど、なんでも会社を作るようですわよ」

「まあ会社を？」

「ええ、御存知ないんですか、こちらの坊っちゃんが社長さんですって」

「まあ、何の会社なんでしょう」

「メガロポリスだって言ってますけど」

「はあ？」

「私も分りませんで主人に訊きましたら、新しい言葉らしいんですのね。新しい時代に適応した都市と住まいを作ることなんだそうです」

「まあ、悟は何も言いませんのよ」

「主人が感心してました。今の子供は早い早いと思ってたが、大人の知恵を先取りするところまで来たかって」

「悟がどうして社長なんでしょう。あの子は労働者になるなんて、この間まで言ってましたのよ」

「あら、これからは労働者の世界ですわ」

森夫人がにこやかに驚くべき革新的なことを言ってのけたので音子はびっくりした。

「だって奥さま、サラリーマンも労働者ですのよ。伊沢商事にも労働組合がありますでしょう？」

「課長は組合員じゃないでしょう？」

「でも労働者だとお思いになりません？　朝夕のラッシュに電車に乗るのだって大労働ですし、ホワイトカラーなんて言ったたって体力がなければ勤まらないのですもの。一にも二にも健康ですわ」

「それはそうですけど、私は主人が労働者だなんて思えませんわ」

音子は自分の偏見を守るために抵抗し、その一例として悟の机を運ぶとき浩一郎は役に立たず、山野幸江に手伝ってもらった話をした。

「それは奥さま、私たちも労働者だからでございますよ。家事労働って申しますでしょう？　重いものなら御主人さまより持ちなれてますものねえ」

「あら私も労働者だったって気がつきませんでしたわ」

それは本音だった。音子は笑いながら、だんだん気持が晴れていくのを感じた。

「そろそろ私たちも組合を作りませんとね。こう物価が上ったのではたまりませんもの」

子供三人が仲良くなってくると、母親三人も何かと集まってお喋りする機会がふえた。ことに幸江は山野氏が海外出張に出たあとで、閑をもて余している。三人の子供の中では一番隆之がなんでも母親に話すらしい。

「悟さんが社長さんで、森さんが重役ですと。森さんは英語が達者やから、外国へ進出するときに腕をふるうんやそうです」

「外国へ何を売る会社?」

「さあ、それがよう分らんのですけど、家やの町やの公園やの、みんな造るとか言うて」

「メガロポリス?」

「奥さん、よう御存知ですなあ。やっぱり社長さんのお母さんだけあるわ」

「からかわないでよ。で、隆之ちゃんは、何をなさるの?」

「隆之はフリーですて、契約制にしてもらうって、ひとりで粋《いき》がってますわ」

「それじゃ労働者がいないじゃないの」

「へ?」

「社員がひとりもいない会社なの？」

「中学生ですからなあ、そこまでは考えてないんと違いますか」

「そうね、女の子のおままごとみたいなものかもしれないわね」

「お母ちゃん、社宅だけは建てないよって言いました」

「………………」

「三人とも伊沢商事に入るのも嫌で、だから会社を作ったと言うてます」

「どうして悟が社長なのかしら。一番ぼんくらが社長ってわけ？」

「そんなこと言うたらいけませんで、奥さん。悟さんはぼんくらと違いますよ。実行力では三人の中で一番なんやそうですわ。建築雑誌も前から買込んで、よう勉強してなさるんですてなあ。隆之は感心してましたわ」

「………………」

「アメリカにも有名な建築雑誌があるとかで森さんが注文して取寄せて下さるそうです。ほなら森君の翻訳を参考にして英語も勉強できるし一石二鳥やと言うてます」

「学校の勉強はどうなってんのかしら」

「奥さん、学校よりうまいことといってますやないか。うちらの子は首吊る心配ありませんで」

「………………」

「伊沢商事はやっぱり優秀ですなあ。男の子というのは、ほんまに頼もしいもんですなあ。私、言うたりました。社宅もええところあるやないの。三人で会社作るというても、気が揃わなんだら出来んことや。こういう環境やから出来たんやないのって」

「そうしたら？」

「それでも社宅は嫌やと言いましたわ」

幸江は朗らかに笑い飛ばした。音子も、このひとのヴァイタリティにはとてもかなわないと思った。この人なら、どんな環境でも耕して、花を咲かせてしまうだろう。

「ねえ、ちょっと幸江さん。あの怕い話は森さんの奥さん知らないみたいよ」

「知らんでしょう。私も言うてませんし、子供も言わんでしょうから」

「そうね。私も言わなかったのよ」

音子も、ちょっと得意そうに肯いた。

「思えば思うほど怕い話ですなあ、あれは」

「受験の前からもう変だったんですって？」

「それが奥さん」

幸江が、声を低くして言った。

「どの学年にも一人や二人いますねんと」

「まあ、本当？　うちの子の組にもいるのかしら」

音子がぞっとしたのは、悟も、あの押入に入っている頃は学校でもノイローゼ症状を示していたのではないかと思ったからである。

「いますねんて。眼エがうつろになって、授業中でもヒャーッて叫び声あげて外へ飛出して行く子がいるそうです」

「誰にお聞きになったの、あなた」

「隆之です」

「まあ、隆之ちゃんがよく話したわね」

悟なら絶対に口が堅いのに、と音子は思った。

「うちは思いきって、自殺した上級生がいたらしいけどと話して見ましてんよ。そしたら、そのことは黙ってましたけど、ノイローゼの生徒のことは、いることはいると返事しましたわ」

「先生はそういう子をどう扱ってらっしゃるのかしら」

「先生も生徒も、なるべく刺戟しないように気を使っていますんやて。そやけどB中は私立と違いますから、お客さんはいないんですよ」

「お客さん？」

「お金ぎょうさん背負《しよ》って入って来てる頭の悪い生徒のことですわ」

「ああ。そういう子のこと、お客さんって言うの、へえ、ねえ」

「初めから阿呆やったというのとは違うんですわ。勉強ノイローゼですやろ、学校は詰込み主義やし、帰ると家でも息抜きさせへんのとは違いますか？」

「親御さんは、どんな気持でしょうねえ」

「さあ、なあ、私もそれを思いますねん」

幸江のPTAで仕入れてきた知識によれば、熾烈《しれつ》な教育熱の犠牲者は、やはり大なり小なり現われているのだった。激しい学力競争に遅れをとった者たちは、学校をよく休むようになり、親が教育ママでずる休みを許さずに家から追い出すと、学校に出てきて次第に眼が宙にすわってくる。しかし自分の子供が著しいノイローゼ症状を起していることについては、知らない親が多いらしい。

「ヒャーッと言って飛出して行く子を、パッと追って行くのが悟さんやそうですよ」

「まあ」

「隆之は先生の授業の方に未練があって、よう出て行かんのやそうです。それで反省してますよ。私もそれきいたときは腹が立って、才あって徳なしというのは、隆之あんたのことや、お父さんが常々言うてることが分らんのか、と怒鳴ったりしてましてん」

音子は自殺者の出た話を悟とするだけの勇気はなかった。悟の性格は隆之より気難かしいので、下手に口に出そうものならどんな態度に出るか分らない。が、このところ音子には悟と話したいことが山のように溜まっていた。部屋を替えてから悟の機嫌もよくなっているし、森少年や隆之が来ない日には、一緒に間食もとる閑がある。

「森君のお母さんから聞いたんだけど、あなた社長さんなんだって？」

悟は、きまり悪そうな顔をして、大きな焼せんべいをパリパリと噛んだ。

「僕が一番早く金を稼ぐからさ、資本金は僕が出すんでね」

「あら、どうして？」

「大工の手間賃は凄いんだよ。隆之ちゃんが大学を出るまでに僕は相当の金が溜まるんだ。高校が三年と大学四年だろ？　七年あれば貯金できるからね」

まだ大工になるつもりでいるのかと音子は胸を衝かれたが、もう前のようには取乱さなくなっている。中学二年で資本金などという言葉をよく知っていたものだと却って感心していた。

「あなたが建築雑誌買って勉強してるって隆之ちゃんのお母さんが感心してたわよ。森さんのパパがアメリカへ雑誌を注文して下さったんだって？」

「女ってお喋りだな、だから社宅って嫌さ」

「あなたが何も教えてくれないんですもの、私は他から聞くことになるのよ。それが嫌だったら自分で話したらいいでしょ」

「喋っても、お母さんには分らないからね」

「馬鹿にしてるのね、悟は」

「そうじゃないけどさ、たとえば大工になるにしても製図が読めなけりゃこれからは一人前に働けないし、多少の絵心がなければいい仕事はできないらしいし、建築もどんどん進歩しているからね、それに追いつくにはどういう勉強の仕方があるか、なんてこと、お母さんに訊いたっていい知恵は出ないだろ」

「そうでもないでしょ、専門の建築家か、大工さんを捜して意見をきかせてもらえばいいじゃないの」

「だから、それならお父さんの方が会社の関係で、誰か考えてくれるよね。伊沢商事には建築材料なんかの専門家がいるだろうから」

「ああ、井本さんが鉄鋼部門の建材課だったわ」

「お母さんには紹介してもらいたくない」

悟の口調は毅然としていたし、音子もそれはもっともだと思う。あの井本夫人に悟の志望を明かす気にはなれなかった。

ここまで話はうまい工合に動いていたが、井本家の息子の組に自殺者が出たことは、やはり音子は言い出せなかった。

「あなたが社長で、森さんが重役で、隆之ちゃんはフリーのデザイナーですって、聞いたわよ。それで、労働者は一人もいないってわけなの？」

音子の口調に、ちょっと悪戯《いたずら》っぽい響きがあったので、悟は面白くなさそうだった。

「みんな労働者さ。社長が率先して現場で働く会社なんて理想的だって隆之ちゃんが言ってるよ。もう社長が頤《あご》で人を使う時代は過ぎてるんだからね」

「へええ、でもたった三人の会社？」

「お父さんたちが伊沢商事を停年になったら、安く使ってやろうかなんて言ってるんだ」

このブラックユーモアには、音子は返事が出来なかった。この頃の子供たちは、なんてことを考えているのだろう。

「森君がお父さんたちの退職金で僕らの会社を大きくしようって言ったんだけど、僕は反対した。停年になったら社宅は出なきゃならないだろ？　みんな自分の家を建てなきゃいけないからね」

悟は決して早口では話さない子だった。音子はゆっくり聞いていて、なんだか浩一郎や音子が組に一人か二人いるというノイローゼの子供で、悟にかばわれているような気がしてきた。

音子は、つとめて快活に振舞おうとして、言った。

「私たちの家は、悟が建ててくれるんじゃないの？」

「ああ、いいよ。僕らの会社へ申し込めば格安でやってあげるよ。本当は個人の家より大きなものを建てたがってるんだけどね、隆之ちゃんも森君も」

「大きなものって、マンション？」

「単純だなあ、お母さんは」

ときどき腹が立つけれど、それで折角の久々の対話を打切るのは残念だから、音子は我慢をした。

「森さんの坊っちゃんは重役になって何をするの？」

「世界中の情報を集めて、会社が時代に遅れないようにするんだ」

「へええ」

「森君は語学に興味がなかったんだけど、三人で会社作ることになってから、高校へ行ったらフランス語とドイツ語をやるって言い出してね、はりきってるよ。英語は退屈で嫌なんだってさ」

「みんなうまくいってるわけねえ」

「まああってとこだな。僕だけだ、ちょっと迷ってるから」

「まあ、どうして？」

「どうも中学だけじゃ大工になっても下働きばかりになってしまうかもしれないって気がしてね、工科の専門高校ってあるけど、なんだか揉めてるらしいし。人生は悩みが多いし、厳しいよ」

悟は笑いながら話していたのだが、音子の眼の色が変ってきたのにふと気がつくと、急に口を鎖《とざ》して、階段を駈け上って行ってしまった。

まったく母親というのは仕様がない。口は喋るためだけにあって、閉じるということを知らない。山野幸江が海外出張から帰った夫の土産物を持って、音子の三号館を訪れたとき、

「まあ、お珍しいものを有りがとうございます。まあまあ、お門《かど》多くいらっしゃいましょうに、私のところまでよろしいの？」

慌しく礼を言って、すぐに自分と悟とで交わした会話を披露した。幸江の方も得たり

や応と、その後の彼女と隆之の交流を通して手に入れた知識を喋り出した。男の子は無口なので、母親は苦労するし、母親同士の情報交換となれば熱中してしまう。しかし音子が、子供たちは自分たちの会社に停年退職した父親を雇おうと言っているという話をしたとき、幸江は圧倒された。

「かなわんなあ。えらいこと言うてますんやなあ。お父ちゃんには言えませんわ」

「私も主人には黙ってるのよ」

二人の女は苦笑いをしながら番茶を啜った。

「隆之が、悟さんがこの頃は学校でも大変積極的になってきてるって言うてますよ」

「単純なのよ、あの子。社長にしてもらったので喜んでるんでしょ」

音子はてれ隠しにそう言ったが本心ではなかった。悟が学校でも、やる気を起しているというのは薄々ながら想像がついていたし、本当に嬉しかった。それについては、幸江に対しても感謝したいという気持があった。それにしても、あんなに激しい怒りで社宅に迎えた幸江であったのに、いつの間にか大阪にいた頃と同じ関係に戻っているのは不思議な気がする。

「でも私も単純なの。いつも悟にそう言って馬鹿にされてるわ」

ぽつんと音子が言った。

「母親は単純ですよ、奥さん。ことに男の子の言うこと、やることには一喜一憂してますもの。私もときどき自分でも単純この上ないと思うて呆れることがありますわ」

「病気になれば死ぬかと思うし、怪我しても死ぬかと思うし、ちょっと生意気なこと言うたら不良になったかと胸が潰れるし、それでちょっとでもええ点とってきたら天才やったかと思うし、どうしようもありませんわ」

「あなたも、そう？」

「あなたでも、そう？」

二人はようやく声を出して笑いあった。

「それでも男の子は楽しみなものですわ」

「そうねえ、たまに話せばびっくりするようなことを考えているんですもの」

「労働者という言葉も流行《はや》ってるらしいですよ」

「やっぱり、そう？」

「お母ちゃんも労働者やぞと言うたりましたらな、主婦は組織できるかと訊きましたで」

「私たちを組織するのは大変だわねえ」

「はあ、やって出来んことないて言い返しときましたけどなあ」

三号館の南側にある花壇は、五号館よりいくらか遅れたが花をつけ始めると一斉に咲きだしていた。花壇作りには音子は加わっていなかったのだけれども、花がひらいてみると吸い寄せられるように階段を外へ降りて行くようになった。そうなってみてつくづく感じたことだけれども、平素は空中に住んでいるので、これが地上に立つことだと改めて思うのである。

　花を見れば、雑草が生えていれば気になるし、つい蹲《うずくま》って引抜いたり、知らず知らずのうちに音子も花壇の手入れをするようになっていた。しぼんだ花は摘《つ》んでおかないと、花壇が穢《きた》なく見える。同じチューリップでも背の低いのもあれば、色が一つだけ褪《あ》せているものが混っていたりする。それぞれに成長の悪い理由はあるのだろう。埋める前の球根に傷があったのかもしれない。

「こちらも綺麗に咲きましたねえ」

　森夫人が音子を見かけて降りてきていた。

「幸江さんの花いっぱい運動ですわね」

「本当、あの方のおかげで五号館は去年から花ざかりですよ。今年は私たちもいろいろ買いこんで秋に仕込んでおいたので、色とりどりに咲いてますわ。今年は躑躅《つつじ》も咲くことになっていて楽しみですの」

「草花もいいけど、木の方が楽でしょうね」

「ええ、それに育つ楽しみもありますわね」

　しばらく二人で花の話ばかりが続いた。いかにものどかだった。いわゆる社宅のなかの会話とは思えなかった。

「あら」

遠く空を轟《とどろ》かす音が響いた。飛行機が飛んでいるのかと思ったが、そうではなかった。

「なんでしょうね」

「春雷でしょうかしら」

「ああ、春雷」

不意に、森夫人はあの話を知らないのだ、と音子は思った。知らないひとは知らないでいる方がいい。改めて、そう思った。

「奥さま、お買物ですか」

森夫人は、帽子をかぶり、ハンドバッグと色の揃った手袋を持っていた。いかにもアメリカ生活をしたことのあるひとの特徴である。都心に出かけるつもりだというのは見てとれた。

「クラス会なんですの、三十年ぶりで」

「まあ、三十年？」

「小学校のクラス会ですのよ。私どもの年齢は疎開したり戦災に遭《あ》ったりで、小学校の校舎もなくなりましてね、連絡がとれてなかったのが、なんとか連絡のとれるもの同士で、やっと十人ばかり集まることになりましたの」

「それはお楽しみですわね」

「ええ、昨夜は眠れませんでしたわ。子供の頃の遠足みたい。主人にも四十の婆《ばば》アたちが集まるのに、なんだって笑われまして」

「いってらっしゃいまし」

「ご免遊ばせ」

森夫人の姿が三号館の向うに消えたとき、また遥かに春雷の轟くのが聞えた。

本作品には、今日からすると、差別的表現ととられかねない箇所があります。作者には差別を助長する意図はまったくありませんが、作品に描かれた時代の社会的慣習が抱えていた問題が反映された表現と申せましょう。作品は文学的に高く評価され、また作者はすでに故人となっております。新装版刊行にあたって表現を改変することはせず元のままといたしましたが、読者の皆様が注意深くお読み下さるようお願いする次第です。

文春文庫編集部

文春文庫

夕《ゆう》陽《ひ》ヵ《が》丘《おか》三《さん》号《ごう》館《かん》

定価はカバーに
表示してあります

2012年2月10日　新装版第1刷
2025年6月25日　第7刷

著　者　有《あり》吉《よし》佐《さ》和《わ》子《こ》
発行者　大沼貴之
発行所　株式会社　文藝春秋

東京都千代田区紀尾井町 3-23　〒102-8008
TEL　03・3265・1211㈹
文藝春秋ホームページ　https://www.bunshun.co.jp
落丁、乱丁本は、お手数ですが小社製作部宛お送り下さい。送料小社負担でお取替致します。

印刷・大日本印刷　製本・加藤製本
Printed in Japan
ISBN978-4-16-713711-3

（　）内は解説者。品切の節はご容赦下さい。

赤川次郎
赤川次郎クラシックス
幽霊列車
山間の温泉町へ向う列車から八人の乗客が蒸発。中年警部・宇野は推理マニアの女子大生・永井夕子と謎を追う――。オール讀物推理小説新人賞受賞作を含む記念碑的作品集。（山前　譲）
あ-1-39

有吉佐和子
青い壺
無名の陶芸家が生んだ青磁の壺が売られ贈られ盗まれ、十余年後に作者と再会した時――。壺が映し出した人間の有為転変を鮮やかに描き出した有吉文学の名作、復刊！（平松洋子）
あ-3-5

芥川龍之介
羅生門《らしょうもん》 蜘蛛《くも》の糸《いと》 杜子春《とししゅん》 外十八篇
昭和、平成とあまたの作家が登場したが、この天才を越えた者がいただろうか？　近代知性の極に荒廃を見た作家の、光芒を放つ珠玉集。日本人の心の遺産「現代日本文学館」その二。
あ-29-1

朝井リョウ
武道館
【正しい選択】なんて、この世にない。「武道館ライブ」という合言葉のもとに活動する少女たちが最終的に〝自分の頭で〟選んだ道とは――。大きな夢に向かう姿を描く。（つんく♂）
あ-68-2

朝井リョウ
ままならないから私とあなた
平凡だが心優しい雪子の友人、薫は天才少女と呼ばれる。成長に従い、二人の価値観は次第に離れていき、決定的な対立が訪れるが……。一章分加筆の表題作ほか一篇収録。（小出祐介）
あ-68-3

阿部和重
オーガ（ニ）ズム　（上下）
ある夜、瀕死の男が阿部和重の自宅に転がり込んだ。その男の正体はCIAケースオフィサー。核テロの陰謀を阻止すべく、作家たちは新都・神町へ。破格のロードノベル！（柳楽　馨）
あ-72-2

彩瀬まる
くちなし
別れた男の片腕と暮らす女。運命で結ばれた恋人同士に見える花。幻想的な世界がリアルに浮かび上がる繊細で鮮烈な短篇集。直木賞候補作・第五回高校生直木賞受賞作。（千早　茜）
あ-82-1

（　）内は解説者。品切の節はご容赦下さい。

朝比奈あすか
人間タワー
毎年6年生が挑んできた運動会の花形「人間タワー」。その是非をめぐり、教師・児童・親が繰り広げるノンストップ群像劇。無数の思惑が交錯し、胸を打つ結末が訪れる！（宮崎吾朗）
あ-84-1

会田　誠
げいさい
田舎出の芸大志望の僕は、カオス化した美大の学園祭の打ち上げに参加し、浪人生活を振り返る。心を揺さぶる表現とは。揺れ動く青年期を気鋭の現代美術家が鮮明に描いた傑作青春小説。
あ-94-1

五木寛之
蒼ざめた馬を見よ
ソ連の作家が書いた体制批判の小説を巡る恐るべき陰謀。直木賞受賞の表題作を初め、「赤い広場の女」「バルカンの星の下に」「夜の斧」など初期の傑作全五篇を収録した短篇集。（山内亮史）
い-1-33

井上　靖
おろしや国酔夢譚
船が難破し、アリューシャン列島に漂着した光太夫ら。厳寒のシベリアを渡り、ロシア皇帝に謁見、十年の月日の後に帰国できたのは、ただのふたりだけ。映画化された傑作。（江藤　淳）
い-2-31

井上ひさし
四十一番の少年
辛い境遇から這い上がろうと焦る少年が恐ろしい事件を招く表題作ほか、養護施設で暮らす子供の切ない夢と残酷な現実が胸に迫る珠玉の三篇。自伝的名作。（百目鬼恭三郎・長部日出雄）
い-3-30

色川武大
怪しい来客簿
日常生活の狭間にかいま見る妖しの世界――独自の感性と性癖、幻想が醸しだす類いなき宇宙を清冽な文体で描きだした、泉鏡花文学賞受賞の世評高き連作短篇集。（長部日出雄）
い-9-4

伊集院　静
受け月
願いごとがこぼれずに叶う月か……。高校野球で鬼監督と呼ばれた男が、引退の日、空を見上げていた。表題作他、選考委員に絶賛された「切子皿」など全七篇。直木賞受賞作。（長部日出雄）
い-26-4

（　）内は解説者。品切の節はご容赦下さい。

佐藤愛子
晩鐘（上下）
老作家のもとに、かつての夫の訃報が届く。共に文学を志した青春の日々、莫大な借金を抱えた歳月の悲喜劇。彼は結局、何者だったのか？　九十歳を迎えた佐藤愛子、畢生の傑作長篇。
さ-18-27

佐藤愛子
凪の光景
謹厳実直に生きていた丈太郎、72歳。突然、64歳の妻・信子が意識改革!?　高齢者の離婚、女性の自立、家族の崩壊という今日まで続く問題を鋭い筆致でユーモラスに描く傑作小説。
さ-18-33

桜木紫乃
風葬
釧路で書道教室を開く夏紀。認知症の母が言った謎の地名に導かれ、自らの出生の秘密を探る。しかしその先には、封印された過去が。桜木ノワールの原点ともいうべき作品ついに文庫化。
さ-56-2

佐藤多佳子
聖夜
『第二音楽室』に続く学校×音楽シリーズふたつめの舞台はオルガン部。少年期の終わりに、メシアンの闇と光が入り混じるような音の中で18歳の一哉がみた世界のかがやき。（上橋菜穂子）
さ-58-2

最果タヒ
十代に共感する奴はみんな嘘つき
いじめや自殺が日常にありふれている世界で生きるカズハ。女子高生の恋愛・友情・家族の問題が濃密につまった二日間の出来事。カリスマ詩人が、新しい文体で瑞々しく描く傑作小説。
さ-72-1

佐々木　愛
料理なんて愛なんて
素敵な女性＝料理上手？　料理が嫌いな優花は、好きな相手に高級チョコを渡すもあっさり振られてしまう。彼の新しい恋人は、なんと料理教室の先生で……瑞々しくキュートな長編小説。
さ-76-2

城山三郎
鼠　鈴木商店焼打ち事件
大正年間、三井・三菱と並び称される栄華を誇った鈴木商店は、米騒動でなぜ焼打ちされたか？　流星のように現れ、昭和の恐慌に消えていった商社の盛衰と人々の運命。（澤地久枝）
し-2-32

（　）内は解説者。品切の節はご容赦下さい。

柴田　翔
されど　われらが日々――
共産党の方針転換が発表された一九五五年の六全協を舞台に、出会い、別れ、闘争、裏切り、死など青春の悲しみを描き、六〇年、七〇年安保世代を熱狂させた青春文学の傑作。（大石　静）
し-4-3

澁澤龍彦
高丘親王航海記
幼時から父帝の寵姫薬子に天竺への夢を吹き込まれた高丘親王は、鳥の下半身をした女、犬頭人の国など、怪奇と幻想の世界を遍歴する。遺作となった読売文学賞受賞作。（高橋克彦）
し-21-7

篠田節子
冬の光
四国遍路の帰路、冬の海に消えた父。家庭人として企業人として恵まれた人生ではなかったのか……足跡を辿る次女が見た最期の景色と人生の深遠が胸に迫る長編傑作。（八重樫克彦）
し-32-12

篠田節子
田舎のポルシェ
ある事情で東京を目指す女性が、なぜか強面ヤンキーの運転する軽トラに乗るはめに――。人生の岐路から一歩踏み出す人々を描く、現代人に送るエールのような作品集。（細貝さやか）
し-32-13

白石一文
見えないドアと鶴の空
妻の親友・由香里の出産に立ち会い、そこからきわどい関係を始めてしまった昂一。事実を知った妻は、ある意外な場所へ――ほんとうの人間関係の重さ、奇跡の意味を描くデビュー長編。
し-48-7

島本理生
真綿荘の住人たち
真綿荘に集う人々の恋はどれもままならない。性別も年も想いもばらばらだけど、一つ屋根の下。寄り添えなくても一緒にいたい――そんな奇妙で切なくて暖かい下宿物語。（瀧波ユカリ）
し-54-1

島本理生
夏の裁断
女性作家の前にあらわれた悪魔のような男。男に翻弄され、やがて破綻を迎えた彼女は、静養のために訪れた鎌倉で本を裁断していく。芥川賞候補となった話題作とその後の物語を収録。
し-54-2

（　）内は解説者。品切の節はご容赦下さい。

松浦理英子
最愛の子ども
それぞれのかかえる孤独ゆえに、家族のように親密な三人の女子高校生。手探りの三人の関係は、しだいにゆらぎ、変容してゆく。泉鏡花文学賞受賞の傑作。（村田沙耶香）
ま-20-2

丸山正樹
漂う子
行方不明の少女・紗智を探すことになった二村直は「居所不明児童」という社会の闇、子供を取り巻く過酷な現状を知る。親になるとはどういうことか、を問う問題作。（大塚真祐子）
ま-34-2

又吉直樹
火花
売れない芸人の徳永は、先輩芸人の神谷を師として仰ぐようになる。二人の出会いの果てに、見える景色は。第一五三回芥川賞受賞作。受賞記念エッセイ「芥川龍之介への手紙」を併録。
ま-38-1

宮本　輝
青が散る（上下）
燎平は大学のテニス部創立に参加する。部員同士の友情と敵意、そして運命的な出会い――。青春の鮮やかさ、野心、そして切なさを、白球を追う若者群像に描いた宮本輝の代表作。（森　絵都）
み-3-22

三羽省吾
厭世フレーバー
父親が失踪。次男十四歳は部活を、長女十七歳は優等生を、長男二十七歳は会社をやめた。母四十二歳は酒浸り、祖父七十三歳はボケ進行中。家族の崩壊と再生をポップに描く。（角田光代）
み-31-2

向田邦子
あ・うん
神社に並ぶ一対の狛犬《こまいぬ》のように親密な男の友情と、親友の妻への密かな思慕が織りなす情景を、太平洋戦争間近の世相を背景に描く。著者が最も愛着を抱いた長篇小説。（山口　瞳）
む-1-20

向田邦子
隣りの女
平凡な主婦の恋の道行を描いた表題作をはじめ、嫁き遅れた女の心の揺れを浮かび上がらせた「幸福」「胡桃の部屋」、絶筆となった「春が来た」等、珠玉の五篇を収録。（浅生憲章・中島淳彦）
む-1-22

（　）内は解説者。品切の節はご容赦下さい。

中島京子
長いお別れ
認知症を患う東昇平。遊園地に迷い込み、入れ歯は次々消える。けれど、難読漢字は忘れない。妻と3人の娘を不測の事態に巻き込みながら、病気は少しずつ進んでいく。（川本三郎）
な-68-3

中島京子
夢見る帝国図書館
上野公園で偶然に出会った喜和子さんが、作家のわたしに「上野の図書館が主人公の小説」を書くよう持ち掛ける。やがて、喜和子さんは終戦直後の上野での記憶を語り……。（京極夏彦）
な-68-4

中山七里
静おばあちゃんにおまかせ
警視庁の新米刑事・葛城は女子大生・円に難事件解決のヒントをもらう。円のブレーンは元裁判官の静おばあちゃん。イッキ読み必至の暮らし系社会派ミステリー。（佳多山大地）
な-71-1

中山七里
テミスの剣《つるぎ》
自分がこの手で逮捕し、のちに死刑判決を受けて自殺した男は無実だった？　渡瀬刑事は若手時代の事件の再捜査を始める。冤罪に切り込む重厚なるドンデン返しミステリ。（谷原章介）
な-71-2

中山七里
ネメシスの使者
殺人犯の家族が次々に殺される事件が起きた。現場に残された、ギリシア神話の「義憤」の女神を意味する「ネメシス」という血文字の謎とは？　死刑制度を問う社会派ミステリー。（宇田川拓也）
な-71-3

中路啓太
昭和天皇の声
二・二六事件の裏のドラマ、共産党員から天皇主義者となった男の一生、アメリカ雑誌の取材に答える天皇の胸の裡。大戦前後を生きた男達の声がこだまする歴史連作短篇集。（杉江松恋）
な-82-2

長岡弘樹
119
消防司令の今垣は川べりを歩くある女性と出会って……（「石を拾う女」）。他、人を救うことはできるのか——短篇の名手が贈る、和佐見市消防署消防官たちの9つの物語。（西上心太）
な-84-1

（　）内は解説者。品切の節はご容赦下さい。

柚木麻子
あまからカルテット
女子校時代からの仲良し四人組。迫り来る恋や仕事の荒波を、稲荷寿司やおせちなど料理をヒントに解決できるのか――彼女たちの勇気と友情があなたに元気を贈ります！　（酒井順子）
ゆ-9-2

柚木麻子
ナイルパーチの女子会
商社で働く栄利子は、人気主婦ブロガーの翔子と出会い意気投合。だが同僚や両親との間に問題を抱える二人の関係は徐々に変化して――。山本周五郎賞受賞作。　（重松　清）
ゆ-9-3

柚木麻子・伊吹有喜・井上荒野・坂井希久子
中村　航・深緑野分・柴田よしき
注文の多い料理小説集
うまいものは、本気で作ってあるものだよ――物語の扉をそっと開ければ、味わった事のない世界が広がります。小説の名手たちが「料理」をテーマに紡いだとびきり美味しいアンソロジー。

ゆ-9-51

柚月裕子
あしたの君へ
家裁調査官補として九州に配属された望月大地。彼は、罪を犯した少年少女、親権争い等の事案に懊悩しながら成長していく。一人前になろうと葛藤する青年を描く感動作。　（益田浄子）
ゆ-13-1

吉村　昭
闇を裂く道
大正七年に着工、予想外の障害に阻まれて完成まで十六年を要し、世紀の難工事といわれた丹那トンネル。人間と土・水との熱く長い闘いをみごとに描いた力作長篇。　（髙山文彦）
よ-1-53

吉田篤弘
空ばかり見ていた
小さな町で床屋を営むホクトは、ある日、鋏ひとつを鞄におさめ、好きな場所で好きな人の髪を切るために、自由気ままなあてのない旅に出た……。流浪の床屋をめぐる十二のものがたり。

よ-28-1

（　）内は解説者。品切の節はご容赦下さい。

冲方 丁
十二人の死にたい子どもたち
安楽死をするために集まった十二人の少年少女。全員一致で決を採り実行に移されるはずのところへ、謎の十三人目の死体が!? 彼らは推理と議論を重ねて実行を目指すが。（吉田伸子）
う-36-1

江戸川乱歩・湊 かなえ 編
江戸川乱歩傑作選　鏡
湊かなえ編の傑作選は、謎めくパズラー「湖畔亭事件」、ドンデン返し冴える「赤い部屋」他、挑戦的なミステリ作家・乱歩に焦点を当てる。（解題／新保博久・解説／湊 かなえ）
え-15-2

江戸川乱歩・辻村深月 編
江戸川乱歩傑作選　蟲
没後50年を記念する傑作選。辻村深月が厳選した妖しく恐ろしい名作。恋に破れた男の妄執を描く「蟲」。四肢を失った軍人と妻の関係を描く「芋虫」他全9編。（解題／新保博久・解説／辻村深月）
え-15-3

榎田ユウリ
この春、とうに死んでるあなたを探して
妻と別れ仕事にも疲れた矢口は中学の同級生・小日向と再会する。舞い込んできたのは恩師の死をめぐる謎――事故死か自殺か。切なくも温かいラストが胸を打つ、大人の青春ミステリ。
え-17-1

折原 一《いち》
異人たちの館
樹海で失踪した息子の伝記の執筆を母親から依頼された売れない作家・島崎の周辺で次々に変事が。五つの文体で書き分けられた目くるめく謎のモザイク。著者畢生の傑作！（小池啓介）
お-26-17

折原 一
傍聴者
複数の交際相手を騙し、殺害したとして起訴されている牧村花音。初公判の日、傍聴席から被告を見つめる四人の女がいた――。鮮やかなトリックが炸裂する、傑作ミステリ！（高橋ユキ）
お-26-20

大沢在昌
闇先案内人（上下）
「逃がし屋」葛原に下った指令は、「日本に潜入した隣国の重要人物を生きて故国へ帰せ」。工作員、公安が入り乱れ、陰謀と裏切りが渦巻く中、壮絶な死闘が始まった。（吉田伸子）
お-32-3

（　）内は解説者。品切の節はご容赦下さい。

今野　敏《びん》
曙光の街
元KGBの日露混血の殺し屋が日本に潜入した。彼を迎え撃つのはヤクザと警視庁外事課員。やがて物語は単なる暗殺事件から警視庁上層部のスキャンダルへと繋がっていく！（細谷正充）
こ-32-1

今野　敏
白夜街道
外務官僚が、ロシア貿易商と密談後に変死した。警視庁公安部の倉島警部補は、元KGBの殺し屋で貿易商のボディーガードとなったヴィクトルを追ってロシアへ飛ぶ。緊迫の追跡劇。
こ-32-2

近藤史恵
インフルエンス
友梨、里子、真帆。大阪郊外の巨大団地に住む三人の少女は不可解な殺人事件で繋がり、罪を密かに重ね合う。三十年後明らかになる驚愕の真相とは。現代に響く傑作ミステリ。（内澤旬子）
こ-34-6

小森健太朗
駒場の七つの迷宮
80年代東大駒場キャンパス。新興宗教系サークルと反カルトの学生たちとのいさかいの中、駒場寮で殺人事件が発生。天才的な勧誘活動で次々と入会者を獲得する想亜羅が疑われるが？
こ-35-3

呉　勝浩
おれたちの歌をうたえ
元刑事の河辺のもとに、ある日かかってきた電話。その瞬間、封印していた記憶があふれ出す。真っ白な雪と、死体――。40年前の事件を洗いはじめた河辺は、ある真実へとたどり着く。
こ-51-1

笹本稜平
時の渚
探偵の茜沢は死期迫る老人から、昔生き別れになった息子を捜し出すよう依頼される。やがて明らかになる「血」の因縁と意外な結末。第18回サントリーミステリー大賞受賞作品。（日下三蔵）
さ-41-1

佐々木　譲
廃墟に乞う
道警の敏腕刑事だった仙道は、ある事件をきっかけに休職中。だが、心身ともに回復途上の仙道には、次々とやっかいな相談事が舞い込んでくる。第百四十二回直木賞受賞作。（佳多山大地）
さ-43-5

（　）内は解説者。品切の節はご容赦下さい。

横山秀夫
動機
三十冊の警察手帳が紛失した――。犯人は内部か外部か。日本推理作家協会賞を受賞した迫真の表題作他、女子高生殺しの前科を持つ男の苦悩を描く「逆転の夏」など全四篇。（香山二三郎）
よ-18-2

横山秀夫
クライマーズ・ハイ
日航機墜落事故が地元新聞社を襲った。衝立岩登攀を予定していた遊軍記者が全権デスクに任命される。組織、仕事、家族、人生の岐路に立たされた男の決断。渾身の感動傑作。（後藤正治）
よ-18-3

横山秀夫
64（ロクヨン）（上下）
昭和64年に起きたD県警史上最悪の未解決事件をめぐり刑事部と警務部が全面戦争に突入。その狭間に落ちた広報官三上は己の真を問われる。ミステリー界を席巻した究極の警察小説。

よ-18-4

米澤穂信
インシテミル
超高額の時給につられ集まった十二人を待っていたのは、より多くの報酬をめぐって互いに殺し合い、犯人を推理する生き残りゲームだった。俊英が放つ新感覚ミステリー。（香山二三郎）
よ-29-1

米澤穂信
Iの悲劇
無人になって6年が過ぎた山間の集落を再生させる、市長肝いりのプロジェクトが始動した。しかし、住民たちは次々とトラブルに見舞われ、一人また一人と去って行き……。（篠田節子）
よ-29-3

米澤穂信・新川帆立・結城真一郎
斜線堂有紀・中山七里・有栖川有栖
禁断の罠
ミステリの最前線で活躍する作家が放つ珠玉の6作を一気読み！　歪な三角関係、不可解な新入社員、迷惑動画の真相、夭折詩人の遺作の謎、悪を裁く復讐代行業、奇妙なミステリ講義……。

よ-29-50

吉永南央
萩を揺らす雨
紅雲町珈琲屋こよみ
観音さまが見下ろす街で、小さなコーヒー豆の店を営む気丈なおばあさんのお草さんが、店の常連たちとの会話がきっかけで、街で起きた事件の解決に奔走する連作短編集。（大矢博子）
よ-31-1